나는
샤라 휠러와
키스했다

나는 샤라 휠러와 키스했다

케이시 매퀴스턴 장편 소설

백지선 옮김

시공사

나의 연인, 페퍼에게 이 책을 바칩니다.

모든 건 입맞춤에서 시작됐네.

– 킬러스_{the Killers}의 〈Mr. Brightside〉 중에서

1

샤라 휠러의 실종 후 지난 시간: 12시간

졸업까지 남은 시간: 42일

클로이 그린은 주먹으로 창문을 깨부수고 싶었다.

보통 정신적으로 코너에 몰릴 때 이런 생각을 하지만 휠러 부부의 집 뒷문을 노려보는 지금, 클로이는 정말로 주먹을 날릴 기세였다.

휴대폰에 현재 시각이 떴다. 오전 11시 27분. 33분 뒤면 윌로그로브 교회의 늦은 예배가 끝난다. 휠러 부부는 지금 교회에서 선량하고 평범한 부모인 양 오전 시간을 보내고 있을 것이다. 그들의 선량하고 평범한 딸이 열두 시간 전 고등학교 졸업 파티에서 사라지는 연기를 했는데도 말이다.

그렇다. 연기다. 당연히 샤라 휠러는 무사하다. 실종된 게 아니다. 평소 하던 대로, 그러니까 순진무구해 보이는 크고 예쁜 눈망울로 연기를 하고 있는 게 분명하다. 다들 그 연기에 속아 샤라를 더

없이 심오하고 복잡하고 매혹적이라고 생각하지만, 실상은 견딜 수 없이 지루한 이 마을을 통틀어 제일 따분한 아이일 뿐이다.

클로이는 이 사실을 입증할 것이다. 이 마을에서 샤라의 연기를 꿰뚫어 볼 만큼 똑똑한 사람은 클로이뿐이니까.

클로이는 졸업 파티를 즐기고 싶었다. 2022년 수석 졸업생이자 대학 조기 입학생이라는 타이틀을 얻기 위해 1년 내내 쉬지 않고 달렸으니 그럴 만도 했다. 완벽한 드레스를 찾기 위해 몇 주 동안 중고품 가게를 뒤졌다. 섹시한 뱀파이어 암살자가 입을 법한 검은색 시폰 레이스 드레스도 찾았겠다, 완벽한 졸업 파티를 즐기기만 하면 됐다. 코르사주를 달아줄 파트너가 있는 완벽한 파티가 아니라, 클로이만의 완벽한 파티 말이다. 멋지게 차려 입은 친구들과 벤지의 차에 우르르 올라타고, 샹들리에가 빛나는 무도회장에서 릴 야티의 곡을 목청껏 불러대고, 새벽 1시에 와플 하우스 매장에서 곯아떨어지는, 그런 졸업 파티를 클로이는 꿈꿨다.

졸업 파티의 여왕과 왕을 발표하기 30분 전, 클로이는 샤라를 목격했다. 장밋빛 입술을 하고 연분홍빛 튤 드레스를 늘어뜨린 샤라가 다과 테이블을 스치듯 지나 무도회장의 출입구를 향해 가고 있었다. 단 둘이 이야기할 기회를 노리느라 파티 내내 샤라를 지켜본 덕분에 목격한 장면이었다.

무도회장을 나가는 모습을 마지막으로 샤라는 사라졌다. 학생회장인 브루클린 베넷이 졸업 파티 여왕으로 뽑힌 샤라에게 왕관을 씌워주러 무대에 오를 때도 샤라는 나타나지 않았다. 아무도 그녀가 떠나는 걸 보지 못했고 그 이후로도 목격자는 없었다. 집 앞에 있어야 할 샤라의 흰색 지프차도 자취를 감췄다.

그리고 파티 다음날인 지금, 클로이는 눈화장은 번지고 머리는 헤어스프레이가 굳어 버석거리는 몰골로 샤라의 집 앞에서 무단 침입할 준비를 하고 있다.

눈에 띄게 매끈한 바위 안쪽에 보조 열쇠가 있었다. 바위에는 〈여호수아〉 24장 15절의 구절이 새겨져 있었다. *"나와 내 집안은 주님을 섬기리라."*

샤라의 집이 있는 컨트리클럽으로 차를 몰고 오는 내내 클로이는 문을 열고 자신과 대면한 순간 샤라의 얼굴에 떠오를 표정을 상상했다. 샤라는 큼지막한 초록색 눈을 동그랗게 뜬 채 과장되게 숨을 헉 들이쉬고는 곧 깨달을 것이다. 관심을 끌려고 멍청한 짓을 벌였지만 똑똑한 클로이를 속이지는 못했다는 걸 말이다. 그 순간의 희열을 원동력으로 삼으면 졸업 시험을 잘 볼 뿐 아니라 대학 생활도 첫 두 해쯤은 끄떡없이 보낼 수 있을 것이다.

그러나 문을 열고 고개를 들이밀어 휠러 부부의 거대한 주방을 훑어봐도 샤라는 보이지 않았다.

결국 클로이는 이 상황에서 누구라도 할 법한 행동을 했다. 아예 집 안으로 들어가 문을 닫은 뒤 일층 전체를 둘러봤다.

샤라는 없었다.

괜찮다. 포기하기에는 이르다. 분명 어딘가에 있을 것이다. 2층의 자기 방에 있을지도 모른다.

2층에 올라가 복도에 들어서니 반쯤 열린 문틈으로 샤라가 쓰는 듯한 욕실이 보였다. 벽지는 베이지색과 핑크색이고 선반에는 피부 관리용 화장품과 샤라가 늘 바르는 매니큐어(에시 브랜드의 연분홍색 제품)가 진열돼 있었다. 클로이는 욕실 앞을 떠나지 못했다. 목표한 단서는 아니지만 싱크대 옆에 놓인 실크 소재의 꽃무늬 곱창 밴드에 눈길이 갔기 때문이다. AP 수업*때 수도 없이 샤라의 뒤통수를 노려봤지만 한 번도 보지 못한 머리끈이었다. 학교에서 샤라는 늘 윤기 나는 금발을 늘어뜨리고 다녔다. 일종의 트레이드마크랄까. 그런 샤라도 밤에 세수할 때는 머리를 묶는 모양이었다.

잠깐, 지금 이럴 때가 아니다.

발길을 돌린 클로이는 옆방 앞에 멈췄다. 살짝 열린 방문에 분홍색으로 'S'자가 그려져 있었다.

클로이는 샤라가 매일 집에서 완벽함 유지용 인큐베이터에 들어가는 모습을 상상한 적이 있다. 그런 상상을 한 번도 하지 않았다고 한다면, 그건 윌로그로브 기독교 학교의 풋볼 예산만큼이나 엄청난 거짓말이다. 한결같이 촉촉한 피부를 유지하려고 끈적거리는 액체가 든 탱크 같은 데 들어가는 건 아닐까? 전담 미용사의 관리를 받을까? 쿼터백 남자친구와 스타벅스에서 그림 같은 데이트를 하거나 수상쩍을 만큼 훌륭한 비교 문학 에세이를 쓰지 않을 때는 어디에 갈까? 아무도 안 볼 때 샤라는 도대체 어떤 모습일까?

답을 알 길은 하나뿐이다.

클로이는 방문을 발로 밀었다.

샤라는 없었다.

---

* 대학 인정 학점 취득이 가능한 심화 수업.

당연하게도, 샤라의 방은 평범했다. 수상하리만큼 소박하기까지 했다. 침대와 서랍장, 협탁, 화장대, 책장 겸 책상, 은색 쇠줄이 달린 달걀 껍데기 모양의 전등이 있는 흔한 방이었다. 창턱에는 홈커밍 파티 때 받은 코르사주가 말라 있었고, 서랍장 위에는 조가비 모양 그릇에 튜브형 버츠비 립밤이 있었다. 옆에는 라일락 향 바디 스프레이와 서표가 꽂힌 수업용 문고판 책 더미가 놓여 있었다. 단순한 무늬의 연청색 벽에는 사진이 꽂힌 액자가 걸려 있었다. 가족이나 남자친구, 하나같이 팔이 가늘고 머리를 늘어뜨린, 글로시에 광고 모델처럼 완벽한 얼굴을 한 친구들의 사진이었다.

저 완벽한 친구들은 지금 어디에 있을까? 아마 간밤의 파티로 생긴 숙취를 달래고 있을 것이다. 실종의 단서를 찾으러 온 친구가 한 명도 없는 걸 보면 말이다. 인기 있는 아이들의 우정이라는 게 원래 그렇다. 앨라배마의 이 작은 마을에서 이상한 퀴어로 사는 고통 속에서 피어나는, 그런 끈끈한 유대감이 없다. 만약 클로이가 샤라처럼 잠수를 탄다면, 셰익스피어를 좋아하는 클로이의 퀴어 친구들이 당장 수색대를 조직해 폴스 비치의 집이란 집은 다 뒤지고 다닐 것이다.

샤라는 왜 여기에 없을까?

클로이는 두 주먹을 꼭 쥐고 방 안으로 들어가 책상부터 살피기 시작했다.

질문에 답할 당사자가 없다면 방에서라도 답을 찾아야 한다. 먼저 책상과 책장을 뒤졌다. 그러나 영화 〈나를 찾아줘〉에 나올 만한 단서는 없었다. 최근 며칠 사이에 '필요 물품 준비'나 '클로이에게 나를 죽인 누명 씌우기'와 같은 항목이 적힌 일기장 같은 걸 기대했는데 말이다. 찾은 거라고는 대학교 책자와 샤라의 이니셜이 각인된 분홍색 카드가 든 상자뿐이다. 곧 돈 많은 일가친척의 졸업 축하금이 쏟아질 테니 그때 쓸 감사 카드용일 것이다. 휴지통에도 결정적 단서가 될 만한 일기장 조각 같은 건 없고 립글로스 포장 상자만 들어 있었다.

보석 상자: 별다른 건 없다. 옷장: 신발대가 잘 정리돼 있고 졸업 파티와 홈커밍 파티 때 입은 드레스가 깔끔한 의류 가방에 보관돼 있다. (요즘 누가 의류 가방을 쓴담?) 속옷 서랍: 수수한 무늬의 부드러운 속옷으로 반만 채워져 있다. 한두 주쯤 입을 속옷이 사라진 듯 보인다. 침대: 가장자리를 매트 밑에 밀어 넣은 아이보리색 누비이불 위에 단정하게 접힌 하버드 티셔츠가 놓여 있다. 샤라가 1지망인 하버드대학교를 비롯해 모든 아이비리그 대학에 합격했다는 건 모르는 사람이 없다.

클로이는 이 사이로 불만 가득한 쉿 소리를 냈다. 어디를 봐도, 완벽하게 정상적인 소녀의 완벽하게 정상적인 삶을 보여주는 완벽하게 정상적인 물건뿐이었다.

클로이는 화장대로 다시 돌아가 서랍을 열었다. 튜브형 립글로스들이 가지런히 놓여 있었다. 대부분 비슷비슷한 연분홍색에 반쯤 비어 있고 라벨이 벗겨져 있었다. 맨 끝의 립글로스만 기껏해야 한 번밖에 안 쓴 듯 가득 차 있고 반짝거렸다. 아까 휴지통에서 본 포장 상자에 들었던 제품인 듯했다.

새 립글로스 뚜껑을 돌려 열자 처음 맡았던 그 순간처럼, 강렬한 향이 클로이의 코끝을 강타했다. 바닐라 민트 향이었다.

그때 창문이 열렸다.

클로이는 당황해 욕설을 내뱉으며 얼른 카펫에 주저앉아 책상 밑으로 기어들어 갔다.

까만 반스 운동화를 신은 발이 창턱을 디뎠다. 뒤이어 찢어진 청바지와 플란넬 셔츠를 입은 호리호리한 소년의 몸이 나타났다. 얼굴은 아직 보이지 않았다. 소년은 잠시 멈춰 주변을 살피는 듯 몸을 이리저리 비튼 뒤 방 안으로 뛰어내렸다. 캐러멜색으로 부분 염색을 한 검은색 곱슬머리, 연갈색 피부, 길고 곧은 콧날, 각지면서도 생선 가시처럼 부서질 듯한 턱선이 보였다.

로리 헤론이다. 1990년대 후반 청춘 드라마에 늘 나오는 음울한 나쁜 남자 스타일의 윌로그로브 학생이다. 로리는 툭하면 약에 취하고 농땡이를 부리며 스케이트보드를 타는 부류 중에서는 최고의 미남으로 손꼽혔다. 클로이와는 같은 수업을 들은 적이 한 번도 없지만 어차피 수업을 잘 빠지기로 유명하니 마주칠 일이 없었다.

클로이는 자기가 그랬듯 로리의 시선이 서랍장과 침대, 벽에 걸린 사진 순으로 이동하는 모습을 가만히 지켜봤다. 로리는 창턱에 놓여 있던 코르사주를 모르고 발로 차 떨어뜨렸다는 걸 깨닫고는 조심스러운 손길로 주워 마른 꽃봉오리를 잠시 바라본 뒤 제자리에 놓았다. 그 모습에 클로이의 눈매가 가늘어졌다. 로리 헤론이 왜 샤라의 침실에서 샤라의 코르사주를 어루만지고 있지?

로리는 코르사주를 내려놓고 책상 쪽으로 몸을 돌리다 클로이를 발견하고는 비명을 질렀다.

클로이는 벌떡 일어나 로리의 입을 틀어막고 쉿 소리를 내며 말했다.

"입 다물어." 깜짝 놀란 로리의 녹갈색 눈동자가 휘둥그레졌다.

"동네 사람들, 다 듣겠다."

"내가 그 동네 사람인데." 클로이가 틀어막았던 손을 떼자 로리가 말했다.

클로이는 로리를 빤히 바라봤다. 아무리 봐도 로리는 극도로 보수적인 폴스 비치 컨트리클럽과 어울리지 않았다. "너, 여기 살아?"

로리가 눈을 부라렸다. "왜, 난 여기 살 형편이 안 될 거 같아?"

"죽으면 죽었지 이런 데는 안 살 것처럼 생겨서."

"살고 싶어서 사는 거 아니야." 여전히 도끼눈을 뜨긴 했지만 다소 누그러진 어조로 로리가 말했다. "너는…… 클로이 맞지? 클로이 그린이던가? 샤라의 책상 밑에는 왜 들어간 거야?"

"너야말로 샤라 방 창문은 왜 타고 넘어왔는데?"

"너부터 답해."

"나는, 어…….." 클로이는 말을 더듬었다. 로리의 갑작스러운 등장에 너무 놀라 말문이 막히고 얼굴이 달아올랐다. 클로이는 간신히 열기를 가라앉히고 말했다. "어젯밤에 샤라가 사라졌다는 말을 들어서."

"나도 들었어." 구부정한 어깨와 자세만큼이나 불만스럽고 무관심한 말투로 로리가 말했다. "너는 샤라가 어디 있는지 알아?"

"아니, 난 그냥…… 정말 사라졌는지 보러 온 것뿐이야."

"무단 침입했네." 로리가 심드렁하게 말했다.

"열쇠로 열고 들어왔어!"

"그래도 무단 침입이지."

"범죄를 저지른 건 아니잖아."

"좋아, 그럼 무단 출입."

"창문을 타고 넘어온 너는 뭐, 허락받고 왔어?"

로이는 잠시 말을 멈추고 반스 운동화 앞코를 힐끗 내려다본 뒤 말했다. "이건 다르지. 샤라가 자기는 창문을 안 잠근다고 하길래 와본 거야."

"초대받은 건 아니네."

"아, 미치겠네. 아까 말했잖아. 난 샤라의 이웃이야. 왜, 어디 멀리 가면 이웃사람한테 뭐 좀 확인해달라고 부탁하잖아. 그래서 온 것뿐이라고."

"뭘 확인하러 왔는데?"

"샤라가 무사한지 확인하러 왔어."

클로이는 여전히 의심스러운 듯 얼굴을 찌푸렸다. "네가 샤라랑 말 섞는 거, 한 번도 못 봤는데 그 말을 믿으라고?"

"넌 샤라를 잘 알지도 못하잖아, 아니야?" 로리가 반박했다. "너야말로 여기 왜 왔어? 샤라가 사라지든 말든 네가 무슨 상관인데?"

무슨 상관이냐고? 클로이와 샤라는 졸업식 때 고별사를 하는 수석 졸업생이 되겠다는 단 하나의 목표를 두고 지난 4년 동안 경쟁한 사이다. 클로이는 그냥 수석 졸업생이 아니라 샤라를 제친 수석 졸업생이 돼야 한다. 다른 건 다 가진 샤라를 한 번이라도 이기고 싶기 때문이다.

샤라가 정말 사라졌다면 그 자리는 클로이에게 돌아가겠지만, 클로이는 부전승은 싫었다.

무엇보다 샤라는 이틀 전 5교시를 앞두고 B동 승강기에 클로이와 단둘이 탔을 때, 클로이의 팔꿈치를 잡고 끌어당겨 입을 맞췄다. 입맞춤은 클로이가 한 학기 동안 배운 불어를 몽땅 잊어버릴 때까지 이어졌다. 샤라가 왜 그랬는지 클로이는 알 길이 없었다.

"너는 무슨 상관인데?" 클로이가 날카롭게 되물었다.

"왜냐면 나는…… 나는 샤라를 알거든. 이제 됐어? 멍청한 개 친구들과는 다르게 제대로 안다고."

"아, 그러셔?" 클로이는 기막히다는 듯 눈알을 굴렸다. "겨우 그것 때문에 네가 샤라 수색대를 이끌 자격이 된다는 거야?"

"그 때문은 아니고……."

"그럼 뭔데?"

로리는 또다시 말을 멈추고 한쪽 발에서 다른 쪽 발로 체중을 옮겨 실었다. 그런 뒤 검은 눈썹을 치켜올린 채 책상을 내려다보면서 말했다. "그거."

로리의 시선을 따라가니 분홍색 편지 보관함에 얌전히 꽂혀 있는 봉투 하나가 눈에 띄었다. 봉투 겉면에 샤라의 손 글씨로 로리의 이름이 적혀 있었다.

로리의 이름이 왜 여기 있지?

클로이는 로리보다 팔이 짧지만 순발력을 발휘해 얼른 봉투를 낚아챘다. 그러고는 샤라의 이니셜이 각인된 분홍색 카드를 꺼내 샤라의 완벽한 손 글씨를 소리 내 읽었다.

로리에게

키스 고마웠어. 내가 너에게 한 번도 눈길을 주지 않았다고 생각했
다면 오해야.

포옹과 키스를 담아
샤라가

추신. 복숭아100304

추추신. 스미스에게 초안 확인하라고 해줘. 그다음은 클로이가 알
아서 할 거야.

"샤라한테 키스를 했다고?" 클로이가 따지듯 물었다.

로리는 맞더라도 샤라의 남자친구에게 맞아야 한다는 듯 날아오
는 주먹을 피할 태세를 취했다. "내가 아니라 샤라가 했어!"

클로이는 화가 왈칵 치밀어 올라 이를 갈며 물었다. "언제?"

"어젯밤. 졸업 파티 전에."

"어디?"

"당연히…… 입이겠지?"

"장소가 어디냐고, 헤론."

"아. 우리 집 옥상에서."

샤라가 로리에게 키스했다. 그리고 지금 로리는 샤라의 방에서
클로이에게 샤라를 변호하고 있다. 왜냐하면 로리는……. 아, 이런.

로리는 예쁘고 친근한 옆집 소녀, 샤라를 사랑한다. 그게 지금 이
상황의 이유다. 참 짜증나도록 뻔한 전개다.

"너무 좋아할 거 없어. 나한테도 키스했으니까."

로리는 클로이를 빤히 바라봤다. "장난치지 마."

"진짜야. 학교에서 했어. 금요일에."

로리는 눈을 질끈 감은 채 한 손으로 곱슬머리를 쓸어 올리다 멈추고는 다시 머리를 헝클어뜨렸다. 그런 뒤 자신과 클로이, 샤라의 방을 차례로 손짓하며 말했다.

"뭐, 그럼 우리가 지금 이러고 있을 만하네."

끔찍하도록 어색한 침묵이 금요일 학교 체육관에서 응원전이 벌어질 때 자욱하게 퍼지는 고약한 암내처럼 내려앉았다. 클로이가 먼저 입을 열려는 순간, 아래층에서 현관문이 열리는 소리가 들렸다.

"젠장." 협탁 위의 시계를 보니 오후 12시 13분이었다. 로리 때문에 시간 가는 줄 몰랐다.

"너도 사다리 타야겠네." 이미 창밖으로 이동 중인 로리가 말했다.

"빌어먹을 샤라 휠러." 클로이는 투덜거리며 창밖으로 몸을 날렸다. 너무 세게 날리는 바람에 사다리의 첫 번째 가로대를 헛디딜 뻔했다.

클로이가 내려오자 로리는 사다리를 가냘픈 한쪽 어깨에 메고는 끙끙대며 울타리로 향했다. 외모만 평가하자면, 가느다란 빗자루 위에 잘생긴 얼굴을 얹어놓은 꼴이었다. 후배 여자애들이 이른바 '기타를 둘러메고 학교 주차장을 배회하는 나쁜 선배'의 매력을 풍기는 로리에게 왜 그렇게 열광하는지는 알겠지만, 힘을 쓰는 모습은 처량하기 그지없었다.

"도와줄게." 클로이가 사다리의 반대쪽 끝을 잡으며 말했다. 로리는 끙 하며 앓는 소리를 냈지만 거절하지는 않았다.

로리를 따라 울타리를 넘으니 폴스 비치 컨트리클럽의 여느 집처럼 초록이 무성하고 완벽하게 관리된 뒷마당이 나왔다. 유흥업소 출입구처럼 경비가 떡하니 지키고 있었다. 이런 거대한 컨트리클럽은 캘리포니아에 살 때도 들어가본 적이 없었다. 클로이에게는 클럽 회원의 유모를 사칭하지 않는 한 드나들 수 없는 곳이었다.

"아, 몰라." 클로이는 사다리를 내던지고 눈가에 남은 화장을 닦아냈다. 손등에 까만 아이라이너 잉크가 묻어났다. "복숭아 어쩌고는 뭐야? 카드에 적혀 있던 거."

"나도 죽겠네."

"내일 학교에서 스미스한테 보여주자. 걔는 무슨 뜻인지 알지도 몰라."

그러자 로리가 얼굴을 잔뜩 찌푸렸다. 외부인의 출입이 통제되는 고급 주택 단지에서 추레한 꽃미남 인디 로커의 분위기를 풍기며 서 있는 로리가 클로이는 왠지 우스웠다.

"너랑 내가? 우리가 자기 여자친구랑 키스했다고 스미스한테 말하자고?"

"넌 샤라가 무슨 짓을 벌이고 있는지 알고 싶지 않아? 어디 있는지 안 궁금해?"

"그냥 돌아올 때까지 기다렸다가 직접 물어보면 안 돼?"

"샤라가 금방 돌아오지 않으면? 어디 딴 마을에 돈 많은 아저씨를 숨겨두고 이중생활이라도 하고 있으면? 우리가 다 대학교로 떠날 때까지 안 돌아오면? 영영 잠수를 타면? 넌 샤라 휠러가 도대체 왜 너한테 키스했는지 평생 궁금해 하며 살고 싶어?"

클로이의 말이 길어질수록 눈이 가늘어지던 로리가 한쪽 입꼬리를 씰룩거리며 말했다.

"샤라 때문에 마음고생이 꽤나 심한 모양이네."

"됐어." 클로이는 휙 돌아서며 말했다. "나 혼자 알아서 할게."

"잠깐만."

로리의 부름에 클로이는 걸음을 멈췄다.

"내일 언제?"

"등교하고 나서 바로. 1교시가 풋볼 물리학이야."

"좋아." 로리가 대문의 빗장을 열며 말했다. "내 일은 내 손으로 수습할게."

"무슨 연극 대사해? 학교 봄 뮤지컬 오디션이라도 보지 그래?"

"그건 내 취미가 아니라서."

클로이는 손에 든 차 키를 딸랑거리며 로리를 가만히 바라봤다. 당장이라도 샤라에 대한 우울한 시를 쓸 것 같은 표정이었다. 물론 다른 꿍꿍이가 있을지도 모른다. 클로이는 세상에서 가장 끔찍하고 두려운 조별 과제에 배정된 기분이었다. 스미스 파커가 새로운 조원으로 들어온다고 상황이 나아질 리는 없었다.

"흠." 클로이는 목청을 가다듬었다. "저기…… 다른 애들한테는 말하지 말아줄래? 샤라가 나한테 키스한 거 말이야. 너한테 괜히 말했나 싶은데…… 어쨌든 샤라가 직접 말하기 전까지는 학교에 소문이 퍼지면 안 될 것 같아."

로리는 고개를 저었다.

"말할 생각도 없었어."

클로이는 만족한 표정으로 턱을 치켜들고 휙 뒤돌아 육중한 대
문을 힘껏 밀었다.

"내일 학교에서 보자. 나오는 게 좋을 거야. 내가 네 집 주소 안다
는 거 잊지 마."

"협박 새겨들을게."

부루퉁한 표정으로 거수경례를 하는 로리를 뒤로하고 클로이는
대문을 쾅 닫았다.

로리네 집 앞마당을 지나 모퉁이를 도니 흉측한 돌고래 모양으
로 정교하게 제작한 분수와 잡목이 우거진 숲이 나왔다. 클로이가
차를 주차한 곳이었다.

운전석에 앉자 드디어 온몸의 긴장이 풀렸다. 클로이가 진정으
로 혼자일 때만 가능한 일이었다. 어깨가 축 늘어지고 손에 들린
차 키가 미끄러져 바닥 매트에 떨어졌다. 클로이는 핸들에 머리를
털썩 떨궜다. 대시보드에 놓인 작은 행운의 고양이 모형이 클로이
를 향해 태평하게 손을 흔들었다.

클로이는 샤라 휠러에게 키스를 당하고 버림받았다. 게다가 당
한 사람은 클로이뿐만이 아니었다.

문제는…… 그 립글로스다. 바닐라 민트 향 립글로스. 클로이는
키스할 때 샤라가 바르고 있던 립글로스가 아까 샤라의 방에서 본
그 립글로스라고 100퍼센트 확신했다. 클로이는 그 립글로스 향을
평생, 죽어도 잊지 못할 것이다.

샤라는 그 립글로스를 클로이와 키스할 때 쓰려고 산 게 분명했다.

바닐라 민트 향 립글로스는 샤라가 연청색 방에서 머리를 빗고 손톱에 매니큐어를 바르고 암기 카드 꾸러미를 고무줄로 세 번 돌려 묶으면서 클로이를 생각했다는 증거였다.

클로이는 조금은 샤라를 이긴 기분이었다.

클로이가 조지아에게 쓴 쪽지

부탁인데 이거 읽을 때 제발 아무 소리도 내지 말고 아무 반응도 하지 마. 태너가 여자애들 엉덩이 순위를 매겨 적은 쪽지를 클라크 선생님한테 뺏겨서 다 공개됐을 때처럼 들키기라도 하면 너는 나한테 죽을 줄 알아.

좋아. 이제 말할게.

샤라 휠러가 나한테 키스했어. 방금 전 5교시 수업 들으러 오는 길에.

놀랐겠지만 제발 표정 관리해. 너는 차분하다. 너는 잔잔한 호수다. 너는 대마차 한 통을 다 마시고 난 우리 엄마들이다.

빨리 오려고 교사용 승강기를 타고 있었을 때였어. 갑자기 샤라가 내 뒤에 타는 거야. 그러더니 **느닷없이** 나한테 입을 맞췄어.

그런데 나도 같이 키스한 거 알아? 너무 섹시하더라고! 진짜 내 정신이 아니었어! 내 인생 최대의 숙적이 오늘따라 예쁜 스웨덴 소녀로 보이는데 어쩌겠어. 왜, 언덕 마을에 살면서 종일 리넨 셔츠에 꽃무늬 수를 놓는, 영화 〈미드소마〉에 나올 것 같은 소녀 있잖아. 게다가 냄새는 또 얼마나 좋은지. 입술에서 나는 바닐라 민트 향을 빼면 온몸에서 라일락 꽃향기가 났어. 그런 애가 입을 맞추는데 어쩌겠어? 누구라도 무너졌을 거야.

어쨌든. 샤라가 나한테 키스를 했어. 장난이 아니라 진짜, 제대로 된 **키스를 했다고.** 그러고는 **사라졌어.**

이게 무슨 뜻일까??? 샤라 휠러는 손바닥만 한 브랜디 멜빌 배꼽티가 세상에서 제일 안 어울릴, 누가 봐도 확실한 이성애자인데 말이야. 날 갖고 논 게 분명해. 이성애자면서 나한테 진짜 못된 장난을 친 거야. 그런 거겠지?

아, 이제 나는 어쩌지?

라일락 꽃향기야, 조지아. 라일락 꽃향기라고.

2

엄마들과 스바루 자동차를 타고 폴스 비치 경계를 넘을 때 클로이가 제일 먼저 본 건 샤라 휠러의 얼굴이었다.

폴스 비치에서 샤라 휠러는 언제나, 어딜 가나 존재감이 느껴지는 아이지만, 기분상 그랬다는 게 아니다. 와플 하우스 매장과 윈딕시 마트 사이로 난 폭 12미터의 주간 고속도로 위를 가로지르는 거대한 광고판에서, 클로이는 정말 샤라를 봤다. 눅눅한 잿빛 하늘 아래의 광고판 속에서 교과서 한 무더기와 각도기를 든 예쁜 금발 소녀가 화사하게 웃고 있었다.

광고판에는 "예수님은 기하학을 좋아하십니다!"라는 다소 발칙한 주장이 적혀 있었다. "윌로그로브 기독교 학교의 그리스도 중심 교육!"

폴스 비치에 있는 다섯 개의 고등학교 중 괜찮은 AP 프로그램과 〈오페라의 유령〉을 무대에 올릴 예산을 확보한 연극부가 있는 학교는 윌로그로브뿐이었다. 고스 음악에 심취한 열네 살짜리 문학광에게 이 둘은 고등학교를 선택하는 가장 중요한 기준이었다. 1990년대에 윌로그로브를 다닌 엄마는 윌로그로브의 실상을 알려주며 경고했지만 클로이는 고집을 꺾지 않았다. 선택지가 하나뿐이라면, 예수니 뭐니 하는 건 참을 수 있었다.

"폴스 비치(가짜 해변)라니, 이름이 왜 그래요?" 샤라의 광고판을 통과한 그날 클로이는 수천 번도 더 물은 질문을 또다시 던졌다. 엄마의 고향 마을 이름을 처음 들은 뒤로 늘 해온 질문이었다.

"해변이면서 해변이 아니라는 거지." 엄마는 늘 하는 답을 했고 다른 엄마는 《캔터베리 이야기》의 책장을 넘겼다. 셋은 그렇게 캘리포니아의 저녁노을을 점점 벗어나 앨라배마의 구석진 마을로 향했다.

폴스 비치는 마틴 호수의 넓은 강변에 위치한 동네다. 종종 걸프 쇼어스나 모빌 같은 해변 도시일 거라는 오해를 부르지만, 실상은 아니다. 멕시코만에서 내륙으로 차로 다섯 시간 가야 닿는, 펜사콜라보다 애틀랜타와 더 가까운 앨라배마주 정중앙에 위치한 마을이다. 호수도 진짜 호수가 아니라서 호숫가에 모래사장이 없다. 마틴 호수는 1920년대에 만들어진, 습지와 수풀, 절벽으로 둘러싸인 저수지다.

한마디로 폴스 비치는 흥미로운 일이라고는 좀처럼 일어나지 않는, 물가의 작은 마을이다. 그리고 클로이의 경험상, 작은 마을에서 드물게 흥미로운 일이 일어나면 온 마을에 소문이 퍼지는 건 시간 문제다. 월요일 아침이면 샤라가 어디로 사라졌을지를 두고 전교생이 쑥덕거릴 거란 뜻이다.

솔직히 평소와 다를 것도 없었다. 윌로그로브에서 샤라 휠러는 아름다울 뿐 아니라 이 작은 마을에 있기에는 비극적이리만큼 과분하게 뛰어난, 트로이의 헬레네 같은 존재다. 혹은 필수 봉사 활동 시간을 두 배로 기록해도 문제될 게 없는, 영화 〈퀸카로 살아남는 법〉의 퀸카, 레지나 조지 같은 존재이기도 하다.

샤라 휠러는 정말 예쁘다. 샤라 휠러는 정말 똑똑하다. 샤라 휠러는 지금껏 한 번도, 누구에게도 못되게 군 적이 없다. 샤라 휠러는 목소리가 천사 같지만, 더 간절한 학생들에게 돌아가야 할 기회를 뺏고 싶지 않아 봄 뮤지컬 오디션을 한 번도 보지 않았다. 샤라 휠러는 풋볼팀 행운의 여신이라 샤라가 관중석에 나타나지 않는 시합은 망한다. 작년에는 샤라의 자연스럽게 도톰하고 위로 들린 윗입술을 따라 하느라 인조 속눈썹 접착제로 입술산을 올리는 미용법이 1학년 여자애들 사이에서 대대적으로 유행했다. 아예 샤라의 가면을 뒤집어쓰고 다니는 애가 없는 게 기적일 정도다.

오늘은 이런 말들을 했다.

"졸업 파티 이후로 아무도 본 사람이 없대."

"스미스가 헤어지자고 해서 미쳤대."

"노숙자들을 위한 집을 지으려고 가출했대."

"임신을 해서 아무도 모르게 애를 낳으려고 부모님이 어딘가로 보냈대."

"그건 〈리버데일〉의 줄거리잖아, 바보야." 벤지가 지나가는 2학년생의 뒤통수에 대고 말했다. 벤지는 한숨을 쉬고는 방과 후에 일하는 소닉 매장의 폴로 유니폼을 접어 사물함의 맨 밑에 조심스럽게 넣었다.

클로이는 사물함 문에 달린 거울을 노려봤다. 안 그래도 힘든 인생에 샤라 휠러까지 더해지다니, 짜증이 났다.

"괜찮아, 클로이?" 벤지가 물었다.

"그럼, 괜찮지." 클로이는 반짝이는 은색 칼라 핀의 위치를 바로잡으며 말했다. 클로이가 교복을 입는 방식을 조지아는 '필사적인 노력의 산물'이라고 하고, 클로이는 '점심시간이 되면 어차피 다 똑같아지지만 잠깐이라도 개성을 표출하려는 몸부림'이라고 말한다. 뭐든 상관없다. "왜 이렇게 못생겨 보이지?"

"한쪽 눈만 그렸으니까."

"뭐?" 클로이는 다시 거울에 비친 제 얼굴을 확인했다.

왼쪽 눈: 새까만 색 아이라이너가 능숙한 솜씨로 그려져 있다. 오른쪽 눈: 신생아처럼 벌거벗은 맨눈이다.

"맙소사."

클로이는 사물함의 비상용 화장품 가방에서 얼른 아이라이너를 꺼냈다. 사물함에 박아둔 지 하도 오래 돼서 손등에 몇 번 그려야 잉크가 나왔다. 이게 필요한 순간이 올 줄은 꿈에도 몰랐다.

"어쨌든," 벤지가 대화를 다시 이어갔다. "조지아한테 이번 주 영화는 개네 집에서 봐야 한다고 했어. 애시가 하필 네 엄마가 말한 〈라비린스〉가 보고 싶다잖아. 우리집에서 봤다가는 거시기 모양이 선명히 드러나는 흰색 쫄바지 차림의 데이비드 보위를 우리 아빠가 볼 테고, 그럼 별로 답하고 싶지 않은 질문이 쏟아질 거야. 그러니까……." 벤지의 말이 잠시 끊겼다가 이어졌다. "흠. 로리 헤론이 왜 이쪽으로 오지?"

거울을 보니 클로이의 뭉툭하게 잘린 단발머리 아래로 작은 사람의 형체가 비치더니 점점 가까워졌다. 로리는 3교시도 안 됐는데 학교에 와서 무척 분하다는 듯 오만상을 찌푸리고 있었다.

"클라크 선생님한테 드릴 학급 선물 때문에 돈을 좀 빌렸어."

클로이는 재빨리 둘러대고는 아이라이너로 꼬리를 마저 그리고 뚜껑을 닫았다.

"잘해봐."

벤지가 1교시 수업을 들으러 가자 클로이는 사물함을 닫고 뒤로 돌아 로리를 마주봤다.

"다행이네, 컨트리클럽에 다시 갈 필요가 없어서."

로리가 눈을 깜박이며 말했다. "너…… 좀 피곤한 스타일인 건 알고 있지?"

"칭찬 고마워. 가자."

등교 시간이라 북적이는 학생들 틈을 헤치고 물리학 실험실로 가니 풋볼팀 애들이 모여 있었다. 클로이는 그중 누가 봐도 주축으로 보이는 선수에게 다가갔다. 샤라의 남자친구 스미스 파커였다. 어떤 비극적 사연이 있는지는 모르지만, 성으로 흔히 쓰이는 스미스가 이름이고 이름으로 흔히 쓰이는 파커가 성인, 윌로그로브 풋볼팀의 쿼터백.

클로이는 스미스와 샤라가 사귀기 시작한 날을 기억한다. 학생회에 1달러를 내면 좋아하는 사람에게 카네이션을 전해주는 남부 학교의 특이한 전통 행사로 온 학교가 시끌벅적했던, 3학년 홈커밍 축제 주간 때였다. 그해에 클로이는 AP 화학 수업에서 어쩔 수 없이 샤라의 실험 짝꿍이 됐다. 샤라가 클로이의 화학 공식을 지우고 자기 공식을 적었던 그날(결국 클로이의 공식이 맞았다), 카네이션 수십 송이가 두 사람의 실험 노트 위로 쏟아졌다. 모두 스미스가 샤라에게 보내는 꽃이었고 그때부터 샤라와 스미스는 윌로그로브의 스타 커플이 됐다. 솔직히 클로이가 보기에 카네이션은 그렇게 근사한 꽃도 아닌데 말이다.

스미스는 클로이가 싫어할 수밖에 없는 부류인 풋볼 얼간이들과 다를 게 없었다. 작년 등록금의 대부분이 풋볼 경기장 개조 공사비로 쓰였고 응원단 코치가 윤리 수업을 가르치고 있을 정도니, 윌로그로브의 우선순위는 누가 봐도 뻔했다. 스미스가 시합에서 승리할 때마다, 진정으로 재능 있는 학생들을 위해 유일하게 존재하는 예술 프로그램의 예산이 조금씩 풋볼 예산으로 바뀌었다.

가까이에서 보니 스미스 파커는…… 클로이의 예상만큼 크지 않았다. 덩치 큰 풋볼 선수라기보다는 무용수에 가까운 날씬한 역삼각형 체형이었다. 사실 스미스는 남성미를 마구 풍기는 못생기고 우락부락한 부류라기보다는 클로이가 잘생겼다고 인정하는 몇 안 되는 운동부 남학생이다. 높은 광대와 앞머리가 뾰족한 갈색 눈, 아치형 눈썹이 매력적이었고 짙은 갈색 피부는 왜 그런지 풋볼 시즌에도 맑고 깨끗했다. 키도 꽤 장신인 로리보다 컸다. 졸업 파티 전에도 이렇게 컸나? 원래 이렇게 턱이 각지고 역삼각형 몸매였나? 클로이에게 스미스는 SAT의 기하학 문제 같았다.

"스미스." 클로이가 불렀지만 스미스는 복도 저쪽에 있는 팀 동료에게 고함을 칠 뿐 아무 반응도 보이지 않았다. 풋볼 시즌이 끝난 지 넉 달이 지났으면 이제 슬슬 다른 면을 보일 때도 되지 않았나? 클로이는 다시 이름을 불렀다. "스미스!"

스미스가 드디어 돌아보자 클로이는 문득 스미스가 자신을 모를 수도 있겠다는 생각이 들었다. 다들 알듯 LA에서 왔고 레즈비언 엄마 둘과 사는 이상하고 특이한 아이라는 정도는 알겠지만, 진짜 어떤 아이인지도 알까? 팀원들을 냉혹하게 훈련시키기로 유명한 퀴즈 볼 팀 주장이라는 건 스미스에게 아무 의미도 없겠지만 말이다. 혹시 샤라가 학업에 있어 유일한 적수는 클로이뿐이라는 말을 스미스에게 하지 않았을까?

"왜?" 스미스는 클로이를 보며 답하고는 옆에 선 로리를 힐끗 돌아봤다. 로리는 학교 체육복 속으로 사라지기라도 할 듯 움츠러들다가 스미스를 향해 살짝 턱짓을 하며 알은체했다.

"잠깐 얘기 좀 할 수 있어?"

클로이가 입술을 삐죽거리며 말하자 스미스는 에이스 토레스가 물리학 실험실 입구에서 어떤 선수와 손바닥을 마주치는 모습을 어깨 너머로 돌아봤다. 졸업반을 위한 1교시 물리학이 일부러 쉬운 내용을 다루고 철저히 상대 평가로 점수를 매겨 학생 선수들의 평점을 높여주는 수업이라는 건 월로그로브생이라면 누구나 아는 사실이다.

"수업 들어가야 하는데." 스미스가 답했다.

클로이는 야유하듯 쉿 소리를 냈다. "풋볼 물리학이잖아."

"그렇긴 하지만……."

"게다가 한 달 있으면 졸업이야. 지각 좀 해도 아무도 신경 쓰지 않는다고. 특히 너는."

"피곤해서 그래. 주말에 일이 좀 있어서." 스미스가 클로이를 돌아보며 말했다. 이제 보니 눈가에 피로가 쌓여 있었다. 일요일에 뭘 했길래 저럴까. 친구들과 잠든 젖소를 쓰러트리는 장난이라도 쳤을까. "난 그만……."

그때 로리가 불쑥 내뱉었다. "샤라와 키스했어."

순간 스미스의 몸이 얼어붙었다. 로리도, 마을 변두리 농장의 아직 안 쓰러진 젖소들도 동작을 멈췄다.

스미스는 한층 낮아진 목소리로 입을 열었다. "뭐?"

"내 말은, 어……." 로리는 말을 더듬었다. 수업을 밥 먹듯 빼먹는 전위적인 인디 로커께서 갑자기 바보가 되다니. 역시 사춘기 남자애들이란 참 부끄러운 존재다. "샤라가, 어…… 떠나기 전에, 어……."

"샤라와 키스했대. 나도 했고." 클로이는 스미스 파커의 여자친구와 키스한 사람들을 이끄는 반란군 대장 스파르타쿠스라도 된 양 나섰다. "정확히 말하자면 샤라가 먼저 했어. 나중에는 나도 같이 했지만."

스미스는 클로이와 로리의 얼굴을 차례로 응시하고는 다시 클로이를 보고 말했다.

"너희는 이게 웃겨? 난 하나도 안 웃겨."

"솔직히 좀 웃기긴 하지." 클로이가 말했다.

"농담하는 거 아니야." 로리가 단호하게 말했다.

월로그로브의 서열을 조금이라도 안다면 스미스도 모를 리 없었다. 클로이와 로리는 복도에서 만나도 눈조차 안 마주칠 전혀 다른 계층인 데다 둘이 공모해 쿼터백에게 장난을 칠 리는 더더욱 없다는 걸 말이다. 월로그로브의 생태계는 서로 다른 층이 엄격하게 분리된 계층 사다리를 바탕으로 작동한다. 피치 못할 사정이 없는 한 클로이가 월로그로브 생태계의 질서를 교란할 리 없고 스미스도 그 사실을 알 터였다.

스미스는 턱 근육을 움찔하며 말했다.

"그것 참 듣기 역겨운 소식이네. 근데 그걸 왜 굳이 나한테 말하는 거지?"

"대화가 필요하니까. 우리 셋 다." 로리가 설득을 시도했다.

클로이는 더 단도직입적으로 접근했다. "로리, 그 카드 보여줘."

"무슨 카드?" 스미스가 물었다.

로리는 투덜거리면서도 책가방을 앞으로 휙 돌려 지퍼를 열었다. 가방에는 스케이트보드 전문 잡지 〈스래셔〉의 패치와 허세 부리기용 단추만 가득 붙어 있고 교과서는 한 권도 들어 있지 않았다.

"샤라가 남긴 글이야." 로리가 스미스에게 카드를 건네자 클로이가 말했다. "추신에 적힌 말이 무슨 뜻인지 알겠어?"

스미스는 샤라의 글을 한참 동안 읽고는 침착하게 카드를 접어 돌려준 뒤 로리에게 물었다.

"너, 샤라를 좋아하는구나? 아직도 말이야."

클로이는 스미스와 로리를 번갈아 봤다. 스미스의 꾹 다문 입술과 로리의 검은 눈썹 사이에 진 주름이 보였다. 클로이가 아는 한 사춘기 남자애들은 복잡다단한 감정 따위는 모르는 단순한 존재지만, 둘 사이에는 얽히고설킨 역사가 있는 게 분명했다. 샤라라는 소용돌이에 휩쓸린 역사 말이다.

"그렇다고 할 수 있지."

전날 샤라의 침실 창문을 타고 넘었을 때의 목소리로 로리가 말했다.

스미스는 분노와 만족감이 뒤섞인 표정으로 고개를 끄덕이고는 클로이를 돌아봤다.

"너는 어떤데?"

클로이는 눈을 깜박이며 목소리를 낮췄다. "난 샤라를 잘 알지도 못해. 나도 샤라가 왜 나한테 키스했는지 모르겠어. 난 그냥 샤라를 제치고 수석 졸업을 하고 싶을 뿐이야."

스미스는 잠시 생각에 잠겼다가 다시 고개를 끄덕였다. 그 모습에 클로이는 스미스가 여느 운동부 애들과는 다르다는 걸 인정해야 했다.

"'복숭아'가 뭘 말하는지는 모르겠지만, 숫자는 내 사물함 비밀번호야." 스미스가 말했다.

스미스 파커의 사물함은 엉망진창이었다.

냄새는 다른 선수들의 사물함에 비해 덜 났지만, 온갖 인쇄물을 끼워 뚱뚱해진 공책과 교과서, 영어 수업의 필독서를 넘어서는 갖가지 책으로 가득 차 있었다. 게다가 놀랍게도 튜브형 수분 크림, 머리끈, 짙은 갈색 컨실러, 석류향 립밤 등 화장품이 꽤 많이 들어 있었다. 스미스는 화장품을 리틀 데비 오트밀 파이 상자 뒤로 쑤셔 넣었다.

"좋아하나봐?" 클로이가 파이 상자를 향해 고갯짓을 하자 스미스는 어깨를 으쓱했다. "칼로리 섭취량을 유지해야 하니까."

스미스가 난장판을 뒤져 단서를 찾는 동안 클로이는 스미스의 사물함 문에 붙은 사진을 뚫어지도록 봤다. 지난 가을 홈커밍 파티 때 찍은 스미스와 샤라의 사진이었다. 스미스는 평범한 버튼다운 셔츠와 정장 바지 차림이었고 샤라는 그 드레스를 입고 있었다.

클로이는 홈커밍 파티에 가지 않았지만 워낙 유명해 인스타그램에서 샤라의 드레스를 봤다. 파란색 실크 슬립 드레스로 목둘레가 많이 파이지 않은 단순한 디자인이었지만 몸에 완전히 밀착된 데다 그날 샤라는 브래지어를 입지 않았다. 이 드레스는 일주일 내내 온 학교를 시끌벅적하게 만들었다. 어찌나 난리가 났는지 BBC 9시 뉴스에 헤드라인에 뜰 기세였다. "신이 만든 가장 완벽한 피조물이 꼭지를 슬쩍 보이다" 같은 제목으로.

로리도 사진을 보고 있는지 궁금해 힐끗 돌아봤지만, 게토레이 음료 뒤에서 무언가를 휙 끌어내는 스미스에게 시선을 고정하고 있었다.

"잠깐만. 이건 내가 넣어둔 게 아닌데."

스미스가 꺼낸 건 젤리가 담긴 봉지였다. 봉지와 함께 샤라의 이름이 각인된 두 번째 카드가 분홍색 리본으로 깔끔하게 묶여 있었고 카드 봉투에는 스미스의 이름이 적혀 있었다.

"웬 복숭아 링 젤리?"

클로이의 질문에 스미스가 답했다.

"시합 날 선수들에게 줄 간식 꾸러미에 넣으라고 샤라가 치어리더들한테 주는 젤리야. 내가 제일 좋아하거든."

"아직도?" 로리가 물었다.

스미스는 로리를 노려보며 되물었다. "왜?"

"복숭아 링 젤리는 중학생 때나 먹는 거 아닌가." 로리가 어깨를 으쓱하며 말했다.

"안 열어볼 거야?" 클로이가 끼어들었다.

스미스가 한숨을 쉬며 봉투에서 카드를 꺼내자 클로이는 스미스가 치우기 전에 어깨 너머로 얼른 카드의 내용을 읽었다.

스미스에게

너에게 어떤 말로 진실을 전해야 할지 몰랐던 게 문제였던 거 같아. 내가 이런 짓을 벌여야 했던 건 그래서였을 거야. 말로는 전하지 못해도 행동으로 보여줄 순 있으니까.

나는 무사해. 그리고 키스 일은 너무 화내지 마. 그 애들 잘못이 아니야.

포옹과 키스를 담아
샤라가

추신. 지난번 편지의 추신대로 해줘. 로리와 같이. 금방 찾을 수 있을 거야.

추추신. 클로이도 곧 카드를 받을 거라고 전해줘.

"무슨 말인지 하나도 모르겠어." 스미스가 카드를 옆구리 쪽으로 내리며 말했다.

"설마 〈테이큰〉처럼 납치라도 된 건 아니겠지?" 클로이가 물었다.

"아니겠지."

"그럼 작정하고 떠났다는 거네?"

"그렇지."

"범죄를 저지르고 도망친 건 아닐까. 누굴 죽였다거나."

"설마."

로리가 허리를 곧게 펴고는 끼어들었다. "걱정이 되기는 해?"

으악.

스미스는 잠시 동작을 멈췄다가 사물함을 닫고 물었다.

"무슨 뜻이야?"

"아니, 뭐. 어차피 졸업하면 샤라는 버릴 거 아니었어? 대학 풋볼 팀에서 뛰면 팬이 한 둘이 아닐 테니까. 이렇게 돼서 차라리 다행이다 싶을 거 같은데."

"어이쿠." 클로이는 저도 모르게 감탄사를 내뱉었다.

스미스는 한쪽 입꼬리의 속살을 깨물며 왜소한 몸집의 원정팀 키커를 보는 듯한 눈빛으로 로리를 바라보며 천천히 턱을 들어올렸다. 그러고는 휴대폰을 꺼내더니 잠금을 해제해 내밀었다.

화면에는 최근 발신 기록이 떠 있었고 발신 대상은 다 똑같았다. 지난 두 시간 동안에만 열 통을 건 모양이었다. 샤라, 샤라, 샤라,

샤라, 샤라.

"어제 에이스랑 차로 폴스 비치를 샅샅이 뒤지고 다녔어. 샤라가 자주 가는 곳은 다 가봤어. 호튼의 시네마크 극장, 소닉 매장, 딕스 스포팅 굿즈 매장 옆에 있는 목련 나무가 많은 공원, 다 가봤지만 아무 데도 없었어. 몇 시간을 뒤지고 다녔다고. 이 정도면 답변이 됐을 거 같은데."

로리가 텅 빈 워드 문서의 첫 줄에서 깜박이는 커서 같은 표정을 짓자, 클로이가 먼저 말문을 열었다.

"그럼 우리가 필요하겠네. 보다시피…… 샤라는 일종의 퍼즐을 만들었어. 우리 셋이 각각 조각을 쥐고 있는 퍼즐. 이 퍼즐을 완성하면 샤라가 어디 있는지 알 수 있을 거야."

스미스는 로리를 쏘아보던 시선을 거둬 클로이를 바라봤다.

"네 조각은 어디 있는데?"

"찾아봐야지." 클로이가 볼멘 목소리로 말했다. "물론 셋이 함께 하겠다고 동의하지 않으면 찾아봤자 아무 소용이 없겠지만."

스미스는 다시 로리를 돌아보며 물었다. "너도 낄 거야?"

"나도 신경 쓰고 싶지 않아." 로리가 마침내 충격에서 벗어난 듯 입을 열었다. "하지만 샤라가 우리 셋을 계속 언급하는 걸 보면 셋이 함께하라는 거잖아. 뭐, 어쩌겠어. 난 낄 거야."

"나도." 클로이가 말했다. "그러니 너도 샤라의 행방을 알고 싶다면 네 여자친구가 우리한테 키스했다는 사실은 잊어버리고 동참해. 되도록 빨리."

주변의 아이들 모두 1교시 수업을 들으러 가면서 모두 세 사람을 한 번씩 빤히 쳐다봤다. ACT(대입 학력고사) 점수가 35점인 클로이 그린. 윌로그로브 풋볼팀을 2년 연속 주 챔피언 자리에 올려놓은 쿼터백 스미스 파커. 생물 실험실을 작정하고 물바다로 만든 사건으로 제일 유명한 로리 혜론. 이 셋이 한 공간에 있다는 건 윌로그로브 시공간 연속체에 블랙홀이 뚫린 것과 같았다.

스미스는 속으로 계산기를 두드리는 눈치였다. 로리와는 한 순간도 함께하고 싶지 않은 사이인 게 분명했다. 셋이 함께한다면 클로이는 두 남자의 자존심 싸움에 휘말려 한시도 편할 날이 없을 것이다. 그러나 두 사람이 승리를 안겨주기만 한다면 그쯤은 얼마든지 견딜 수 있었다. 윌로그로브가 그렇듯, 스미스와 로리는 클로이에게 필요악이었다.

"그럼 나도 낄게." 스미스가 클로이를 곁눈질로 힐끗 보며 말했다. "샤라가 널 두고 한 말이 이제 이해되네."

클로이는 눈을 깜박이며 물었다. "뭐라고 했는데?"

"신경 쓸 거 없어."

"좋아." 당연히 신경이 쓰였지만 클로이는 계속 말을 이었다. "우리가 알아야 할 내용이 있으면, 그러니까 최근에 샤라가 한 말이나 평소답지 않게 한 행동이 있으면 뭐든 나한테 말해줘."

"우리한테."

"우리한테."

로리가 바로잡자 클로이가 다시 말했다.

"하나 걸리는 게 있긴 해. 최근 들어 숙제 때문에 놀 수 없다는 말을 자주 했어. 툭하면 그랬어. 숙제가 엄청 많다고. 지금 생각해보니…… 그 시간에 뭔가 다른 일을 한 것 같아."

"기분이…… 나빠 보였어?"

클로이가 물었다.

"샤라는 가끔 속을 알 수 없을 때가 있어. 한 번씩 그냥 잠수를 타. 주말 내내 문자를 씹거나 휴대폰을 비행기 모드로 설정해놓고는 아무 설명도 없어. 그러다 이틀 뒤에 나타나 아무 일도 없다는 듯 굴고."

"그럴 때 너는 어떻게 하는데?" 로리가 물었다.

"샤라가 잠수 탈 때."

"지금까지는 딱히 뭔가를 할 필요가 없었어. 늘 다시 나타났거든."

클로이 그린과 스미스 파커와 로리 헤론의 그룹 채팅방

정보 공유하려고 만들었어.

샤라에 대한 새로운 정보가 없으면 답하지 마.

스미스: 알았어

스미스, 답하지 말라고 했잖아.

스미스: 미안

클로이가 그룹 채팅방의 이름을 '나는 샤라 휠러와 키스했다'로 바꾸었습니다.

로리: (경악하는 이모티콘)

스미스: 미쳤어?

스미스가 그룹 채팅방의 이름을 삭제했습니다.

사실을 말했을 뿐인데 왜들 그러는지 모르겠네.

로리가 테이프에 녹음한 말을 글로 옮김
'사적인 내용'을 뜻하는 녹색 스티커가 붙어 있었음

나는 샤라 휠러와 키스했다.

사건의 전말은 이렇다. 나는 졸업 파티라는 제도를 믿지 않지만, 파티 당일 병적인 호기심이 발동해 내 방 창문을 넘어 지붕으로 올라가 오가는 애들을 구경했다. 남자애들이 빌린 리무진을 타고 골프 코스 건너편의 클럽 하우스 앞에서 속속 내리고 있었다. 샤라가 나를 발견한 건 그때였다. 샤라는 드레스를 치켜올린 채 층층나무 옆의 격자 구조물을 타고 지붕으로 올라와 "안녕"이라고 인사한 뒤 내게 입을 맞췄다. 그러고는 가버렸다.

늘 상상했던 것과는 달리 온 세상이 뒤흔들릴 만큼 충격적이지는 않았다. 그보다는 그냥…… 혼란스러웠다.

나는 계속 지붕에 앉아 2학년 때부터 수도 없이 봤던 그 모습 그대로 샤라의 집 앞에 차를 세우는 스미스를 지켜봤다. 어찌나 환하게 웃는지 우리집 지붕에서 스미스의 하얀 이가 다 보일 정도였다. 스미스는 아무 일도 없었던 양 샤라의 집 앞에서 샤라와 함께 사진을 찍었다.

오늘 아침, 브루클린 베넷이 인스타그램에 샤라를 우회적으로 저격하는 글을 올렸다. 여왕을 발표하는 순간에 떨어지는 풍선 장식에 졸업 파티 예산의 절반을 들였는데 당사자가 나타나지 않아 헛돈을 썼다는 내용이었다. 제이크가 소닉 매장에서 에이스를 만나 들은 바에 따르면, 샤라는 스미스가 샤라의 소지품을 가지러 보관소에 간 사이에 없어졌다고 했다. 그 뒤로 샤라는 무도장에 돌아오지 않았다. 이제 모두 샤라가 사라진 걸 안다. 샤라가 어디로 갔고, 왜 갔는지 아는 사람은 아무도 없다.

그러나 나는 샤라와 키스했다.

3

샤라 휠러의 실종 후 지난 시간: 3일
졸업까지 남은 시간: 40일

화요일 오후, 클로이는 제 방에서 손가락에 은 목걸이를 칭칭 감으며 캘리포니아를 떠올렸다.

윌로그로브에 입학하기 전만 해도 클로이에게 폴스 비치는 몇 번 와보지도 않았지만 올 때마다 견디기 힘든 마을이었다. 인앤아웃 버거도 버블티도 없고, 주유소 편의점의 폴라 팝스와 이 근방에서는 제일 고급진 식당이라 금요일마다 두 시간은 기다려야 하는 올리브 가든뿐이었다. (수년 전부터 피에프창이 입점한다는 소문이 돌았지만, 클로이는 여전히 폴스 비치에 생기기에는 너무 급진적인 식당이라고 생각한다.)

그러나 할머니 병세가 좋아질 기미가 보이지 않자 제스 엄마는 LA 오페라 극단의 배역을, 클로이는 2주일에 한 번씩 먹던 회와 중학교 친구들을 포기해야 했다. 그게 4년 전 일이다.

4년 전, 클로이는 1학년 생물 수업 시간에 교과서의 유성 생식 단원이 왜 테이프로 붙여져 있는지 반 친구에게 물어야 했고, 유치원 때부터 쭉 윌로그로브를 다닌 조지아를 처음 만났다. 3년 반 전, 클로이는 심취했던 고스 음악과 멀어졌고 조지아는 윌로그로브 졸업 후 5개년 계획을 사물함에 붙였다. 올해에는 클로이와 벤지가 합창단 지도 교사인 트루먼 선생님을 조르고 조른 끝에 드디어 봄 뮤지컬 작품으로 〈오페라의 유령〉이 선정됐고 둘이 각각 크리스틴과 라울 역을 맡아 연기했다.

클로이가 전학 첫날 첫 수업 시간에 광고판 속의 소녀를 처음 만난 것도 4년 전 일이다. 그 애는 교실 맨 앞줄에 앉아 책상에 형광펜을 가지런히 배열해놓고 있었다. 그날 하루 동안 클로이가 얻은 정보는 다음과 같았다.

1) 그 소녀는 샤라 휠러다. 2) 샤라 휠러의 아빠는 학생들에게 구시대적 학칙을 강요하는 윌로그로브의 휠러 교장이다. 3) 샤라의 집안은 하느님보다 돈이 많다. 4) 모두가, 모두가 샤라를 좋아한다.

윌로그로브를 은근히 못마땅하게 생각하는 조지아조차, 전학 온 첫 주에 클로이가 샤라에 대해 묻자, "솔직히 샤라가 멋지긴 하지"라고 답했다.

샤라는 멋지지 않다. 멋진 건 캘리포니아다. 엄마가 둘이라는 게 온 동네에 알려져도 아무 문제가 되지 않는 곳, 그런 곳에서 사는 게 멋진 거다. 샤라는 폴스 비치 사람들의 기대에 부응하는, 완벽한 소녀의 덕목을 모두 갖췄을 뿐, 개성이라고는 없는 아이다. 그게 뭐가 멋지단 말인가.

클로이는 아직 샤라가 자신에게 남긴 카드를 찾지 못했다. 물론 뒤져볼 데는 다 뒤져봤다. 샤라와 키스한 날 샤라가 입은 면 폴로 셔츠에 밀착됐던 자신의 옥스퍼드 셔츠 앞주머니까지 뒤졌지만 허사였다.

클로이는 가느다란 목걸이를 서랍에 넣어 닫고는 욕실 거울을 노려봤다. 이 마을에서 샤라 휠러에게 세뇌되지 않은 유일한 사람이 자신을 보고 있었다. 클로이는 거울에 비친 자신에게 말했다.

"판단력이 너무 뛰어나도 문제라니까."

방으로 돌아온 클로이는 대입 책자 무더기를 발로 차 치우고는 책가방을 향해 손을 뻗었다. 샤라의 카드를 찾는 일은 몇 시간 뒤로 미뤄야 했다. 프랑스어4 기말고사 과제와 데이트가 잡혀 있었다. 1789년에서 1832년까지 일어난 프랑스 혁명을 주제로 3주 뒤까지 정식 에세이를 작성해 제출해야 했다. 조지아와 함께해야 하는 과제였다.

"엄마, 티타니아가 내 속옷 또 먹었어요." 클로이가 주방으로 들어가며 말했다.

아직 작업복을 입은 채 거대한 무언가를 냉동실에 쑤셔넣던 밸 엄마가 투덜거리며 답했다.

"속옷을 바닥에 두는 사람만 겪을 문제 같은데. 난 아니고."

"이번 달에만 세 개째예요. 내일 할인점에 가서 사게 돈 좀 줄 수 있어요?"

문제를 일으킨 집고양이, 티타니아는 냉장고 위에 떡하니 앉아 팬티 먹는 작은 주군이라도 된 듯 두 사람을 내려다보고 있었다. 난폭하고 복수심이 강한 티타니아가 그린 가족의 일원으로 산 세월은 클로이와 거의 맞먹는다. 그래서인지 두 엄마는 자꾸 클로이의 까칠한 성격을 티타니아 탓으로 돌렸다.

"동전 통 뒤져봐." 밸 엄마가 말했다.

클로이는 한숨을 쉬며 25센트짜리 동전을 꺼내 셌다.

"그건 뭐예요?" 얼린 야채의 위치를 바꿔 정체 모를 냉동 꾸러미를 넣을 공간을 마련하고 있는 엄마를 보며 클로이가 물었다. "사람이라도 죽였어요?"

"제스 엄마께서," 드디어 예의 그 꾸러미를 쑤셔넣는 데 성공하며 밸 엄마가 말했다. "이번 주말에 포르투갈에서 오면 남부식 만찬을 먹고 싶대서. 메뉴를 아주 구체적으로 주문하더라고." 밸 엄마가 고기 덩이를 한 번 두드리고는 클로이를 돌아봤다. 짧은 검은색 머리칼 몇 가닥이 이마 위로 흘러내렸다. 전에는 클로이의 도움을 받아 파란색으로 염색했지만 이사 온 뒤로는 자연 그대로의 상태를 유지하고 있었다. "털더큰이란다."

"털이라니, 이름부터 마음에 안 드네요. 일단 들어보죠."

"칠면조 안에 오리를 넣고 오리 안에 닭을 넣은 요리야."

"그런 건 대체 어디서 구했어요?"

"아는 남자한테서."

"고생 좀…… 하셨겠네요."

밸 엄마는 고개를 끄덕이며 냉동실 문을 닫았다. "아내의 소원인데 들어줘야지."

클로이와 밸 엄마가 이사로 우울해하자 캘리포니아 출신의 제스 엄마는 극성스러우리만큼 적극적으로 남부의 문화를 배우기로 작정했다. 앨라배마가 적힌 빨간색 티셔츠를 사서 텃밭을 가꿀 때 입었고, 해외 출장용 가방도 앨라배마 대학 풋볼팀을 상징하는 하운드 투스 무늬 제품으로 샀다. 남부 출신 가수, 돌리 파튼의 사진을 액자에 넣어 주방 창턱에 올려두기까지 했다. 난감한 상황이 아닐 수 없었다.

특히 제스 엄마는 남부의 진미란 진미는 다 찾아내 맛보는 데 취미를 붙였다. 캘리포니아에서 살 때 접한 앨라배마풍 먹거리라고는 밸 엄마가 늘 냉장고에 넣어두는 달콤한 홍차가 전부였다. 그러나 이사 온 뒤로 제스 엄마는 닭 넓적다리와 그린 토마토를 튀기는 법을 배웠다. 남부의 체인점, 보쟁글스의 메뉴를 하나씩 다 맛보았으며, 동네에 있는 남부 흑인의 전통 음식을 파는 가게란 가게는 모두 다니며 단골이 됐다.

이제는 클로이에게 웬 악몽 같은 가금류 마트료시카를 먹일 생각인 모양이었다. 밀러 라이트 맥주 캔을 닭 똥구멍에 쑤셔넣고 구운 요리를 먹일 때보다 더 끔찍한데 말이다.

"두고 봐요. 졸업장을 받자마자 그대로 유기농 대형 마트가 있는 도시가 나올 때까지 걸어갈 테니까." 클로이가 말했다.

"딸." 밸 엄마가 팔짱을 끼고는 클로이를 유심히 바라보며 말했다. "통상적 수준의 클로이표 심술이야? 제스 엄마가 보고 싶어 짜증이 난 거야? 엄마 하나로는 모자라니?"

클로이는 어깨를 으쓱하며 무시하고는 뒷문 옆 테이블에 놓인

지갑과 자동차 열쇠를 집어 들었다. 뒷문 위에는 여자의 가슴을 그린 제스 엄마의 추상화가 걸려 있었다.

"그런 거 아니에요."

"아니면 지난주부터 이상하게 굴던데 무슨 다른 이유라도 있니?"

"그런 거 아니라니까요! 엄마도 속옷 대신 비키니 아랫도리 입어봐요. 얼마나 불쾌한데요!"

"알았어. 어쨌거나 하고 싶은 말 있으면 언제든 해. 여자 문제든 남자 문제든. 졸업을 앞두면 누구나 만감이 교차하니까. 너도……."

"다녀올게요!" 뒷문으로 도망쳐 나온 클로이는 샤라의 망령이 뒤따라오기라도 하는 듯 재빨리 문을 쾅 닫았다.

데어리 퀸 매장을 빼고는 이렇다 할 명소가 전혀 없는 길을 차로 15분쯤 달리니 폴스 비치의 중심가가 나왔다.

주민들이 '시내'라 부르는 이 고장의 유일한 중심가다. 대로변에 붉은 벽돌로 된 역사적 건물과 철제 발코니와 남부 소도시 특유의 매력을 지닌 2층짜리 상점이 다닥다닥 늘어서 있다. 길을 따라 가면 주철 기둥이 세워진 흰색 법원 건물이 나오고, 그 앞으로 남북 전쟁 시대의 정취가 느껴지는 넓은 마을 광장이 펼쳐진다. 광장 중앙에는 흉측한 남부 연합 기념물이 세워져 있었는데 지지난 여름 한밤중에 누군가가 끌어내려 마틴 호수 속에 처박아버렸다. 지금껏 폴스 비치에서 벌어진 사건 중 유일하게 멋진 사건이었다. 작년에 시의회는 새 마스코트 선발 대회를 열어 새로운 동상을 세웠다. 거대한 뿔이 달리고 앞다리를 들어올린 사슴으로, 이름은 '수사슴 버키'라고 지어졌다.

클로이는 광장에서 좌회전해 웹스터스 아이스크림 매장 앞에 차를 세웠다. 마침 종탑에서 오후 다섯 시 정각을 알리는 종이 울렸다.

종탑 안 맨 아래에 위치한 '종탑 서점'은 폴스 비치에서 유일하게 존재할 가치가 있는 곳이다. 비좁은 방 두 개와 주인의 허락을 받아 사다리를 타고 올라가야 볼 수 있는, 방 하나의 삼분의 일만 한 공간이 전부인 작은 서점이다. 바닥은 물론이고 변기 위 선반이나 통통한 이구아나가 들어 있는 테라리엄 위 등 평평하기만 하면 어김없이 책이 수북이 쌓여 있다. 매시 정각 종탑의 종이 울리면 서점의 벽도 같이 울려 계산대까지 진동이 느껴진다. 계산대에는 조지아의 아빠가 비행사 스타일의 안경을 쓰고 이글스의 곡을 들으며 앉아 있었다.

조지아는 사다리 꼭대기에 앉아 교복 치마 대신 회색 운동복 바지와 샌들 차림으로 문고판 책을 읽고 있었다. 둘 다 눈동자가 갈색이고 눈썹이 짙고 턱이 각져 많이 닮았지만, 클로이가 중세 시대의 학자 스타일이라면 조지아는 진보적이고 소년미를 풍기는 레즈비언 스타일이었다. 머리 스타일도 짧고 검은색인 건 같지만, 클로이는 이마가 전혀 안 보이도록 앞머리를 빽빽하게 내렸고 조지아의 앞머리는 이마가 보이든 말든 상관없다는 듯 숱이 적었다.

조지아는 어떤 공간이든 당당히 들어간다. 수없이 들어가봤다는 듯, 출구는 물론이고 뭐가 어디 있는지 다 안다는 듯, 지난번에 왔을 때와 달라진 게 있어도 전혀 신경 안 쓴다는 듯 말이다. 왜소해 보인다기에는 키가 크고, 위풍당당하면서도 온화하며, 평점에 연연

하지 않지만 화학 공식이나 역도함수와는 무관한 방식으로 똑똑하다. 선택 과목인 문예 창작 수업을 조지아와 같이 들었을 때 어떤 사람을 한 단어로 묘사하는 과제가 주어진 적이 있었다. 클로이는 조지아를 골랐고 나무나 집처럼 '견고하다'라는 단어로 조지아를 묘사했다.

앨라배마의 원시적 토양에서 조지아 같은 애가 빚어진 건 기적이었다. 조지아가 없었다면 클로이는 이곳의 삶을 견디지 못했을 것이다.

클로이는 손을 뻗어 조지아의 발목 옆을 두 번 두드렸다. "뭐 읽어?"

조지아가 책에서 눈을 떼지 않은 채 휙 내미는 표지를 보니,《엠마》였다.

"오스틴? 또?"

"그게," 조지아가 한 구절이 다 끝났는지 한숨을 쉬며 말했다. 조지아는 읽던 구절을 다 읽기 전에는 불러도 답을 하지 않는다. "밸이 추천한 현대 문학 작품 중 하나를 읽어봤는데…….."

"우리 엄마 좀 밸이라고 부르지 말아줄래."

"요즘 책은 거의 다 그냥 별로야."

"넌 요즘 책을 쓰고 싶어 하잖아."

"괜찮아." 조지아가 책을 덮으며 말했다. "난 훌륭한 작품을 쓸 거니까."

"난 네가 제인 오스틴 소설을 왜 그렇게 좋아하는 모르겠더라." 사다리 가로대 사이를 통과해 바로 아래에 깔린 카펫에 착지하는 조지아를 보며 클로이가 말했다. "특히 엠마는 아무리 봐도 짜증나."

"책이? 아니면 인물?"

"인물. 책 자체는 괜찮아."

조지아는 계산대를 향해 앞장서 걸었다. 조지아가 늘 갖고 다니는 물병이 책장과 의자에 부딪치면서 덜그럭거리자, 건너편에서 헤드폰을 쓴 채 재고 조사 중이던 조지아의 엄마가 손을 흔들었다.

"엠마가 왜 짜증나는데?"

"남의 마음을 조정하려 들잖아. 주변 사람들한테 한 짓에 대한 보상도 끝까지 하지 않는 거 같고."

"이 책의 핵심은 엠마가 제 잘못을 바로잡는 게 아니야. 엠마가 흥미로운 인간이 되는 거지." 조지아는 계산대 뒤로 쓱 들어가 자기 짐을 챙기면서 말했다. "내 생각에 엠마는 나고 자란 마을에 갇혀 사는 삶이 너무 지루한 나머지 주변 사람들의 삶을 갖고 놀면서 재미를 찾는 여자야. 좋은 캐릭터지."

"그래, 알았어."

"게다가 얼마나 낭만적인데. '내가 당신을 덜 사랑했다면 그 마음을 더 잘 설명할 수 있었을 텐데.' 오스틴의 전 작품을 통틀어 최고의 대사가 거기 나온다고. 난 오스틴의 소설은 다 읽어봐서 알아, 클로이."

"몇 권이나 읽었는데?" 클로이가 짐짓 진지한 표정으로 물었다.

"전부 다."

클로이는 웃으면서 계산대 뒤에 있는 책들을 훑어봤다.

"새로 들어온 '클망괴퀼' 있어?"

조지아가 섭정 시대의 고전 소설을 읽고 또 읽는 동안, 클로이는 고집 센 젊은 여자가 제 능력을 갈고 닦는 흥미진진한 여정 속에서 자신을 적대시하던 괴물과 사랑에 빠지는 이야기를 즐겨 읽었다. 이를 아는 조지아는 클로이가 좋아할 만한 책이 입고될 때마다 계산대 뒤에 쌓아놓았다. 조지아는 이 책들을 '클로이의 망할 괴물 컬렉션', 줄여서 '클망괴컬'이라 부른다.

"한 권 들어왔어." 조지아가 선반 맨 위에서 낡은 문고판 책을 뽑아내며 말했다. 1980년대에 유행한, 허리에 천 쪼가리를 두르고 멀릿 커트를 한 요정이 표지에 그려진 하이 판타지물*이었다. "영웅적 임무를 수행 중이던 요정 공주가 사악한 요정 용병에게 매혹되는 이야기야. 근데 이성애물이야."

클로이는 한숨을 쉬었다.

"고맙지만 이번 달 남자 악당 이야기는 한도 초과야."

"그럴 줄 알았어." 선반에 정리할 헌책이 담긴 상자에 추천하려던 책을 던져 넣으며 조지아가 말했다. "네가 사랑해 마지않는 못된 년이 나오는 책은 계속 찾고 있어."

"꼭 사악한 여왕이 주인공일 필요는 없어. 그냥 그게 더 낫다는 거지."

클로이는 남자도 좋아하긴 하지만, 오만함과 적의, 어두운 과거사 등 남자 악당의 전형적 특징이 시시하기만 했다. 검은 머리를 길게 늘어뜨린 섹시한 남자가 그렇게까지 분노할 일이 대체 뭐란 말

---

* 현실과 전혀 다른 세계를 배경으로 영웅과 상상 속 존재들의 이야기를 서사적으로 풀어낸, 판타지의 하위 장르.

인가. 그냥 샴푸로 머리나 빡빡 감고 받아들여, 카일로 렌*. 돈 많은 부모가 보내준 마법 캠프에서 친구 좀 못 사귄 게 무슨 대수라고.

"인간 여자가 괴물 남자와 사랑에 빠져 맺어질 정도가 되려면, 괴물이 적어도……."

"유령 정도는 돼야지." 같이 서점 밖으로 나가면서 조지아가 문장을 대신 마무리했다. 오십만 번도 더 들은 말이기 때문이다.

"겉은 괴물이지만 속으로는 여자의 꿈을 응원해주는 남자! 구식이라 욕해도 상관없어. 자고로 남자는 지하실에서 더 유능한 아내의 발성 연습이나 도와주는 게 맞아."

"하여튼 제정신이 아니라니까. 처음 만난 날도 그러더니." 조지아가 말했다. "난 그저 작은 오두막에서 스콘 따위에 대해 철학적 대화를 나눌 착한 여자친구가 필요할 뿐이야."

"응원할게. 서른 살쯤 나랑 뉴욕에서 사는 게 지겨워지면 그 은퇴 계획, 마음껏 실행해."

"참 고맙다." 조지아가 조수석에 앉으며 말했다. "아, 배고파 죽겠네."

"나도." 털더쿤 때문에 달아났던 식욕이 금세 되살아났다.

"타코벨에 갈래?" 조지아가 늘 하는 제안을 했다.

"아, 쉐이크쉑 버거만 먹을 수 있음 내 왼쪽 가슴이라도 내놓겠다." 클로이가 시동을 걸며 말했다. "이 동네는 진짜 우울해. 장담하는데 이 동네에서 너랑 나, 너희 부모님 빼고 제인 오스틴이 누군

---

*   스타워즈 시리즈에 등장하는 악당.

지 아는 사람은 아무도 없을걸."

"우리 부모님이 서점을 연 지 20년이나 됐는데 설마 폴스 비치의 평균 지성 수준이 그 정도로 낮을까. 샤라 휠러도 두 달 전쯤《엠마》를 사러 왔고."

"웩."

"이름은 말해도 되잖아. 걔가 무슨 비틀쥬스*도 아니고."

"비틀쥬스는 아니지. 더 끔찍하거든."

방과 후에 아이들이 친목을 위해 즐겨 가는, 학교에서 3분 거리인 타코벨은 멧 갈라**가 열리는 메트로폴리탄 박물관 같은 곳이다. 윌로그로브생 만남의 광장이랄까. 윌로그로브의 2학년생은 운전면허증을 따면 모두 타코벨에서 첫 번째 드라이브스루 주행을 연습한다. 지난 가을에는 서머 콜린스와 에이스 토레스가 타코벨 주차장에서 서로의 얼굴에 음료수를 던지며 끝난 떠들썩한 이별을 했다는 소문이 돌았다.

자연히 타코벨의 아르바이트생 절반은 부모의 강요로 일을 해야 하는 윌로그로브생으로 구성됐다. 매주 화요일 저녁 드라이브스루 계산대를 담당하는 점원은 촌스러운 머리 스타일에 학교에서 빌린 트롬본으로 밴드부 활동을 하는 3학년 타일러 밀러다. 클로이는 밸 엄마가 엔진을 수리해 차를 물려준 지난여름부터 화요일마다 조지

* 동명에 영화에 등장하는 미치광이 악령으로 이름을 세 번 부르면 그와 계약을 맺게 된다.
** 메트로폴리탄 미술관 의상 연구소가 주최하고 유명 인사가 총출동하는 대형 패션 자선 행사.

아와 타코벨에서 저녁을 먹었다. 그래서 타일러와는 학교에서보다 타코벨의 지직거리는 스피커를 통해 더 자주 대화를 나눴다.

클로이가 매장 창문 가까이에 차를 대자 타일러가 허둥지둥 잔돈을 계산해 건넸다.

"어, 잠깐만." 타일러는 클로이가 주문한 음식을 마저 건넨 뒤 말했다. "줄 게 더 있어."

계산대의 창문이 닫혔다.

클로이는 음식을 확인하고 있는 조지아를 어리둥절한 표정으로 힐끗 보고는 고개를 저으며 어깨를 으쓱했다.

창문이 다시 열리고 타일러가 무언가를 서툴게 건넸다.

"어, 이걸 너한테 줘야 해서."

입구가 밀봉된 봉투였다. 분홍색 봉투.

머릿속에서 울리는 사이렌 소리를 들으며 클로이는 얼른 봉투를 잡아채 열었다. 봉투 앞면에 클로이의 이름이 적혀 있었다. 클로이는 곡선이 부드럽게 휘어진 H와 완벽하게 동그란 O를 빤히 내려다봤다.

클로이는 타일러에게 날카롭게 물었다. "학교에서 주지 왜?"

"내가, 아니 그 애가 지난주에 여기 와서 다음에 네가 드라이브스루를 통과할 때 전해달라고 했어."

"그 애가 누군데?"

타일러는 천사의 이름이라도 되는 양 떨리는 목소리로 말했다.

"샤라 휠러."

"그래서 넌 시키는 대로 했고?"

"샤라 휠러가 나한테 말을 걸 줄은 꿈에도 몰랐어." 타일러는 꿈 꾸는 듯한 표정으로 말했다. "내 존재조차 모르는 줄 알았는데."

"돌겠네." 클로이는 가속 페달을 힘껏 밟았다.

클로이에게

네 엄마랑 우리 부모님이 윌로그로브 동창이라는 거, 너도 알지? 중학교 3학년을 앞둔 여름에 저녁 식사 자리에서 부모님이 얘기하는 걸 들었어.

"밸러리 그린이 돌아온대. 머리를 파란색으로 염색하고 등교했다가 정학 당한 애, 기억나? 지금은 여자랑 결혼해 사는데 딸을 윌로그로브에 보내고 싶어 한대."

네가 전학 오기 전에 아빠 사무실에서 네 파일을 찾아봤어. 입학시험을 꽤 잘 봤더라?

그때부터 네가 궁금했지만 윌로그로브의 분위기상 너랑 친해지지 못했고 그래서 널 제대로 알 기회가 없었어.

이제 곧 졸업이니 지금이 아니면 영영 기회가 없겠지?

포옹과 키스를 담아

샤라 휠러가

추신. 멧비둘기316@gmail.com

네 번째 시도 만에 로리가 드디어 전화를 받았다.

"네가 나한테 전화를 걸 이유가 있나?"

"지금 어디야?" 클로이가 타코 포장지를 봉지에 던져 넣으며 따지듯 물었다. 스미스와 연락이 된 직후 대충 핑계를 둘러대 조지아를 종탑 앞에 내려주고는 바로 전화를 건 참이었다.

"친구네⋯⋯ 집에 있는데?

"친구 누구?"

"제이크."

"제이크가 누군데?"

"어, 제이크 스톤?"

"약쟁이 스톤?" 아는 애였다. 아니, 듣기만 했을 뿐 잘은 모른다. 제이크가 전자 담배를 피우다 걸렸을 때 같은 화장실에 있었다는 이유로 벤지가 정학을 당할 뻔한 적이 있다. 지저분한 금발에 인기 없는 로파이 음악을 사운드클라우드에 올리는, 나중에 목에 문신을 하고 다닐 게 분명한 아이였다. "좋아. 그럼 네 집에서 멀지 않다는 거네."

"제이크가 어디 사는지는 어떻게 알아?"

"벤지가 걔네 집 근처에 살거든." 클로이는 초조한 목소리로 말했다. "폴스 비치가 그렇게 큰 동네는 아니잖아? 어쨌든 지금 네 집으로 가고 있어. 스미스도."

로리의 눈이 휘둥그레지는 소리가 수화기 너머까지 들리는 듯했다.

"왜?"

"지금 골프를 치지 않으면 죽을 거 같아서 그런다, 왜. 왜긴 왜겠어. 샤라가 나한테 남긴 카드를 찾았으니까 그렇지."

"어디에서?"

"그건 신경 쓸 거 없고."

클로이는 로리에게 쏘아붙인 뒤 급하게 좌회전을 하고는 화를 내며 경적을 울리는 트럭 기사에게 사과의 표시로 손을 흔들었다.

"왜 우리 집에서 만나야 하는데?"

"네 집이 종탑과 스미스네 집 중간이니까. 샤라가 내 카드에 이메일 주소를 남겼어. 네 카드에 남긴 그건 비밀번호 같아. 그러니까 나 좀 들어가게 정문 좀 열어줄래? 내 차가 워낙 고물이라 경비들이 의심할 것 같거든."

"알았어, 알았다고. 지금 갈게."

클로이는 전화를 끊고 휴대폰을 빈 조수석 의자에 휙 던졌다.

샤라가 제 카드에는 수수께끼를 남기지 않았다는 게, 클로이는 믿기지 않았다. 스미스에게는 비밀 코드를 남겼고 로리에게도 창문이 열려 있을 거라는 귀띔을 했으면서 클로이에게는 수수께끼를 풀 기회조차 주지 않았다. 어떤 허접한 수수께끼든 보란듯 풀어낼 자신이 있는데 말이다. 샤라는 클로이에게 말 그대로 그냥 카드를 갖다 바쳤다. 나를 이렇게 모욕하다니.

편지의 진짜 의미와 봉투 안에 들어 있던 작은 은색 열쇠는 나중에 다시 살펴볼 것이다. 도대체 무엇을 여는 열쇠일까?

로리의 집 앞에 차를 세우고 보니 거리에 세워진 차는 클로이의 차뿐이었다. 스미스는 우편함에 기대선 채 당장이라도 샤라가 덤불에서 튀어나오기라도 할 것처럼 진입로 너머 샤라의 집을 빤히 바라보고 있었다. 곧이어 로리가 짜증나고 부루퉁한 표정으로 1980년대식 선홍색 컨버터블을 타고 도착했다.

"부모님은 집에 계셔?" 클로이가 물었다.

로리는 클로이의 옆을 스치듯 지나쳐 대문을 열었다. "그게 중요해?"

"나야 상관없지. 이 상황을 설명해야 할 사람은 내가 아니니까."

로리는 어깨를 으쓱했다. "엄마랑 새아빠는 이번 주에 이탈리아에 가고 없어."

"운이 좋았네." 스미스가 낮은 목소리로 말했다.

로리의 집은 근사했다. 베이지색으로 집을 꾸미는 온갖 다양한 방법을 다루는, 주택 전문 채널 HGTV의 스페셜 프로그램에 나올 것 같은 집이었다. 클로이는 두 엄마와 살 집을 보러 다니다 모든 게 너무 완벽하게 배치돼 있어 아무도 살고 있지 않은 게 분명한 집을 둘러봤을 때가 떠올랐다. 로리의 집도 벽난로 위에 결혼사진이 걸려 있고 실제 사람이 산다는 것만 다를 뿐 그때 본 집과 비슷했다. 사진 속에는 미소 띤 중년 백인 부부와 5년 전의 로리로 보이는 심드렁한 표정의 소년이 있었다.

"네 컴퓨터는 어디 있어?" 클로이가 물었다.

로리는 인공 건초가 꽂힌 꽃병 옆에서 클로이를 노려보며 말했다. "내 방에."

"좋았어."

2층으로 가는 계단을 반쯤 올라가니 스미스가 뒤따라 올라오고 로리도 결국 올라오는 소리가 들렸다. 2층에 도착한 클로이는 로리의 방을 단박에 알아봤다. 방문에 훔친 일시정지 표지판이 붙어 있었다. 로리의 친구들은 침울한 표정으로 벽돌담에 기대서 있거나 사소한 공공 기물을 파손하는 취미가 있으니 틀림없었다. 클로이는 방 안으로 들어갔다.

로리의 방은 집 안의 다른 공간에서 색이란 색은 다 빼내 몰아넣은 듯했다. 책장에는 색색의 액션 피겨가 가득했고, 2인용 침대에는 짙은 자주색 침대보와 다 쓴 수건이 널려 있었고, 벽에는 기괴한 초상화 사진이 도배되다시피 붙어 있었다. 탑처럼 쌓인 빨간 반스 운동화 상자 옆에는 카펫으로 쏟아질 정도로 레코드판이 가득 찬 캐비닛이 있었고, 그 위에는 턴테이블이, 턴테이블 위 벽에는 리언 브리지스의 순회공연 포스터가 붙어 있었다. 레코드판 재킷을 보니 프린스, 지미 헨드릭스, 비비 킹 등 자라면서 제스 엄마 때문에 들어야 했던 가수들의 앨범도 몇 개 눈에 띄었다.

층층나무가 그늘을 드리운 창문 아래 책상에는 은색 맥북과 아날로그식 녹음기, 색깔로 구별되는 카세트테이프 더미가 놓여 있었고, 그 주위로 기타 피크와 둘둘 말린 기타줄이 흩어져 있었다. 기타는 모두 사다리를 타고 올라가는, 빈백이 가득한 다락에 있었다. 빌어먹게 비싼 기타가 한둘이 아니었다. 전체를 검은색 칠판 페인트로 칠한 한쪽 벽면은 친구들이 낙서한 그림과 글로 가득했다. 그중 음경을 그린 그림은 클로이가 본 것만 세 개였다.

서랍장 위 벽에 걸린 메모판에는 사진과 스크랩, 티켓 반쪽 등이 터질 듯 잔뜩 꽂혀 있었다. 로리가 아빠로 보이는 수염이 희끗희끗한 잘생긴 흑인 남자와 공연장에서 웃으며 찍은 사진이 눈에 띄었다. 모어하우스 대학교 로고가 새겨진 스웨트셔츠 차림에 레게 머리를 묶고 로리와 똑같은 녹갈색 눈동자를 한, 대학생쯤 돼 보이는 남자와 찍은 사진도 있었다. '아빠'라고 적힌 카드 뭉치도 보였다.

간식 꾸러미 같은 데 넣는 두 줄짜리 카드지만 장문의 편지보다 애정이 듬뿍 담겨 있었다. 로리가 웃고 있는 사진이 이렇게 많다니 이상했다. 로리가 1미터 거리에서 클로이를 노려보고 있어 더욱 그랬다.

"도로 표지판을 몇 개나 훔친 거야?"

스미스가 책상 옆 한구석에 쌓인 금속판을 쳐다보며 물었다.

"이보다는 많지. 제이크네 집에도 좀 있고." 눈알을 굴리는 스미스를 힐끗 보고 비난하는 기색을 읽었는지 로리가 해명에 나섰다. "진정해. 인종 차별주의자 이름을 딴 도로명 표지판만 훔치니까. 이 동네 거리 이름이 다 그런 건 내 탓이 아니잖아."

"이건……." 스미스가 다락에 놓인 반짝거리는 빨간 스트라토캐스터 기타를 더 잘 보려고 목을 쭉 빼며 말했다. "좀 멋지네."

로리의 자동차가 그렇듯, 확실히 멋진 방이기는 했다.

로리는 사다리에 기대서며 어깨를 으쓱했다. "놀랄 거 없어."

"놀란 건 아니야." 곧바로 방어 태세를 취하며 스미스가 말했다. "그냥 그렇다고."

"네 의견 안 물어봤는데."

"그래, 내 여자친구의 의견만 궁금하겠지."

"왜 화가 나셨을까. 고등학교 때 잘나간다고 평생 뭐든 원하는 대로 이뤄지지는 않는다는 현실을 이제야 깨달았나보지?"

"내가 화난 건 내 애인이 너랑 바람을 피웠기 때문인 거 같은데."

"너한테 없는 뭔가가 나한테 있는 모양이지."

"뭐, 부자 새아빠랑 컨트리클럽에 사는 거?"

"취향의 문제겠지. 난 관심사가 다양하거든. 사타구니 가려움증 말고는 관심 없는 너랑은 달리."

"왜, 네 그 유쾌한 성격 때문은 아니고?"

클로이는 눈을 질끈 감고 이 아수라장을 견뎌야 하는 이유를 떠올리려 안간힘을 썼다.

그 순간, 한 장면이 머릿속을 가득 채웠다. 새로 산 립글로스를 바른 샤라가 미소 띤 얼굴로 계산대 너머로 몸을 기댄 채 타일러 밀러에게 분홍색 봉투를 전하는 장면이었다. 샤라는 자신이 클로이보다 열 발짝 앞서 있다는 걸 보여주려고 만반의 준비를 했고, 클로이가 샤라의 립글로스 향을 알아채기 전에 이미 클로이의 동선을 정확히 파악하고 있었다.

"그만!" 클로이의 외침에 막 뜨거운 설전을 벌이려던 스미스와 로리가 입을 벌린 채 멈췄다. "이보세요들! 자꾸 잊어버리는 거 같은데 나도 샤라와 키스했거든? 난 개인적으로 그 이유를 꼭 알고 싶으니까 제발 하기로 한 일이나 하면 안 될까?"

잠시 침묵이 흐른 뒤 스미스가 먼저 투덜거리며 말했다.

"알았어."

로리도 위아래 어금니가 붙기라도 한 듯 이를 악물고 동의했다.

"로리, 비밀번호가 뭐였지?" 클로이가 사무적인 말투로 물었다.

로리는 강렬한 눈빛으로 클로이를 쏘아보고는 어수선한 책상에서 몰스킨 노트를 찾아 툭 떨어뜨렸다. 그러자 분홍색 카드가 끼워진 노트 한가운데가 저절로 펼쳐졌다.

"고마워." 클로이는 카드를 집으려다가 펼쳐진 페이지 가득 들쭉

날쭉 적힌 글을 힐끗 내려다봤다. 몇몇 단어는 서로 각운을 이루고 있었다. "맙소사. 너 정말로 샤라에 대한 슬픈 시를 짓는구나?"

"보지 마!" 로이가 노트를 획 닫으며 외쳤다.

"난 보고 싶은데." 스미스가 노트를 보려고 고개를 쑥 내밀며 말했다.

"둘 다 꺼져. 클로이, 집중하자고 한 건 너잖아."

"알았어."

클로이는 로리의 책상 앞 의자에 앉아 노트북을 열고 샤라에게 받은 카드를 로리의 카드 옆에 뒀다. 스미스가 뒤에서 서성이는 게 느껴졌다. 아마 샤라가 클로이에게 뭐라고 썼는지 읽고 있을 것이다. 좋았어. 이제는 남들도 샤라가 겉보기와 다른 애라는 걸 알 때가 됐다.

"어이, 잠깐만." 클로이가 검색창을 열자 로리가 움찔하며 말했다.

"걱정 마. 검색 기록 뒤질 생각 없어." 클로이는 메일을 열어 샤라의 편지에 적힌 이메일 주소를 입력하면서 말했다. "추측은 할 수 있지만."

스미스와 로리는 몸을 바싹 기울여 클로이가 비밀번호를 입력하는 모습을 지켜봤다. 로리가 실수인 척하며 스미스의 갈비뼈를 팔꿈치로 치는 소리가 들렸다.

받은편지함에는 아무것도 없었다. 스팸편지함에도 광고 메일 한 통 없었다.

"초안." 스미스가 말했다. "초안을 보냈잖아. 임시보관함 열어봐."

임시보관함을 여니 보내지 않은 메일이 한 통 있었다. 제목 칸에는 '곧 돌아올게'라고 입력돼 있었다.

클로이는 숨을 멈추고 메일을 클릭했다.

안녕.

난 샤라야. 당연히 샤라지 누구겠어. 이미 알고 있겠지만.

떠날 수밖에 없는 사정이 있었어. 곧 다 이해될 거야. 약속해.

미안해. 너희에 대한 내 진심을 진작 전해야 하는데 못 그랬어. 사실 아직도 어떻게 전해야 할지 잘 모르겠어. 그래서 겨우 이 방법을 생각해낸 거고.

포옹과 키스를 담아

샤라가

추신. 클로이, 다음 카드는 너를 위한 거야. 네가 거의 매일 가는 곳에 있을 거야. 그때까지 너는 서약을 지켜. 나는 덤불 속에 숨을 테니.

"이게 뭐야?" 로리가 물었다.

"이걸로는…… 아무것도 알 수 없잖아."

"단서야." 스미스가 말했다. "추신에 또 다른 단서를 남겼어."

"그걸 어떻게 아는데?"

"지금까지 샤라가 한 행동을 생각해봐. 계속 작은 힌트를…… 주잖아. 그냥은 알려줄 수 없다는 듯이. 답을 찾아내라는 거지."

"우리가 자기를 찾길 바란다는 거야?"

"그런 것 같아. 클로이도 찾고 싶어하는 것 같고."

"클로이?"

"클로이, 넌 무슨 뜻인지 알겠어?"

로리와 스미스가 목소리가 마구 겹쳐져 들렸지만 클로이는 귓가에 맴도는 마음의 소리 때문에 둘의 말을 알아들을 수가 없었다. 샤라가 앙증맞은 화장대 앞에 앉아 의기양양하게 이메일을 작성하는 모습을 상상할수록 그 소리는 점점 커졌다. 샤라는 자기가 계획한 대로 클로이가 메일을 읽을 것이며 자신이 제공한 퍼즐 조각을 셋이 서로 먼저 맞추겠다고 다투리라는 확신을 갖고 이 메일을 작성했을 것이다.

당연하다. 당연히 샤라는 해명을 하는 대신 이런 게임을 벌이고 싶었을 것이다. 당연히 샤라는 자신만의 존 그린 소설 속 주인공 역을 맡고 싶었을 것이다. 우리 셋이 체스판의 멍청한 말처럼 이리저리 휘둘리는 역할을 기꺼이 맡을 테니 말이다. 샤라의 키스를 받았고 샤라가 짠 판인데 왜 아니겠는가.

문제는 샤라가 클로이를 스미스와 로리, 윌로그로브의 다른 모든 학생과 동급으로 취급했다는 것이다.

윌로그로브의 아이들은 누구나 샤라가 저를 알아봐주고 마법을 부려 자기를 재미있거나 똑똑하거나 멋진 사람으로 만들어주길 바란다.

그러나 클로이는 그들과 달랐다. 샤라 휠러와 키스했다고 달라지는 건 아무것도 없었다.

클로이는 책상을 확 밀며 일어나 로리의 방을 박차고 나갔다. 당황한 스미스가 이름을 불렀지만 무시하고 걸음을 재촉했다.

클로이는 샤라의 전략을 역이용하겠다고, 그래서 샤라를 무너뜨리겠다고 굳게 다짐했다.

윌로그로브 기독교 학교 행동 수칙

교부 대상: 클로이 그린

수칙서의 첫 페이지. 기존의 페이지를 찢어내고
그 자리에 손 글씨로 적은 새로운 페이지를 끼워 넣었음.

1. 모든 학생은 '구원'받아야 한다.

2. '구원'받지 못한 사람은 주로 엠마 그레이스 베이커가 주도할 온갖
   인신공격을 당해야 한다. 예: "클로이 그린은 '구원'받지 못했대.
   클로이를 위해 기도해야겠어."

3. 윌로그로브에서 흡연이나 음주, 춤추기, 성교를 하는 학생은 공식
   적으로 아무도 없다. 바꿔 말하면, 전교생 중 절반은 몰래 흡연과
   음주, 춤추기, 성교를 하고 있다. 피임약을 복용하는 것도 가능하
   다. 풋볼팀 소속이라면 엠마 그레이스의 아빠에게 처방전을 써달
   라고 부탁해라.

4. 춤추기는 죄악이자 성적 흥분을 유도하는 활동(이것도 죄악이다)이
   므로 윌로그로브 기독교 학교에는 공식적으로 홈커밍 파티나 졸
   업 파티가 존재하지 않는다. 그러나 학교의 일원이 아닌 학부모들
   의 주최로 학교 이외의 공간에서 열리고 모두가 참석하는 졸업파
   티는 있다.

5. 신을 먼저 사랑하고, 그다음으로 샤라 휠러를 사랑해라.

4

샤라 휠러의 실종 후 지난 시간: 4일

졸업까지 남은 시간: 39일

클로이는 가끔 스트레스를 받을 때 다른 세계에 사는 제 모습을 상상한다.

아예 딴사람이 되는 상상을 하는 건 아니다. 자신의 능력과 지능이 만인에게 인정받는 세계에서 멋지고 한없이 매력적인 인물이 되는 상상이나 에드워드 시대 영국에서 뱀파이어 사냥꾼으로 활약하는 상상을 한다. 일종의 스트레스 대처법이다.

오늘은 학교로 차를 몰면서 뱀파이어 사냥꾼이 되는 상상을 했다. 화려한 연회장에서 실크 치마를 들어 올리고는 허벅지에 고정시킨 단검을 뽑아 연회장 건너편으로 휙 던진다. 쏜살같이 날아간 단검은 뱀파이어 샤라의 얼굴 바로 옆 벽에 꽂힌다.

효과가 없다. 클로이는 제스 엄마의 표현을 빌리면, '매우 더러운 기분'으로 학생 주차장에 차를 세웠다. 애시는 늘 그렇듯 늦는 모양이었고 조지아와 벤지는 이미 와서 벤지의 무스탕 펜더에 기대서 있었다. 둘은 조지아의 부모님이 조지아에게 차를 사줄 형편이 안 돼 카풀을 하고 있었다.

"똥구멍에 벌레라도 들어간 표정인데?"

벤지가 차 문을 쾅 닫으며 내리는 클로이에게 말했다.

"이게 도움이 될 걸."

클로이가 스타벅스에서 늘 주문하는 음료를 건네며 조지아가 말했다. 황설탕 시럽 두 번, 바닐라 시럽 한 번 펌프질해 넣은 아이스 말차 라테였다. 폴스 비치에서 구할 수 있는 그나마 버블티에 제일 가까운 음료다. 클로이는 말차 라테를 한 모금 쭉 빨아 들이켰지만 끽끽거리며 머릿속을 어지럽히는 샤라 휠러 박쥐 오백 마리를 잠재우지는 못했다.

흘낏 보니 조지아가 클로이의 표정을 관찰하고 있었다. 클로이는 억지 미소를 지었다. 어젯밤 타코벨 드라이브스루에서 벌어진 일로 급하게 헤어진 뒤 무슨 일이 있었는지, 지금은 설명할 기분이 아니었다. 화난 기색을 비쳤다가는 조지아의 질문이 쏟아질 게 뻔했다.

클로이의 친구들은 모두 클로이가 샤라를 어떻게 생각하는지 안다. 특히 벤지는 심화 세계사 수업을 같이 들을 때 둘의 관계를 직접 목격했다. 둘 다 중간 학기 발표 주제로 앤 불린을 골랐고 샤라가 클로이보다 5점 더 높은 점수를 받았다. 샤라가 앤 불린 여왕이 좋아했던 장미색 마지팬 쿠키를 집에서 구워와 마치 튜더 왕조 시대의 이빨 요정처럼 나눠준 덕분이었다. 클로이가 '개인 행동' 문제로 자격이 실격되는 바람에 샤라가 '3학년 올해의 학생' 상을 받았을 때는 클로이가 애시의 손을 너무 꽉 쥐어 애시의 손가락뼈가 가루가 될 뻔했다. 넷 사이에서 클로이와 샤라의 관계는 자주 농담의 소재가 된다. 만인의 사랑을 받는 착하기 그지없는 소녀를 클로이 혼자만 철천지원수로 여기니 왜 안 그러겠는가.

만약 키스 사건을 친구들에게 말하면, 철천지원수라도 사생활은 지켜줘야 할 것 같아 말하지 않겠지만, 다들 '학교에서 제일 예쁜 애와 키스하다니!'라며 신나게 놀려댈 테고 그럼 클로이는 죽고 싶어질 것이다. 샤라가 남긴 단서를 알려주면 그룹 채팅방에서 샤라의 미친 일탈 행위에 왜 휘말리느냐며 온갖 잔소리를 해댈 것이고, 그럼 클로이는 애들을 죽이고 싶어질 것이다. 그러니 비밀로 하는 게 모두의 안전을 위해 옳은 선택이다.

"룸메이트 소식은 아직 없어?"

클로이는 화제를 돌릴 확실한 미끼를 던졌다. 벤지와 애시는 각각 앨라배마대학교와 로드아일랜드 디자인 학교에 다닐 예정이다. 애시는 파이널 판타지 14 서버의 '캣보이' 용병단에서 만난 인터넷 친구와 기숙사 방을 같이 쓰기로 했지만, 벤지는 아직 룸메이트가 어떤 부류의 남자인지 모르는 상태였다.

벤지가 예상대로 미끼를 물었다.

"아직 없어. 룸메이트가 잘생긴 이성애자면 어쩌지? 집 떠나 보내는 첫해를 풋볼 시합에 넥타이 매고 오는 남자를 짝사랑하느라 허비하기는 싫단 말이야."

"룸메이트한테 잘생긴 게이 친구들이 있을지도 모르잖아."

"터스칼루사에 게이가 참도 많겠다."

"걱정 마." 조지아가 말했다. "시어서커 정장을 다섯 벌 보유한 남자든, 사륜 오토바이 뒤에 널 태우고 다녀줄 남자든 언젠가는 만날 테니까. 어느 쪽이든 잎이 무성한 오크 나무 그늘에서 격렬한 연애를 하게 될 거야."

"날 주인공으로 청춘 성장 영화 대본이라도 쓰려고? 그럼 맡겨줘. 티모시 샬라메 정도는 실직시킬 준비가 됐으니까."

"미안하지만 난 영화 대본은 안 써." 조지아가 물병의 물을 들이키며 말했다.

"너희는 그 멋지다는 뉴욕대학교 아파트에 입주 신청했어?" 벤지가 물었다.

클로이가 고개를 끄덕이며 말했다.

"신청은 했는데 방 배정은 7월에나 된대. 모르는 사람과 같이 살 필요가 없어 다행일 뿐이야."

"으응." 조지아도 콧소리로 동의했다.

"난……." 벤지가 말을 하려다 말고 세 자리 떨어진 곳에 막 주차된 검은색 지프차를 노려봤다. 에이스 토레스가 차에서 내리자 벤지는 애써 예의 바른 미소를 지었다. 벤지 일행을 발견한 에이스가 특유의 멍청한 미소를 날리며 손을 흔들었다.

"어이, 벤지! 클로이, 제시카."

에이스는 1교시 전 풋볼팀이 모이는 안뜰을 향해 기분 좋게 휘파람을 불며 느릿느릿 걸어갔다.

"석 달이야." 조지아가 벤지 차의 전조등에 부딪치는 줄도 모르고 물병을 휘두르며 말했다. "쟤가 유령 역을 맡았던 석 달 내내 내가 무대 감독이었어. 근데 아직도 내 이름을 몰라."

벤지는 수백 년 묵은 원한을 토해내듯 한숨을 내쉬었다.

"쟤 머릿속에는 뭐가 들었을까?"

"귀여운 햄스터가 열심히 쳇바퀴 돌고 있을걸." 클로이가 답했다.

"쪼그만 학교 대표 선수용 재킷을 입고 있겠지." 벤지가 덧붙였다.

조지아가 물었다. "무슨 대표 선수?"

"투창." 벤지가 말했다. "난 쟤가 내 이름은 기억하는 게 신기하다니까. 제발 친구 사이라는 오해는 받지 않길!"

"친구가 되고 싶은 건 아니고?"

"설마." 벤지가 도도하게 말했다. "솔직히 그렇잖아. 남의 배역을 빼앗은 걸로도 부족해서." 벤지는 유령 역할의 적임자는 자신이라는 걸 강조하기 위해 잠시 말을 멈췄다. "아무 일도 없었다는 양 다니는 게 말이 돼?"

클로이는 에이스가 안뜰에서 스미스를 끌어당겨 남자들끼리 한쪽 어깨를 부딪치며 하는 예의 그 이상한 포옹을 하는 모습을 지켜봤다. 당연하게도 에이스는 스미스 파커의 절친이다. 그 말은 스미스가 지난달 〈오페라의 유령〉 낮 공연 때 왔다는 뜻이고, 샤라를 데려왔다는 뜻이며, 공연 내내 클로이가 아닌 척하면서 샤라를 의식했다는 뜻이다. 샤라는 맨 앞줄 한가운데에 앉아 찰랑거리는 머리카락을 늘어뜨리고 어디 한번 보자는 표정을 지었고.

클로이가 너무 세게 움켜잡는 바람에 말차 라테 컵의 뚜껑이 펑

하고 분리됐다.

수업종이 울리자 클로이는 조지아의 의심스러운 시선을 어깨를 으쓱하며 무시하고는 B동으로 앞장서 걸었다. 넷은 쌍여닫이문 앞에서 흩어졌다. 조지아의 1교시 수업은 미적분이고 벤지의 수업은 역사였다. 클로이는 팔리 선생님의 AP 문학 수업을 들으러 복도를 따라 걸었다.

여자 화장실 옆에서 파마머리를 한 셔면 선생님이 늘 있는 자리에서 마스카라가 뭉친 눈으로 사우론의 눈처럼 지나가는 학생들을 뚫어져라 보고 있었다. 클로이는 교칙 위반 대상은 아닌 검은색 매니큐어가 선생님의 눈에 잘 띄도록 일부러 손가락 끝을 흔들며 지나갔다. 이 정도면 충분할 것이다.

교실에 도착하자 클로이는 두 번째 줄 가운데에 앉아 바인더를 꺼내 매끄럽고 차가운 책상 위에 놓은 뒤 수업 때 쓰는 소설 세 권을 책등이 예쁘게 연결되도록 세로로 나란히 배치했다. 그러면서 샤라가 늘 앉던 앞자리를 의식하지 않으려 애썼다.

작년에 팔리 선생님의 수업을 들을 때 클로이는 매일 샤라보다 먼저 도착했다. 샤라가 제일 잘하는 과목이 영어라 조금이라도 추가 점수를 따는 게 중요했다. 샤라보다 2분 먼저 도착해서 참여 점수를 0.5점이라도 추가로 받을 수 있다면 그렇게 해야 했다. 3학년 때 로드키 선생님의 수업에서 1점 차이로 샤라에게 선두를 내준 어이없는 실수를 반복할 수는 없었다.

어쨌거나 늘 먼저 도착한 탓에 클로이는 샤라가 교실에 들어설 때마다 어떤 일이 일어나는지 지켜봐야 했다.

살인 사건 다큐멘터리를 보면 죽은 소녀를 두고 사람들이 늘 이런 멍청한 말을 한다. "그 애가 들어서면 교실이 환해졌어요."

클로이는 피해자를 안타깝게 여긴 나머지 좋은 말을 해주거나 뇌가 조화를 부려 죽은 사람에게 후광을 입힌다고 생각했다.

그러나 샤라를 만난 뒤로는 생각이 달라졌다. 샤라는 어떤 교실이든 들어설 때마다 퍼레이드 꽃수레를 탄 듯 환한 미소를 띠고 찰랑이는 머리를 휘날리며 손을 흔들었다. 매일 아침 샤라는 팔리 선생님의 수업을 들으러 왔고, 그때마다 아이들은 하던 일을 멈추고 그날 샤라가 바른 립글로스의 색을 확인했다. 그 순간에는 간질거리는 느낌이 들었다. 이를테면 선생님이 오늘은 수업을 하지 않고 영화를 보겠다고 할 때 교실을 가득 채우는 조용한 들뜸과 같은 느낌. 물론 클로이는 〈크루서블〉을 보느니 어제 한 숙제 이야기를 하고 싶었지만 말이다.

그러나 오늘 클로이의 앞자리는 끝까지 채워지지 않았다.

1교시가 끝나기 5분 전, 클로이는 화이트보드 위에 걸린 시계를 확인한 뒤 바인더를 덮어 가방에 넣었다.

왼쪽에 앉은 브루클린 베넷이 클로이에게 몸을 기울이며 속삭였다.

"뭐 하는 거야?"

학생회장이자 토론팀과 모의 유엔 클럽의 대표이자 졸업 앨범 편집장(전부 다 치마를 입고 하는 방과 후 활동이다)인 브루클린 베넷만큼 교칙을 사랑하는 아이는 없을 것이다. 예민하기로 따지면 클로이는 줄이 팽팽히 당겨진 일반적인 현악기고, 브루클린 베넷은 2만

달러짜리 비올라다.

"진정해, 브루클린." 클로이도 속삭이는 목소리로 답했다. "일찍 나가려고."

"왜?"

"두고 보면 알아. 이제 곧……."

말이 떨어지기 무섭게 교내 스피커가 울렸다.

"클로이 그린 양은 교장실로 오기 바랍니다. 클로이 그린 양은 교장실로 오기 바랍니다."

브루클린은 클로이를 빤히 바라봤다. 클로이는 어깨를 으쓱하고 는 가방을 들고 팔리 선생님에게 손을 흔들어 인사했다.

2학년 때부터 매주 한 번씩 있는 일이었다. 클로이는 매번 1교시 가 끝날 때쯤 복장 규정 위반으로 교장실로 불려가 "수업에 방해가 되는 요소를 최소화하기 위해 마련된 교칙을 준수하는 것"이 왜 중 요한지 일장 연설을 들었다.

윌로그로브에 적응하는 시기였던 1학년 때는 작정하고 문제를 일으켰다. 그러나 GSA* 회의를 열어도 아무도 참석하지 않았고, 금 욕만 강조하는 성교육에 반대해 공짜 콘돔을 나눠주다 정학을 당 했다. 그러면서 클로이는 깨달았다. 윌로그로브에서는 아무도 변화 를 원하지 않았다. 누구보다 멋진 동성애자 친구들도 졸업하기 전 까지는 절대 커밍아웃하지 않겠다는 생각이 확고했다. 친구들의 생각조차 바꾸지 못하면서 굳이 퇴학당해 대학을 못 가는 위험을

---

* Gender Sexualities Alliance젠더-섹슈얼리티 연맹 또는 Gay-Straight Alliances게 이-스트레이트 연맹의 약칭.

감수할 필요가 없었다.

그때부터 클로이는 복장 규정을 위반하는 선에서 만족하기로 했다. 규정보다 1인치 높은 굽을 신거나 무릎 위까지는 올라오지만 치맛단에는 못 미치는 양말을 신거나 옥스퍼드 셔츠 깃에 별 모양 자수를 놓거나, 짙은 색 립스틱을 바르는 식이었다. 작년에 애시가 잡동사니로 만든 귀걸이로 틱톡에서 인기를 끈 뒤로는 지렁이 젤리와 일회용 핫소스 봉지, 말린 과일 슬라이스 등 온갖 재료가 귓불에서 달랑거리게 할 수 있었다. 딱 쫓겨나지 않을 수준으로만 반항하는 게 핵심이었다.

경험이 쌓이니 오늘 아침처럼 셔면 선생님이 교장실에 클로이의 위반 사항을 보고하게 만드는 정도는 식은 죽 먹기였다. 소도시의 아름다운 금발 공주가 사라졌으니 휠러 교장이 이끄는 FBI의 전면적 수색이 시작될 것이다. 카드고 열쇠고 다 필요 없다. 샤라를 찾는 지름길은 저들이 아는 정보를 파악하는 것이고, 그러기 위한 제일 빠른 방법은 교장실에 불려가는 것이다.

교장실에 가는 길에 클로이는 화학 실험실 옆에 있는 화장실에 들러 거울을 보며 차림새를 점검했다.

2학년 때 클로이는 매일 화학 수업이 시작되기 전 이 화장실에 들러 화장을 고치고 머리를 매만졌다. 샤라와 한 조로 실험을 할 수밖에 없었던 가을 학기 내내 아이들은 툭하면 두 사람의 자리로 찾아와 한심한 이유를 대며 도움을 청했다. "안 돼, 태너. 샤라는 너한테 5단계 반응이 뭔지 가르쳐줄 시간 없어". 결국 클로이는 자기 방어 차원에서 수업 전 매무새를 가다듬기 시작했다.

2학년 때 딱 한 번 샤라와 친구가 될 뻔한 적이 있기는 했다.

2학년 2학기, 샤라와 스미스가 사귀게 된 뒤의 일이었다. 더 이상 실험 짝꿍은 아니었지만 기초 미적분 수업 때 클로이는 여전히 샤라의 뒷자리에 앉았다. 제일 잘하는 과목은 아니라 웬만큼 노력하지 않으면 평균 98점을 받기도 어려웠다. 그러던 어느 날 클로이는 원뿔 곡선 문제에 빨간 줄이 그어진 시험지를 돌려받았다. 그러자 샤라가 뒤로 돌아 자기도 같은 문제를 틀렸다고 털어놓았다.

다음 날 샤라는 클로이에게 숙제가 어렵지 않았는지 물었고 그때부터 클로이는 수업 전 몇 분 동안 샤라가 말을 거는 사람이 됐다. 처음으로 클로이는 남들이 샤라에게서 무엇을 보는지 어렴풋이 깨달았다. 샤라의 순진해 보이는 동그란 눈을 보고 있으면 나쁜 마음 같은 걸 품고 있으리라고는 상상하기 어려웠다.

그러던 금요일 아침, 중간시험을 앞두고 참고서를 복습하던 중 샤라가 물었다.

"7번 문제 알겠어?"

포물선의 수직 지름의 길이를 구하는 문제였고 클로이가 바로 어젯밤 한 시간 동안 끙끙대며 공부한 개념이었다.

"어, 먼저 준선의 방정식을 구해야 해."

"그래? 내가 푸는 게 맞는지 봐줄래?"

샤라는 머리를 어깨 너머로 늘어뜨린 채 클로이의 연습장 위로 몸을 기울여 클로이가 말한 대로 문제를 풀기 시작했다. 그러다 순서를 잘못 풀었고, 클로이는 그게 아니라는 뜻으로 샤라의 손목을 잡았다.

클로이의 엄지손가락이 샤라의 손바닥 바로 아래, 부드러운 팔목 안쪽 살에 닿았다. 맥박이 마구 뛰는 게 느껴졌다.

샤라는 곧바로 손을 뿌리쳤지만 클로이가 진실을 깨닫기에는 충분한 시간이었다. 샤라는 거짓말을 하고 있었다. 물론 몇 주 동안 잠시 잊어버렸을 뿐, 샤라가 거짓말쟁이라는 건 1학년 때부터 알고 있었다.

클로이는 고개를 들고 말했다.

"어떻게 푸는지 이미 알잖아. 아니야?"

샤라는 얼굴이 맞닿다시피 한 클로이와 시선을 맞추고는 태연하게 물었다.

"너는 알아?"

"당연히 알지."

"그럼 풀어봐."

샤라는 속을 알 수 없는 평온한 표정으로 증명하라는 듯 왼쪽 눈썹을 치켜올렸다.

윌로그로브의 인기 있는 아이들은 늘 그렇다. 친구인 척하며 다가와 상대가 멍청해 보이게 만들 순간을 노린다. 샤라도 클로이가 무슨 문제를 어려워하는지 알아채고 염장을 지를 목적이었던 게 분명했다.

클로이는 샤라의 손 밑에 있던 연습장을 홱 잡아채며 직접 풀라고 했고, 그 일은 그렇게 일단락됐다.

그리고 오늘, 클로이는 셔츠의 깃을 똑바로 세운 뒤 교장실로 향했다.

방문 기록을 남기면서 안내 직원인 베일리 부인에게 윙크하자 베일리 부인은 늘 그러듯 고개를 저었다. 이렇게 우수한 학생이 왜 착하고 예의 바른 이성애자는 못 될까 아쉬워하는 표정이었다.

아쉬울 게 뭐람. 당신들에게는 샤라가 있지 않은가.

"에이, 교장 선생님도. 다 아시면서."

교장실과 안내 데스크 사이의 짧은 복도에서 귀에 거슬리는 익숙한 목소리가 들렸다.

"어쨌든 나중에 얘기해요. 됐죠?"

곧이어 남성미를 마구 풍기는 못생기고 우락부락한 풋볼 선수의 전형이 어슬렁어슬렁 걸어 나왔다. 졸업 파티 왕으로 선정된 딕슨 웰스였다. 딕슨은 베일리 부인에게 은근한 미소를 지으며 추파를 던졌다. 왜 인기 있는 남자애들은 수업 중에 학교를 배회하며 교사들과 농담 따먹기를 해도 혼이 안 나는 걸까?

"또 봐요, 내 사랑."

"아, 그만해, 딕슨." 베일리 부인은 딕슨이 계속하길 원하는 게 분명한 높은 톤의 목소리로 대꾸했다. 그러고는 클로이에게는 한 옥타브 낮은 목소리로 말했다. "이제 들어가보렴."

클로이는 교장실에 자리를 잡고 앉았다. 교장실은 전형적인 앨라배마 백인 남자의 과시적 장신구로 가득했다. 벽에는 박제한 송어가 걸려 있었고, 책장에는 위장 무늬의 크로키즈 안경 줄이 달리고 프레임이 둥글게 휜 오클리 선글라스와 교장이 윌로그로브 4학년생일 때 풋볼팀 유니폼을 입고 찍은 사진들이 전시돼 있었다. 휠러 교장은 울브즈 팀이 최초로 주 우승을 차지했을 때 팀의 쿼터백이었고, 25년이 지난 지금도 그 일을 가장 자랑스러운 업적으로 여겼다. 하나 더 꼽자면, 학생들에게 지옥에 갈 거라고 협박하는 것도 그에 맞먹는 업적이었다.

클로이는 교장실이 워낙 익숙해 평소와 다른 점이 있다면, 즉 샤라가 어디로 갔는지, 또는 샤라가 어딘가로 가기는 했는지 알려주는 단서가 있다면 바로 알아볼 수 있었다.

"클로이 그린." 교장의 낮고 굵은 목소리가 느리게 울렸다.

휠러 교장은 평소 모습과 다르지 않았다. 당장 1.5미터짜리 요트를 타고 낚시 여행을 떠나도 어색하지 않을 만큼 강인해 보이고 까무잡잡했다. 교장은 책상에 파일 하나를 내려놓고 삐걱거리는 가죽 의자에 앉았다.

"네, 교장 선생님."

"졸업이 얼마 안 남았으니 이제 교장실에서 그린 양을 볼 일이 없길 바랐는데요."

"솔직히 저는 교장 선생님과 매주 한 번씩 만나던 때가 그리울 것 같아요. 이번에는 뭘 도와드릴까요? 영어 커리큘럼을 바꾸는 건 어때요? 저한테 좋은 아이디어가 많거든요."

교장은 가만히 클로이를 응시했다. 사실 교장을 상대로 입을 놀리는 건 그렇게 재미있지도 않았다. 언젠가 클로이의 당돌한 말 때문에 심정지가 올 뻔했던 셔먼 선생님과 달리 화를 내는 법이 없기 때문이다. 교장은 그저 피곤해 보일 뿐이었다.

"유머 감각이 있는 건 좋네요."

"아직 웃길 소재가 많은데 써먹을 기간이 몇 주밖에 안 남아 아쉬울 뿐입니다."

"잘 들어요. 사회에 나가면 나처럼 기회를 많이 주는 사람은 없을 거예요. 그 점을 명심해야 해요."

"명심하겠습니다."

교장은 클로이를 교장실로 부를 때마다 거의 매번 이 말을 했지만, 엄마에게 배운 바에 따르면 고등학교 시절이 끔찍했던 사람에게 바깥세상은 천국이었다.

"이번에는 제가 뭘 위반했나요?"

"이미 알 텐데요. 셔먼 선생님 말씀으로는 선생님에게 매니큐어를 대놓고 자랑했다고 하던데요."

"마음에 들어하실 줄 알았어요."

교장은 엄지와 검지로 눈썹을 문지르며 한숨을 쉬었다.

"왜 계속 이러는 거죠, 클로이?"

"스트레스가 많아 보이시네요." 클로이는 기회를 놓치지 않고 물었다. "그럴 만한 이유라도 있으신가요?"

"무슨 뜻이죠?"

"그게 말이죠. 샤라가 오늘 1교시에 안 나타나서요."

딱히 어떤 반응을 기대한 건 아니지만 교장은 피식 웃으며 의외의 반응을 보였다.

"벌써 소문이 도는 모양이죠?" 교장은 포스트잇을 꺼내 '험담에 대해 설교할 것'이라고 적었다. "양떼를 옳은 길로 인도하려고 아무리 노력해도 가끔 몇 마리는 헤매다 절벽으로 가곤 하죠."

"무슨 뜻인가요?"

"남을 헐뜯는 건 신의 뜻에 반하는 행위라는 겁니다. 거짓말도요." 교장은 펜을 내려놓고 고개를 젓고는 클로이를 향해 하얀 치아를 드러내며 미소를 지어 보였다. "샤라는 친척집에 갔어요. 그게 다예요. 여러분을 실망시켜 미안하지만 흥미로운 사연 같은 건 없답니다."

교장은 선의의 거짓말을 꽤 그럴듯하게 했다. 어깨끈이 얇은 민소매가 신의 뜻에 반한다는 거짓말을 학생들에게 평생 하고 산 사람이니 새삼스러울 건 없었다. 어쨌거나 교장의 연기는 설득력이 있었다.

"무슨 친척이요? 폴스 비치에 사는 분인가요?"

아주 잠깐이지만 평소보다 긴 침묵이 흐르는 사이, 클로이는 교장의 눈빛이 한순간 바뀌는 걸 목격했다. 이전에도 몇 번 봤지만 다정한 미소를 띤 가면이 갈라지면서 그 틈으로 두려움일지도 모르는 경멸의 눈빛이 새어나왔다. 장담하건대 그날, 2학년 기초 미적분 수업 때도 클로이는 샤라의 눈에서 그 눈빛을 봤다. 상관없었다. 클로이는 오랜 시간 단련한 덕분에 모욕감을 에너지로 승화하는 데 능했다. 마치 식물처럼 타인의 악의를 양분 삼아 광합성을 할 줄 알았다.

"이봐요, 클로이 학생. 솔직하게 말할게요. 학생은 우리 학교에서 처벌을 면한 횟수가 제일 많아요. 왜 그런지 아나요?"

등록금을 낼 장래의 학부모들에게 자랑스레 내보일 성적 우수생을 퇴학시킬 여유가 없기 때문이겠죠. 새 수영장도 지어야 하고요.

그러나 클로이는 마음의 소리와는 다른 말을 내뱉었다.

"아뇨, 모릅니다."

"잠재력이 있기 때문이에요. 클로이는 매우 우수한 학생이에요. 모든 과목에서 제일 높은 점수를 받죠. 나는 우리 학교에서 클로이보다 더 열심히 공부하는 학생은 거의 본 적이 없어요." 교장은 의자에 등을 기대고는 불길한 신음 소리를 냈다. "졸업 때까지 학생이 하는 선택에 따라 그 모든 게 헛수고가 될 수도 있어요. 제발 그런 일은 없길 바랍니다."

클로이는 신발 앞부리를 바닥에 대고 지그시 눌렀다. 더 깊이 파헤치지 말라는 협박이 분명했다.

"방과 후에 남아야 하나요?"

클로이는 최대한 예의 바른 말투를 연기했다.

교장은 잠시 생각에 잠겼다. 클로이는 책상 위에 놓인 액자 속 사진을 빤히 바라봤다. 휠러 교장과 그의 아름다운 아내와 딸이 흰색 리넨 셔츠와 카키 팬츠 차림으로 고물에 필기체로 '졸업'이라고 새겨진 요트의 갑판에 서서 미소 짓고 있었다. 클로이는 문득 사진에서 샤라의 작은 금발 머리통을 콕 집어 뜯어내고 싶어졌다.

"오늘은 아니에요. 가도 좋아요."

"고맙습니다."

클로이는 뒤도 돌아보지 않고 교장실을 나갔다.

목적은 이미 달성했다. 교장이 포스트잇을 꺼내면서 책상에 쌓인 파일 무더기를 건드렸을 때 분홍색 카드의 모서리 부분이 삐져나온 걸 본 것이다. 샤라의 카드였다.

샤라는 로리와 스미스, 클로이에게 그랬듯 부모에게도 편지를 남겼다.

샤라는 정말 사라졌고, 휠러 교장은 샤라의 행방을 몰랐다.

개인 에세이 연습: 스미스 파커
주제: 살면서 내 진짜 모습이 그대로 드러났던 순간은?

열두 살 때 처음으로 터치다운 패스를 성공했다. 아빠는 내가 뒷마당 나무에 걸어놓은 타이어에 풋볼 공을 통과시킬 때마다 목말을 태워 마당을 한 바퀴씩 돌아주곤 했다. 그러다 초등학교 3학년이 되기 직전 여름에는 새로운 규칙을 만들어야 했다. 내가 너무 잘해서 아빠 허리가 삐끗할 뻔했기 때문이다. 아빠는 앨라배마 대학 풋볼팀에서 뛰었지만 끝내 선발 선수가 되지는 못했다.

내가 풋볼을 좋아하는 건 그냥 좋기도 하지만 사랑하는 아빠가 풋볼을 좋아하기 때문이다.

그날, 나는 하프 타임을 앞둔 2쿼터 막바지에 1야드 라인에 선 벤 버크셔에게 완벽한 패스를 했고 벤은 터치다운을 성공시켰다.

자리에서 벌떡 일어난 아빠, 엄마의 표정, 경기 규칙도 제대로 모르면서 날 응원한 여동생 제스의 모습은 평생 잊지 못할 것이다. 나머지 경기 내용은 기억이 희미하다. 그나마 기억나는 건 아빠가 집에 가는 길에 사주신 베이컨 치즈 햄버거 정도다. 그러나 공을 패스할 때 손가락에 닿던 가죽의 느낌만은 생생히 기억난다. 그 순간 나는 처음으로 내가 무엇이 되고 싶은지 깨달았다.

5

클로이는 땅콩버터 샌드위치가 든 도시락 가방과 지옥 같은 마음을 안고 점심을 먹으러 합창실에 들어섰다.

들어서자마자 벤지가 흠집 난 타일 바닥에 한 발을 고정한 채 다른 한 발을 머리 위로 번쩍 들어 왼손으로 붙잡고 선 광경이 눈에 들어왔다. 늘 이렇게 기습적으로 사람을 놀래키는 친구라 놀랍지도 않았다. 벤지는 아주 시끄러운 프렌치 호른 같은 친구다.

클로이는 바닥에 가방을 던졌고 조지아는 합창단용 계단에 앉은 애시의 옆자리에 앉았다. 애시는 구부정한 자세로 실눈을 뜬 채 벤지를 관찰하면서 스케치북에 목탄 연필로 그림을 그리고 있었다.

"의뢰받았어? 아님 재미로?" 클로이가 물었다.

"기말 작품집에 실을 그림이야." 애시가 도리토스 과자로 만든 귀걸이가 마구 흔들려 떨어지려 할 정도로 힘차게 선을 문지르며 답했다. "인물화 두 점이 부족해서."

"꿈에 나온 도마뱀을 주제로 그린 연작 그림 있잖아. 그걸로 대체해도 된다고 하지 않았어?" 조지아가 말했다.

"아무래도 안 되겠나봐. '충격적'이고 '부모님과 의논할 필요가 있는' 작품이라나 뭐라나." 애시는 어깨를 으쓱하고는 벤지에게 말했다. "벤지, 머리는 15도 오른쪽으로, 코는 5도 왼쪽으로 움직일 수 있어?"

"내 코는 얼굴이랑 따로 움직일 수 없어, 애시."

"노력해봐."

"다리 아파."

벤지가 칭얼거리자 애시는 클로이에게 도움을 청했다. "클로이?"

"알았어."

클로이가 벤지의 발목을 잡아 지탱해주자 벤지가 안도의 신음 소리를 냈다. 방과 후 활동으로 춤을 추는 데다 소닉에서 롤러스케이트를 타면서 일하는 덕분에 몸집에 비해 신기할 정도로 힘이 세긴 했지만, 아무리 벤지라도 한계가 있었다.

클로이와 벤지가 처음 만났을 때 벤지는 벤지 누나의 핸드백에 들어간 푸들처럼 리허설 때마다 함께했다. 덕분에 연극부의 4학년 여학생들의 사랑을 듬뿍 받았다. 그러나 연극부원이 모두 졸업하고 본인이 4학년이 된 지금은 상황이 달라졌다. 누구보다 재능이 많은 벤지도 괴롭힘을 완전히 피하지는 못했다. 게다가 벤지 본인은 아무에게도 말하지 않았지만, 윌로그로브의 암묵적 질서에 따라 동성애자라는 이유로 재능을 인정받지 못했다. 요즘에는 친한 척하는 운동부 애들에게 복도에서 8박자 댄스 동작을 보여주는 괴롭힘을 당하고 있었다. 클로이는 그 애들이 미래의 여자친구 손에 끌려가 벤지의 브로드웨이 공연을 보는 날이 어서 오길 간절히 빌었다.

"어쨌든 아까 하던 말 계속하자면 진짜 흥미진진하다니까."

벤지가 말했다.

"뭐가?"

조지아가 가방에서 스파게티가 담긴 플라스틱 용기를 꺼내며 물었다.

"샤라 휠러 말이야. 며칠 째 안 나타나는 걸 보면 정말로 사라진 거 맞지?"

그 말에 클로이의 심장이 반사적으로 조여들었다.

"부모가 실종 신고를 안 했다는 걸 보면 어딘가에 있다는 건데, 어딘지는 아무도 몰라."

애시가 말했다.

"내 말이. 그래서 너무 멋지다는 거야."

벤지는 계속 말을 이었다.

"드레스 차림으로 밤의 어둠 속으로 사라진 소녀라니! 꼭 비극적 삶을 살다 간 옛날 헐리우드 신인 여배우나 라나 델 레이 같지 않아? 난 요 며칠 계속 그 생각만……. 아야, 클로이!"

샤라에 대한 이야기가 길어지면서 벤지의 발목을 잡은 손에 점점 힘이 들어간 모양이었다. 클로이는 뒤늦게 깨닫고 얼른 손가락의 힘을 풀었다.

"미안."

본능적으로 조지아를 힐끗 보니, 이미 클로이와 눈이 마주치길 기다리고 있었다. 조지아는 입모양으로 "아이센가드*?"라고 말했다. "구해줄까?"를 뜻하는 둘만의 암호였다.

클로이는 눈알을 굴리며 고개를 저었다.

"교사로서 말하지만, 실종자를 두고 험담을 하는 건 기독교 교리에 어긋난단다."

트루먼 선생님이 두툼한 악보 폴더를 갖고 사무실에서 나오며 말했다.

대부분의 윌로그로브 교사처럼 트루먼 선생님도 이 동네 토박이라 한 번도 폴스 비치를 떠난 적이 없었다. 트루먼은 처음 보자마자 클로이를 알아봤다. 그도 클로이의 엄마와 샤라의 부모처럼 윌로그로브의 1996년 졸업생이기 때문이다. 클로이는 밸 엄마의 졸업 앨범에서 뮤지컬 합창단 중 가장 멋진 트루먼을 본 적 있었다. 밸 엄마는 목공 수업을 듣는 허름한 옷차림을 한 아이들과 어울렸지만 트루먼은 엄마를 기억하고 있었다.

클로이는 트루먼이 왜 자의로 평생을 윌로그로브에서 썩고 있는지 이해할 수 없었다. 윌로그로브의 교사는 누구나 음주와 정치적 표현, 동성애를 금하는 '도덕 조항'에 동의하는 서류에 서명해야 한다. 트루먼은 스스로 동성애자라고 밝힌 적은 한 번도 없지만, 사십 대 독신에 합창단 감독이자 헐렁한 디자인의 스웨터를 잔뜩 가지

---

* 반지의 제왕에 나오는 지역 및 요새의 이름.

고 있다. 그중 몇 벌은 팔꿈치에 패치까지 덧대져 있고 말이다. 이정도면 말 다 한 거 아닌가?

"교사시니 실종 사건에 대한 내부 정보를 알고 계시겠죠." 벤지가 말했다. "제일 아끼는 제자들인 저희에게 그 정보를 알려주실 의무가 있으시고요."

"엄밀히 말해 실종은 아니지." 애시가 지적했다.

"엄밀히 말해 제일 아끼는 제자들은 아니지." 트루먼이 말했다.

"나는 학생들을 차별 대우하지 않아."

"아. 지난 학기 참여 수업 때 절 공짜 시범 조교로 세운 것도 그래서였군요. 절 하나도 아끼지 않으셔서요." 벤지가 말했다.

"그거야 네 대학 지원서에 기재할 현장 체험이었지." 트루먼은 벤지의 말을 정정했다. "나는 이만 행정실에 가봐야겠다. 피아노 고칠 사람 좀 보내달라는 부탁을 이번 달에만 벌써 열다섯 번째 하러 가는구나."

"현이 문제라니까요."

"알아. 그런데 피아노 뚜껑을 여는 열쇠를 누가 잃어버려서 말이지. 이제는 열쇠공도 보내달라는 부탁까지 해야겠구나."

"잠깐만요. 첫째, 열쇠를 잃어버린 건 제가 아니에요. 선생님의 사무실에서 사라졌죠. 둘째, 피아노에 자물쇠를 다는 건 야만적이라는 제 말을 듣지 않은 건 선생님이잖아요."

"너희들이 내가 안 볼 때 피아노를 자꾸 열지만 않았다면 자물쇠를 달 일도 없었겠지."

"그것도 저는 아닙니다만."

"어쨌든 알았다. 행운을 빌어주렴."

트루먼은 문 쪽으로 향하다 애시의 그림을 보고는 합창단용 계단에서 잠시 걸음을 멈췄다.

"그건…… 흠." 트루먼이 고개를 갸웃하며 말했다. "벤지의 머리가……."

"달걀프라이 같다고요?" 애시는 담담히 고개를 끄덕였다. "맞아요. 멋지지 않아요?"

"역시 상상력이 풍부하다니까."

트루먼은 가슴에 손을 얹고 감탄하고는 합창실을 나갔다.

"날 달걀프라이로 그렸다고?" 벤지가 클로이의 코에 돌려차기를 날릴 뻔할 정도로 순식간에 다리를 내리며 따져 물었다. "인물화라고 했잖아."

"인물화 맞아." 애시는 스케치북을 휙 뒤집어 그림을 보여줬다. 벤지의 얼굴이 있어야 할 자리에 반숙 달걀프라이를 그리고 인체를 놀랍도록 세밀하게 표현한 그림이었다. "인물화를 내 나름대로 해석한 거야."

"이제 포즈 안 취해줄 거야."

"이미 그렸는데."

"그럼 지워."

"마음에 드는데 왜." 애시가 아무렇지도 않게 답했다.

"내 작품이야. 난 너한테 니키 미나즈 곡으로 짠 안무를 없애라고 하지 않잖아."

"그건 그렇지."

클로이가 동의하자 벤지는 크게 한숨을 쉬고는 피아노 의자에 앉았다.

"벤지, 연주해줘." 조지아가 달래듯 말했다.

효과가 있었다. 벤지의 우거지상이 금세 미소로 바뀌었다. 벤지는 연주 신청받는 걸 무엇보다 좋아한다.

봄 뮤지컬 리허설이 한창일 때 리허설이 끝나면 벤지가 신청곡을 받아 연주를 해주곤 했다. 클로이가 연주에 맞춰 노래를 부르면 조연을 맡은 3학년생이 화음을 넣었고 말수가 없고 특이한 1학년생이 합류했다. 보통 이 즉흥 공연은 트루먼 선생님이 집으로 돌려보낼 때까지 15분간 이어졌다. 타일 바닥에 조지아와 등을 맞대고 앉아 천장까지 목소리가 뻗어나가도록 조지아의 어깨에 머리를 기대고 노래하는 그 시간이 클로이에게는 영원처럼 느껴졌다.

클로이는 그때의 기억을 떠올리며 미소를 지었다. 머릿속을 가득 채웠던 샤라의 불가사의한 행방불명에 대한 생각과 수상하리만큼 건강한 샤라의 손톱 큐티클의 잔상이 잠시나마 사라졌다. 애시가 스케치북을 내려놓고 벤지 옆에 앉는 걸 보니 더 웃음이 났다. 벤지와 애시가 나란히 있는 모습은 언제 봐도 웃겼다. 색깔만 연한 적갈색과 갈색으로 다를 뿐 둘 다 거의 똑같은 멀릿 커트 스타일이었다. 애시와 벤지는 학교에서 허락만 한다면 지금 당장이라도 언더컷 스타일로 서로의 뒷머리를 바짝 깎아줄 것이다.

"또 이러네."

벤지가 왼손으로 방금 친 건반 몇 개를 되짚어 치면서 말했다. 건반 하나가 피아노 안에 성난 벌이라도 들어간 듯 묘하게 이상한 소리를 냈다. 트루먼 선생님이 불평한 바로 그 소리였다.

벤지는 희미하게 윙윙거리는 소리를 찾아 중앙의 건반 몇 개를 이리저리 두드렸다. 그러던 중 익숙한 음 하나가 클로이의 귀에 포착됐다. 이게 무슨 음이더라?

네가 거의 매일 가는 곳.

서약을 지켜.

덤불 속에 숨을 테니.

잠깐만.

혼인 서약이다.

'너에게 도망쳐 덤불 속에 숨을 거야.' 이건 〈한여름 밤의 꿈〉의 대사고 〈한여름 밤의 꿈〉은 결혼 행진곡의 영감이 된 작품이다. 신부가 입장할 때 나오는 곡 말고 다른 결혼 행진곡 말이다. 즉, 샤라가 혼인 서약을 언급했다는 건…….

"벤지, 결혼 행진곡도 칠 줄 알아?"

"이성애자 사촌들이 식을 올릴 때마다 내가 다 연주했으니." 벤지가 지겹다는 듯 말했다. "칠 줄 알지."

"첫 음 좀 쳐봐."

벤지가 중앙의 다 음을 길고 세게 친 순간, 그 소리가 들렸다. 피아노 내부의 현 하나가 종이처럼 얇은 무언가에 부딪치면서 떨리는 소리였다.

"흠." 클로이는 지금 당장이라도 스미스가 터치다운 패스를 하듯 쏜살같이 달려가 피아노 뚜껑을 확 뜯어내고 싶었다. 머릿속으로는 이미 맨주먹으로 피아노를 때려 부수고 있었지만, 클로이는 입을 삐죽거리며 말했다. "이상하네."

클로이의 추리대로라면 피아노 안에 든 건 분명…… 잠깐만, 트루먼 선생님은 피아노 소리가 지난달부터 이상했다고 했다. 샤라가 무려 몇 주 전부터 이곳저곳을 몰래 다니며 단서를 남겼다는 뜻이다. 정말 내가 아는 그 샤라가 맞기는 할까?

점심시간 종료를 알리는 종이 울리자 6교시 수업인 '여자 고급 합창'을 합창실에서 듣는 클로이는 늘 그러듯 손짓으로 친구들을 내보냈다. 그러고는 합창실 문이 닫히자마자 업라이트 피아노로 뛰어갔다. 곧 있으면 트루먼 선생님이나 학생들이 하나둘씩 들어올 테니 서둘러야 했다.

샤라의 지난번 카드에 들어 있던 은색 열쇠는 만일에 대비해 주머니에 넣어놓았다. 역시 열쇠는 피아노 뚜껑에 달린 자물쇠에 꼭 들어맞았다.

피아노 열쇠를 누가 훔쳤나 했더니.

클로이는 뚜껑을 조심스럽게 열고 내부를 들여다봤다. 수십 개의 지렛대와 뭔지 모를 장치들이 가득했고 기분 나쁘게 익숙한 분홍색 봉투가 피아노 현에 클립으로 고정돼 있었다.

'너는 들짐승의 밥이 되게 내버려둘 거야.' 샤라가 인용한 〈한여름 밤의 꿈〉 대사의 다음 부분이다.

3학년 AP 언어 수업 때 클로이는 샤라와 한 조에 배정됐다. 로드키 선생님은 학생들을 둘씩 짝지어 셰익스피어 단원에서 다룬 희곡 중 하나의 대사를 외워 연기하게 했다. 튜브 양말을 신은 드루 테일러가 〈리어 왕〉의 대사를 더듬거리며 외우는 모습은 평생 잊지 못할 명장면이었다.

클로이는 그 수업에서 샤라와 책상을 붙일 때가 떠올랐다. 샤라의 치마가 대담하게도 둘 사이의 보이지 않는 장벽을 넘어 클로이의 무릎을 스쳤고, 그래서 샤라를 노려봤다. 각 희곡에서 발췌한 예시 장면의 대본을 읽어본 뒤 샤라가 선생님에게 환한 미소를 지어보이고는 클로이를 돌아보며 "〈한여름 밤의 꿈〉으로 하자"고 통보했던 순간도 기억났다.

결정권은 당연히 저에게 있다는 듯, 클로이의 두 엄마가 툭하면 아침 커피를 마시며 함께 〈십이야〉의 대사를 암송하는 줄은 상상조차 못하는 표정이었다.

샤라와 다퉜을 때도 기억났다. 클로이는 올리비아와 세자리오의 대화를, 샤라는 드미트리어스와 헬레나가 숲속에서 나눈 대화를 연습하고 싶어 했다. 샤라가 마음에 안 드는 대사를 짚으러 손을 뻗었을 때 샤라의 따뜻한 손가락이 클로이의 손등에 닿았던 느낌도 잊을 수 없었다. 클로이는 대본을 샤라의 완벽하고 예의 바른 얼굴에 집어던지고 싶었다. 하지만 결국 〈한여름 밤의 꿈〉을 하기로 했다.

둘은 방과 후에 도서관에서 만나 한 시간 동안 대본 연습을 했다. 클로이가 대본을 보지도 않고 대사를 암송할수록 샤라의 얼굴은 분노로 점점 빨개졌다. 클로이는 대사를 외우며 미소를 삼켰다. 둘 중 누가 더 점수를 잘 받을지는 명백했다. 그때만큼은 샤라가 제 뜻을 관철한 게 억울하지 않았다.

샤라는 씩씩거리며 가방을 한쪽 어깨에 휙 둘러메고 도서관을 떠났다. 그러고는 다음 날 모든 대사를 완벽히 외워 왔다. 클로이는 교실 앞에 서서 지나치게 감상적이고 느린 말투로 "나는 당신을 따라가 지옥의 고통을 천국의 기쁨으로 만들겠어요"를 읊는 샤라를 빤히 쳐다봤다.

귓불에 꽂은 단추형 진주 귀걸이와 귀 뒤로 넘긴 머리카락, 창문으로 들어온 햇빛을 받아 반짝이며 움직이는 립밤 바른 입술을 멍하니 바라봤다. 그러다 대사 한 줄을, 딱 한 줄을 잊어버렸다. 다행히 점수는 조 단위로 매겨졌지만 샤라는 한 줄도 놓치지 않았다.

클로이는 피아노 안으로 손을 넣어 두 현 사이에 꽂힌 카드를 빼냈다.

카드를 열자 위쪽 덮개에 샤라의 글씨체로 〈한여름 밤의 꿈〉의 또 다른 대사가 적혀 있었다. 클로이도 외워서 익히 아는 헤르미아와 헬레나의 대사였다.

'손과 옆구리와 목소리와 마음이 하나였던 듯. 그렇게 우리는 함께 자랐어. 갈라진 듯 보이지만 갈라진 상태로 합쳐진 겹 버찌처럼 한 줄기에 맺힌 사랑스러운 두 열매였어.'

아래쪽 덮개에는 클로이에게 전하는 글이 적혀 있었다.

클로이에게

교장의 딸이라 좋은 게 하나는 있더라. 어디든 들어갈 수 있는 마스터키를 손에 넣었거든. 트루먼 선생님이 좋은 분 같아 좀 찔리긴 했지만.

네가 카드를 찾아 다행이야. 그때 대사를 외우느라 밤을 샜지만 정말 외우고 싶었던 대사는 이거였어. 두 개의 줄기가 하나로 연결된 겹 버찌라니, 정말 멋지지 않아? 난 우리가 겹 버찌 같아. 친해지지는 못했지만 너는 언제나 내 곁에 있었어. 뭐, 이 정도 비유는 굳이 설명하지 않아도 알아들었겠지.

포옹과 키스를 담아

S

"다시 합류하는 거야?"

7교시가 끝나고 체육관 뒤로 로리와 스미스를 불러내자 로리가 말했다.

"난 빠지겠다고 한 적 없어. 무슨 〈오션스 8〉도 아니고." 클로이가 말했다. "그리고 굳이 〈오션스 8〉에 비유한다면 난 케이트 블란쳇이야."

"그 영화 안 봐서 몰라." 로리가 제 손톱 큐티클을 살펴보며 말했다. 그러고는 들으라고 한 소리인지 혼잣말인지 모를 만큼 작게 덧붙였다. "난 리한나."

스미스는 아직 샤라의 〈한여름 밤의 꿈〉 카드에 붙은 포스트잇을 읽고 있었다. 스미스에게 쓴 추신이었다.

나에 대해 네가 알아야 할 게 몇 가지 더 있어. 너와 마지막으로 키스한 장소에 우리 사진을 한 장 뒀어. 그게 도움이 될 거야.

"마지막으로 키스한 장소?"

스미스는 믿기지 않는다는 듯 말했다. 셋은 마치 홈커밍 파티에서 어색하게 몸을 떨어뜨린 채 춤을 추는 커플처럼 서로 적당한 거리를 유지하려 애썼다. 스미스가 로리를 돌아보면 로리는 자기 발을 내려다봤고, 로리가 고개를 들면 스미스는 신고 온 나이키 에어 포스 운동화의 앞코를 뚫어져라 관찰했다. 클로이는 샤라의 입술이 닿을 일이 없었고 졸업 파티 때 입을 접착식 누드 브라를 찾는 게 제일 큰 문제였던 지난주가 몹시 그리웠다.

"마지막으로 키스한 장소, 기억 안 나?" 클로이가 물었다.

"아니, 기억나. 졸업 파티 사진을 찍었던 딕슨 웰스의 집이었어."

"좋아, 그럼," 로리가 말했다. "가서 뭐 좀 찾아봐도 되냐고 물어봐."

"그게 그렇게 쉬운 문제가 아니야." 스미스가 목덜미의 짧은 머리카락을 문지르며 말했다. "애가 좀 재수 없거든."

"알아." 클로이가 동의했다. "장난 아니지."

"둘이 친한 줄 알았는데." 로리가 말했다.

"그냥 어울리는 거지 친구는 아니야."

"걔가 알면 안 되는 이유는?" 클로이가 물었다.

"샤라가 남긴 걸 찾으러 가도 되냐고 하면 뭐냐고 꼬치꼬치 캐물을 거고, 샤라가 너희 둘 다와 바람을 피웠다는 걸 알면 분명히 여기저기 떠벌리고 다닐 거야."

클로이는 잠시 생각에 잠겼다. 샤라가 이 사태의 주범이기는 하지만 그렇다고 학교 최악의 안하무인 얼간이에게 여자와 키스했다는 사실이 까발려져도 되는 건 아니었다. 스미스의 명성이야 어찌

되든 상관없더라도 딕슨이 알게 할 순 없었다. 그건 클로이의 기본적인 도덕관념에 어긋났다.

"좋아. 그럼 딕슨네 집에 어떻게 들어가지?"

"내일 밤에 걔네 집에서 파티가 열려. 그때 내가 찾아볼게."

"나도 도울게." 로리가 말했다. "우리 집에서 골프 코스를 가로지르면 걔네 집이 나와. 본 적 있어. 워낙 작은 마을이니까."

"좋아. 근데 너희 둘 다 오면 의심 살 거야. 모르는 애들이 오는 건 싫어하거든. 계속 비밀을 유지하고 싶으면 한 명만 따라와."

"이번 단서는 내 카드에 적혀 있었어." 클로이가 얼른 말했다. "내가 갈게."

클로이의 2학년 화학 공책에서 발견됨
졸업생 대표 연설문: 3번째 초안

안녕하십니까. 친구, 가족, 선생님, 윌로그로브 기독교 학교 2022년 졸업생 여러분. 저는 클로이 그린입니다. 졸업생 대표로 이 자리에 서게 돼 정말 영광입니다. 수석 졸업생의 자리에 오르는 건 결코 쉬운 일이 아니었습니다. 열심히 노력해주신 모두에게 고마움을 전합니다. 여러분 덕분에 더 열심히 할 수 있었으니까요.

대부분의 졸업생과 달리 저는 폴스 비치에서 유년 시절을 보내지 않았습니다. 근처에 진짜 해변이 있는 남부 캘리포니아에서 나고 자랐지만, 고등학교 입학을 앞두고 이곳으로 이사 왔습니다. 대학 풋볼에 미친 듯 열광하고, 초밥을 한 번도 먹어보지 못했고, 아직도 부츠컷 청바지를 입고 돌아다녀도 된다고 믿는 사람들 틈에서 생전 처음 살게 된 것입니다. 사실, 윌로그로브에 도착한 순간부터 저는 앞으로 4년 동안 이곳을 탈출할 날만을 손꼽아 기다리리라는 확신이 들었습니다. 윌로그로브에는 뭐랄까, 레너드 스카너드 기독교 커버 밴드의 투어 버스 컵 거치대에 꽂혀 있고 무연 담배를 피우다 뱉은 침이 가득 든 마운틴 듀 캔의 영적 기운이 감돌거든요.

조지아의 의견:
졸업 연설이지 비난 개그 쇼가 아님. 가능하면 폴스 비치의 특징 중 마음에 드는 점을 나열해보길 바람.

6

샤라의 실종 후 지난 시간: 6일

졸업까지 남은 시간: 37일

금요일 밤에 딕슨 웰스가 샤라 휠러의 남자친구와 침을 질질 흘리며 깔때기로 맥주를 마시는 모습은, 클로이에게는 이 순간은 물론이고 영원히 보고 싶지 않은 장면이었다.

클로이도 파티나 떼를 지어 괴성을 지르는 사람들, 긴장이 풀리는 토요일 밤이 싫은 건 아니었다. 벤지의 스냅챗 게시물을 보면 클로이가 그런 걸 즐기는 모습이 잘 기록돼 있다. 퀴즈 볼 팀원인 터커 프라이스의 집에 갔을 때는 소금물 자쿠지 욕조에서 터커에게 프렌치 키스를 당할 뻔한 적도 있었다. 전 과목에서 A를 받는 학생이라고 즐길 줄 모르는 건 아니다.

그러나 윌로그로브에서 인기 있는 아이들을 잔뜩 모아놓은 파티는 하나도 재미있지 않았다. 딕슨 웰스가 주최하는 파티는 특히 더 재미없었다. 딕슨은 앨라배마에서 흔히 볼 수 있는 붙임성 좋은 얼간이였다. 실제로는 인종차별주의자, 성차별주의자, 동성애 혐오자, 성전환자 혐오자 등이 아니므로 그와 관련한 불쾌한 농담을 해도 괜찮다고 믿는 부류라는 뜻이다. 이런 부류는 그런 농담을 진심이 아니라서 더 웃기는 블랙 코미디로 착각한다. 당연하게도 학생회는 최소한의 예의는 갖췄지만 재미는 없는 스미스 대신 딕슨을 졸업 파티 왕으로 뽑았다.

딕슨의 집 진입로는 주차원이 필요할 것 같은 커브길이었다. 진입로에는 학교 주차장에서 자주 본 차들이 죽 늘어서 있었다. 지프, 지프, 지프, 레인지로버, 차체를 올린 트럭, 차체를 올린 트럭, 차체를 올린 트럭 순이었다. 클로이는 몰고 온 중고 캠리를 호주 오지에서나 필요한 리프트 키트로 차체를 높인 F-150 뒤에 세웠다.

그런 뒤 바로 스미스에게 문자를 보냈다. 나 왔어.

5분을 기다리고 또 5분을 기다렸지만 답 문자는 오지 않았다. 망했다. 파티가 한창인 시끌벅적한 뒷마당에 혼자 걸어 들어가고 싶지는 않았다.

클로이는 애써 마음을 다잡았다. 그래도 집에 있는 신발 중 제일 무겁고 굽 높이가 8센티미터에 달하는 검은색 고무바닥 앵클부츠를 신고 오지 않았는가. 벤지가 살인자 신발이라 부르는 이 부츠만 신으면 무서울 게 없었다.

클로이는 눈을 감고 용감무쌍한 상상 속 클로이의 이미지 십여 개를 필름을 돌리듯 쭉 돌려봤다. 반경 수백 미터를 피로 물들이는 무자비한 폭군이자 독약을 품은 채 아름다운 머릿결을 휘날리며 궁전을 활보하는 여왕의 이미지를 골라 무장했다. 그거면 충분했다.

대문을 열고 완벽하게 손질된 앞마당의 잔디를 살인자 부츠로 내디디자 뒷굽이 진흙에 박혔다.

클로이는 얼굴을 살짝 붉히며 뒷굽을 홱 잡아 빼고는 거칠게 걸음을 옮겼다.

뒷마당은 어마어마하게 컸다. 대형 트램펄린이 있었고, 붉은 벽돌로 된 야외 주방에는 아일랜드 식탁과 꽤 비싼 윌로그로브 한 학기 등록금보다 더 비싸 보이는 가스 그릴이 설치돼 있었다. 심지어 잔디도 비싸 보였다. 휙 둘러보니 멀쩡한 옷을 입고 있는 사람은 아무도 없었다. 다들 축축한 티셔츠나 수영복, 밑단이 뜯어진 청반바지 차림이었다. 신발을 신은 것만으로도 지나치게 차려 입은 기분이 들 지경이었다.

클로이는 드넓은 수영장에 스미스가 있나 유심히 살폈다. 비키니 차림으로 라인 배커의 어깨에 올라타 괴성을 지르는 여자애들로 가득했다. 클로이가 지나갈 때마다 다들 하던 일을 멈추고 클로이를 쳐다봤다. 클로이는 전교생 앞에서 무대에 올라 〈오페라의 유령〉의 〈Think of Me〉를 열창할 때처럼 어깨를 펴고 전방을 주시했다. 휴대폰을 꺼내 스냅챗으로 클로이에 대한 못된 메시지를 보내는 애들이 있을 게 뻔했지만 상관없는 척 시선을 올리고 턱을 내밀었다.

그때 누군가가 외쳤다. "클로이 그린!" 아, 제발 스미스이길.

고개를 홱 돌려보니, 에이스 토레스였다. 에이스는 텁수룩한 까만 머리에서 염소 소독물을 사방에 뚝뚝 흘리면서 당황스러우리만큼 환한 미소를 짓고 있었다. 클로이는 저도 모르게 어금니를 악물었다.

큰 보폭으로 두 걸음 만에 클로이 앞에 선 에이스는 물에 젖은 곰 같은 꼴로 피자 한 조각을 들고 있었다.

"클로이! 네가 여기 오다니! 진짜 대박이다!"

에이스에게 악의가 있는 건 아니었다. 윌로그로브의 여느 멍청한 남자애들과 다를 바 없는 에이스를 특별히 미워할 이유는 없었다. 클로이의 고교 활동 중 가장 중요한 봄 뮤지컬에 끼어들지만 않았다면 말이다. 클로이는 트루먼 선생님이 홍보 차원에서 일부러 풋볼 선수인 에이스를 캐스팅한 줄 알았다. 그러나 오디션 때 에이스의 노래를 듣고 선생님도 놀라 자빠질 뻔한 걸 보면 그건 아닌 모양이었다.

"그래. 나도 내가 여기 있는 게 참 놀랍다."

클로이가 에이스의 머리에서 뚝뚝 떨어지는 수영장 물을 피하자 에이스가 웃으며 말했다.

"아, 리허설 때 너희랑 노는 거 재미있었는데."

"지금도 우리랑 놀 수 있어."

"왠지 너희는 그러기 싫은 거 같아서." 에이스의 말에 클로이는 모르는 척 눈을 깜박였다. "그래도 괜찮아! 네가 여기 왔잖아! 진짜 죽인다! 누구랑 같이 왔어?"

클로이는 내키지 않는 답을 간신히 내뱉었다.

"스미스가 초대해서 왔어."

"그랬구나. 그 녀석, 친구가 더 필요하긴 하지!"

클로이는 주변을 힐끗 돌아봤다. 윌로그로브 4학년 사분의 일 이상이 모인 것 같았고 2~3학년도 꽤 많았다. 수영장은 벗은 상반신이 서로 밀착돼 누가 누군지 구별이 안 될 정도로 북적거렸고 말이다.

"이 정도면 충분하지 않나?"

에이스는 답을 하려다 클로이의 어깨 너머로 누군가를 발견하고 외쳤다.

"어이, 스미스, 누가 왔는지 좀 봐!"

스미스가 드디어 간식 테이블 쪽에서 모습을 드러냈다. 클로이를 보자 스미스는 휴대폰이 들어 있을 제 주머니를 힐끔 보며 미안한 표정을 지었다.

"아, 클로이. 어, 잘…… 잘 왔어."

클로이는 한숨을 쉬고는 더는 낭비할 시간이 없다는 듯 말했다.

"안녕. 물 좀 마시고 싶은데 어디로 가면 되는지 알려줄래?"

스미스는 클로이가 날카롭게 노려본 뒤에야 속뜻을 눈치 채고는 클로이를 집 안으로 안내하러 방향을 틀었다.

"아, 어, 그래. 저 안에 있어. 이쪽으로 와."

"잘 가, 클로이!" 에이스가 둘의 등 뒤에 대고 외쳤다. "이따 거꾸로 마르가리타 마실 때 꼭 와!"

"'거꾸로 마르가리타'가 도대체 뭔데?"

클로이가 거대한 쌍여닫이 유리문 중 하나를 여는 스미스에게 퉁명스럽게 물었다.

"모르는 게 나아."

집 안에는 소파에서 입을 맞추고 있는 3학년생 커플뿐이었다. 스미스는 능숙한 게걸음으로 두 사람을 피해 주방으로 클로이를 안내했다.

"세상에나."

주방에 들어서니 감탄사가 절로 나왔다. 대리석으로 된 아일랜드 식탁은 클로이의 방 크기만 했고, 스테인리스 스틸 냉장고는 한 사람, 아니 두 사람도 거뜬히 들어갈 만큼 컸다.

"나도 놀랐어. 저기, 문자 못 봐서 미안해. 서머와 샤라 일을 의논하고 있었어. 둘이 제일 친했는데 올해 웬일인지 사이가 틀어졌거든. 둘 다 나한테 무슨 일인지 통 말을 안 해서……."

"괜찮아. 어디를 뒤져야 하는지나 알려줘."

스미스는 아일랜드 식탁에 나란히 놓인 가죽 스툴 여섯 개 중 하나에 몸을 기댄 채 생각에 잠겼다. 스미스는 보면 볼수록 행동거지가 뒷마당의 다른 풋볼 선수들과 달랐다. 덩치는 컸지만 품위가 있었고 걸음걸이도 물 흐르듯 유연했다.

스미스는 소매를 뜯어낸 윌로그로브 풋볼팀 티셔츠와 작은 분홍색 플라밍고 무늬의 수영복 바지를 입고 있었다. 클로이는 아주 잠깐이지만 스미스의 옷차림이 나쁘지 않다고 생각했다.

"졸업 파티 사진 찍는 내내 여기에 같이 있었어. 샤라가 화장실에 갈 때만 빼고."

"화장실이 어디 있는데?"

스미스는 얼굴을 찡그렸다.

"다섯 개는 될 거야. 카바나에 있는 것까지 치면 여섯 개고. 화장실에 가다가 다른 공간에 들렀을 가능성도 얼마든지 있다는 뜻이지."

클로이는 탄식하며 말했다.

"이놈의 컨트리클럽 대저택, 슬슬 넌더리가 나는군."

"동감이야."

둘은 흩어져 찾기로 했다. 스미스는 카바나와 지하방을, 클로이는 1층과 2층을 맡았다. 클로이는 먼저 1층을 돌아다니면서 손님방과 게임방, 그리고 이미 천문학적으로 큰 면적을 더 늘리는 것 말고는 용도를 알 수 없는 방들을 뒤졌다. 그러다 '남자를 위한 공간'으로 보이는 방도 발견했다. HGTV 프로그램에 나오면 두 엄마와 함께 야유를 퍼붓는, 대형 텔레비전과 앨라배마를 상징하는 촌스러운 장식이 가득한 거대한 방이었다.

2층에 있는 딕슨의 방은 십 대 소년기에 볼 수 있는 최악의 요소를 모두 갖춘 완벽한 사례라 할만 했다. 사춘기 소년 특유의 뚜렷한 턱선과 뒤틀린 미소를 좋아하는 클로이였지만, 구석에 쌓인 땀내 나는 빨랫감을 보니 수색이고 뭐고 다 집어치우고 싶어졌다. 클로이는 서랍장 위에 놓인 분무식 체취 제거제를 시험 삼아 눌러보고는 구역질을 했다. 내년 이맘때 딕슨 웰스는 대학 사교 클럽에서 다른 회원들과 맥주를 마시거나 뉴스쇼에 나올 만한 짓거리를 벌이고도 변호사인 아빠 덕분에 처벌을 면할 것이다. 이 역겨운 방에 샤라가 발을 들였을 리 없다.

솔직히 클로이는 샤라가 딕슨의 방에 들어가는 모습뿐 아니라 애초에 이 모든 일을 실행하는 모습을 상상하기 어려웠다.

클로이가 4년 동안 지켜본 샤라는 늘 소극적이고 조용한 부류였다. 주말에 노숙자들에게 식사를 대접했다는 둥 초등학생을 가르쳤다는 둥 일본에서 눈썹 모델을 했다는 둥 소문은 많았지만, 샤라가 그 일들을 실제로 하는 걸 본 사람은 아무도 없었다. 인스타그램 팔로워 25,000명에게 구도가 완벽한 사진을 공개할 뿐이었다. 샤라는 머리카락 한 올 흐트러트리지 않았다. 교복 치마도 왠지 짧아 보이지만 규정을 정확히 지킨 길이였다. 그렇게 사뿐사뿐 교정을 걸어 다녔다. 손을 더럽히는 일 따위는 하지 않고.

클로이는 욕실 서랍에 넣어둔 은 목걸이의 촉감을 떠올리며 손가락을 씰룩거렸다. 샤라라는 수학 문제 어딘가에 오류가 있는 줄은 알았지만 그 오류를 증명한 적은 한 번도 없었다. 한 움큼의 단서와 떠날 계획을 품고 남의 집 안을 몰래 돌아다니는 샤라의 모습이 좀처럼 그려지지 않는 지금, 샤라라는 문제의 해답은 어느 때보다 멀게 느껴졌다.

그러나 스미스를 찾아 작전 실패를 알리려던 순간, 그것이 클로이 시선을 사로잡았다.

1층과 2층 사이 층계참, 박제된 사슴 머리 밑에 놓인 책 한 무더기와 인조 화분 뒤에 분홍색 봉투가 끼워져 있었다.

클로이는 얼른 봉투를 낚아채 열었다.

제일 먼저 눈에 띈 건 샤라와 스미스가 수영장 옆에서 저녁노을을 배경으로 웃으며 찍은 폴라로이드 사진이었다. 샤라는 분홍색 졸업 파티 드레스를 입고 있었고 스미스는 다소 불편해 보이는 턱시도 차림으로 샤라의 손을 꼭 잡고 있었다. 클로이는 카드를 읽으면서 두 사람이 안 보이도록 사진을 휙 뒤집어놓았다.

스미스에게

이 사진과 관련해 해야 할 말이 하나 있어. 나, 행복해 보이지? 하지만 이때 내가 한 생각은 이거였어. '우리는 졸업 전에 헤어질 거야.' 추신. 레코드 확인해봐, 로리. 위치는 클로이가 알 거야. 열쇠는 내가 있는 곳에 있어.

클로이는 집에서 나와 화이트클로*로 샷건 게임**을 하는 애들로 이뤄진 인간 수비벽을 슬쩍 통과해 카바나로 향했다. 스미스가 아직 안에 있는지 카바나의 옆문이 살짝 열려 있었다. 클로이는 문손잡이를 잡으러 손을 뻗었지만…….

발이 떨어지질 않았다. 부츠 뒷굽이 또 박힌 것이다. 이번에는 카바나 앞길의 포석 사이를 채운 진흙 속이었다. 부츠를 잡아당길수록 굽은 더 깊이 박혔다.

시끄러운 파티 현장과 꽤 떨어진 한적한 곳이라 카바나 안에 있는 스미스의 목소리가 들렸다. 자존심을 버리고 스미스에게 도움을 청하려는 순간, 또 다른 사람의 목소리가 들렸다.

"……알았어." 클로이는 귀를 쫑긋 기울였다. "그건 걱정 마."

딕슨의 파티에 오는 아이들과 어울린 적은 별로 없지만 목소리의 주인을 맞추기는 쉬웠다. 스타 소프트볼 선수이자 홈커밍 왕족 중 한 명으로 뽑힌 서머 콜린스였다. 예쁘고 인기 많으며 클로이와 AP 생물 수업을 같이 들은, 2022년 졸업생 중 유일한 흑인 소녀다.

---

* 알코올 함유 탄산수.
** 캔 옆쪽 아랫부분에 구멍을 뚫어 빨리 마시는 게임.

서머의 언니는 졸업하고 2년 뒤 레즈비언으로 커밍아웃을 했고, 아빠는 윌로그로브의 길 건너편에 있는 자동차 판매 대리점 주인이라 돈이 많다.

"중학교 2학년 때 기억나?" 스미스가 물었다. "생명 과학 시간에 우리가 밀가루 봉지를 맡았잖아."

"기억나." 서머가 말했다. "봉지를 맡은 첫째 날 밤에 엄마 차에서 내리다가 내가 떨어뜨려 난리가 났었지."

"너희 엄마가 마트로 우리 다 데려가서 똑같은 상표의 밀가루를 사줬잖아. 그걸 학교에 가져갔는데 다 알아볼 것 같아서 내가 지레 겁먹고……."

"영 선생님에게 고자질한 거? 알지. 그걸 어떻게 잊겠어? 덕분에 낙제했는데. 내 평생 과학 숙제에서 그렇게 낮은 점수를 받은 건 그때뿐이야. 얼마나 화났었는데."

"있잖아…… 뭐랄까, 가끔 그런 느낌 안 들어?"

젠장. 클로이는 한쪽 무릎을 꿇은 채로 부츠 끈을 이리저리 잡아당겼다. 스미스 파커의 내면의 비밀을 우연히 엿듣기 전에 어떻게든 자리를 피해야 했다.

"무슨 느낌?" 서머가 물었다. "너한테 화가 나냐고?"

"아니, 내 말은…… 네가 어딘가 바뀐 느낌 말이야. 겉모습은 예전 그대로고, 그러니까 여전히 밀가루이긴 한데 뭔가 잘못된 느낌이랄까?"

"아, 실은 나도……."

클로이가 온 힘을 쥐어짠 끝에 간신히 부츠를 빼냈다. 그때였다.

부츠를 빼다 몸이 앞으로 쏠린 클로이는 본의 아니게 카바나 문을 밀어젖혔다. 그러면서 연마한 콘크리트 바닥, 그것도 서머의 발 바로 앞에 고꾸라졌다.

서머와 스미스는 빨간 일회용 컵을 든 채 그 자리에 얼어붙었다. 그러고는 신발 한 짝이 벗겨진 꼴로 널브러진 클로이를 동시에 내려다봤다.

"이런." 클로이가 말했다. "이 파티, 누가 안전 기준 좀 살펴봐야 할 것 같은데? 고소당하겠어."

"괜찮아?" 스미스가 클로이를 일으켜주려고 손을 뻗는 사이 서머가 물었다. "처음 술 마실 때는 한 잔 이상 마시면 안 돼."

"걱정해줘서 고맙지만 나는 술 안 마셔." 클로이는 스미스가 이두박근에 불끈 힘을 주며 확 당기는 바람에 또다시 나뒹굴 뻔했다. 민망한 데다 갑작스런 움직임에 멀미까지 났다. "스미스를 찾다가 그만. 안녕, 스미스."

"왔구나." 스미스는 대놓고 클로이에게 눈짓을 하며 물었다. "화장실은 찾았어?"

"어, 찾았어."

서머는 두 사람을 잠시 보고는 눈살을 찌푸리며 고개를 저었다.

"아직 피자 남았나?"

"아, 남았을 거야." 클로이가 말했다.

"이 얘기는 나중에 마저 할까?" 서머가 스미스에게 말했다.

"어, 됐어. 신경 쓰지 마."

서머가 어깨를 으쓱하며 열린 문으로 밖을 내다보고는 얼른 다시 들어와 말했다.

"에이스가 '거꾸로 마르가리타'를 시작하려나봐. 누구 하나는 또 이가 뽑히겠군. 그 좋은 구경을 놓칠 순 없지."

"어, 나는 그만⋯⋯."

클로이가 말문을 열었지만 서머는 이미 사라지고 없었고 스미스만 클로이 뒤에 덩그러니 서 있었다.

"⋯⋯집에 가려고." 클로이는 허공에 대고 말을 마쳤다.

정말 가고 싶었다. 수영장에 토하고 배수구에 걸린 치아 교정 장치를 빼내면서 하루를 마무리할 일은 절대 없을, 편안한 내 방으로 돌아가고 싶었다. 샤라의 사진과 편지는 휴대폰으로 찍어 스미스에게 보내면 그만이었다.

클로이는 카바나 문간에서 잔디에 박힌 신발을 빼려고 몸을 숙였다.

아니다. 어쩌면⋯⋯ 이곳에 있어야 할지도 모른다. '네 적을 알라' 등등, 이유는 많다. 4년 동안 주변을 맴돌았지만 샤라에 대해 제대로 알아낸 게 하나도 없었다. 잘하면 오늘 하루 만에 샤라를 뼛속 깊숙이 파악할 수 있을지도 모른다. 다시없을 기회다.

"망할 샤라 휠러, 악몽이 따로 없군."

클로이는 조용히 한숨을 내쉬었다. 그러고는 남은 부츠 한 짝도 마저 벗어들고 어깨를 편 뒤 파티가 한창인 뒷마당을 향해 맨발로 걸어갔다.

벤지 카터와 에이스 토레스가 주고받은 쪽지

〈오페라의 유령〉 대본의 뒷면에 적혀 있었음

어이, 클로이가 나 싫어하는 거 같아? :(

〈Point of No Return〉의 맨 마지막 음이나 걱정하지 그래.

그래, 그래야지. 근데 트루먼 선생님이 무대에서 내 행운의 양말 신게 해줄까? 그거 신으면 노래가 더 잘 되거든.

극중 배경과는 안 맞지만 네가 부탁하면 된다고 하실 듯.

다행이다!!

7

보아하니 거꾸로 마르가리타는 승자 따위는 없고 규칙이 아주 단순한 파티 게임이었다. 풋볼 팀원 한 명이 마당의 한쪽 끝에 선 딕슨의 입 속에 테킬라와 마르가리타용 희석 음료를 바로 들이부었다. 그런 뒤 다른 두 명이 쭉 뻗은 딕슨의 팔을 하나씩 잡고 마당의 다른 쪽 끝으로 딕슨을 휙 집어던졌다.

"저게 다야?" 딕슨이 붕 날아가 튜브 더미 위로 고꾸라지는 걸 보면서 클로이가 서머에게 물었다. "저게 무슨 게임이야. 뇌진탕 유발 행위지."

"보통 머리보다 얼굴이 먼저 떨어져." 서머가 클로이의 옆에서 알려줬다. 서머는 보조개가 참 예뻤고, 땋은 머리에 붙어 반짝거리는 작은 은색 장식도 근사했다.

"이빨 빠진다는 거 농담 아니야. 태너한테 가짜 이 빼서 보여달라고 해봐. 파티 때마다 보란 듯 빼서 애들 기겁하게 만들거든."

클로이는 마르가리타용 음료를 들고 있는 태너를 빤히 쳐다봤다.

"기존 게임에 충돌을 추가한 거네?"

"그래도 이젠 차 몰고 목장에 가서 암소 넘어뜨리는 짓은 안 하더라."

서머가 음료를 다시 채우러 자리를 뜨자 스미스가 옆걸음으로 걸어와 조용히 물었다.

"어디에서 찾았어?"

"그게 중요해?"

스미스는 한숨을 쉬었다. "그건 아니고. 뭐라고 쓰여 있어?"

"네 마음에는 안 들 내용이야."

스미스는 잠시 생각하더니 작게 피식 웃고는 고개를 저었다.

"알았어. 나중에 말해줘."

클로이가 고개를 끄덕이자 스미스는 웨이터를 불러 콜라 두 잔을 더 받았고 파티는 계속 이어졌다.

클로이는 운동부 애들이 마당을 가로질러 날아가고 1~2학년생들이 야외 주방의 아일랜드 식탁에서 탁구를 치는 모습을 보다가 문득 궁금했다. 샤라가 이런 자리에서 어떻게 어울렸을지. 엠마 그레이스 베이커처럼 비키니를 입고 은으로 된 십자가 목걸이를 가슴골 사이로 늘어뜨린 채 자쿠지 욕조 가장자리에 새침하게 앉아 있었을까? 매켄지 해리스를 비롯한 댄스부 애들과 음악에 맞춰 엉덩이를 흔들었을까?

어쩌면 지금의 클로이와 비슷했을지도 모른다. 숙제 생각은 하지 않으려 애쓰는 동시에 주변의 소음과 과도한 당 섭취로 인한 흥분, 옆자리를 지키는 스미스의 온기를 느끼면서 나도 즐길 수 있다고 자기 최면을 걸지는 않았을까.

거꾸로 마르가리타 게임에서 에이스의 차례가 되자 누군가가 배경 음악을 사운드클라우드의 랩에서 킬러스의 곡으로 바꿨다. 스미스는 에이스가 마당을 가로질러 고무보트에서 완전히 빗나가 잔디에 고꾸라지는 모습을 지켜봤고, 클로이는 그런 스미스를 지켜봤다. 에이스가 맨가슴에 뗏장이 들러붙고 희석 음료가 턱으로 흘러내리는 꼴로 비틀거리며 일어서자 스미스는 자지러지게 웃음을 터트렸다. 먹던 피자가 목에 걸릴 뻔할 정도였다. 클로이는 무방비 상태의 스미스를 보면서 그동안 자기와 있을 때는 스미스가 경계 태세였음을 새삼 깨달았다.

그때 에이스가 껑충껑충 달려와 한 팔을 스미스의 어깨에 휙 걸치고는 스미스의 셔츠에 얼굴을 닦았다.

"와, 이 노래 진짜 좋은데!" 선곡이 마음에 들었는지 에이스가 어깨를 흔들며 외쳤다. "이 노래, 웃긴 게 뭐지 알아? 남자가 질투하는 대상이 남자인지 여자인지 끝까지 밝히지 않아."

클로이는 놀랍다는 듯 눈썹을 치켜올렸다. "그걸 깨닫다니 놀라운데."

"클로이," 에이스가 히죽 웃으며 말했다. "〈Mr. Brightside〉를 모르면 간첩이지."

클로이는 에이스와 스미스를 빤히 쳐다봤다. 둘 다 클로이에게 더없이 친절했다. 너무 친절해 수상할 정도였다. 클로이는 인기 많은 아이들의 특기인 은근한 형태의 조롱이나 가식이 아닐까 의심했다. 그러나 덩치 크고 멍청하지만 잘생긴 해변의 소년 같은 에이스의 얼굴과 스미스의 환하고 예쁜 미소에서 나쁜 의도 같은 건 전혀 읽을 수 없었다.

"네 차례야." 스미스가 클로이에게 말했다.

"아니. 절대 안 해. 난 술 안 마셔."

"어이, 친구." 에이스가 말했다. "나도 안 마셔. 희석 음료 마시고 한 거야."

"정말? 취한 거 같은데."

클로이가 실눈을 뜨고 보며 말하자 에이스는 어깨를 으쓱했다.

"난 원래 평소에도 이래. 자, 어서."

클로이는 어느새 마당 한구석으로 떠밀려 육상부 여자애와 에이스에게 팔을 하나씩 잡혔다.

서머는 희석 음료를 들고 클로이 앞에 서서는 사무적이다시피 한 어조로 말했다.

"팔다리에 힘 빼면 괜찮을 거야."

"너도 해봤어?"

서머는 콧방귀를 뀌었다. "아니, 난 그렇게 멍청하지 않거든." 그러고는 한 손으로는 클로이의 턱을 잡고 기울이고 다른 한 손으로는 음료가 담긴 병을 들어올렸다. 클로이는 단도직입적인 여자애한테는 힘을 못 썼다. "입 벌려."

다음 순간, 클로이는 잔디밭을 가로질러 날아갔다.

따가운 라임 주스가 코로 나올 때, 별이 총총한 하늘을 스치듯 잠깐 공중에 붕 떴다. 그러고는 도넛, 야자수, 빨갛고 하얗고 파란 빙과 모양의 튜브 무더기에 철퍼덕 떨어졌다. 잠시 형광색 튜브에 코를 박고 있던 클로이는 팔다리를 허우적대며 축축한 땅으로 굴러 떨어졌다.

　한순간 침묵이 흘렀다. 그러나 클로이가 힘겹게 일어나 두 팔을 머리 위로 올리고는 다 마셨다는 듯 입을 크게 벌리자 곧바로 환호성이 터져 나왔다.

　클로이의 진짜 파티는 그때부터 시작됐다.

　에이스는 피자를 더 주문하라고 소리 질렀고, 스미스와 서머는 온수 폭포가 쏟아지는 욕조 근처로 클로이를 끌고 가 춤을 췄고, 3학년생들은 이 모든 걸 스냅챗에 기록했다. 클로이가 실수로 옷을 다 입은 채로 수영장에 빠지는 사건도 벌어졌다. 스미스는 클로이를 끌어내 학교 대표 선수만 입는 재킷을 어깨에 걸쳐줬다. 클로이는 치마 주머니에서 샤라의 카드를 꺼내 쿼터백 후보 선수가 입고 있는 티셔츠에 닦아 말린 뒤 안전한 곳에 다시 집어넣었다.

　군중 사이를 요리조리 빠져나오니 소프트볼 팀이 야외 텔레비전으로 오번 대학 팀의 경기를 보고 있었다. 팀원의 어깨에 머리를 기댄 채 웃고 있는 서머를 보고 클로이는 문득 한 장면을 떠올렸다. 지난 풋볼 시즌의 응원전 때 샤라가 관람석 저편에 친구들과 모여 앉아 머리에 색종이 조각이 붙은 줄도 모른 채 한쪽 뺨에 스미스의 등번호를 그려 넣은 얼굴로 웃고 있는 장면이었다.

　〈한여름 밤의 꿈〉의 겹 버찌처럼 수업 때마다 샤라와 나란히 앉아 같은 필기를 하다가 수업이 끝나면 반대 방향으로 갈라졌던 장면도 떠올랐다. 샤라는 스미스의 재킷을 몇 번이나 입어봤을까? 클로이는 재킷의 긴 소매 끝으로 살짝 삐져나온 제 손가락 끝, 물어뜯은 손톱을 내려다보며 연분홍색 매니큐어를 바른 샤라의 완벽한 손톱을 떠올렸다.

지금 이 순간만큼은 클로이도 샤라의 삶을 살 수 있을 것 같았다. 완벽한 성적을 유지하면서도 친구가 수영장을 가득 채우고도 남을 만큼 많은 소녀의 삶 말이다.

"에이, 괜찮아." 근처 무리에서 누군가가 시끄러운 목소리로 말했다. 아니나 다를까 딕슨의 목소리였다. 딕슨을 보니 연갈색 머리가 수영장 물에 젖었다가 마르면서 풋볼 헬멧을 막 벗은 듯 사방으로 뻗쳐 있었다. 학교에도 늘 하고 오는 스타일이었다. "4륜 오토바이로도 된다니까 그러네."

"그럼 그건 어디에 실어?" 태너가 물었다.

"트레일러를 빌리면 되지. 우리 아빠한테 다섯 개는 있을걸."

"이건 무조건 들킬 텐데."

"잡히면 매켄지더러 아빠한테 연락하라고 하면 돼."

"무슨 얘기하는 거야?"

클로이가 호기심을 참지 못하고 끼어들자 딕슨은 수영장용 로봇 청소기에서 웬 벌레가 기어 나왔나 하는 표정으로 클로이를 바라보다 이내 환한 미소를 지었다.

"네 여자야, 스미스? 샤라가 사라진 지 며칠이나 됐다고. 구라지?"

"그냥 친구야. 그리고 '구라'는 이럴 때 쓰는 게 아니지."

"남의 일에 끼지 말라고나 해."

"하도 목소리가 크시길래. 비밀 얘기인 줄 몰랐지."

"졸업반 장난 의논하는 거야." 클로이의 지적에 스미스가 말했다.
"마을 광장에 있는 수사슴 버키 동상을 훔칠 거래."

"야. 장난의 핵심은 비밀인 거 몰라?"

"지난주에 샤라 앞에서도 얘기했잖아. 걔 아빠가 교장인데." 스미
스가 목소리를 높이는 딕슨을 진정시키려는 듯 두 손을 들고 웃으
며 말했다. "말해도 돼. 어디 가서 말할 애 아니야."

"그게 다야? 동상 훔치는 거?"

"그냥……. 훔치기만 하는 거 아니야." 클로이의 질문에 딕슨이
답했다. "학교에 가져가 안뜰 한가운데에 둘 거야."

"나쁜 계획이라는 건 아니야." 클로이는 어깨를 으쓱하고는 스미
스의 재킷을 내려 팔꿈치에 걸친 채 젖은 티셔츠의 매무새를 가다
듬었다. "좀 더 머리를 쓰면 좋겠지만."

그때 웃으며 옆걸음으로 다가온 딕슨이 클로이의 어깨에 한 팔
을 올렸다.

클로이는 갑자기 몸이 뻣뻣해지는 걸 느꼈다.

"레이첼 규칙에 따라 이번 일은 그냥 넘어가줄게."

딕슨이 과도하게 친절한 미소를 지으며 말했다.

"야." 스미스가 갑자기 당황한 표정을 지으며 말렸고, 주변의 남
자애들이 킥킥거렸다. "하지 마."

"레이첼 규칙이 뭔데?" 클로이가 물었다.

"작년에 졸업반 선배들이 레이첼 케네디를 두고 만든 규칙이야.

엄청 뚱뚱하지만 가슴이 크다는 이유로 파티에 초대받았지." 딕슨이 클로이의 가슴과 젖은 티셔츠에 시선을 고정한 채 말했다. 클로이는 양옆에 내린 두 손을 힘껏 말아 쥐었다. 고등학교 1학년 때부터 D컵 브래지어를 입기 시작한 뒤로 클로이의 가슴을 빤히 쳐다보는 남자치고 무사한 애는 한 명도 없었다. "그러니까 그 옷을 입고 있는 한 넌 레이철 규칙에 따라 여기 계속 있어도 돼."

그때 비현실적인 일이 벌어졌다. 주변 세상이 모두 멈추고 멀리서 사이렌 소리가 날카롭게 울리면서 온 몸의 피가 얼굴로 몰렸다.

클로이는 몸을 확 비틀어 딕슨의 팔 밑에서 빠져나오면서 물었다. "방금 뭐라고 했어?"

"왜?" 딕슨은 입을 가리고 웃고 있는 제 친구들을 돌아보며 말했다. "애들이 널 어떻게 아는지 너도 알지 않아? '클로이 그린이 누구야?' '아, LA에서 온 가슴 큰 여자애 있잖아.'"

클로이는 간신히 한 마디를 내뱉었다. "와."

"칭찬인데 왜 그래! 그냥 레즈비언에서 한 단계 급이 높아졌잖아. 자랑스러워해야지!"

그때 스미스가 끼어들어 딕슨의 어깨에 손을 올렸다.

"딕슨, 그만 입 다물어."

"얘도 자기가 어떻게 생겼는지 알 거 아니야! 농담도 못 해?"

"멍청하게 굴지 말고."

"아니, 괜찮아. 나도 내가 어떻게 생겼는지 아니까 그냥 내버려 둬. 어차피 쟤는 나이 쉰 살에 머리는 벗겨지고 성격은 냉동 미트볼처럼 딱딱한 중학교 풋볼팀 코치나 하고 있을 테니까. 두 번째

마누라는 떠나고 애들은 아빠가 발기 불능 때문에 성질내거나 성적으로 흥분할 때 빼고는 감정 표현을 할 줄 모른다며 질색하겠지. 그때가 되면 고등학교 4학년 시절을 돌아보며 깨달을 거야. 졸업 파티 왕으로 뽑힌 게 제 인생의 유일한 업적이라는 걸. 그리고 또 깨달을 거야. 내리막길을 앞둔 정상의 순간에도 LA에서 온 가슴 큰 여자애는 자기랑 잘 생각이 전혀 없었다는 걸 말이야."

클로이는 재킷을 두른 채 마당을 박차고 나가 부츠를 집어 들었다. 그러고는 마치 신나는 파티 공연이라도 본 양 클로이의 뒤에 대고 함성을 지르는 남자애들과 딕슨으로부터 한시라도 빨리 멀어지기 위해 걷고 또 걸었다.

뭘 기대했을까? 설마 인기 많은 남자애 둘이 잠깐 친절하게 대해 줬다고 윌로그로브의 먹이 사슬을 잊어버리기라도 한 건가? 클로이는 샤라가 아니다. 저 애들은 클로이에게 아무 의미도 없다. 샤라와의 경쟁은 샤라를 클로이에게 의미 있는 방식으로 이기는 게 핵심이다. 윌로그로브의 방식으로는 샤라를 절대 이길 수 없다는 건 클로이도 이미 알고 있었다.

클로이는 분노와 수치심으로 눈물이 차올라 눈초리가 따끔거렸다.

"클로이, 잠깐만."

빌어먹을 스미스 파커. 누가 미래의 하인즈먼상 받을 사람 아니랄까봐 빠르기도 하네.

클로이는 앞마당 잔디밭 한가운데에서 휙 돌아섰다. 손에 들린 부츠가 끈에 매달린 채 거칠게 흔들렸다.

"내가 감당하게 됐어야지. 네가 날 구하겠다고 끼어들지 않았어도 이미 치욕적이었다고."

"아니, 나는…… 어……." 스미스는 끙 앓는 소리를 냈다. "그랬겠네. 미안."

"저런 자식들이랑 왜 어울리는 거야? 넌 그렇게 명청하지 않잖아."

스미스는 얼굴을 찡그렸다.

"너는 봄 뮤지컬에 같이 출연한 애들, 다 마음에 들어? 퀴즈 볼 팀원 중에 어색해질까봐 싫은 소리 안 하고 참아주는 명청한 애가 단 한 명도 없어?"

"그건 다르지." 클로이가 말했다. "우리 부류의 명청이들은 동성애 혐오자는 아니거든."

스미스는 기가 막힌 듯 눈알을 굴렸다.

"딕슨 웰스가 나한테는 인종 차별 발언을 안 했을 거 같아? 나도 그 자식이 싫어. 그래도 어쩌겠어. 4년 내내 한 팀이었으니 졸업하기 전까지는 같이 뛰어야 하는데. 싸움도 가려가면서 해야지. 걔는 싸울 가치도 없는 존재야."

문득 아까 에이스가 스미스를 두고 친구가 더 필요하다고 했던 말이 떠올랐다. 하긴, 함께 어울린다고 다 친구는 아니다.

"뭐 하려고?" 클로이가 휴대폰을 꺼내는 스미스를 보고 물었다.

"누나한테 데리러 오라는 문자 보내려고. 오늘은 누나가 차 쓰는 날이거든. 피곤해서 나도 가려고."

클로이는 한숨을 쉬며 말했다. "태워줄까?"

차 안에서 클로이는 블리처스의 곡을 작게 틀었고 스미스는 조수석 창문에 머리를 기댔다.

"뭐 하나 물어봐도 돼?" 몇 분의 침묵이 흐른 뒤 클로이가 입을 뗐다. 스미스가 클로이를 돌아보자 두 쌍의 갈색 눈동자가 잠시 마주쳤다. "샤라의 어디가 그렇게 좋아?"

스미스는 어처구니 없다는 듯한 표정을 지었다. "지금 그게 궁금해?"

"궁금할 수도 있지. 그냥 좀 알려줘."

스미스는 한숨을 쉬었다. 돌아보지 않아도 스미스가 눈을 감는 게 느껴졌다. "이상하게 들리겠지만 샤라는 뭐랄까…… 제일 친한 친구야."

클로이는 미간을 찡그렸다. "누구나 여자친구를 그렇게 말하지 않나?"

스미스가 팔짱을 끼우자 맨살이 드러난 팔뚝에 지나가는 가로등 불빛이 반사됐다. 클로이는 아직 스미스의 재킷을 입고 있다는 사실이 새삼 의식됐다.

"샤라랑 있으면 딴 애들이랑 있을 때보다 편해. 다들 내게 거는 기대가 있는데 샤라랑 있을 때는 그런 거 신경 안 써도 되거든. 굳이 말을 할 필요가 없을 때도 있어. 말 안 해도 통하니까. 근데 한편으로는 샤라의 진짜 속내가 뭔지 잘 모르겠어. 너한테도 정확히 알려주지는 않을 거야. 알아서 추측하는 수밖에 없지."

"애가 참 재미없네."

"아, 그러셔." 스미스가 미소 띤 얼굴로 말했다. "그러는 넌 참 재미있고?"

"그럼. 내가 얼마나 재미있는 사람인데."

"너는 어때?" 스미스가 등받이에 머리를 기대며 물었다. "사라의 어디가 그렇게 좋아?"

"무슨 말을 하는지 모르겠네." 클로이는 얼굴이 달아올라 에어컨 바람의 강도를 높였다. "먼저 키스한 건 샤라야."

"여기에 왔잖아. 평소의 너라면 절대 안 올 이런 파티에. 샤라를 찾겠다는 이유만으로."

운전대를 잡은 클로이의 손에 힘이 들어갔다. "퀴어라고 예쁜 여자애가 관심을 보일 때마다 사랑에 빠지는 건 아니야."

"사랑한다고는 안 했어."

"그런 의미로 들렸어."

"예쁘기는 한 모양이네?"

"샤라가 예쁘다는 건 두더지도 알겠다. 그건 그냥 누구나 알 수 있는 거잖아."

어느새 차가 스미스의 동네에 들어섰다. 샤라나 로리를 비롯해 같은 학년의 인기 많은 아이들이 주로 사는 컨트리클럽은 아니었다. 밸 엄마에 따르면 10년 전만 해도 없었던 새로운 개발지로, 클로이네 집에서 한 구획 떨어져 있고 똑같은 모양의 집이 50채쯤 들어선 동네였다. 폴스 비치에는 세 부류의 동네가 있다. 컨트리클럽과 이동식 주택 단지, 그리고 젖소 목초지였던 땅에 아직 갓 칠한 페인트 냄새가 나는 집들이 판박이처럼 늘어선 동네.

스미스는 클로이의 예상과 달리, 아까처럼 장난스러운 미소를 짓는 대신 진지한 표정으로 말했다. "분명히 말해두지만, 네가 동성애자라서 샤라를 사랑한다고 생각한 건 아니야."

"난 동성애자가 아니야." 클로이가 발끈하며 말했다. "양성애자지. 그런 게 있어."

"나도 알아." 스미스가 지지 않고 말했다. "네가 그런 줄 몰랐을 뿐이야."

"어쨌든 난 그래."

"그래, 알았어."

잠시 침묵이 흘렀다. 스미스는 클로이의 다음 말을 기다렸다.

"그리고 샤라를 사랑하지도 않아." 클로이는 힘주어 말했다. "샤라는 이 학교에서 유일하게 나와 수준이 엇비슷한 애일 뿐이야. 예상…… 밖의 아이지. 날 놀라게 하는, 알겠어?"

"알아. 놀라울 때가 있긴 하지."

클로이는 스미스의 집 앞 주차장에 차를 세우며 인정했다. "섹시하기도 하고."

"동감이야."

"왜 걔는 그런 향기가……."

"라일락 꽃향기?"

"와, 그건 진짜……." 클로이가 신음 소리를 내자 스미스가 웃음을 터트렸다. "내가 이상해?"

스미스는 잠시 생각하다 말했다. "글쎄…… 이상해야 할 것 같은데 안 이상하네."

스미스의 턱이 근육의 긴장이 풀리면서 매끈한 직각을 이뤘다. 지금껏 폴스 비치에서 클로이가 퀴어라는 사실을 이렇게 담담히 받아들이는 사람은 같은 퀴어들 뿐이었다.

흠.

"로리는 그 질문에 어떻게 답할 것 같아?" 스미스가 물었다.

"모르지. 네가 직접 물어보지 그래."

스미스는 손을 뻗어 대시보드에 놓인 행운의 고양이를 보다가 코를 손가락으로 쓰다듬었다.

"그럴까."

"로리랑은 도대체 뭐가 문제야?"

스미스는 어깨를 으쓱했다. "걔가 내 여자친구를 사랑하잖아. 누가 봐도 문제인 상황 아닌가?"

"솔직히 넌 질투심이 많은 부류 같지는 않거든. 나랑은 문제 없잖아."

"로리는 달라."

"왜, 남자니까?"

"한때 나와 제일 친한 친구였으니까."

클로이는 고개를 휙 돌려 스미스를 바라봤다.

"뭐? 언제?"

"중학교 다닐 때." 스미스는 행운의 고양이 앞발이 흔들리는 모습에 계속 시선을 고정한 채 말했다. "윌로그로브에 처음 전학 왔을 때 로리와 같은 반이었는데 잘 통해서 친해졌어. 여기서 제일 먼저 사귄 친구가 로리와 서머였지. 그러다 내가 풋볼 2군 팀에 들어가면서 멀어졌어. 너무 고귀하신 분이라 멍청한 운동부 애랑은 친구로 지내기 싫었나봐. 아무튼 그때부터는 말도 잘 안 했어. 안타깝게도."

"샤라도 알아? 너희 둘이 친했던 거?"

"알지. 늘 우리 곁에 있었으니까. 로리는 늘 샤라를 좋아했었고. 몇 년이 지났는데도 걘 내가 사라와 사귀는 게 아직도 그렇게 화가 나나봐. 내가 데이트하러 샤라를 처음 데리러 간 날, 창밖으로 그 모습을 본 로리의 표정을 네가 봤어야 해."

"어쨌든 샤라는 널 택했잖아. 로리가 뭐라 하든 무슨 상관이야?"

"그게 그렇게 간단하지가 않아." 스미스는 눈썹을 찡그리며 말했다. "열네 살 때부터 멀어져 말도 안 하는 사이지만 난 로리가 왠지 계속 거슬려. 언제든 내 앞에 나타나 분란을 일으킬 것 같아. 실제로 지금 그러고 있고."

클로이는 둘의 관계가 유난스럽다고 생각하다가, 문득 샤라를 처음 봤을 때 느꼈던 감정이 떠올랐다. 마치 온 우주가 1교시 세계사 시간에 클로이를 겨냥한 시한폭탄을 떨어뜨린 기분이었다. 어쩌면 스미스와 로리도 서로를 증오할 수밖에 없는 관계인지도 몰랐다.

"그럴 수도 있겠네." 클로이가 말했다.

둘 사이에 언제 깨질지 모르는 휴전의 기운이 감돌았다. 사실 두 사람은 샤라 휠러와 키스했다는 사실을 빼고는 아무 공통점이 없었다.

클로이는 스미스가 조수석에서 내리자 창문을 내리고 외쳤다. "스미스!"

스미스가 도로 경계석에 멈춰 서서 물었다. "왜?"

"이거 가져가야지." 클로이가 어깨에 걸친 재킷을 벗어 건네자 스미스는 창문 안으로 몸을 기울여 재킷을 받았다. "주머니에 샤라가 남긴 카드 넣어놨어."

"고마워."

"축하해. 불나면 구해주고 싶은 풋볼 선수는 네가 처음이야."

스미스는 재킷을 접어 팔에 걸며 웃음을 터트렸다. 맨발로 밟을 때 느껴지는, 햇빛에 달궈진 흙처럼 따뜻한 웃음소리였다. 클로이는 샤라가 스미스를 왜 좋아하는지 알 것 같았다. 객관적으로 봐도 스미스는 매력적인 사람이었다.

조지아의 3학년 문예 창작 수업용 작문 노트에서 발췌
과제 주제: 어떤 사람을 한 단어로 묘사하시오

눈동자가 갈색인 여자애가 있다. 내가 처음으로 좋아한 책이 연상되는 아이다. 그 애를 보면 마음속에 또 다른 우주가 있는 것 같다. 손이 닿지 않는 높은 선반 위에 있거나, 누군가의 책가방 에서 쏙 삐져나와 있거나, 예약이 줄줄이 걸려 있어 좀처럼 구하기 힘든 책 같은 존재랄까. 쉽게 구할 수 있는 책도 있지만 그런 책은 그 애만큼, 아니, 그 애의 반만큼도 좋지 않다. 그 애는 자기 존재의 방식과 현재 위치, 정체성에 대해 목적과 의미와 이유가 매우 분명해 보인다. 따라서 그 애를 묘사하기에 적합한 단어는 '확신'이다.

클로이의 의견:

누구 얘기야????

8

샤라의 실종 후 지난 시간: 8일

졸업까지 남은 시간: 35일

"잠깐만." 빌 엄마가 팔짱을 낀 채 자신이 운영하는 용접 회사의 로고가 검은색으로 칠해진 트럭 옆쪽에 기대서며 말했다. "어젯밤에 파티에 갔다고? 누구네 파티?"

두 엄마와는 늘 이렇다. 모든 걸 공유하는 사이라 아무리 작은 비밀도 크게 느껴진다. 일요일 아침까지 버텼던 비밀은 버밍햄 공항에 가는 길에 결국 드러났다.

"딕슨 웰스네 집이요."

"왜 많이 들어본 이름 같지?"

"핵폭탄급 얼간이거든요. 전에 엄마한테 걔 욕을 한 적이 있을 거예요."

"나한테는 조지아랑 있다고 하지 않았나?"

"아니죠." 클로이는 얼른 얼버무렸다. "전 친구랑 놀러간다고 말했고 친구랑 파티에 간 건 사실이에요. 정확히는 웰스네 집에 가서 만났지만요."

"사실이라는 개념을 멋대로 갖고 노는구나, 딸. 왜 핵무기급 바보네 파티에 갔는지 말해줄래?"

"핵폭탄급 얼간이요."

"그래, 그거."

다행히 언젠가는 들킬 것 같아 이미 적당한 이유를 준비해둔 참이었다. 사라진 학업 경쟁자를 추적하기 위해서라는 건 설명하기가 너무 복잡했다. 졸업을 앞두고 선의로 윌로그로브의 엘리트 계층 아이들과 화해하기 위해서였다고 하면, 엄마는 아마 뇌 손상을 의심해 클로이를 응급실에 데려갈 것이다.

"성경 수업에서 조 과제를 해야 하는데 풋볼팀 애랑 한 조가 됐어요. 걔가 자꾸 내 말을 무시해서 무임승차할 생각 말라고 따지러 갔어요."

"아, 그거." 벨 엄마가 얼굴을 찡그리며 말했다. "필수 성경 수업을 듣는댔지."

역시 성경 수업 핑계를 대기 잘했다. 벨 엄마는 폴스 비치에 틀어박히게 된 게 클로이 못지않게 속상한 사람이었다. 클로이는 벨 엄마에게만큼은 폴스 비치로 이사 온 일로 화를 낼 수 없었다. 그저 함께 윌로그로브를 욕하며 모녀 관계를 돈독히 할 뿐이었다.

"맞아요. 야구부원들 훈련시키느라 바쁠 윌슨 코치가 굳이 시간을 내서 매일 4학년생을 상대로 여섯 번이나 수업을 해요. 혼전 성

관계는 죄악이며 동성애는 혐오스러운 일이라고 가르치죠. 참 대단하다니까요."

밸 엄마가 무언가를 말하려 하는 순간, 자동문이 열리고 늘 입는 리넨 멜빵바지 차림의 제스 엄마가 오페라용 드레스가 가득한 여행 가방을 끌고 나왔다. 제스 엄마는 두 팔로 클로이를 껴안고는 클로이의 짧은 머리카락에 손가락을 파묻었다.

"아, 우리 딸 왔구나." 제스 엄마가 귀에 대고 속삭였다. 클로이는 엄마의 어깨에 고개를 파묻은 채 목 멘 소리로 헛기침을 했다. "얼마나 보고 싶었다고."

"흰머리가 늘었네요?" 클로이가 제스 엄마의 머리카락을 보며 말했다.

"그런가보네." 제스 엄마는 클로이를 품에서 놓아준 뒤 밸 엄마의 허리를 끌어당겨 안았다. 그러고는 〈타이타닉〉의 주인공이라도 된 듯 길고 진하게 입을 맞췄다.

"자, 이제 그만. 여긴 앨라배마라고요. 가요."

집에 가는 길에 클로이는 딕슨의 파티에 가게 된 경위를 다시 설명해야 했다. 거짓말을 해 혼이 났지만 벌은 견딜 만했다. 세 명뿐인 소규모 가족이더라도 자치 공동체인 이상 개방적 소통이 얼마나 중요한지, 제스 엄마의 30분짜리 설교를 참고 듣기만 하면 됐다. 설교가 이어지는 동안 클로이는 적절한 순간마다 "네, 그럼요"라고 답하면서 샤라의 인스타그램을 확인했다. 새로운 게시물은 없었다. 즉흥적으로 올린 척하지만 목적에 따라 인위적으로 엄선한, 따뜻한 색감의 기존 사진들뿐이었다.

클로이는 인스타그램을 닫고 스미스와 로리가 있는 그룹 채팅방을 다시 열었다. 샤라의 최근 카드에 적힌 추신이 무슨 뜻인지 의논하던 참이었다. 사실 클로이는 '레코드'가 로리가 소장한 음반을 뜻한다고 확신해 로리의 방을 수색하고 싶었다. 그러나 로리는 오늘 아침 매우 당황한 목소리로 저 혼자 얼마든지 찾아볼 수 있으며 다시는 클로이나 스미스를 자기 방에 들이지 않을 거라고 못 박았다.

클로이는 그룹 채팅방에 '?????'라고 메시지를 보냈다. 이제는 로리와 스미스도 깨달았듯, 현황 보고를 요구하는 클로이만의 방식이었다. 로리는 손가락 욕 모양 이모티콘으로 답을 대신했다.

집에 도착한 클로이 가족은 넌더리 나는 털더큰을 먹으면서 제스 엄마가 포르투갈에서 묵은 호텔과 근사한 발코니, 룸서비스로 먹은 커스터드 타르트에 대한 이야기를 들었다. 후식으로 집에서 만든 치즈케이크가 나왔는데 위에 설탕을 뿌린 버찌가 얹혀 있었다. 버찌를 보니 〈한여름 밤의 꿈〉과 샤라가 떠올라 얼른 휴대폰을 꺼내 다시 인스타그램을 확인하고 싶어졌다.

클로이는 싱크대에 다 먹은 그릇을 넣고 제 방으로 향했다.

"어디 가려고?" 제스 엄마가 희끗희끗한 긴 머리를 손으로 빗어 땋으며 물었다. 밸 엄마는 안방에서 담요를 한아름 들고 나와 복도에 선 클로이를 끙끙대며 지나갔다. "〈유브 갓 메일〉 볼 건데."

"맞아." 소파에 담요 무더기를 털썩 내려놓으며 밸 엄마가 말했다. "톰 행크스가 사랑스러운 인디 서점을 망하게 하는 내용인데 같이 안 볼 거야?"

아, 제스 엄마와 같이 있고 싶었다. 정말 보고 싶었는데.

하지만…… 샤라가 아른거렸다.

"월요일까지 내야 하는 중요한 과제가 있어요."

제스 엄마는 입술을 삐죽거리며 말했다.

"나는 왜 널 이렇게 책임감 강한 애로 키웠을까? 무정부주의자로 키웠어야 하는데."

"실패하셨네요."

클로이는 어깨를 으쓱하고는 방에 들어가 불을 켜고 침대에 털썩 주저앉았다.

예전 집이었다면 샤라의 일에 어떻게 대처해야 할지 알았을 것이다. 그 집에서는 생각이 더 잘 떠올랐다.

클로이는 LA의 아파트가 좋았다. 변두리에 위치한 4층 높이의 방 세 개짜리 아파트 내부 구조가 아직도 선명히 기억났다. 욕실은 하나였고, 복도에는 티타니아가 툭하면 들어가 숨는 벽장이 있었다. 거실에는 분홍색 안락의자가 있었다. 주방 싱크대 왼쪽에는 두 엄마가 소유품 처분 판매 행사 때 건져와 민트색 페인트를 칠한 골동품 장식장이 있었다. 작은 발코니가 딸린 클로이의 방에는 스카이라인이 훤히 보이는 미닫이 유리문이 있었다. 클로이가 열 살 때 두 엄마는 드디어 클로이에게 자기 방 열쇠를 맡겼다. 클로이는 여름 내내 자기만의 발코니에 비치 타월을 깔고 누워 책을 읽었고 그때만큼 자신이 멋지고 어른스럽게 느껴진 적은 없었다.

폴스 비치의 집은 LA의 집보다 조금밖에 안 컸지만 왠지 너무 크게 느껴졌다. 클로이는 이웃의 일과가 벽을 통해 다 들리고, 노트북을 쓰다 주방에서 달콤한 홍차를 가져와도 헤드폰과 노트북의 블루투스 연결이 끊어지지 않았던 예전이 그리웠다. 예전의 제 방도 그리웠다. 자라면서 연보라색, 노란색, 녹색 순으로 페인트를 덧칠했고 벽장문에 〈코라의 전설〉 포스터를 붙였다 뗀 테이프 자국이 남은 예전 방 말이다. 태어나서 줄곧 같은 방에서 인생을 배우며 자랐는데 하루아침에 짐을 싸서 떠나 다시는 그 방을 볼 수 없게 됐다는 게 클로이는 믿기지 않았다.

두 엄마는 새로운 방을 최대한 클로이답게 꾸미려 애썼다. 벽을 녹색으로 칠하고 천장에 조명을 매달았을 뿐 아니라, 이전 동네에서 클로이가 제일 좋아했던 타코 트럭의 사진을 거대한 액자에 넣어 쇠막대로 된 침대 헤드보드 위에 걸었다. 새 방은 발코니는 없고 옆 마당이 보이는 창문만 에어컨 옆으로 나 있었지만, 밸 엄마가 창턱 넓이만 한 나무 벤치를 창문 밑에 설치해 햇빛을 받으며 책을 읽을 수 있었다.

그럼에도 내 집이라는 느낌은 들지 않았다. 고등학교 2학년 때 할머니가 돌아가신 뒤 클로이는 LA로 돌아갈 날을 내심 기다렸다. 그러나 할머니의 집을 팔아야 했고 유품과 재산을 정리해야 했고, 그러다보니 다시 전학을 가 고등학교를 졸업하기에는 너무 늦은 시기가 돼버렸다.

클로이는 침대 위로 깡충 뛰어오른 티타니아의 머리를 천천히 쓰다듬었다.

두 엄마는 집 안을 다 찢어놓지 않으려면 자주 할퀴어 발톱을 무디게 해줄 무언가가 있어야 하는 티타니아와 클로이가 꼭 닮았다고 했다. 캘리포니아에서 다닌 자유로운 히피 학교와 달리 윌로그로브에는 바로 그 할퀼 대상, 즉 경쟁할 기회가 있었다.

클로이가 샤라가 있을 만한 곳을 계속 뒤지고 다니는 것도 그 때문이었다. 윌로그로브에서 클로이는 드디어 패권 다툼을 벌일 상대를 만났고, 이 다툼은 클로이에게 폴스 비치에서 살아갈 이유가 됐다. 샤라 자체가 그렇게 중요한 건 아니었다. 샤라가 없으면 클로이가 이곳에 살 이유도 사라질 뿐이었다.

불현듯 또 다른 삶의 이유인 친구들이 떠올랐다. 그러고 보니 조지아와 벤지, 애시와 금요일 밤에 놀기로 했는데 샤라 때문에 깜빡했다.

클로이는 몸을 굴려 휴대폰을 집어 들고는 조지아에게 페이스타임으로 영상 통화를 걸었다.

"어이." 조지아는 연결음 두 번 만에 전화를 받았다.

"지오오오." 클로이도 화답했다.

화면 뒤로 종탑 서점의 꽉 들어찬 책장이 보였고, 조지아는 제일 좋아하는 티셔츠를 입고 있었다. 스모키 베어가 숲에 사는 동물들에게 둘러싸인 그림과 '조심하세요, 숲에는 아기 동물들이 있답니다'라는 글이 적힌 티셔츠였다. 그리고 오늘도 어김없이 정서적 갈증을 채우려 늘 갖고 다니는 물병으로 물을 들이켜고 있었다. 일요일은 문을 닫는데 서점에 있는 걸 보니 신간이 들어온 모양이었다.

"드디어 너만의 게이 스타일을 찾은 것 같아 다행이다." 클로이가 말했다. "산림 경비원 스타일이 아주 잘 어울리는데?"

"고마워. 나도 이렇게 오래 걸릴 줄은 몰랐어. 걸스카우트 스타일과 게이 스타일이 공존할 수 있다는 걸 이제야 깨달았어."

"야성미 넘치는 스타일을 추구한 적도 있었지."

"제발 잊어줘. 그건 일주일밖에 안 갔잖아." 조지아가 투덜댔다.

여자를 좋아한다는 사실을 클로이에게 처음 고백했던 해에 조지 아는 자기만의 스타일을 찾아 이런저런 레즈비언 스타일에 도전했다. 처음에는 머리를 올려 묶고 나이키 스포츠 브라를 입고 턱선을 날카롭게 만드는 얼굴 운동을 하더니, 빨간 립스틱을 바르고 피부에 직접 그리는 방식의 문신을 하는 등 여성적인 레즈비언 스타일을 시도했다. 찢어진 청바지와 중고 가죽 재킷을 입기도 했고, 삭발을 하고 축구부에 지원할까 고민하기도 했다. 결국 벨 엄마에게 열일곱 살 생일 선물로 레즈비언들이 허리춤에 즐겨 차는 카라비너를 받은 뒤로는 어깨 위까지 머리를 잘라 제 스타일을 찾았다.

"어디 갔었어?" 조지아가 물었다. "문자를 세 번이나 보냈는데 답도 없고. 어젯밤에 애시네 집에서 영화 보기로 했잖아."

클로이는 뜨끔했다.

"제스 엄마가 오늘 포르투갈에서 돌아와서 벨 엄마가 집 청소한다고 난리였어. 그놈의 털더큰도 진짜로 요리하고. 말하자면 길어. 영화는 어땠어?"

"모차렐라 스틱 시식회 하느라 제대로 못 봤어."

"뭘 했다고?"

"벤지가 모는 차 타고 다니면서 가게마다 들러 모차렐라 스틱을 샀어. 다 모아놓고 맛이랑 모양, 견고함, 디핑 소스 항목마다 1점에서 10점까지 점수를 매겼지."

"세상에. 그 재미있는 걸 놓치다니! 평균 점수는 냈어? 누가 우승

했어?"

"클로이, 우리는 게이야. 수학은 못 한다고."

"알았어. 다음에는 내가 스프레드시트 만들게."

"역시 네가 있어야 한다니까. 수학을 할 줄 아는 양성애자가 한 세대에 한 명은 태어나나봐. 넌 선택받은 자야."

클로이는 페이스타임을 노트북으로 전환한 뒤 조지아의 화면을 옆으로 밀어놓고 크롬 창을 열었다. 조지아는 젖당 분해 효소 결핍증이 있는 게 분명한 애시에게 괜찮다며 우유를 먹여 풀숲에 토할 뻔하게 만든 이야기를 하고 있었다. 클로이는 조지아와 자주 이런 시간을 보냈다. 몇 시간씩 페이스타임을 틀어놓고 각자 숙제를 하거나 말없이 휴대폰을 만지작거렸다. 클로이는 조지아의 이런 면이 제일 좋았다. 화나거나 스트레스 받거나 자신이 없거나 기분이 이상할 때 조지아와 있으면 더없이 편안했다. 모든 게 쉬웠다.

"카드의 내용이 무슨 뜻인지는 알아냈어?" 조지아가 물었다. "샤라가 타코벨에 네 앞으로 남긴 카드 말이야."

아. 조지아와 있으면 모든 게 쉬운 데는 이유가 있었다. 조지아는 클로이의 마음을 잘 읽었다.

"인기 많은 애라 관심 받고 싶나보지, 뭐." 클로이는 적당히 둘러대고는 키보드를 만지작거렸다. 그러다 저도 모르게 샤라가 남긴 임시 이메일 주소를 입력했다. 흠. 접속한 김에 임시보관함이나 확인해볼까? 다섯 번째로 확인한 지 얼마 안 됐지만 그새 바뀐 게 있을지도 몰랐다. "됐어. 누가 신경이나 쓴대?"

"신경 쓰던데? 사흘 전에." 조지아가 지적했다. "그것도 많이."

"내가 샤라 얘기하는 거 질린 줄 알았는데." 임시보관함에 새로운 메일은 없었다. 하지만 기존 메일의 편집 시간이 오늘 아침으로 찍힌 걸로 보아 누군가가 접속한 게 분명했다. 냄새가 났다.

"좀 그렇긴 했지. 그래도 무려 샤라 휠러와의 키스잖아. 너나 나한테 간만에 일어난 흥미로운 사건인데 관심이 가는 게 당연하지."

"그렇게 인상적인 키스도 아니었어." 터무니없는 거짓말이었다.

"어쨌든 이제 그건 스미스가 해결할 문제야."

"알았어. 이제 그만할게."

조지아에게 진실을 말할 수도 있었다. 실제로 그럴 생각을 해보기도 했다. 지금껏 조지아가 모르는 비밀은 하나도 없었으니 말이다. 하지만 클로이는 이번 일만큼은 아무리 조지아라도 숨기고 싶었다. 아니, 조지아니까 더욱 숨겨야 했다. 조지아가 이 일을 어떻게 생각하는지 모르는 채로 있고 싶었다. 조지아는 클로이의 어두운 면을 비치는 빛이었고, 지금은 그 어둠 속에 무엇이 있는지 보고 싶지 않았다.

"잠깐 할 이야기가 있는데 괜찮아?" 조지아가 물었다.

"프랑스어 숙제 이야기야?" 클로이는 화제를 돌릴 수 있길 바라며 되물었다. "6월 봉기에 대해 아주 많은 조사를 하고 있으니 걱정 마."

"〈레 미제라블〉 시청은 도움 안 돼."

"안 될 이유가 없잖아."

"클라크 선생님이 영화는 자료로 쓸 수 없다고 콕 집어 말했어."

"좋아. 그럼 다른 거 조사할게. 《레 미제라블》 책을 읽으면 되지."

"어차피 보고서 절반은 네 몫이야. 어떻게 쓰든 상관없어. 난 그저 올해가 얼른 끝났으면 좋겠어."

클로이는 고개를 끄덕였다. "알았어. 지금까지 정리한 거 보내줄래?"

"그래. 잠깐만."

조지아의 얼굴이 잠깐 사라진 사이에 이메일이 도착했음을 뜻하는 알림음이 울렸다.

받은편지함을 열면서 자신이 화난 이유를 조목조목 열거한 메일을 샤라에게 보내면 어떨까 생각했다. 아니다. 샤라는 절대 미끼를 물지 않을 것이다. 스미스의 문자나 친구들의 인스타그램 댓글에는 전혀 답하지 않고 수수께끼 같은 편지로만 소통하고 있지 않은가. 거울에 비춰봐야만 알 수 있는 거꾸로 쓴 글자처럼 뭐든 다 추리해서 알아내야 했다. 뻔한 글에는 반응을 보이지 않을 게 분명했다.

"오, 색깔로 분류했네." 클로이는 조지아가 보낸 구글 문서를 열면서 말했다. "내 제안을 받아들였군."

"뭐, 현재 내가 하는 대인 소통의 절반은 구글 문서에서 이뤄지니까. 어느 정도는 정리가 필요하더라고."

윌로그로브는 '교내 휴대폰 사용 금지' 규칙이 엄격했지만, 대안이 없는 건 아니었다. 제일 인기 있는 대안은 구글 문서를 만들어 친구들에게 수정 권한을 부여함으로써 모두가 자유롭게 입력할 수 있는 비공식 그룹 채팅방을 만드는 것이다. 조 과제처럼 보여 안전하고 교사가 눈치 챌 것 같으면 삭제하면 그만이었다.

변경이 가능하고 쉽게 감출 수 있는 방법이라……

"클로이?"

클로이는 조지아가 부르는 소리에 놀라 움찔했다. 화면을 보니 조지아가 머리를 귀 뒤로 넘기며 얼굴을 찌푸리고 있었다.

"26일이 마감이라는 말 하는 중이었어."

"알아." 클로이는 28일로 잘못 알고 있었지만 조지아를 안심시켰다. "과제 내는 날 프랑스 혁명 때 의상도 제대로 갖춰 입고 갈 거야. 완전 그럴듯하게."

"멋지겠다. 난 마리 앙투아네트로 분장할게. 단두대에서 목 잘리는 장면을 재현해도 좋겠다. 그보다 너한테 할 말이……."

"저기." 클로이는 새 문서를 작성하기 위해 마우스를 클릭했다. 좋은 생각이 떠올랐다. "뭐 좀 해야 해서 그러는데 이 얘기는 나중에 해도 될까?"

"그러자. 내일 어때?"

"좋아. 사랑해. 끊어."

클로이는 통화를 종료하고 문서 URL을 복사해 새 이메일에 붙여 넣고 일회용 이메일 주소를 주소 칸에 입력한 뒤 보내기 버튼을 눌렀다.

샤라의 휴대폰에 메일 도착 알림음이 울리는 장면이 그려졌다. 어쩌면 샤라는 훔친 신용카드로 호텔에 투숙해 있을지도 모른다. 보송보송한 흰색 가운을 껴입고 가짜 신분증과 현금을 협탁 위에 펼쳐놓은 채 샴페인 잔 테두리에 묻은 립스틱 자국을 지우면서 말이다. 아니면 숲속의 어느 오두막에 숨어 종탑 서점에서 샀다는 《엠마》를 읽고 있을까? 걸프 쇼스의 해안에서 브레이든이라는 이름의 대학교 2학년생이 샤라의 발가락을 핥고 있을 수도 있다.

어디에 있든 샤라는 알림을 받을 것이다. 그리고 이메일을 열어 링크를 볼 것이다. 링크를 클릭해 클로이가 만든 문서를 열 것이고, 맨 위에 입력된 단어 하나를 읽을 것이다.

"어디야?"

클로이의 AP 화학 바인더에 꽂혀 있던 실험 보고서

클로이 그린과 샤라 휠러
로물리 선생님
4교시
2022년 11월 2일

산-염기 적정

목표: 1.5M의 HCL(염산) 10ml로 NaOH(수산화나트륨)의 농도 계산하기.

실험 과정: 우선 농도를 모르는 NaOH 50ml를 뷰렛에 넣고 처음 용량을 기록했다. 그러자 샤라가 내가 실험 보조라도 되는 양 1.5M HCL을 삼각 플라스크에 넣으라고 했다. 시키는 대로 했더니 나더러 틀리게 했다고 하길래 그렇게 신경 쓰이면 직접 하라고 했다. 그러자 샤라가 왜 '그렇게 방어적'이냐고 물었다. (한 가지 짚고 넘어가자면, 샤라는 실험실의 규칙대로 머리를 뒤로 묶지 않았다. 이 실험에서는 문제가 되지 않았지만 흘러내린 머리카락은 사고를 유발할 위험이 있고 집중을 방해한다. 그리고 규칙은 모두에게 적용돼야 마땅하다. 참고로 나는 항상 안전 고글을 착용한다.) 어쨌든 나는 다음 단계에 따라 HCL에 페놀프탈레인 2~3방울을 추가했다.

9

샤라의 실종 후 지난 시간: 9일

졸업까지 남은 시간: 34일

클로이에게 윌로그로브는 이상한 것투성이지만 그중에서도 제일 적응 안 되는 일과는 채플 시간이다.

윌로그로브생은 누구나 일주일에 한 번 교내 예배당에서 의무적으로 한 시간 동안 예배를 봐야 한다. 채플이 있는 날은 예배 시간을 확보하기 위해 다른 수업 시간을 조정한다. 보통은 수요일에 예배를 보는데 이번 주는 부활절이 겹쳐 특별히 월요일에 채플이 잡혔다.

채플은 주로 윌로그로브 상급생으로 구성된 찬양 밴드의 크리스천 록 음악 연주로 시작되고, 연주가 끝나면 교사나 휠러 교장의 설교가 이어진다. 당뇨병 덕분에 예수님과 더 가까워졌다고 증언한 엠마 그레이스 베이커처럼, 성령이 임한 학생이 15분 동안 마이크에 대고 믿기 어려운 간증을 할 때도 가끔 있다.

윌로그로브에 전학 오기 전에는 제스 엄마가 모차르트 곡을 연습하는 걸 들을 때 말고는 교회를 떠올릴 일이 전혀 없었다. 그런 클로이에게 채플은 교회에 대한 반감을 부추길 뿐이었다. 설교 주제는 '핼러윈이 사탄의 축제인 이유'부터 '정숙한 행실'에 이르기까지 다양했다. 특히 '정숙한 행실'과 관련해 2학년 여학생이 남자친구에게 누드 사진을 보냈고 남자친구가 그 사진을 친구들과 돌려본 사건이 터졌을 때는, 전교생이 매우 민망한 설교를 들어야 했을 뿐 아니라 그다음 주에 여학생은 전학을 갔지만 남자친구는 아무 벌도 받지 않는 상황을 받아들여야 했다. 스페인어 교사가 이동식 칠판에 무인도에 있는 남자 둘을 막대기 모양으로 그리고는 이 섬에서는 인류가 멸종할 거라면서 이는 신이 동성애를 반대하는 증거라고 주장한 적도 있었다. 배우를 고용해 학교 폭력에 관한 짧은 연극을 선보이기도 했다.

클로이는 아이들과 줄지어 예배당에 들어가면서 조지아에게 물었다.

"이번 주 설교는 어떤 내용일까?"

"'그리스도의 수난'이라고 적힌 걸 보니 크리스마스에 대한 걸 수도."

조지아가 머리카락 한 가닥을 만지작거리다 귀 뒤에 꽂으며 답했다.

"작년에 채플 초빙 강사로 왔던 경찰 기억나? 마약의 위험성을 경고하려다가 자기도 모르게 마리화나를 합법적으로 최대 몇 그램까지 소지할 수 있는지 알려줬잖아."

"최고였지."

"어이, 클로이." 그때 누군가가 목소리가 들렸다. "잠깐 얘기 좀 할 수 있어?"

돌아보니 스미스가 클로이를 알아보고는 인파를 헤치며 다가오고 있었다.

스미스는 늘 그렇듯 학교 대표 선수용 재킷을 입고 있었다. 운동부라는 걸 저렇게까지 과시하고 싶은가. 바깥 기온이 27도인데 재킷이라니. 클로이는 한결같은 스미스가 존경스러울 지경이었다.

그때 조지아가 의심스러운 눈초리로 스미스와 클로이, 대표 선수용 재킷을 차례로 보고는 다시 클로이를 보며 입모양으로 물었다. 아이센가드?

"금방 올게." 클로이는 고개를 저으며 말하고는 군중 속으로 사라졌다.

"파티 때 한 말 때문이야?" 조지아와 충분히 멀어진 뒤 클로이가 스미스에게 물었다. "네 친구들한테는 말 안 할게. 네가 속으로는 걔들을 싫어한다는 거."

"다 싫어하는 건 아니야." 스미스는 클로이의 말을 정정했다. "그 말을 하려던 것도 아니고."

"어머나, 안녕, 클로이." 매켄지 해리스가 아는 척을 했다. 스미스가 인기 많은 4학년생 무리에 휩쓸리는 바람에 클로이도 운 없이 들러붙은 따개비처럼 딸려 간 탓이다. "너, 오늘 진짜 예쁘다. 화장이 달라졌나?"

매켄지는 방금 한 질문을 강조하려는 듯 엠마 그레이스를 돌아보고 눈썹을 치켜올린 채 과장된 미소를 주고받았다. 클로이의 눈에는 소름이 돋는, 인기 많은 여자애들 특유의 몸짓이었다.

"어쨌든," 클로이는 미안하다는 듯한 표정을 짓고 있는 스미스에게 말했다. "무슨 말 하는 중이었더라?"

스미스는 목소리를 낮춰도 들리도록 클로이와의 키 차이만큼 몸을 숙였다.

"어젯밤에 샤라가 남긴 카드를 다시 읽다가 깨달았는데 샤라가 말한 '레코드'는 음반이 아닌 것 같아. 로리의 '레코드'가 있는 또 다른 장소가 있고, 샤라가 그곳의 열쇠를 가지고 있는 거 아닐까?"

'레코드'는 기록을 뜻하니까…… 그래, 거기였어. 왜 그 생각을 못 했을까? 클로이가 수백, 수천 번도 더 간 곳. 자신의 기록부가 코앞에서 흔들리는 걸 보며 대놓고 위협을 당했던 곳.

"교장실이야. 생활 기록부를 말한 거였어. 잠깐만, 교장실에 잠입하자는 거야?"

스미스는 굳은살이 박인 두 손바닥을 내보이며 말했다.

"설마! 나는 그 근처에도 가기 싫어."

"'여자친구를 찾을 수만 있다면 뭐든 하겠다'던 소년은 어디로 가셨나?"

클로이가 한쪽 눈썹을 치켜올리며 물었다.

"들킬 수도 있잖아." 스미스는 샤라는 하버드에 합격하고, 자기는 텍사스 A&M 대학에 스카우트됐다는 걸 모르는 사람이 있기라도 하는 양 덧붙였다. "난 A&M이랑 계약한 몸이야, 클로이."

"넌 뭘 해도 괜찮지 않아? 풋볼에 대해선 문외한이지만, 이거 하나는 알아. 널 퇴학시키면 윌로그로브 스카우트 실적을 홍보하는 책자에 유명하신 쿼터백의 이름을 넣지 못할 거잖아."

스미스는 고개를 저었다.

"그렇게 단순한 문제가 아니야. ESPN 웹사이트에 벌써 내 전용 페이지가 생긴 거 알아? 숨 한 번 잘못 쉬어도 기사가 뜰 거야. 언론에서 샤라 일을 아직 눈치 못 챈 것만도 기적인데 괜한 위험을 감수할 수는 없어."

"그래, 알았어. 그럼 어쩌자고? 나더러 하라는 거야?"

"음." 클로이의 옆에서 매켄지의 지나치게 상냥한 목소리가 들렸다. "내가 거기 앉으려고 했는데."

클로이는 고개를 들어 주변을 보고는 충격에 빠졌다. 스미스와 이야기하보니 어느새 예배당의 좌석 앞에 도착해 샤라와 친한 무리의 한가운데에 서 있었던 것이다. 매켄지는 미소를 지었지만 샤라만큼 연기를 잘하지는 못해 속내가 다 드러났다. 샤라를 노려보는 매켄지의 눈빛은 먹이를 노려보는 상어 같았다.

맨 뒷줄을 힐끗 보니 조지아가 애시와 벤지 사이에 앉아 이글거리는 눈으로 클로이를 보고 있었다. 미 해군 특수부대의 구출 작전을 당장이라도 실행할 준비가 됐다는 듯한 표정이었다.

"나도 여기 있기 싫거든." 클로이가 말했다.

"그럼, 어, 가지 그래?"

"난……."

"쉿."

세 자리 건너에 앉은 엠마 그레이스가 조용하라며 쉿 소리를 냈다. 찬양 밴드의 연주가 막 끝난 뒤라 서 있는 사람은 클로이와 스미스, 매켄지뿐이었다. 제단 위에서는 휠러 교장이 마이크 뒤에 자리를 잡고 있었다.

"그린 양. 예배 시간이니 자리에 앉아주겠어요?"

휠러 교장이 마이크에 대고 말하자 곳곳에서 킥킥 소리가 터져 나왔다.

클로이는 얼굴이 화끈 달아올랐다. 스미스와 매켄지도 서 있다고 외치고 싶었지만 둘은 이미 자리에 앉아 있었다. 클로이는 두 사람 사이에 털썩 주저앉아 얼굴이 파묻힐 정도로 몸을 움츠렸다.

"좋은 아침입니다, 여러분." 휠러 교장은 인사말과 함께 마이크를 스탠드에서 빼 늘 하듯 제단을 가로질러 걸었다. 학생들이 깊이 공감할 만한 주제를 이야기하는 소탈하고 멋진 어른인 척하는 걸음걸이였다. "예배를 드리기 전에 몇 마디만 하겠습니다. 이 기회에 험담에 관한 성경 말씀을 상기시키고 싶네요. 우리는 매일 누군가를 헐뜯고 싶은 유혹을 받습니다. 그러나 〈에베소서〉 4장 29절에 이렇게 쓰여 있습니다. '무릇 더러운 말은 너희 입 밖에도 내지 말고 오직 덕을 세우는 데 소용되는 대로 선한 말을 하여 듣는 자들에게 은혜를 끼치게 하라'."

제단 위 영사막에 흰색 글자로 성경 구절을 입력한 파란색 파워포인트 슬라이드가 떴다. 클로이는 지난주 교장실에서 파일에 꽂힌 샤라의 카드를 발견했을 때 교장이 메모지에 적은 문구가 떠올랐다. "험담에 대해 설교할 것." 그때부터 이미 계획된 설교였다.

"듣자 하니 많은 학생들이 한 4학년생, 그러니까 제 딸에 대한 말들을 하고 있다더군요." 교장은 방금 잡은 송어를 냉동실에 넣기 전에 진공 포장을 할 때처럼 예배당의 모든 공기를 순식간에 빨아들이며 말을 이었다. "사실은 내게 직접 사라의 행방을 물은 학생도 있었습니다."

스미스는 턱을 씰룩거렸고 클로이는 옆 좌석 뒤에 꽂힌 찬양집과 눈높이가 맞을 때까지 몸을 낮췄다.

클로이는 찬양집을 빤히 바라봤고, 찬양집도 클로이를 빤히 바라봤다.

성경 수업에서 유일하게 좋은 날은 예배당에서 신에 대해 자유롭게 묵상하는 '영적 헌신'의 날이었다. 클로이에게는 친구들과 킥킥거리며 예배당의 긴 의자 밑을 기어 다니거나 자판기에서 뽑은 과자를 나눠먹는 시간이었다. 한 달 전 영적 헌신의 날, 클로이는 예배당에 두고 온 제일 좋아하는 펜을 찾으러 갔다가 샤라를 봤다.

천장의 조명이 꺼진 어둑한 예배당 안으로 오후 햇살이 높고 길쭉한 창문을 통해 빗살무늬를 그리며 비치고 있었다. 샤라는 빗살무늬 햇빛을 반쪽만 받으며 예배당 의자에 앉아 있었다. 클로이의 위치에서는 햇빛을 받지 않은 어두운 면만 보였지만 45도 각도로 보이는 우아한 옆모습과 어깨 너머로 넓게 늘어뜨린 금발만으로도 금방 샤라를 알아볼 수 있었다. 샤라는 혼자 기도를 하는지 옆 좌석 뒤에 꽂힌 찬양집의 책등에 손가락을 올린 채 머리를 숙이고 있었다.

그날 클로이는 펜을 찾지 않고 예배당을 나왔다. 샤라와 신과 한 공간에 있기는 싫었다.

"모두 굉장히 궁금하리라는 거 압니다." 휠러 교장은 계속 말을 이었다. "아끼는 사람, 특히 자신이 속한 공동체의 일원이자 동료를 걱정하는 건 당연합니다. 그러나 타인에 대해 소문을 퍼트리거나 거짓말을 하고 다니는 것은 결코 옳은 행동이 아닙니다. 누군가가 신의 부름을 받아 한동안 다른 곳에 가 있다면, 그건 남이 상관할 바가 아닙니다. 알겠습니까?"

클로이는 얼른 옆 좌석이 몇 번째 줄인지 셌다. 그 좌석이 틀림없다. 옆 좌석의 찬양집은 그날 샤라가 건드린 그 찬양집이다.

생각해보니 샤라가 혼자 예배당에 있었다는 것부터 수상쩍었다. 윌로그로브생들에게 기도란 남들 앞에서 보란 듯 하는 경쟁적 스포츠가 아닌가. 샤라는 왜 그날 혼자 기도하고 있었을까? 무언가 숨길 게 있었던 건 아닐까?

예를 들면 분홍색 카드 같은?

지금까지 찾은 단서 중에 예배당을 암시하는 단서는 없었지만, 단서가 이미 다 숨겨져 있고 숨겨진 장소를 추측할 수만 있다면 빨리 찾아 지름길로 갈 수도 있었다.

클로이는 좌석 뒤에 꽂힌 찬양집을 빼서 거꾸로 들고 흔들어봤다. 엠마 그레이스가 그 모습을 보고는 마치 클로이가 예수라는 이름의 강아지를 발로 차기라도 한 듯 인상을 썼다. 그러나 카드는 나오지 않았다.

"윌로그로브는 학교 폭력에 대해 무관용 방침을 취하고 있음을 잊지 말기 바랍니다. 학교 폭력의 형태는 다양합니다. 험담도 폭력의 일종입니다. 그러니 누군가에 대해 소문을 퍼트리기 전에 정말 그 행위가 가치 있는 일인지 진지하게 생각해보길 바랍니다. 그런 뒤 옳다고 판단한 일을 행하세요."

고통스러우리만큼 긴 침묵이 흐르고 나자, 휠러 교장은 학생회와 함께 기도를 주도한 뒤 마이크를 초청 연사에게 넘겼다. 초청 연사는 역겨울 정도로 상세한 묘사를 불필요하게 해가며 예수의 십자가 처형을 설명했다. 스미스는 주먹에 턱을 괸 채 자세를 고쳐 앉았고, 클로이는 팔짱을 낀 채 조지아와 괴로운 눈빛을 주고받았다. 옆에 앉은 매켄지의 앙상한 팔꿈치 뼈를 피부로 느끼고 있자니 조지아와 함께 뒷줄에 앉지 못한 게 너무나 후회됐다.

잠시 후 클로이가 탈주를 시도하려는 순간, 스미스가 클로이의 팔을 잡고 말했다.

"교장실에 잠입하는 문제는 로리한테 물어봐. 이런 일은 걔가 잘 알아."

점심시간을 알리는 종이 울리자 클로이는 조지아가 가방의 지퍼를 잠그기도 전에 프랑스어 교실을 나와 합창실과 정반대 방향으로 걸음을 옮겼다.

식당이 있긴 했지만 식당에서 점심을 먹는 학생은 거의 없었다. 윌로그로브 고등학생들은 점심시간이 되면 비공식적으로 지정된 구역으로 흩어졌다. 1학년생은 벽돌로 된 식당 외벽에 기대서, 2학년생은 예배당 계단에서, 3학년생은 안뜰에서, 4학년생은 제일 명당인 C동 앞 벤치에서 점심을 먹었다.

스미스는 클로이가 두 시간 전 채플에서 원치 않게 같이 앉았던 여자애들한테 둘러싸인 채 벤치 팔걸이에 걸터앉아 있었다. 클로이가 스미스를 지나쳐 가려 하자 매켄지가 엠마 그레이스를 돌아보며 귓속말을 하고는 함께 웃음을 터트렸다. 클로이는 내심 구명줄을 기대하며 스미스를 힐끗 바라봤다.

그러나 스미스의 시선은 저 멀리 다른 곳에 꽂혀 있었다. 시선을 따라가니 그 끝에 클로이가 찾고 있던 사람이 있었다. 로리였다. 로리는 다른 동급생들과 섞이기 싫다는 듯 교내 참나무 위에 올라가 있었다. 질투심에서 비롯된 로리와 스미스의 기이한 신경전이 이럴 때는 도움이 됐다. 한 명을 찾으면 다른 한 명은 자동으로 찾게 되니 말이다.

거대한 참나무는 공식적으로는 학생들의 접근이 금지된 구역이다. 가지의 높이가 낮아 쉽게 오를 수 있고 그러다 팔이 부러지면 학교가 소송을 당하기 쉽기 때문이다. 어쨌든 클로이가 보기에도 참나무 가지 위에 느긋하게 앉아 있는 로리는 꽤 멋진 반항아 같았다.

참나무 위에 로리만 있는 건 아니었다. '약쟁이 스톤'으로 불리는 악명 높은 제이크 스톤이 함께 앉아 있었다. 클로이가 LA에 살 때 산타 모니카 부두에서 자주 본 여자애들처럼 방과 후에 롱보드를 타고 주차장을 슬슬 돌아다니는 에이프릴 부처도 그 위 가지에 앉아 있었다. 행군 악대에서 북을 치는 것 말고는 학교생활에 도통 관심이 없어 보이는 아이였다.

"어이, 클로이." 로리가 참나무 쪽으로 다가오는 클로이를 내려다보며 불렀다.

클로이는 로리와 로리의 무릎에 올려져 있는 어쿠스틱 기타를 실눈을 뜨고 올려다봤다.

"기타는 어떻게 가지고 올라갔어?"

"나무가 줬어." 에이프릴이 대신 답하고는 막대사탕을 하나 까서 입에 넣었다.

"샤라에 대한 소식을 전하러 온 모양이군." 로리가 우울한 코드를 연주하며 말했다.

클로이는 에이프릴과 제이크를 빤히 바라봤다. 둘 다 지금 이러고 있느니 로리의 BMW에 처박혀 마리화나나 빨고 싶다는 듯 불만스러운 표정이었다.

"쟤들도 샤라 일을 알아?"

로리가 이맛살을 찌푸리며 말했다.

"당연하지. 내 친구들이니까. 넌 친구들한테 말 안 했어?"

"가까이에서 보니까 너……." 제이크가 약에 살짝 취해 나무 둥지에 앉은 올빼미처럼 말했다. "생각보다 키가 크네."

"고맙다." 클로이는 대충 답하고는 낮은 가지에 올라타 스미스가 단서를 해석한 방식과 교장실에 관한 이야기를 로리에게 전했다. "이번 일은 스미스가 도울 수 없다니까 우리 둘이 해야 해."

"아." 순간 로리가 연주한 다음 코드에서 불협화음이 났다. 로리는 고개를 들고 어딘가를 힐끗 쳐다봤다. 스미스를 보는 게 분명했다. 스미스는 로리와 클로이를 의식하면서 다람쥐를 보는 척 연기하고 있었다. "어련하시겠어."

클로이는 무시하고 말을 이었다.

"이제 계획을 짜볼까? 교장실의 내부 구조는 수없이 가봐서 내가 잘 알아."

"나도 마찬가지야."

"너도……?" 그렇다. 잊고 있었지만 로리와는 공통점이 하나 있었다. 지난 수년 동안 교장실의 의자를 통해 서로의 엉덩이 온기를 얼마나 많이 나눴겠는가. "어쨌든 방과 후에 리허설이나 동아리 모임으로 학교에 남을 때가 많아서 잘 아는데."

"교내 건물의 문은 모두 오후 5시 정각에 자동으로 닫힌다고?" 로리가 대신 문장을 끝맺었다. "나도 알아."

"어떻게 알아?"

로리는 어깨를 으쓱했다. "어슬렁거리기라고, 들어는 봤나 모르겠네."

"좋아. 그럼 방과 후에는 열쇠가 없으면 교내 건물을 드나들 수 없다는 것도 알겠네. 낮에는 베일리 부인과 행정 직원 다섯 명을 통과하지 않고는 교장실에 들어갈 수 없다는 것도. 열쇠를 구하거나 캠퍼스를 통째로 비우는 수밖에 없다는 뜻이지. 후자는 좀 극단적이지만 아주 불가능한 건……."

"다 집에 갈 때까지 C동 안에 숨어 있어도 돼." 로리가 담담한 목소리로 제안했다.

"그래도 되지." 클로이가 동의했다. "건물 내부의 사무실 문은 다 잠겨 있겠지만."

"잠깐만." 제이크가 말했다. "네 친구 이름이 뭐더라? 너랑 비슷하게 생겼지만 느낌은 더 좋은 애."

"야, 얘 느낌도 좋아." 로리가 말했다. "말조심해."

"고마워." 느낌이 좋다는 칭찬은 생전 처음 받아본 클로이였다. "어, 조지아 말하는 거야?"

"아아, 맞아." 제이크가 말했다. "그 애, 도서관 보조 아니야? 도서관에서 6교시 땡땡이칠 때마다 봤어."

"보조 맞아. 그게 왜?"

"걔한테 열쇠가 있을 거야."

"도서관 열쇠가 있겠지." 클로이가 지적했다. "교장실 열쇠가 아니라."

"맞아." 로리가 기타의 프렛보드를 손가락으로 두드리며 말했다. "가진 걸 최대한 이용하면 돼." 로리는 C동의 측면 외벽에 살짝 닿아 있는 나무 꼭대기를 향해 턱짓을 했다. "저거, 도서관 창문 맞지?"

고개를 드니 부활절 달걀 모양 스티커가 가득 붙어 있고 책이 진열된 2층 창문이 가지 틈으로 보였다. 클로이도 잘 아는 창문이었다. 가끔 조지아의 묵인 하에 기한이 지난 책을 연체료 없이 반납하러 도서관에 몰래 들어갈 때 본 적 있었다.

"맞아."

클로이가 답하자 로리는 생각에 잠긴 표정으로 입술을 깨물었다.

"저 정도면 뛰어내릴 수 있는 높이지."

"좋아." 클로이가 말했다. "건물 밖으로 나오는 건 해결됐네. 하지만 저 창문과 교장실 사이에 열어야 할 문이 최소 세 개는 더 있어. 너한테 문을 통과하는 초능력이 있다면 가능하겠지만."

"천장을 통과하는 건 어때?" 로리가 제안했다.

"뭐야." 에이프릴의 턱이 벌어지면서 물고 있던 막대사탕이 땅에 떨어졌다. "설마 너……."

로리가 히죽 웃으며 말했다. "그래, 바로 그걸 하려고."

"우리 빼고?"

"넷 다 가는 건 안 돼. 너무 위험해. 너희는 주차장에서 지원팀 역할해야지. 그렇지, 제이크?"

"하지만 우리가 얼마나 꿈꾸던 일인데!"

"도대체 뭘 한다는 건데?"

로리가 고개를 뒤로 젖혀 나무에 머리를 기대자 정수리의 곱슬머리가 부풀면서 모델 같은 턱선이 살아났다. 로리는 장난이 완벽하게 실행되는 순간을 상상하는 듯 눈을 감았다. 그러고는 아련한 목소리로 오랫동안 꿈꿔온 계획을 드디어 입 밖에 냈다. "통풍관이 있잖아."

비밀 파일

터커 프리아스와 타일러 밀러가 주고받은 쪽지
미국 역사 참고서의 여백에 적혀 있었음

어이, 나 간밤에 퀴즈 볼 파티에서
'고통의 여인'이랑 놀았다?

클로이 그린????? 뭐 하고 놀았는데?

온수 욕조에서 키스했어.

우와 하하 좋았어?

뭐, 좋았던 거 같아. 생각보다 몰입이 좀 안 된 거 같긴 하지만.

타일러와 애시가 주고받은 쪽지
미술 시간에 정물화 그리기 연습을 할 때 주고받음

너 클로이 그린이랑 친하지?

어, 왜? 참, 숙제로 낸 네 그림 멋지더라.
포도가 정말 괴로워 보이던데? 잘했어!

클로이 말이야, 좋아하는 사람 있어?

있기는 한데 본인은 아직 몰라.

그게 대체 무슨 뜻인데?

그건 왜 물어?

내 친구 터커가 걔네 부모님의 자쿠지 욕조에서
클로이랑 키스했다고 하더라고.
그냥 클로이가 터커를 좋아하는지 궁금해서.

오, 퀴즈 볼 팀의 그 코 큰 애?

본인이 직접 물어보면 될 걸 왜 네가 물어봐?

걔 좀 무섭잖아!! 그리고 부탁인데

클로이나 터커한테 내가 물어봤다는 말 하지 말아줘.

질문 하나 할게. 너, 터커를 사랑해?

그렇다면 완전 응원해. 코가 참 흥미롭게 생겼더라.

뭐??? 그게 말이 돼?????? 걔는 내 친구라고!!!!!!!!!!

그럼 왜 클로이의 마음이 궁금한데?

그리고 터커가 그 사실을 아는 게 왜 신경 쓰이는데?

아, 됐어!!!!!

10

샤라의 실종 후 지난 시간: 12일

졸업까지 남은 시간: 29일

로리는 공부하는 척하는 연기가 형편없었다.

"암기 카드라도 좀 보면 안 돼?"

클로이가 도서관 책상 건너편에 앉은 로리에게 작게 투덜거렸다. 둘은 일부러 3미터쯤 떨어져 앉아 있었다. 천장의 환기 시설 속으로 감쪽같이 사라질 기회를 호시탐탐 노리는 일은 절대 없는 양, 우연히 방과 후에 도서관에서 만난 척 연기하는 중이었다.

로리는 못 들은 척하고 뒤통수를 긁었다. 로리의 자리를 보니 바로 옆 의자 위에 검은색 컨버스 운동화를 신은 두 발을 올린 채 책상 위에 작은 테이프 녹음기 하나만 덜렁 올려놓았다. 아날로그 방식을 고집하는 반항아라도 되고 싶은 걸까? 그러나 클로이가 알기로 로리의 테이프 녹음기는 오래된 골동품이 아니라 현재 온라인

쇼핑몰에서 90달러에 판매 중인 상품이었고, 로리가 꽂고 있는 이어폰은 200달러짜리 최신 에어팟이었다.

클로이는 AP 유럽 역사 암기 카드라도 꺼내놓았다. 계획을 실행해보기도 전에 던버리 선생님에게 들킨다면, 그건 로리 때문이지 클로이 때문이 아닐 것이다.

클로이는 눈을 감고 콧날을 짚으며 머나먼 어딘가에서 마리 앙투아네트처럼 코르셋을 착용하고 케이크에 둘러싸인 샤라의 모습을 상상했다. 계획이 성공하려면 집중해야 한다. 단두대가 저절로 떨어질 리는 없으니 말이다.

길고 긴 기다림 끝에 드디어 던버리 선생님이 안내 데스크에서 일어나 사무실로 들어갔다. 곧이어 포크로 비닐에 구멍을 뚫는 소리와 전자레인지가 돌아가는 소리가 들렸다. 늘 먹는 저칼로리 냉동식품 '린퀴진'이라면 3분 동안 돌아갈 것이다.

"어이." 클로이는 쉿 소리를 내도 반응이 없자 자리에서 일어나 로리의 한쪽 귀에서 에어팟을 뺐다. "가자."

가방을 챙겨 들고 조용히 서고 뒤로 가니 논픽션 코너 위 천장에 난 에어컨 통풍구가 보였다. 클로이는 가방을 로리에게 건넨 뒤, 로리가 열람 공간의 곰팡내 나는 쿠션 사이에 둘의 가방을 숨기는 동안 통풍구 아래에 있는 책장 옆에 반납용 카트를 갖다놓았다.

일을 마치고 돌아보니 로리가 교복 셔츠를 벗고 있었다.

"워워, 뭐 하는 거야?"

"저 위에서 걸리지 않으려면 걸리적거리는 옷은 최대한 벗는 게 좋아." 로리가 러닝셔츠 차림으로 말했다. "내가 이쪽 관련 유튜브

영상을 좀 많이 봤거든. 내 말 믿어."

클로이는 툴툴거리면서도 실랑이할 시간이 없어 옥스퍼드 셔츠를 벗어 로리에게 던졌다. 로리는 셔츠를 받아 숨겨둔 가방 옆에 밀어 넣은 뒤 다음 할 일을 했다.

클로이는 신속하게 움직이는 로리가 무척 낯설었다. 벽을 타는 밤도둑처럼 능숙하게 움직이는 모습이 어찌나 날렵한지 믿기지 않을 정도였다. 로리는 물 흐르는 듯한 연결 동작으로 순식간에 책 카트와 책장의 선반을 차례로 디디고 올라가서는 조용히 통풍구 덮개를 천장 위로 밀어 올렸다. 그 사이 클로이는 속셔츠의 매무새를 가다듬고 올라갈 준비를 마쳤다.

"네가 먼저 올라가." 로리가 펄쩍 뛰어 내려오면서 속삭였다.

"뭐? 네가 먼저 올라가서 날 끌어올려 줘야지."

"잘 들어, 클로이. 여기까지 올 줄 몰랐지만 이왕 이렇게 된 거 솔직해지자." 로리는 진지한 표정으로 눈을 감았다. "팔 힘은 네가 나보다 세잖아. 네가 날 끌어올리는 게 맞아."

"아. 알았어."

클로이는 내심 뿌듯해하며 조금 전 로리가 올라간 방식 그대로 통풍구에 도달했고 캄캄한 구멍 속으로 머리를 들이밀었다. 도중에 밀러드 필모어*의 전기를 발로 찼을 때는 속으로 신성한 도서관과 필모어에게 사과했다. 로리가 밑에서 살짝 밀어줘야 했지만 두 팔꿈치를 통풍구에 걸친 채 두 발로 책장 선반을 힘껏 민 끝에 클

* 미국의 제13대 대통령.

로이는 드디어 천장 위로 올라갔다.

통풍관은…… 그냥 통풍관이었다. 영화에서 본 것보다는 훨씬 어두컴컴했고, 길고 좁은 금속 상자라 마치 알루미늄 담요로 만든 관棺 같았다. 몇 미터 앞에서 조금 더 넓은 배관이 수직으로 교차하며 어둠 속으로 뻗은 걸 보면 도서관의 통풍관은 주 배관에서 갈라져 나온 짧은 관인 듯했다.

클로이가 학교 천장 위에 올라와 있다는 건 이제 부인할 수 없는 현실이었다.

"빌어먹을 샤라 휠러 같으니라고." 클로이는 낮게 중얼거리고는 배를 깔고 누운 자세로 아직 안 올라온 로리를 향해 몸을 틀었다.

로리가 카트를 디딤판으로 삼아 오르려 할 때였다. 오래돼 녹슨 나사 하나가 빠져 카트의 맨 위 선반이 삐걱거리는 금속성 소리와 함께 통째로 분리됐고, 선반에 있던 양장본 수십 권이 서로 부딪치거나 책장을 들이받고 펼쳐지면서 와르르 떨어졌다. 그러자 도서관 사무실 문이 홱 열리는 소리에 이어 교정용 운동화를 신은 던버리 선생님의 불길한 발자국 소리가 들렸다.

"너희, 거기서 뭐 하니?"

"젠장." 로리가 작게 쉿 소리를 냈다.

"맙소사." 클로이는 숨을 헉 들이켰다. 들키면 바로 천장에서 끌려 내려와 무기정학을 당할 것이다. 클로이는 통풍관 안에 올려둔 덮개를 힐끗 봤다. 덮개를 얼른 끌어다 덮으면 들키지 않을 것 같았다.

그러나 아래를 내려다보니 로리가 무릎까지 쌓인 책 무더기 속에 서서 어떻게든 무사히 도망칠 궁리를 하고 있었다. 클로이는 생각을 멈추고 로리에게 한쪽 팔을 뻗으며 속삭였다.

"잡아. 할 수 있어."

확신이 있는 건 아니었다. 도서관이 그렇게 넓은 것도 아니고 지금 당장 던버리 선생님이 나타날 수도 있었다. 그러나 윌로그로브 행동 수칙과는 동떨어진, 그래서 이미 찍힐 대로 찍힌 로리를 사지에 두고 갈 수는 없었다.

"우와, 던버리 선생님!" 그때 갑자기 도서관 입구에서 쾌활한 목소리가 들렸다. "제가 제일 좋아하는 우리 사서 선생님! 날씨도 좋은데 뭐 하세요?"

로리가 안도의 숨을 내쉬며 속삭였다. "스미스야."

"파커 군! 여기는 웬일이야?"

"이제 막 훈련 끝내고 오는 길이에요. 아시겠지만 슬슬 가을 시즌에 대비해야죠. 아무튼 끝나고 사물함에 들렀는데 도서관이 열려 있더라고요. 그래서 생각했죠. '우리 예쁜 데비 선생님, 본 지도 꽤 됐는데 한번 가볼까?'"

던버리 선생님은 싫지 않은 듯 킥킥거렸다. 스미스는 일부러 주의를 돌리고 있었다. 보통 솜씨가 아니었다.

"저 자식, 뭐 하는 거야?" 로리가 혼잣말로 중얼거렸다.

"너 살려주고 있잖아." 클로이는 화난 어조로 내뱉고는 로리를 향해 손을 흔들었다. "빨리 오기나 해!"

로리는 스미스를 힐끗 보며 고개를 젓고는 두 번의 호흡 만에 책장으로 올라가 클로이의 팔을 잡았다. 클로이의 끌어올리는 힘과

발로 책장을 디디는 힘을 모은 끝에 통풍구를 통과한 로리는 두 발이 천장 위에 안착하자마자 클로이의 몸 위로 올라가 얼른 덮개를 제 위치에 돌려놓았다.

둘은 서로의 몸이 겹쳐진 채 통풍구를 통해 비치는 얇은 빛줄기를 받으며 잠시 숨을 죽였다.

"세상에, 이걸 다 옮겨야 해요?" 스미스의 목소리였다. "도와드릴까요?"

"어머, 바쁠 텐데 어떻게……."

"외람된 말씀이지만 선생님, 단백질 셰이크를 그렇게 마시는데 설마 책 몇 권도 못 옮기겠어요?"

"어머, 착하기도 하지." 던버리 선생님이 스미스에게 녹아든 목소리로 말했다. 그때, 잊고 있었던 전자레인지 종료음이 울렸다. "샤라가 너한테 왜 그렇게 다정한지 알겠다."

"하, 그런가요."

"그나저나 샤라는 어때? 아픈 고모를 돌보느라 학교는 잠시 쉬기로 했다면서. 정말 샤라답지 않니?"

"그렇죠, 뭐. 열쇠 있으세요? 잘됐네요. 가시죠."

문이 닫히는 소리가 들리고 잠시 후 자동 자물쇠가 잠기는 소리가 희미하게 났다.

"타이밍 한번 절묘하네." 클로이가 어둠 속에서 클로이의 몸을 기어 내려오는 로리를 실눈을 뜨고 보며 말했다. "혹시 우리 계획을 말한 거 아니야?"

"7교시 끝나고 걔 사물함에 들러서 귀띔을 하긴 했지. 오늘 방과 후에 우리 둘은 누구와는 달리 네 여자친구를 찾는 노력을 할 거라고."

"솔직히 덕분에 살았으니 불평은 못 하겠다."

둘은 주변을 찬찬히 둘러봤다. 사방으로 뻗은 배관과 곳곳의 통풍구를 통해 점점이 비치는 빛이 보였고 낮게 쉭 부는 바람 소리가 들렸다.

"이 소리 들려?" 로리가 물었다.

귀를 기울이니 희미한 음악 소리가 왼쪽 배관을 타고 울렸다.

"행정실에서 나는 소리 같은데."

"아니야." 로리가 오른쪽을 가리키며 말했다. "행정실은 저쪽이야."

"아니, 그쪽은 화학 실험실이지." 클로이는 왼쪽을 가리켰다. "이쪽이 행정실이야."

"하지만 여기 위치를 보면…… 거기는…….."

클로이는 더 단호하게 왼쪽을 가리켰다. "이쪽 맞아."

로리는 투덜대면서도 왼쪽으로 기어갔고 클로이가 그 뒤를 따랐다. 3미터쯤 가자 배관이 오른쪽으로 갈라졌다. 로리는 오른쪽으로 방향을 틀어 소리가 나는 곳을 향해 계속 기어갔다. 몇 미터 더 가니 또 다른 통풍구가 나왔다. 로리가 통풍구를 통해 밑을 내려다보며 말했다.

"현관 위야." 로리의 목소리가 클로이가 있는 곳까지 울려 퍼졌다. "네 말이 맞았어. 이대로 직진하면 교장실이 나올 거야."

"내가 뭐랬어."

"시끄러워." 앞으로 갈수록 음악 소리가 점점 커지자 로리가 말했다. "이 음악은……."

"……솔직히 말해봐, 이 세계에서 무엇을 배우고 싶었는지……."

"매치박스 트웬티 곡이네." 클로이가 말했다. 행정실에서 누군가가 1990년대 후반 인기 록 음악을 들으며 야근 중인 모양이었다. 교장실 문이 잠겨 있기만 하다면 상관없었다. "계속 가자."

클로이는 끝없이 이어질 것만 같은 차가운 금속판을 네발로 기어갔다. 신발이 배관 벽에 부딪치지 않게 조심하면서, 작고 다리 긴 생물이 치마 속으로 기어들어올 것 같은 찝찝함을 애써 무시하면서 매치박스 트웬티의 곡에서 후티 앤드 더 블로피시의 곡으로 바뀌는 희미한 소리에 귀를 기울였다. 그러다 왼쪽으로 돌아 다른 배관을 타고 가니 또 다른 통풍구가 나왔다. 로리가 밑을 내려다보고 말했다.

"행정실 안내 데스크야. 거의 다 왔어."

목적지가 가까워질수록 클로이는 교장실에 침투하는 공상에 살을 붙여나갔다. 천장에서 멋지게 떨어져 공중제비를 돌며 레이저를 통과하는, 프랑스 출신 보석 도둑이 되는 상상을 했다. 클로이는 문득 궁금해졌다. 샤라는 내가 자기를 이기기 위해 무슨 짓까지 할 수 있는지 알기는 할까. 어쩌면 샤라가 교장실에 카드를 숨긴 건 클로이에게 방법을 찾을 머리와 배짱이 있는지 시험하기 위해서가 아니었을까.

꿈 깨, 샤라. 내가 잘하는 게 하나 있다면, 그건 시험이니까.

"제기랄." 로리가 갑자기 욕설을 내뱉었다.

"왜?"

"쉿."

로리는 통풍구 밑을 유심히 바라봤다. 소리를 들어보니 음악의 진원지가 분명했다.

로리는 먼지투성이 손으로 얼굴을 문지르며 속삭였다. "뭐, 좋은 소식을 말하자면 제대로 찾아오긴 했어."

"설마 교장이 있어? 야근하고 있구나."

"맞아." 후티 앤드 더 블로피시의 노랫소리가 점점 작아지며 끝나자 클로이와 로리는 매치박스 트웬티의 곡이 시작될 때까지 숨을 참았다. 그다지 창의적인 재생 목록은 아니었다. "그래도 저 소리 덕분에 들킬 위험은 없겠네."

"나 참, 왜 아직 있는 거야? 도대체 뭘 하길래? 딱히 하는 일도 없으면서. 미술부 예산이나 깎고 성경을 멋대로 해석하는 게 다잖아. 그게 야근까지 해야 할 일이냐고, 어?"

로리가 뒷주머니에서 조심스럽게 휴대폰을 꺼내 전화를 걸었다. "에이프릴. 지금……. 그래, 딱 우리가 상상한 대로야. 그래, 〈다이 하드〉의 통풍관이랑 똑같아. 근데 차에서 천천히 기다리고 있어. 좀 걸릴 거 같아."

"어이, 클로이." 로리가 말했다. "멋진 거 보여줄까?"

두 시간 반이 지났다. 클로이와 로리는 150분째 먼지 가득한 교장실 위 통풍관에 누워 스핀 닥터스의 노래를 듣고 있었다. 클로이는 조지아와 공부하느라 늦을 거라고 엄마들에게 문자를 보내고는, 이대로 천장 위에서 죽을 경우를 대비해 마지막 인사도 남겨야 하나 진지하게 고민했다.

둘은 배관이 교차하는 지점까지 조금씩 이동해 머리가 맞닿도록 자세를 바꾼 상태였다. 발과 얼굴이 맞닿는 자세로 있으려니 클로이가 로리의 눈부신 휴대폰 불빛을 참아야 했기 때문이다.

"또 그 죽은 쥐 보여주기만 해봐. 너한테 꼭 먹이고 말 테니까."

"그거 말고 이거."

로리는 엄지와 검지를 코 속에 집어넣었다. 클로이는 로리가 제 비강에서 생산된 물질을 보여주려는 줄 알고 한순간 기겁했다. 그러나 곧 은으로 된 무언가가 로리의 휴대폰 빛을 받아 반짝였다. 로리는 감춰진 피어싱 장식을 잡아당겨 클로이에게 보여줬다.

"코 피어싱을 숨기고 있었어?"

"멋지지? 에이프릴이 뚫어줬어."

"너, 돈 많지 않아? 전문가한테 맡기지 그랬어. 포도상구균에 감염되면 어쩌려고."

"그럼 느낌이 안 살잖아. 그리고 돈이 많은 건 새아빠지 내가 아니야."

"그 멋진 기타는 다 새아빠가 사준 거야?" 로리네 집에서 본 번쩍이는 스트라토캐스트 기타들을 떠올리며 클로이가 물었다. "음악인들 틈에서 자라서 그게 얼마나 비싼 건지는 알아."

"엄마가 사줬어. 내가 좋아하는 기타를 알거든. 웬 얼간이 같은 변호사랑 결혼해 칸쿤으로 여행을 다니려고 컨트리클럽으로 이사온 일로 나한테 미안해하기도 하고. 그래서 아빠는 그 기타들을 '죄책감 기타'라고 불러. 아빠는 좋아하지만 그 말은 진짜 듣기 싫어."

"아." 바뀐 각도에서 보니 휴대폰 불빛에 로리의 탈색된 곱슬머리가 비쳤다. 로리도 욕실에서 에이프릴과 제이크와 옹기종기 모여 탈색 키트로 머리를 탈색했을까. 싱크대 주변에 다 같이 모여 애시가 친구들의 머리를 잘라줄 때처럼 말이다. "그렇구나. 뭐, 피어싱은 멋지네."

"고마워."

"학교에도 하고 다녀."

"매일 해."

"보이게 하고 다니라고."

철판 바닥에 닿은 로리의 어깨가 위아래로 으쓱했다. "글쎄. 규칙을 어길 거면 다른 걸 어기지 굳이 복장 규정을 위반하기는 싫어서. 너무 쉽고 시선만 잔뜩 받잖아. 누구한테 큰 불편을 끼치는 것도 아니고."

클로이는 얼굴을 찌푸렸다. "나 들으라고 하는 소리 같은데."

"그러게. 너는 왜 그러는데?"

"그게…… 어차피 다들 나를 쳐다볼 거고 교사들도 나한테 벌을 줄 핑계를 어떻게든 찾을 테니 최소한 벌 받는 이유라도 내가 정하고 싶어서."

"그렇다면 인정."

"그리고 멋지게 하고 다니고 싶어. 학교가 원하는 스타일은 시시하잖아."

로리가 히죽 웃으며 말했다. "그건 그렇지."

174

"실은……" 클로이는 계속 말을 이었다. "더 심각한 규칙은 어길 수 없기 때문이기도 해. 그랬다가는 수석 졸업을 못 할 테니까. 그런 위험을 감수하기는 싫어."

"지금 이러는 건 괜찮고?" 로리가 이 말도 안 되는 상황을 가리키는 듯 손을 휘두르며 물었다.

"이건 다르지. 아무도 모르잖아. 그리고 최종 성적이 확정되기 전에 어떻게든 샤라를 찾아 돌아오게 하려면 어쩔 수 없어. 내가 4년 동안 왜 죽어라 공부했는데. 샤라의 패배한 표정을 보지 못하면 아무 의미 없다고."

"맙소사. 정말 그 이유 하나 때문에 이러는 거야? 수석 졸업?"

"샤라랑 한번 자보려는 이유보다는 낫지."

"그건……." 로리는 평소답지 않게 꽤 당황한 듯 눈을 깜박거렸다. "나한테 샤라는 그런 존재가 아니야."

"그럼 뭔데?"

로리는 잠시 생각에 잠겼다가 옆으로 돌아누우며 말했다. "너는 중학교 때 어땠어?"

"그게 이거랑 무슨 상관인데?"

로리가 피식 웃으며 말했다. "일단 말해봐."

"알았어. 어, 키는 13센티미터 컸고 고등학교 영어 수업을 듣기 시작했고 잠깐이지만 코스프레에 빠졌어. 제일 친한 친구는 아이라이너 그리는 법을 가르쳐준 프리야라는 애였는데 지금은 거의 연락이 끊겼어. 열세 살 때 엄마들한테 내가 양성애자라고 고백했는데 놀라지도 않더라. 그때 내가 특이한 애라는 걸 깨달았지만 싫지는 않았어."

"그렇구나. 나는 거지같았어. 부모님은 헤어졌고 친구도 없었어. 사회성 떨어지는 못생긴 애였는데 시를 좋아하지만 책은 싫어서 음악에 빠졌어. 근데 기타 악보를 볼 줄 몰라 유튜브를 보고 배워야 했지. 게다가 중학교 2학년 때 부정교합 때문에 양악 수술을 받았어. 나랑 어울리기엔 너무 멋진 서머를 빼고는 동급생 중 유일한 흑인이었고. 놀림당하는 게 일상이었어. 딕슨 웰스는 천식이 심해서 시험 시간에 이상한 숨소리를 낸다는 이유로 날 '코골이 로리'라 불렀지."

"자기는 이름에 '딕'*이 있으면서 그딴 별명을 지어냈단 말이야?"

"그러게." 클로이는 로리의 옆얼굴을 보면서 누군가가 공들여 빚어낸 듯한 예술 작품 같다고 생각했다. "어쨌든 그러다 중학교 3학년 때 스미스가 나타났어. 내 나루토 책가방이 멋지다고 하더라고. 스미스는 내 첫 절친이었어. 아니, 형을 빼면 유일한 친구였지. 스미스가 숙제나 작곡을 도와줬고 덕분에 고등학교 생활이 거지같지만은 않으리라는 희망이 생겼어. 그러다 걔가 날 버렸고 내 인생은 다시 형편없어졌어. 아빠는 텍사스에 일하러 가고 형은 대학교에 가고 엄마는 재혼해 여기로 이사 왔지. 그러던 어느 날 새 집의 내 방에서 창문을 내다보니 옆집 여자애가 책을 읽고 있었어. 그게 빌어먹을 샤라 휠러야."

"걔가 네 문제를 다 해결해줄 거라 생각했나보지?"

<hr>

* 음경.

"넌 몰라, 클로이. 샤라는 유치원 시절부터 늘 선망의 대상이었어. 나만 그런 게 아니야. 내가 아는 사람은 다 샤라 휠러를 궁극의 소녀로 여긴다고."

클로이는 어금니를 꽉 물고 말했다. "알지, 왜 모르겠어."

"내 말은 샤라는 누구에게나 꿈의 소녀였고, 나도 그렇게 믿으며 자랐다는 거야. 내가 마음에 품은 여자는 샤라뿐이야. 뭐랄까, 샤라일 수밖에 없었어. 그런 샤라 휠러가 울타리 너머로 나를 알아봐준다면, 그게 전부라도 나한테는 충분했어. 다른 누구도 아닌 샤라니까."

무슨 말인지 알 것 같았다. 윌로그로브의 아이들은 저마다 세상의 전부나 마찬가지인 윌로그로브를 배경으로 스스로가 주인공인 이야기 속을 살아간다. 그 이야기에서 샤라는 연인이든 적수든 무조건 중요한 역할을 맡는다. 클로이는 샤라에게 적수의 역할을 맡겼다. 로리는 연인의 역할을 맡겼고 말이다.

"그러다 교정기를 뺐고 테이프 녹음기로 내가 쓴 곡을 기록할 수 있다는 걸 알게 됐고 얼굴이 제자리를 잡으면서 친구도 몇 명 사귀었어. 그렇게 다 극복했지. 아니, 극복한 줄 알았어. 스미스가 샤라를 조수석에 태워 샤라네 집에 데려다주는 걸 본 그날 밤까지는. 그날 나는 책상에 앉아 곡을 쓰고 있었어. 스미스의 차 실내등 불빛이 내 방까지 비치길래 돌아보니 두 사람이 스노 글로브 속 완벽한 커플 같은 모습으로 집 앞에 서 있었어. 둘이 입을 맞췄고 그걸 보니 명치를 얻어맞은 것 같았어. 순간 과거의 상처가 되살아나더라."

클로이도 왠지 샤라와 스미스가 처음 사귀게 됐을 때의 기억이 떠올랐다. 샤라가 실험실 테이블에 잔뜩 쌓인 카네이션 중 하나를 잡아 코끝에 대고 깊이 숨을 들이쉬는 동안, 클로이는 혼자서라도 실험을 마무리하려 애썼다.

"곡도 써? 샤라를 주제로?"

"가끔." 로리가 낮은 목소리로 인정했다. "질투심이나 슬픔, 내가 어딘가 잘못됐을지 모른다는 두려움에 대한 곡을 쓸 때도 있고, 뭐, 그래."

뭘 하든 별 관심이 없어 보이던 로리가 이렇게 진지한 모습을 보이다니 신기했다. 신이 나서 작곡 이야기를 하는 로리를 보니 새로 배운 작품 이야기를 하는 벤지가 떠올랐다. 클로이는 언제 한번 둘을 서로 소개시켜주면 좋겠다고 생각했다.

"멋지네."

로리는 부드럽고 수줍게 미소를 지었고, 클로이도 미소로 답했다.

문득 로리가 아빠에 대해 한 말과 로리네 방에서 본 메모판을 떠올랐다.

"아빠랑은 사이가 좋아?"

"어." 로리가 여전히 미소 띤 얼굴로 말했다. "박물관 큐레이터로 일하는데 진짜 죽여주게 멋진 사람이야."

"아빠가 이사할 때 따라가지 그랬어."

"전학 가면 성적이 더 떨어진다고 부모님이 말렸어. 그래서 학기 중에는 엄마랑, 여름 방학에는 아빠랑 지내고 있어."

"힘들었겠다."

"뭐, 인생은 가끔 엿같으니까."

클로이는 숫기 없는 중학생 로리와 지금의 로리를 겹쳐 보려 애썼다. 고등학교 입학 첫 날, 한때 제일 친했던 친구가 환골탈태한 모습으로 나타난 순간 스미스는 얼마나 놀랐을까.

그때 교장실의 음악 소리가 멈췄다.

클로이와 로리는 밑에서 나는 소리에 귀를 기울였다. 잠시 정적이 흐르다 문이 열리고 닫히는 소리가 들렸고, 잠시 후 더 멀리서 같은 소리가 들렸다. 10초 뒤, 20초 뒤 문이 여닫히는 소리가 희미하게 들렸다. 그러고는 잠잠해졌다.

"갔나 봐." 클로이가 속삭였다.

"서둘러, 클로이."

로리는 통풍관을 따라 기어가 교장실 위 통풍구에 도달한 로리는 덮개를 열고 발을 먼저 내린 뒤 키보드와 서류를 간신히 피하며 책상에 착지했다. 휠러 교장이 천장등만 끄고 책상등은 켜놓고 갔는지 눈이 부셨다. 클로이는 실눈을 뜬 채로 뒤따라 뛰어내릴 지점을 가늠했다.

클로이가 무사히 뛰어내리자 둘은 흩어졌다. 클로이는 교장실 전체를 둘러보고 로리는 책상 서랍을 하나씩 열어보기로 했다. 클로이는 샤라가 남긴 단서를 다시 되뇌었다. "열쇠는 내가 있는 곳에 있어."

샤라가 존재하지 않는 곳이 있기는 한가? 전학 첫 날부터 클로이는 깨달았다. 윌로그로브에서는 어딜 가나 샤라의 존재감이 숨 막힐 정도로 가득했다. 마치 배스 앤드 바디 웍스의 향초를 깜빡하고 너무 오래 태워 방 안 가득 속이 느글거리도록 달콤한 향이 감도는 것 같았다. 교장실에서 휠러 교장과 책상을 사이에 두고 앉아 훈계를 들을 때마다 클로이는 궁금했다. 샤라는 수업이 끝나면 명예 학생 단체 활동이 시작되기 전까지 여기에 숨어 시간을 보낼까? 어릴 때 아빠의 책상 밑 회색 카펫 위를 기어다니며 윌로그로브의 정수를 흡수했을까? 결국 나도 윌로그로브생들이 흔히 하는 질문을 하게 된 걸까? "이거 샤라가 읽은 책이야? 샤라가 만진 스테이플러야? 샤라가 출력한 작품 분석 견본이야?"

클로이는 책장을 살펴보다 두 공화당 상원 의원의 회고록 사이에 무언가가 꽂혀 있는 걸 발견했다. 분홍색이었다.

생활 기록부와 같이 있지는 않지만 분명 샤라의 카드였다.

어깨 너머를 힐끗 보니 로리는 서랍 속을 뒤지느라 바빴다.

이 카드는 혼자만 보고 싶었다. 샤라와 클로이만의 비밀로 삼고 싶었다.

클로이는 카드를 꺼냈다.

아빠, 엄마에게

저는 괜찮아요. 찾고 싶으면 찾으실 수 있을 거예요.

                                                              S

교장실에 불려간 그날 본 카드가 틀림없었다. 두 문장으로 된 한 줄짜리 편지. 샤라가 부모에게 남긴 건 이게 전부였다. 클로이가 이랬다면 트럭을 몰고 온 두 엄마한테 15분 만에 잡혀 웹스터스에서 선데이 아이스크림을 먹은 뒤 강제로 집단 심리 요법을 받았을 것이다.

클로이는 카드를 원래 자리에 꽂고는 로리가 압지 밑을 살펴보고 있는 책상을 돌아봤다.

"뭐 좀 나왔어?"

"열쇠는 없어."

그때 클로이의 시선이 액자로 향했다.

액자에는 샤라가 부모와 함께 요트를 타고 찍은 사진이 꽂혀 있었다. 손님들에게 보이도록 바깥으로 향해 있어 볼 때마다 거슬리는 사진이었다.

"내가 있는 곳에 있어."

클로이는 얼른 액자를 들어 뒤집었다. 바로 거기였다. 교장의 자리에서는 보이지 않도록 액자 뒤 받침대의 경첩 밑에 작은 열쇠가 테이프로 붙어 있었다. 아빠의 코앞에 열쇠를 숨긴 것이다.

"찾았어."

클로이는 열쇠를 잡아 뜯어 파일 보관함의 자물쇠에 꽂았다. 스르륵 들어가는 열쇠를 돌리자 자물쇠가 둔탁하고 통쾌한 소리를 내며 열렸다.

"좋았어, 이게 4학년 서랍이네." 클로이가 책상 서랍의 파일을 뒤지고 있는 로리에게 말했다. "아마 네 파일에 있겠지만 내 거랑 스미스 것도 봐야 해. 같이 보자."

로리는 드디어 책상 서랍을 닫고 파일 보관함으로 왔지만 옆을 맴돌면서 파일의 라벨만 빤히 바라봤다. "음."

클로이는 로리를 힐끗 올려다봤다.

"왜. 이거 네 서류잖아. 설마 이제 와서 부끄러워진 거야?"

"그게 아니라 난…… 글자가 너무 작아."

"뭐?" 클로이는 스미스의 파일을 뺀 뒤 G~H 부분을 뒤지며 말했다. "안경이 필요한 거야?"

"아니. 이 일은 그냥 네가 해."

클로이는 로리의 파일을 든 채 잠시 생각에 잠겼다. 로리의 파일에는 방과 후 남기 벌 기록지와 수업 시간에 노력하지 않는다는 교사들의 불평이 적힌 쪽지가 족히 50장은 끼워져 있었다. 로리의 방에 갔을 때 로리가 직접 비밀번호를 읽어주지 않고 말없이 클로이에게 샤라의 카드를 건넸던 일이 떠올랐다. 온갖 색깔의 펜으로 가사를 적다 말다 해 다 적는데 며칠은 걸린 듯한, 색색의 잉크로 물든 작곡 노트도 떠올랐다. 통풍관에서 방향을 못 잡은 일도 그렇고 테이프 녹음기를 쓰는 걸 보면…….

"아하." 클로이는 곧바로 깨닫고 말했다. "너, 난독증이구나."

로리는 클로이를 빤히 바라봤다. "뭐?"

"지금은 시간 없으니까 나중에 설명할게." 클로이가 서랍 밖으로 튀어나온 라벨을 가리키며 말했다. "내 거는 그거야, 자주색 라벨 붙은 거."

로리가 클로이의 파일을 꺼내 건네자 클로이는 세 파일을 책상에 나란히 펼쳤다. 예상대로 카드는 로리의 파일 속에 끼워져 있었다. 봉투에 넣어 밀봉한 선명한 분홍색 카드가 그저 그런 내용의 학업 성과 보고서에 클립으로 고정돼 있었다.

봉투를 열어 카드를 뺀 클로이는 소리 내 읽었다.

안녕, 로리(클로이도 안녕).

다행히 여기까지 찾아왔네. 딕슨네 집에서 열릴 다음 파티의 일정을 고려한 내 예측대로라면, 아마 졸업 파티가 끝난 지 일주일 반쯤 됐을 때 이 카드를 찾았을 거야. 물론 내가 합창실에 둔 카드를 클로이가 제때 찾아야 가능한 일이지만, 나는 클로이가 찾았으리라 믿어. 딕슨네 집에 둔 카드도 분명 그대로 있었을 거야. 떠나기 전에 딕슨에게 문자로 겁을 줬거든. 카드를 건드리면 엠마 그레이스와 매켄지 사이에서 양다리를 걸치고 있다는 사실을 둘에게 폭로하겠다고 했지.

딕슨네 집에 둔 카드를 꼭 찾았길 빌어. 딕슨이 카드를 건드리든 아니든 어차피 금요일 아침에 엠마 그레이스와 매켄지에게 익명의 인스타그램 메시지가 갈 거거든. 사람들이 나에 대해 모르는 게 하나 있어. 나는 사실 약속을 잘 지키지 않아.

계속 날 찾아줘. 점점 가까워지고 있으니까.

포옹과 키스를 담아

S

추신. 네 마음을 돌려받겠다고 하지만 넌 그러지 못할 거야.

가까이에서 비치는 빛 때문에 눈이 부셔서 넌 바로 앞에 있는 것만 보일 거야.

"친구들을 협박했단 말이야?" 클로이가 다 읽자마자 말했다.

"저기, 나는 샤라가 우리가 여기 올 날을 정확히 예측한 게 더 무서운데."

"게다가 친구 사이를 갈라놓았어."

클로이는 자기 행위의 정당성이 입증될 때 차오르는 쾌감으로 등줄기가 짜릿했다. 카드를 내려다보는 얼굴에 자꾸 회심의 미소가 번졌다.

그동안 클로이는 샤라에 대한 반감의 이유가 분명 있으리라는 걸 알면서도 반감을 정당화할 구체적 근거는 한 번도 찾은 적이 없었다. 이 카드가 반감의 이유를 알려줄 첫 번째 퍼즐 조각이라면 이 조각이 떨어져 나온 곳에 더 많은 조각이 붙어 있을 것이다.

"나는 왠지 샤라를…… 두려워해야 한다는 생각이 들기 시작하는데?" 로이가 말했다.

클로이는 로리의 말을 무시하고 첫 번째 줄에 집중하며 추신을 다시 읽었다. 아는 문구였다. 그런데 왜 이 문구가…….

그때 행정실 입구 쪽에서 문이 열리는 소리가 들렸다. 뒤이어 데이브 매슈스 곡의 후렴 가사를 반만 정확하게 흥얼거리는 남자의 목소리가 벽을 뚫고 들려왔다.

"어떡해." 클로이는 그 자리에 얼어붙었다. 오늘 저녁에만 벌써 두 번째로, 극심한 공포가 가슴 속에서 폭발했다. 마치 새해 전야에 디즈니랜드에서 열리는 불꽃놀이 쇼처럼 번쩍거리는 폭죽이 펑펑 터지면서 하늘에 '넌 망했어, 클로이 그린'을 수놓는 것 같았다. "어떡해, 어떡해, 어떡해……."

이미 책상의 파일을 재빨리 모아 보관함에 집어넣고 있던 로이가 클로이에게 속삭였다. "진정해."

"왜 온 거야!" 클로이는 가쁜 숨을 내쉬며 말했다. "집에서 〈NCIS〉

나 보지 왜 왔냐고!"

"클로이."

"맙소사. 스미스 말이 맞았어. 애초에 이런 짓을 하면 안……."

"클로이!" 로리가 클로이의 어깨를 잡고 다시 말했다. "지레 겁먹으면 들킬 확률만 높아져." 로리가 클로이의 어깨를 잡아 살짝 흔들자 불안에 잠식된 뇌가 기분 나쁘게 흔들렸다. "긴장 풀어. 진짜 재미있는 시간은 지금부터니까."

설마. 농담이겠지. "재미있다고?"

"다들 폴스 비치에서 나름의 방식으로 재미를 추구하잖아. 안 그래?" 로리가 책상 위로 클로이를 밀며 말했다. "넌 책을 보면서 흥분하고……."

"문학 애호가의 열정을 참 단순하게 표현하는구나." 천장을 향해 무감각한 손을 뻗던 클로이가 신경질적인 목소리로 지적했다. 그때 복도에서 짤랑거리는 열쇠 소리가 들렸다.

"……나는 도망치면서 흥분해." 로리가 말을 끝맺었다. "그러니까 얼른 천장으로 올라가. 빨리 도망치자고."

클로이는 다이빙대에서 뛰어내릴 때처럼 심호흡을 한 뒤 통풍구 위로 힘껏 몸을 끌어올렸다. 곧바로 로리가 뒤따라 올라와 한쪽 발끝으로 덮개를 밀어 통풍구 위에 안착시킨 순간, 교장실 문이 열렸다.

휠러 교장은 보쟁글스 포장 봉지를 든 채 문간에 잠시 멈춰 무언가 의심스러운 듯 이맛살을 찌푸렸다. 그 모습에 클로이의 애간장은 톡톡 캔디처럼 요란하게 들끓었다.

휠러 교장은 책상으로 걸어가 클로이가 당황해 밀치는 바람에 쓰러진 가족사진 액자를 집어 들었다. 잠시 얼굴을 찡그린 교장은 엄지에 침을 묻혀 사진이 잘 받는 제 얼굴 부위에 묻은 자국을 닦아낸 뒤 손님 쪽으로 향하도록 액자를 내려놓았다.

그러고는 책상에 앉아 햄버거를 꺼내고 또 음악을 틀었다.

"가자." 로리가 말했다.

이번에는 클로이가 앞장섰다. 둘은 왔던 길로 돌아가 도서관 통풍구를 통해 책 무더기 위로 뛰어내렸다. 가방과 셔츠는 로리가 챙겼다. 어두운 서고와 책상, 안내 데스크를 지나 도서관 사무실 문에 도착했다.

"뒤돌아." 클로이가 말했다.

"뭐?" 로리가 물었다. "왜?"

"열쇠가 브래지어 속에 있어. 보지 말라고."

"장담하는데, 볼 생각도 없었거든."

"그냥 좀 돌아서!"

"알았어." 로리는 끙 소리를 내며 과장되게 90도 회전을 했고 클로이는 가슴 사이를 뒤져 열쇠를 찾아 꺼냈다.

문을 여니 달콤한 자유가 코앞까지 가까워진 기분이었다. 로리가 에이프릴과 제이크에게 문자를 보내는 동안 클로이는 창문의 걸쇠를 풀어 휙 밀어젖혔다. 첫 번째 통풍구 위로 올라갔을 때 기울기 시작한 해는 이미 사라지고 없었다.

"방금 내가 뭘 깨달았는지 알아?" 고개를 내밀고 창턱과 나무 사이의 거리를 가늠하면서 클로이가 말했다. 땅에서 볼 때만큼 가깝지는 않지만 몇십 센티미터 밑에 있는 크고 튼튼해 보이는 가지에 잘만 착지하면 나무 몸통까지 살살 내려갈 수 있을 듯했다. "너랑 내가 샤라 휠러를 위해 2층 창문에서 몸을 던지는 거, 이번이 두 번째야."

"영향력이 그만큼 큰 거지." 로리가 먼저 창턱을 넘어 어둠속으로 사라졌다.

"젠장." 클로이도 뒤따라 뛰어내렸다.

별의별 동작을 동원하고 온갖 욕설을 내뱉고 나무껍질에 팔을 긁혀가며 힘겹게 나무를 탄 끝에 둘은 무사히 착지했다. 그러고는 주변을 살피며 건물 옆쪽으로 돌아 또다시 욕설을 내뱉으며 가시덤불을 헤치고 나온 뒤에야 교사 전용 주차장과 측면 도로 사이의 배수로에 도착했다.

제이크의 자동차는 뒷문을 연 채 대기하고 있었다. 클로이는 보쟁글스 봉지와 에너지 음료 캔이 가득한 뒷좌석으로 요란한 소리를 내며 몸을 내던졌다. 차는 로리가 뒷문을 채 닫기도 전에 출발했다.

5초 동안은 긴박감이 가시지 않아 차 안에 부르릉거리는 엔진 소리와 클로이의 숨 돌리는 소리만 가득했다. 그러다 로리가 낮게 휘파람을 불자 제이크가 웃음을 터트리고는 라디오 소리를 높였다.

클로이도 숨을 헐떡이며 큰 소리로 웃었다. 아드레날린이 온몸 가득 분출되는 것 같았다. 로리의 말이 맞았다. 그런 짓을 하고도 무사히 도망치다니. 게다가 클로이의 인생에서 가장 섬뜩한 경험이었지만, 재미있었다.

학교에서 벗어나 10분쯤 달리자 소닉 매장이 나왔다. 제이크는 차를 세우고는 롤러스케이트를 탄 웨이트리스에게 팁으로 10달러를 주고 슬러시 네 개를 샀다. 다시 출발한 차 안에서 에이프릴은 로리에게 빨대 포장지를 던졌다. 스피커에서는 베이스음이 쿵쿵 울리면서 첫소리가 났다.

대단할 건 없었다. 모두 클로이가 익히 아는 풍경과 소리였다. 열린 차창 밖으로 저 멀리 보이는 월마트의 파랗고 하얀 불빛, 타이어와 맞닿는 젖은 포장도로의 냄새, 웅웅거리는 데어리 퀸의 네온사인 소리, 늘 똑같은 노래 열다섯 곡이 번갈아 흘러나오는 똑같은 라디오 방송국. 클로이는 폴스 비치 출신이라는 것이 무엇을 뜻하는지 조금은 알 것 같았다. 장담하건대 지금 이 순간만큼은 슬러시 위에 얹어진 선홍색 장식용 체리보다 클로이에게 맛있는 건 세상에 없었다.

클로이는 창밖으로 몸을 내밀어 바람을 맞으며 고개를 젖힌 채 별을 바라봤다. 어쩌면 폴스 비치 안에 온 세상이 다 들어 있는지도 몰랐다.

정말 샤라의 영향력은 그만큼 컸다.

브루클린의 아코디언 폴더 뒤에 꽂혀 있었음(녹색 말고 분홍색 폴더)

학생회의 회의록
2022년 1월 19일

1. 브루클린 베넷 학생회장이 개회를 선언함.
2. C204호에서 오전 11시 37분에 개최.
3. 회원 12명, 고문 1명, 외부인 1명 참석.
   - a. 외부인: 에이프릴 부처, 맨 뒷줄 책상에서 느긋하게 드럼 독주 연습을 함. 학생회의가 진행 중인지 인지하지 못했을 가능성이 있음.
4. 서기 베일리 헌트 학생회 서기가 이전 회의 회의록을 읽음.
   회의록 승인을 제안함.
   레트 태거트가 동의함.
   줄리 트랜이 재청함.
   제안 통과.
5. 보고
   a. 회계 보고
   ⅰ. 보고 사항 없음.
   ⅱ. 에이프릴 부처(비회원)가 자동판매기에 더 흥미로운 품목을 추가할 것을 제안함.
   ⅲ. 의장이 에이프릴 부처의 의견을 인정하지 않음.

6. 상임 위원회 보고

  a. 4학년 집행 위원회. 브루클린 베넷 회장이 4학년 집행 위원회 소속 소위원회, '졸업 파티 기획 위원회'의 결성을 선언함. 춤은 죄악이므로 학교 행정부의 공식 인가는 받지 못하겠지만 파티 주제와 장식을 고를 예정임.

    ⅰ. 에이프릴 부처가 TV 리얼리티 쇼 〈틴 맘2〉를 졸업 파티 주제로 제안함.

    ⅱ. 의장이 이번에도 에이프릴 부처의 의견을 인정하지 않음.

    ⅲ. 베일리 헌트 서기가 에이프릴 부처에게 회의장을 나가달라고 요청함.

    ⅳ. 에이프릴 부처가 브루클린 베넷이 점심으로 싸온 샌드위치의 절반을 먹음.

    ⅴ. 에이프릴 부처가 회의장에서 쫓겨남.

11

월요일 오후, 클로이는 합창실 바닥에 앉아 HB 연필 꼭대기에 달린 지우개로 악보 연습지를 두드리고 있었다. 합창실의 아이들 모두 2학년 때부터 악보를 보고 바로 노래했는데 4분 음표를 정자로 필사하라니, 어이가 없었다. 트루먼 선생님의 6교시 수업, '여자 고급 합창'을 듣는 학생 중에 기말 시험이 형식상 절차임을 모르는 아이는 없었다.

"다들 알겠지만 내 바람과 달리 학교 방침상 봄 뮤지컬은 성적에 반영되지 않을 거야." 트루먼 선생님이 말했다.

물론 클로이는 악보 따위는 안중에도 없었다. 로리의 파일에서 찾은 샤라의 카드와 추신의 내용을 생각하느라 바빴기 때문이다.

"네 마음을 돌려받겠다."

클로이는 이 구절의 출처를 금방 알아챘다. 나머지 가사도 집에 도착하자마자 떠올랐다. "*또다시 당신의 마음을 돌려받고 자유로워지고 싶다면…….*"

〈Think of Me〉는 클로이가 봄 뮤지컬 〈오페라의 유령〉에서 부른 가장 중요한 독주곡이다. 가사의 마디마디가 뇌에 각인돼 아마 죽을 때까지 잊지 못할 것이다.

그러나 샤라가 왜 하필 이 노래의 구절을 인용했는지는 알 수 없다. 무언가 의미가 있는 게 분명했다. 앤드루 로이드 웨버의 생일이 현재 있는 곳의 좌표와 일치한다거나, 등장인물인 라울이라는 이름의 남자와 새 삶을 시작하고 있을지도 모른다. 혹은 코 성형 수술을 받고 프랑스의 어느 오페라 하우스 지하 미로에서 회복 중일 수도 있다.

클로이는 3학년 때 소니아로 출연했던 뮤지컬, 〈가스펠〉이 떠올랐다. 그래도 그때는 풋볼팀 애가 출연하지는 않아 예수의 가르침에 관한 전체 관람가 익살극을 할 때 샤라의 얼굴을 볼 필요는 없었다. 당시 클로이는 무대에 오를 때마다, 조명이 너무 밝아 맨 앞줄 말고는 객석이 안 보이는 걸 다행으로 여겼다.

"*가까이에서 비치는 눈부신 빛 때문에 넌 바로 네 앞에 있는 것만 보일 거야.*"

순간 클로이는 연필을 떨어뜨렸다.

강당의 맨 앞줄. 샤라가 〈오페라의 유령〉 공연 때 앉아 클로이를 지켜봤던 곳이다.

클로이가 화장실에 다녀와도 되냐고 하자 트루먼 선생님은 어깨를 으쓱했다. 클로이는 화장실로 가는 척하다 방향을 바꿔 C동으로 향했다. 로리는 보통 자습 시간에 뒤쪽 계단 근처를 배회한다는 걸 알고 있었던 터라 찾기 쉬웠다. 클로이는 로리를 보자마자 가설을 쏟아냈다.

로리는 고개를 끄덕였다. "이건 스미스를 불러야 할 것 같은데."

"6교시에 무슨 수업 듣는지 모르잖아. 아, 진짜 교내에서 휴대폰만 갖고 다니게 해줬어도……."

"스페인어. 지금 스페인어 수업 듣고 있어."

클로이는 눈을 가늘게 뜨고 로리를 바라봤다. 클로이를 보는 로리의 눈도 가늘어졌다. 클로이는 입 밖에 내지는 않았지만 로리가 스미스의 시간표를 외우고 있다는 게 신경 쓰였다.

"데리고 나올 수 있어?" 클로이가 물었다.

로리는 교장실에서 스미스를 찾는다는 거짓 핑계를 대고 스미스를 데려왔다. 그리고 스미스의 뒤에는…….

"에이스는 왜 데려왔어?" 클로이가 눈살을 찌푸리며 묻자 에이스가 미소를 지었다.

"오는 길에 복도에서 만났어." 스미스가 짜증이 아주 살짝 묻어나는 목소리로 말했다.

"나도 끼고 싶어서." 에이스가 말했다.

클로이는 한숨을 쉬었다. 로리의 친구들이 관여한 마당에 스미스의 친구라고 안 될 건 없었다. 클로이는 한순간, 조지아에게 도서관 열쇠를 빌릴 때 연체된 책을 반납하기 위해서라고 속인 게 후회됐다. 어쩌면 벤지는 샤라가 공들여 제작한 이 무대의 숨은 뜻을 클로이보다 더 잘 간파할 수 있을지도 모른다.

아니다. 로리나 스미스의 친구들은 중요하지 않다. 그 애들은 어차피 클로이를 이상하다고 생각하니 알아도 상관없다. 그러나 클로이의 친구들은 클로이가 얼마나 정도를 벗어났는지 알아볼 테고 그러면 모든 일이 훨씬 복잡해질 것이다.

"몰라, 이젠 나도 신경 안 써." 클로이는 강당으로 향했다.

강당에 들어가자 스미스가 주간 공연 때 샤라와 함께 앉았던 앞줄 자리로 일행을 안내했다. 수색이 시작됐다. 로리는 무대에 올라가 커튼 밑을 뒤졌고 클로이는 맨 앞줄의 의자를 하나씩 접어가며 살폈다. 그러나 카드를 찾은 건 스미스였다. A21 좌석의 철제 다리에 분홍색 봉투가 자석으로 붙어 있었다.

모두 한자리에 모이자 스미스가 봉투를 열었다. 에이스는 입구의 자동판매기에서 파워에이드를 뽑고 있었다. 카드에는 장문의 글이 적혀 있었다. 샤라의 글은 갈수록 길어졌고 글씨는 점점 작아지고 있었다. 스미스는 샤라의 편지를 소리 내 읽었다.

안녕.

또 나야. 너희 중 누가 이 편지를 읽고 있는지는 모르지만 언젠가는 다 읽게 되겠지. 잘했어, 클로이. 너라면 노래 가사라는 거 눈치챌 줄 알았어.

스미스, 그날 너는 바로 그 자리에 앉아 에이스 때문에 긴장된다며 프로그램 북을 자꾸 말아 쥐었어. 노래하는 걸 한 번도 들어본 적 없다면서 에이스가 전교생 앞에서 망신을 당할까봐 전전긍긍했어. 그러다 첫 소절을 듣고는 입이 떡 벌어졌지. 나는 너의 그런 점이 정말 좋아. 다른 사람을 진심으로 응원하잖아. 너는 몰랐겠지만 나는 에이스의 노래 실력을 이미 알고 있었어. 자기 엄마가 좋아하는 스티븐 손드하임의 곡을 늘 들으며 자랐다는 것도. 서머가 나와 멀어진 것도 실은 에이스와 내가 같이 있는 모습을 봤기 때문이야.

클로이, 그날 네가 입은 드레스가 기억나. 아, 얼마나 끔찍하던지. 주름 장식이 잔뜩 달리고 허리에 끈을 두른, 무대용 흰색 드레스였지. 그렇게 흉측한 걸 입히다니, 담당자는 고소당해도 싸. 그날 넌 조명을 똑바로 들여다봤어. 내 눈을 피하기 위해 그런 거 맞지? 처음 시작할 때 박자를 놓쳤던 거 기억나(다른 사람은 아무도 눈치 못 챘을 테니 걱정 마)? 완벽한 무대를 선보이려고 리듬을 몸에 익히며 수도 없이 연습했을 텐데 첫 음이 지나가버려 입만 벌리고 있더라. 1.5초는 놓쳤을걸. 나는 웃음을 참느라 팔걸이를 꼭 잡아야 했어.

이게 내가 그동안 너희에게 하고 싶었던 말이야.

포옹과 키스를 담아

S

추신. 로리, 나는 널 잊지 않았어. 가끔 지난 가을의 그날이 생각나. 너는 방과 후 남기 벌을 받았고 비 때문에 경기가 중지된 날. 그날 너는 우리를 지켜보고 있었어. 내가 그 사실을 안다는 걸 너는 몰랐겠지만.

클로이가 자신에 대한 내용을 막 반박하려는 순간, 에이스가 파워에이드를 벌컥벌컥 마시며 한가롭게 통로로 걸어왔다.

스미스는 카드를 덮고 에이스에게 물었다. "샤라와 같이 있는 걸 서머에게 들켰어?"

에이스는 음료가 목에 걸린 듯 컥 소리를 냈다.

"이크." 로리는 구경이라도 난 듯 무대 위로 깡충 뛰어올라 가장 자리에 걸터앉았다.

에이스는 턱으로 흐른 형광 파랑빛 액체 방울을 닦으며 말했다. "샤라가…… 샤라가 직접 말했어?"

"글로 썼어." 스미스가 카드를 들어 보이며 말했다. "여기에."

"나는…… 그런 게 아니라…….""

"그럼 뭔데?"

2주 전이었다면 운동부 애들끼리 죽음의 결전이라도 벌일까봐 걱정했을 것이다. 그러나 스미스와 에이스를 어느 정도 알게 된 지금은 별로 걱정되지 않았다. 두 사람은, 특히 스미스는 클로이가 지금껏 만난 사람 중 공격성이 가장 낮았다. 한번은 방과 후에 할 말이 있어 찾아다니다 생물 실험실에서 스미스를 발견한 적이 있었다. 신기한 듯 콩나물을 콕콕 찌르고 있는 또 한 번은 클로이가 들고 있었다. 시집을 보더니, 자기 엄마가 1990년대에 스포큰 워드* 시인이었으며 생일 선물로 엄마에게 다네즈 스미스 시 모음집을 받았다는 얘기를 들려준 적도 있었다.

그렇다. 이 싸움은 십중팔구 눈물로 끝날 것이다. 물론 클로이는 그게 더 싫었다.

* 말로 쓰는 시, 시를 글자가 아닌 말로 전달하는 예술 장르.

"내 말은, 서머가 나랑 헤어진 게 엄밀히 따지면 샤라 때문이기는 하지만……."

"뭐야, 그럼 지금까지 날 돕는 척하면서 뒤로는……."

에이스는 가슴 앞으로 두 손바닥을 내보이며 말했다.

"그냥 봄 뮤지컬 오디션 연습을 도와준 것뿐이야. 됐어?"

뭐라고.

"뭐?" 클로이가 끼어들었다.

"뭐?" 스미스도 눈썹을 머리 선까지 치켜올리며 물었다.

"그냥…… 멍청한 짓을 좀 했어."

에이스는 접이식 좌석에 털썩 주저앉아 하늘거리는 머리칼을 뒤로 넘겼다.

"실은 나, 봄 뮤지컬 오디션을 보는 게 소원이었어. 1학년 때부터. 하지만 겁이 났어. 잘 못하면 어쩌지? 잘해도 뮤지컬 노래나 부른다고 딕슨이랑 애들이 졸업할 때까지 놀리면 어쩌지? 그러다 4학년이 됐고 이번이 마지막 기회였어. 트루먼 선생님이 오디션을 보기 전에 리허설을 한대서 가보려고 했어. 근데 용기가 안 났어. 역을 맡지 못할까봐 두려웠어. 아니, 맡더라도 무대 위의 나무 같은 역을 맡을 수도 있잖아. 엄청 하고 싶어 하는데 실력이 안 된다는 걸 모두 알게 되는 게 싫었어. 그러다 어릴 때 샤라가 장기 자랑으로 피아노를 쳤던 게 떠올라 악보를 연주해줄 수 있냐고 부탁했어. 그때부터 방과 후에 우리집에서 만나 오디션 곡을 연습했고."

에이스는 스미스를 쳐다보며 무력하게 두 손을 올렸다가 무릎에 툭 떨어뜨렸다.

"그게 다야. 맹세해."

방과 후 합창실에서 몇 날 며칠을 에이스와 함께 나오는 장면을 연출하면서도, 심지어 에이스의 그 큰 입에 키스하는 연습을 해야 했을 때도, 클로이는 에이스가 진지하게 오디션을 봤으리라는 생각은 꿈에도 하지 않았다.

스미스는 의심스러운 표정으로 물었다.

"그랬다고 서머가 너를 찼단 말이야?"

"아니, 서머가 나를 찬 건 내가 연습한다고 데이트 약속을 깜빡한 날 우리집에 들렀다가 샤라가 현관에서 나오는 걸 봤기 때문이야. 오해해서 펄펄 뛰었지."

스미스는 여전히 못 믿겠다는 듯 고개를 저었다.

"그럼 그렇다고 말하지 왜 나한테 숨겼는데?"

"샤라가 절대 말하지 말랬어. 자기가 도와줬다고 누구한테든 말하면 내가 대마초 피운 걸 자기 아빠한테 다 말한다고 했어."

"잠깐만, 좀 이상한데." 클로이가 끼어들었다. "선행을 베푼 걸 사람들이 알아주는 걸 좋아하는 샤라가 왜 그걸 숨기려 했지?"

"나도 모르겠어. 어쨌든 너무 진지하게 말해서 믿을 수밖에 없었어. 서머가 진짜 좋기는 하지만 졸업이 코앞인데 퇴학당할 수는 없었어. 대학 장학금도 못 탈 테고."

"그러니까." 스미스가 다시 말문을 열면서 에이스를 향해 다가갔다. 그러면서 스미스의 골반이 로리의 무릎을 스쳤고, 로리는 구경하는 와중에 무심코 손을 뻗어 제 무릎을 만졌다.

"네 말은…… 〈하이 스쿨 뮤지컬〉의 주인공처럼 해보려던 거네."

"맞아."

"샤라는 그걸로 널 협박했고."

"샤라한테 협박당한 사람이 쟤가 처음은 아니지."

로리가 지적했다.

스미스는 두 손바닥으로 목덜미를 문지르고는 부드러운 목소리로 말했다.

"샤라한테 부탁하기 전에 나한테 먼저 말하지 그랬어. 누나가 도와줬을 거야. 누나가 그런 거 잘하는 거 알잖아. 그리고 우리 주변 애들이 동성애자로 오해받을 일을 워낙 질색하긴 하지만 나는 걔들이랑 달라. 너도 알지 않아? 내가 모은 세일러 문 수집품도 보여줬잖아."

"알아."

"누나랑 열세 살 될 때까지 옷도 같이 입었다고 했고."

클로이가 다시 끼어들었다. "하나만 물을게. 자의였어, 타의였어?"

"그래서 그런 거 아니야." 에이스가 클로이의 질문을 무시하며 말했다.

"너만은 절대 날 비난하지 않을 거라는 거 알고 있었어. 그냥 못할까봐 두려웠던 것뿐이야."

"못 하기는 뭘 못 해. 죽여주게 잘했는데."

스미스에 말에 에이스가 특유의 환한 미소를 지었다. 야자수와 코코넛이 가득한 타히티 섬의 어느 해변에서 작은 우산 장식을 꽂은 칵테일을 나르는 소년의 미소였다. 클로이는 그런 미소를 짓는 에이스가 신기했다.

"고마워."

"이제 됐지?"

로리가 그새 지루해졌는지 무대에서 뛰어내리며 말했다. "평생 갈 우정을 확인했으니 축하라도 해야 하나? 어쨌든 이제 7교시 되기 전에 다음 카드 찾으러 갈까?"

"어디 있는지 모르잖아." 스미스가 말했다.

로리가 한숨을 쉬며 말했다. "난 알아."

다음 카드는 풋볼 경기장에 있었다. 비에 젖지 않도록 샌드위치용 비닐봉지 안에 든 카드가 지붕 없는 관람석 밑에 테이프로 붙어 있었다. 위쪽 좌석이라 밑에서 떼어내려면 클로이가 로리의 어깨에 올라타야 했고, 로리는 반으로 부러질 듯한 표정으로 앓는 소리를 냈다.

"저기, 좌석의 위치를 확인해놓고 맨 윗자리로 올라가 좌석 틈으로 손을 뻗으면 잡을 수 있었을 텐데." 스미스가 로리의 등을 타고 기어 내려오는 클로이를 보며 지적했다. "샤라도 그렇게 붙였을 테고."

"2분 전에 좀 말하지 그랬어." 로리가 투덜거리며 말했다.

스미스는 웃음을 참는 게 분명한 표정으로 어깨를 으쓱했다. "그러게. 근데 너무 재미있는 구경거리라."

안녕, 로리와 일행들.

지난 가을에 번개 때문에 풋볼 경기가 중지됐던 거 기억날 거야. 어떻게든 경기를 이어가려 했지만 1쿼터가 끝날 때쯤 선수고 관객이고 다 쫄딱 젖어 중지할 수밖에 없었지. 스미스, 그날 우리는 관람석 아래, 바로 이 자리에서 입을 맞췄어. 집으로 오는 차 안에서 너는 빨간 신호에 차를 멈추고는 빗속을 바라보며 말했어. 이렇게 맞는 짝을 만나기는 정말 오랜만이라고.

아빠는 왜 그런 멍청한 벌을 주나 몰라. 방과 후에 남긴 학생을 학교 매점에서 돈도 안 주고 일 시키는 벌 말이야. 안 그래, 로리? 그날 넌 정말 비참해 보였어. 내가 스미스에게 키스하는 모습을 코앞에서 보기 전부터 이미 그래 보였지. 맞아, 난 네가 보고 있다는 거 알았어. 누가 보기라도 하면 고개를 돌려가면서 네 방 창문으로 몰래 보던 바로 그 눈빛으로 우리를 보고 있었으니까.

질투심이라는 건 참 신기해. 고등학교 4년 동안 우리는 너무도 많은 시간을 질투심에 사로잡혀 지내. 나한테 없는 걸 가진 누군가를 미워하고 그 사람의 인생을 조금이라도 맛보길 꿈꾸면서. 그러다 잠시 그 마음을 다른 대상에 투영하며 위안을 삼지.

내 행동이 진심으로 느껴졌다면, 아마 그 때문일 거야.

포옹과 키스를 담아
S

추신. 클로이, 네게도 답이 있는 간단한 질문을 던질 수도 있었어. 하지만 그랬다면 널 만족시키지 못했을 거야. 불쾌해하는 네 반응을 보는 건 재미있었겠지만.

스미스는 편지를 다 읽고는 이제 더는 못 참겠다는 듯한 표정으로 로리를 돌아봤다.

"첫 번째 카드는 어디에서 찾았어?"

로리가 얼굴을 찌푸리며 되물었다. "뭐?"

"둘이 나한테 보여준 샤라의 첫 번째 카드 말이야. 샤라가 너한테 쓴 거 맞지? 그거 어디에 있었냐고."

로리는 갑작스러운 질문에 허를 찔렸는지 곧바로 실토했다.

"샤라의 방에 있었어."

"이크." 클로이는 아까 로리가 쓴 감탄사를 흉내 냈다. 클로이였다면 두 사람이 샤라네 집에 발을 들였다는 사실을 절대 스미스에게 들키지 않았을 것이다.

"샤라와 뒹군 적은 없다며."

비난이 아니었다. 에이스가 샤라와 뒹굴었을 수도 있다고 생각한 아까와는 어조가 달랐다. 사실을 되짚다가 무언가가 빠졌다는 걸 깨달은 말투였다.

"없어." 로리가 단언하듯 말했다.

"그럼 샤라의 방에는 어떻게 들어갔어?"

이럴 줄 알았다.

"그건…… 내가……." 로리는 움찔하고는 알리바이가 필요하다는 걸 깨달았는지 다급히 클로이를 가리켰다. "얘도 거기 있었어!"

"야, 이러기야?" 클로이가 탄식하며 말했다. 서로 고자질은 하지 않기로 한 거 아니었나. "나는 그래도 열쇠라도 썼지. 너는 사다리 타고 창문으로 들어갔잖아."

스미스의 눈이 휘둥그레졌다. "뭘 했다고?"

"샤라가 자기는 방 창문을 안 잠근다고 했어! 내가 창문을 타고 들어가 내 이름이 적힌 그 망할 놈의 카드를 찾길 바란 거라고!"

"이거 봐. 바로 이런 걸 말하는 거야." 스미스는 로리의 얼굴에 대고 카드를 흔들며 말했다. "넌 늘 이런 식으로 날 엿 먹여! 내가 샤라네 집에 갈 때마다 빌어먹을 선반 위의 요정*처럼 창가에 앉아 지켜봤잖아. 언제나, 늘! 거기에 있었다고!"

"거기에 사니까! 내 집에 있는 게 죄야?"

"이번 일도 네가 끼어서 다 엉망이 됐어! 나와 샤라의 문제에 늘 네가 끼어들었다고. 네가 좋아하는 걸 알면서도 샤라를 만났으니 날 싫어할 만도 하지만."

"네가 싫은 건 그래서가 아니야."

"열세 살 때 나한테 그랬잖아. 학교에서 예쁜 여자애는 샤라뿐이라고. 듣고도 못 들은 척하라는 거야? 넌 내가 바보 같아?"

"열세 살 때 일들이 전부 삭제된 건 아닌 모양이네."

"그건 또 무슨 말인데?"

로리는 무언가를 말하려다 아니다 싶었는지 화제를 돌렸다.

"됐어. 샤라와의 관계가 틀어진 건 네 문제지 내 문제가 아니야. 내가 샤라의 인생에 개입했다면 그건 샤라가 원했기 때문이고."

"샤라가 뭘 원하는지 쥐뿔도 모르면서!"

"그건 너도 마찬가지 아니야?"

---

* 크리스마스 전까지 북극으로 날아가 아동의 품행을 보고한다는 요정.

"어이!" 클로이가 드디어 끼어들었다. "진정들 해!"

스미스와 로리는 서로의 얼굴이 닿을 듯 말 듯 가까워진 상태로 말을 멈췄다. 어차피 한 번은 터질 관계니 제대로 붙도록 내버려둘 생각이었지만 더는 참고 있을 수 없었다. 이건 핵폭탄급 악영향을 미친 샤라의 잘못이지 두 사람의 잘못이 아니다.

"너희 진짜 웃긴다. 이 모든 일의 공통분모가 뭔지 모르겠어? 스미스, 로리가 샤라를 자기 앞에 끌어다가 너한테 키스하게 시키기라도 했어? 샤라더러 우리한테 키스하고 잠적하라고 시킨 사람은 아무도 없어. 로리, 저 카드는 딱 봐도 네 질투심을 유발하려고 쓴 거야. 네가 자기를 좋아하는 걸 아니까 주목받고 싶었던 거라고. 제발 정신들 차려! 우리 중 누구도 이 사태에 책임 없어. 책임질 사람은 샤라야. 걔가 무슨 성인군자라도 되는 줄 알아? 카드를 읽기는 한 거야? 너희 둘을 갖고 놀고 있잖아. 너희는 기꺼이 놀아나고 있고."

클로이는 야외 관람석 아래에서 스미스와 로리를 번갈아 보면서 지금껏 간절히 원했던 순간이 오길 기다렸다. 가면을 벗은 샤라의 진짜 모습을 다른 사람도 알아보는 순간 말이다. 6교시의 끝을 알리는 종이 울렸지만 아무도 7교시 수업을 들으러 갈 생각이 없어 보였다.

"이해가 안 돼." 스미스가 풀 죽은 목소리로 드디어 입을 열었다.

"지난 몇 주 동안 샤라가 한 행동이나 카드에 적은 글은…… 샤라답지 않아. 왜 이런 행동을 하고 이런 글을 쓰고, 왜 이런 내용을 알려주는 걸까? 솔직히 불안해. 뭐랄까…… 로리의 말이 맞는지도 몰라. 안다고 생각했는데 이제는 샤라를 잘 모르겠어."

폐막일 밤에 박수갈채를 받는 기분일 줄 알았다. 초등학교 5학년 때 친구의 생일 파티가 끝나고 집에 오는 차 안에서, 공부 잘하는 클로이를 파티에 온 부모마다 다 부러워했다며 두 엄마가 자랑스레 말했을 때처럼 말이다.

그러나 스미스의 슬픈 표정과 로리의 당황한 표정을 보니 기대했던 것처럼 이 순간이 만족스럽지 않았다.

"네가 싫은 건," 로리도 드디어 스미스에게 입을 열었다. "내가 풋볼팀 애들을 진짜 재수 없게 생각한다는 걸 알면서도 네가 걔들하고 놀겠다고 나를 버렸기 때문이야."

"내가 널 버린 게 아니야." 스미스는 감정이 있는 그대로 드러나는 진심 어린 목소리로 말했다. "내가 풋볼팀에 들어간 게 싫어서 네가 날 버린 거지. 부모님이 날 굳이 윌로그로브에 보낸 건 풋볼 선수를 시키기 위해서였다고 다 털어놨는데도 말이야."

"난 너 버린 적 없어."

"내 기억으로는 그래."

"내 기억은 달라."

"뭐, 좋아. 이제 됐어." 스미스가 어깨를 으쓱하며 말했다.

"나도 됐어."

"이제 문제 없는 거지?" 클로이가 물었다.

"문제 없어." 스미스가 말했다.

로리는 한참 동안 스미스를 바라보고는 두 손을 주머니에 찔러 넣으며 말했다.

"나도 이제 됐어."

잠시 후, 뒤늦게 7교시 수업에 들어간 클로이는 수업 내내 AP 미적분 공책의 여백에 샤라의 편지 내용을 기억나는 대로 적으면서 예상과 달리 기분이 나쁜 이유가 도대체 뭘까 고민했다.

 스미스는 다른 교실 어딘가에서 2년 동안 이상적인 연인으로 믿었던 여자애가 낯설게 느껴지는 현실을 직시하고 있을 것이다. 그리고 샤라가 낯선 건 너무 복잡한 인간이라서가 아니라 남자친구에게 본모습을 감췄기 때문일 것이다. 로리는 이미 제 차 운전석에 웅크리고 앉아 자기가 알던 친근하고 매력적인 옆집 소녀가 존재하기는 했었나 하며 허탈해하고 있을 테고 말이다.

 클로이는 샤라의 가식을 이미 간파하고 있었다. 그러나 샤라의 본모습이 어떨지 여러 가능성을 그려보긴 했어도 '사악한 천재'의 모습을 숨기고 있을 줄은 예상하지 못했다.

 샤라는 스미스에게 전하는 카드에 진실을 보여주고 싶다고 썼고, 정말 진실을 보여줬다. 샤라는 천사가 아니었다. 고의로 친구에게 상처를 주고 약속을 깨고 자신을 가장 아끼는 사람들을 작별 인사조차 하지 않고 떠나버리는, 그런 아이였다.

 클로이는 샤라가 왜 스미스와 로리에게 진실을 밝히고 싶었는지 알 것 같았다. 두 사람이 원하는 샤라가 진짜가 아닌 가짜 샤라라면 사랑하고 사랑받는 게 무슨 의미가 있겠는가? 왜 클로이에게도 진실을 밝히기로 했는지는 여전히 알 수 없었지만 말이다.

 한 가지는 분명했다. 인정하기는 싫지만…… 정말 싫지만, 분홍색 카드에 상세히 드러난 진짜 샤라는 가짜 샤라보다 백만 배 더 흥미로웠다. 비교가 안 될 정도였다.

클로이는 이렇게 생각하는 사람이 자기뿐이라서 실망스러웠다.

에이스 토레스와 샤라 휠러가 주고받은 글

'하느님의 갑주로 무장하기'라는 제목의
성경 학습지 뒷면에 적혀 있었음

안녕, 샤라!

나, 공부 중이야, 에이스.

멋지네. 저기 오늘 오후에 연습할 시간이 되나 해서.

이번 주에 벌써 두 번이나 연습했잖아.

알지. 근데 아직 마지막 음이 불안한 거 같아.

안 불안해. 잘 부르던데.
그리고 난 내일까지 내야 하는 에세이가 있어.

정말?? 정말 그렇게 생각해???
뭐, 그럼 다행이지만 다음 주에 볼 오디션 생각만 하면
속에 있는 게 덩어리째 올라올 거 같아.

제발 부탁인데 다시는 그런 표현 쓰지 마.

미안!!!! 너무 긴장돼서 그래!

4시에 갈게.

12

샤라의 실종 후 지난 시간: 17일

졸업까지 남은 시간: 26일

야외 관람석에서 찾은 카드는 상황을 완전히 바꿔놓았다.

우선 스미스와 로리의 태도가 달라졌다. 지금까지는 이 여정의 끝에 도달하면 본인이 샤라를 차지할 수 있으리라는 믿음으로 움직였다면, 이제는 탑에 갇힌 공주가 용일지도 모른다는 생각에 괴로워하는 눈치였다. 더는 서로를 저격하지 않았고, 클로이가 열심히 단서를 해석하는 동안 뚱한 표정만 주고받았다. 다음 카드를 찾으려면 클로이가 둘을 끌고 가다시피 해야 했다.

클로이로 말할 것 같으면…… 물론 샤라 휠러 이외의 일에 집중하는 법을 잊어버린 건 아니었다. 그러나 어떤 일도 샤라만큼, 아니 그 반만큼도 흥미롭지 않았고, 그건 클로이의 잘못이 아니었다. 솔직히 관심이 가질 않는데 어쩌란 말인가.

"오늘 밤에 올 거야, 클로이?"

애시가 물었다.

클로이는 생각에 잠겨 있다가 깜짝 놀라 눈을 깜박였다. 그러고는 합창실의 합창단용 계단에 두 자리 건너 앉은 애시를 돌아봤다. 애시는 귀걸이를 만들 재료를 정하려고 벤지의 귓불에 크기가 제각각 다른 낚시용 가짜 미끼를 대보고 있었고, 벤지는 내키지 않은 표정이었지만 잠자코 앉아 있었다.

"뭐?"

클로이가 물었다.

"나랑 조지아랑 윈딕시 마트 옆 공원에서 채집하기로 한 거 말이야. 조지아가 버섯 식별에 관한 책을 구했다고 했잖아. 지난주에 말하니까 생각해본다면서."

"아."

클로이는 솔직히 기억이 희미했지만 기억나는 척하며 말했다.

"난 못 가. 숙제가 너무 많아."

조지아는 점심을 먹으면서 의심스러운 표정으로 클로이를 바라봤고, 클로이는 죄책감을 느꼈다. 그러는 게 당연했다. 그러나 지금 클로이는 다른 일에 신경 쓸 여력이 없었다. 주말에는 꼭 시간을 내 조지아와 놀자고 다짐할 뿐이었다.

이후 사흘 동안 클로이는 매일 하나씩 단서를 찾았고, 단서를 찾을 때마다 샤라가 그동안 몰래 저질렀던 악행이 하나씩 드러났다. 클로이는 공책에서 그래프용지를 한 장 찢어 그동안 찾은 단서를 표로 정리했다.

카드 번호	발견 장소	내용
1	샤라의 책상	임시 이메일 계정의 비밀번호
2	스미스의 사물함	임시보관함을 확인하라고 지시함
3	타코벨 드라이브스루 계산대	임시 이메일 주소, 내 일거수일투족을 알고 있다는 협박이 암시됨
4	합창실 피아노 내부 (비고: 사라진 열쇠가 들어 있었음)	반 애들 앞에서 망신당하지 않으려고 밤새 〈한여름 밤의 꿈〉 대사를 외웠음
5	딕슨네 집	스미스와 헤어지기로 계획함
6	교장실	딕슨을 협박해 협조하게 했고 후에 결국 뒤통수를 침
7	강당 (객석 첫 번째 줄 좌석 밑)	일요일 주간 공연 때 나한테 마법을 걸었고, 에이스와 서머를 헤어지게 만듦
8	풋볼 경기장 (야외 관람석 아래)	재미있을 것 같다는 이유로 스미스를 이용해 로리의 질투심을 유발함
9	화학 실험실 (화학 물질 수납장)	'사람들의 과도한 시선이 부담스럽다'는 이유로, 학생회 서기를 조종해 엠마 그레이스 베이커가 뜻밖의 승리를 거두도록 홈커밍 왕족 투표를 조작함
10	로리네 집 지붕 (돌멩이에 묶여 있었음)	스미스의 실시간 방송에 출연하지 않으려고 대학 풋볼 전국 계약의 날에 독감에 걸린 척했음
11	샤라의 체육관 사물함	지난여름에 니카라과로 선교 여행을 간다고 하고는 집에서 휴대폰을 비행기 모드로 해 놓은 채 책을 읽었음

클로이는 새로운 카드를 찾을 때마다 만족감을 주는 분홍색 주사를 맞은 듯 짜릿했다. 찾은 카드는 범죄 현장에서 발견된 증거물을 보관하듯 사물함 맨 밑에 둔 화장품 가방에 모았다. 샤라가 남긴 카드는 정직하지 못하고 계산적이며 앞뒤가 다른, 클로이가 짐작했던 샤라의 본모습을 드러내는 증거였다. 카드가 없었다면 절대 입증하지 못했을 또 다른 면, 즉 복수심에 불타고 파괴적이며 심술궂은 면도 고스란히 드러났다. 샤라는 사람들의 시선을 사로

잡는 아름다운 기중기에 매달린 채 조용히 공격 대상을 노리는 건물 파괴용 쇠공 같은 년이었다.

가속도가 붙은 클로이와 달리 스미스와 로리는 추진력을 잃었다. '나는 샤라 휠러와 키스했다' 그룹 채팅방의 사기도 어느 때보다 낮았다.

"최근에 찾은 카드에 따르면, 다음 카드의 위치를 알려주는 단서는 우리 중 한 명이 졸업 앨범에 실을 용도로 샤라와 찍은 동아리 사진에 있어." 클로이가 학교 근처 타코벨 매장의 테이블에 음식이 담긴 쟁반을 내려놓으며 말했다. "분명 나랑 찍은 전미 우등생 연합회 사진일 거야. 우리 셋과 샤라가 겹치는 방과 후 활동은 그것뿐이니까. 근데 그 사진을 어떻게 손에 넣어야 할지 모르겠어."

스미스는 한 손으로 이마를 짚은 채 인생을 고민하는 표정으로 메뉴판을 보면서 말했다.

"그럼……. 다음 카드를 찾을 단서는 아닌 거네. 다음 카드를 찾을 단서를 찾을 단서군."

"왜 그래, 기운내. 거의 다 왔어. 이렇게 꽁꽁 숨겨놓은 걸 보니 이번 카드가 마지막일 거 같아."

"글쎄, 난 별로 궁금하지 않은데."

그때 로리가 음식이 과하게 많이 담긴 쟁반을 가져와 테이블에 내려놓았다. 클로이는 기막히다는 듯 눈알을 굴리며 케사디야의 포장을 풀었다.

"아, 너희 진짜 재미없다. 우리는 지금 미국 대통령이 될 수도 있고 최악의 연쇄 살인범이 될 수도 있는 인간의 심리적 특성을 분석하고 있는 거라고."

　로리는 음식이 가득 쌓인 쟁반에서 부리토와 타코를 나눠 스미스 앞에 놓았다. 스미스는 그제야 메뉴판에 고정돼 있던 시선을 돌리며 물었다.

　"이게 뭐야?"

　"네 것도 사 왔어."

　순간 스미스의 눈썹이 치켜 올라갔다. "뭘 사 왔는데?"

　"그냥, 네가 평소에 먹는 거." 로리가 작게 중얼거렸다.

　"그걸 기억해?"

　로리는 스미스를 노려보며 말했다.

　"그란데 소프트 타코는 이제 안 나온대서 나초 치즈를 곁들인 소프트 타코 두 개 사 왔어. 싫으면 직접 만들어 먹든가. 마음대로 해."

　"아. 그럼 그것도……?"

　"포크 겸용 스푼?"

　"어."

　"당연히 가져왔지." 제 몫의 나초를 분해하는 데 집중하면서 로리가 말했다.

　"송금해줄까?"

　"됐어."

　"아." 스미스의 얼굴에 가득 번지는 미소가 마침 고개를 든 로리의 눈에 띄었다. 스미스의 미소는 시선을 붙드는 힘이 있었다. 난데없이 튀어나와 치명적인 지진처럼 상대의 마음을 뒤흔들었다.

　"고마워."

"뭘." 로리는 눈부신 태양이라도 본 듯 눈꺼풀을 깜박였다.

"우와." 둘을 관찰하던 클로이가 말했다. "우정이 다시 불타오르나보네?"

로리가 금세 다시 도끼눈을 뜨고 응수했다. "꺼져, 클로이."

그러나 스미스가 콧노래를 부르며 첫 번째 타코의 포장을 풀자 로리의 입가에 슬며시 미소가 번졌다.

한편, 클로이는 혹시 놓친 게 있을까봐 또다시 샤라의 인스타그램 피드를 뒤졌다. 그러나 새로운 단서는 없었고 다소 놀랍긴 하지만 별거 아닌 게시물뿐이었다. 생소한 각도에서 찍어 샤라의 어깨 위에 있는 점이 드러난 사진과 메리 올리버의 시구를 교묘히 다듬어 자막으로 입력한 사진이 눈에 띄었다. 샤라가 서머와 선글라스를 쓰고 환하게 웃으며 나란히 부두에 앉아 있는 사진도 그랬다. 사진을 확대하니 햇볕에 탄 샤라의 배에 덜 탄 책 모양 자국이 희미하게 나 있었다. 태닝을 하며 책을 읽다 배에 책을 올려둔 채 잠든 모양이었다. 퍼즐 조각은 많았지만 퍼즐을 완성할 결정적인 조각은 없었다.

샤라의 임시 이메일로 보낸 구글 문서도 하루에 수시로 확인했지만 달라진 게 없었다. 클로이가 입력한 단어는 여전히 샤라의 답을 기다리고 있었다. 페이지 상단에 있는 최근 수정 날짜만 가끔 바뀔 뿐 새로운 단어는 나타날 기미조차 보이지 않았다.

물론 진전이 없는 건 아니다. 단서가 속속 발견됐고 비밀이 하나씩 드러났으니 말이다. 샤라와 가까워지고 있는 건 확실했다.

SAT 문제에 비유하자면 샤라는 헷갈리는 논리 문제였다. 확실히 제거할 수 있는 답이 없는 비판적 추론 문제 말이다. 간단하고 단순한 단어들이 이상한 순서로 배열된 보기 속에서 헤매다보면 시간이 모자라 결국 마지막 네 문제는 다 C를 고를 수밖에 없다.

샤라가 마을을 벗어나는 고속도로를 타고 시속 100킬로미터로 서쪽을 향해 달리기 시작했고 클로이가 그 뒤를 3주째 쫓고 있다고 하자. 두 사람이 만나려면 샤라는 몇 킬로미터로 달리고 있어야 할까?

학기말 몇 주, 특히 4학년의 마지막 몇 주 동안은 시간이 평소와 다르게 흐른다. 교복을 입고 작품 분석표를 작성하고 화장실에 가도 되는지 물을 필요가 영영 없어지는 순간을 앞둔 이 기간에는 뭘 하든 탈진과 설렘이 공존한다. 이 시기 4학년생들의 정신적 주파수는 봄 뮤지컬 마지막 공연을 마치고 새벽 2시에 아이홉 매장에 널브러진 아이들의 주파수와 일치한다.

클로이는 샤라가 분홍색 드레스 차림으로 무도회장에 서 있었던 때가 불과 2주 전이라는 게 믿기지 않았다.

상황에 따라 전혀 다르게 느껴지는 시간의 법칙은 조지아에게도 적용됐다. 일요일 늦은 오후에 스타벅스 음료를 사서 종탑 서점으로 차를 몰고 가 조지아를 만난 게 겨우 며칠 전이었는데도, 클로이는 그 시간이 영원처럼 느껴졌다.

조지아는 계산대에 앉아 상자에 담긴 문학책을 분류하고 있었다. 클로이는 선물로 가져간 아이스커피를 반갑게 받아 드는 조지아에게 물었다.

"이번 주는 뭐 좀 좋은 거 들어왔어?"

"별로. 불륜을 안 하고는 살 수 없는 백인 이성애자 부부의 결혼 생활에 관심이 있다면 모를까."

"사양할게. 육감적인 괴물이 나오는 작품 있으면 알려줘."

"그거야 널 위해 늘 주시하고 있지." 조지아는 주변을 휙 둘러보며 아무도 없는 걸 확인한 뒤 작게 덧붙였다. "칼 휘두르는 레즈비언 작품도."

클로이와 달리 조지아에게는 퀴어로 사는 게 그리 단순한 문제가 아니었다. 조지아는 남부 침례교를 믿는 일가친척은 물론이고 부모님이 자신의 정체성을 받아들일지 확신이 없었다. 클로이네 집에 처음 왔을 때 조지아는 함께 저녁을 준비하는 클로이의 두 엄마를 한참 동안 쳐다봤다. 그 모습에 클로이는 조지아에게 동성애 공포증이 있을까봐 내심 걱정했다. 그러나 조지아는 클로이의 방 바닥에서 잡지의 사진을 오려 공책에 붙일 때 결혼한 레즈비언 부부를 실제로 보는 건 처음이라고 조용히 털어놓았다. 그제야 클로이는 진짜 이유를 깨달았다.

클로이가 같이 책을 정리하러 몸을 기울이자 조지아가 물었다.

"이번 주 내내 어디 있었어? 목요일에 프랑스어 숙제 같이 하기로 했잖아."

클로이는 움찔 놀라며 말했다. "맞다. 그랬지?"

"그래. 일단 내가 먼저 처음 세 페이지 작성했어."

"나머지 세 페이지는 내가 할게. 걱정 마."

조지아는 고개를 끄덕였다. "그래."

"그리고 장담하는데, 내가 잘나가는 편집자가 되면 널 내 최고의 작가로 영입해 문학계를 발칵 뒤집어놓을게."

"그래, 그래, 알았어."

"그리고 내년에 우리집 냉장고 공간도 늘려줄게. 채집한 버섯 실컷 채워 넣어."

조지아는 머리카락을 뒤로 고정해주는 머리핀을 만지작거리며 말했다.

"알았어. 저기, 실은 너한테 할 말이 있어."

"그래?"

클로이는 답하면서 조지아의 어깨 너머로 조지아의 뒤에 있는 책장을 힐끗 봤다. 특히 샤라가 몇 주 전에 들러《엠마》를 사 갔을 제인 오스틴 코너에 시선이 머물렀다.

잠깐만. 샤라는 왜 책을 사러 하필 이 서점에 왔을까?

"실은 내가……. 음, 너 뭐 해?"

조지아가 불렀지만 클로이는 책장으로 가《오만과 편견》을 꺼내 펼쳤다. 샤라가 책을 샀다는 이야기를 듣자마자 오스틴 코너를 뒤졌어야 했다.

"방금 깨달았는데……." 샤라는 학교에서 오스틴의 책을 읽는 조지아를 보고는 같은 작가의 책을 산다면 조지아가 클로이에게 그 사실을 언급하리라는 걸 알았을 것이다. 다음으로《설득》을 꺼내 펼쳤지만 책 냄새만 날 뿐 앞뒤 표지에 아무것도 끼워져 있지 않았다. "여기 책 속에 뭘 좀 끼워둔 거 같아서."

"뭐?" 조지아가 들고 있던 양장본을 내려놓으며 말했다. "왜?"

"어…… 사려다가 마음이 바뀌어서." 클로이는 거짓말을 하며 《노생거 수도원》을 털었지만 역시 아무것도 나오지 않았다.

"무슨 책인지 기억 안 나?" 조지아가 당황한 목소리로 물었다.

마지막으로 뒤진 《맨스필드 파크》 양장본 앞날개에서 드디어 분홍색 카드가 나왔다. 카드 안에는 세 번 접힌 노트 속지가 꽂혀 있었다.

"찾았다!" 클로이는 조지아가 보기 전에 얼른 카드와 속지를 주머니에 넣고 말했다. "근데, 아, 어쩌지? 방금 기억났는데…… 오늘 엄마들이랑 퍼즐 맞추기로 했어. 정말 미안해. 갈게!"

문을 박차고 나간 클로이는 딸랑거리는 출입문 종이 채 멈추기도 전에 차에 올라탔다.

집 앞에 차를 주차한 채 클로이는 세 번째로 샤라의 편지를 읽었다. 샤라가 남긴 중 가장 길었고 오직 클로이만을 위해 쓴 편지였다. 클로이는 샤라가 눌러 쓴 글씨의 획을 손가락 끝으로 계속 따라갔다.

안녕, 클로이.

잘 찾았어. 네가 찾기 전에 책이 팔릴까봐 조금 걱정되기도 했지만 《맨스필드 파크》는 그럴 일이 없을 것 같았어. 그리고 솔직히…… 책이 날개 돋친 듯 팔리는 서점도 아니잖아.

어쨌든. 이제부터 네가 놀랄 만한 이야기를 할 거야. 내가 데이비스 선생님에게 너를 내 실험 짝꿍으로 배정해달라고 부탁했다면 어떨

거 같아?

올해 1학기 첫날에 네가 들어오는 모습을 보려고 팔리 선생님 교실 밖에서 신발끈이 풀어진 척하며 기다렸다면. 네 앞자리에 앉기 전에 일부러 네 책상의 오른쪽 모서리를 세 손가락으로 스치듯 건드렸다면. 자리에 앉아서는 수업 시간 내내 네 표정이 어떻게 변했을까 상상했다면, 너는 어떨 거 같아?

3학년 때는 3년 동안 너와 같이 들은 영어 시간마다 너와 멀리 떨어진 자리에 앉아 네 완벽한 기록을 박살낼 방법을 고민하고 또 고민했어. 교복 착용 규칙 위반으로 널 신고하려고도 했어. 자세히 보면 위반에 해당된 적이 한 번도 없어 관뒀지만. 가끔은 아빠 사무실에 잠입해 네 성적을 99점에서 89점으로 고치는 상상도 했어. 너한테 표절 누명을 씌울 음모를 꾸미기도 했고. AP 시험 전날 밤에 네 차 타이어에 구멍을 낼 생각도 해봤어(예수님의 가르침과 가장 동떨어진 생각이라는 거 인정해).

창의력이 특별히 꽃피는 날에는 네가 나를 사랑하게 만드는 상상을 했어. 네가 여자를 좋아한다는 걸 안 순간부터 길이 보였어. 손끝으로 네 턱선을 쓰다듬거나 도서관에서 너한테 키스할까. 네 심장을 갈기갈기 찢어 나를 이길 생각은 아예 잊어버리게 만들까. 누가 날 사랑하게 만드는 건 늘 쉬웠으니까. 너도 다르지 않을 거라 믿었어.

2학년 때 들었던 기초 미적분 수업 기억나? 네가 잘 모르는 문제를 나도 모르는 척했어. 그래야 너한테 접근해 내가 아는 모든 기술을 쓸 수 있으니까. 하지만 너는 내 뜻을 간파했어. 다른 애들과는 달랐지. 너한테는 아무 기술도 먹히지 않았어.

모든 게 틀어지기 시작한 건 그때부터였던 거 같아. 나 스스로가 이해되지 않을 때가 많았어. 지금 내가 있는 곳이 더는 내가 있을 자리가 아닌 것 같았어. 모두가 나를 사랑하는 곳에서 나는 왜 소외감을 느낄까? 내 인생의 전부나 다름없는 곳에서 도망치고 싶다니, 이게 말이 되나? 도대체 왜 이런 감정이 생기는지 알아내려고 고민하고 또 고민했어. 그 감정은 너무 깊고 거대해 마치 온몸의 마디마디와 피부, 그 밑의 뼈까지 늘어나는 것 같았어.

널 원하지만 가질 수 없다는 사실도 그만큼 고통스러웠고, 거의 똑같은 감정을 일으켰어. 두 감정은 늘 나란히 날 괴롭혀. 무슨 공통점이 있길래 그럴까?

이 편지는 너 혼자만 읽고 비밀로 해줬으면 좋겠어.

S

클로이는 초등학교 6학년 때 캘리포니아주 철자법 대회에서 우승했다.

쉽지는 않았다. 철자를 맞추는 게 어려워서가 아니라, 학교가 '학생들에게 경쟁적 환경을 조성'하는 걸 싫어했기 때문이다. 아홉 살때는 자유 놀이 시간에 수학 문제를 제한 시간 안에 푸는 잔혹한 대회를 열었다는 이유로 학부모의 주의를 요하는 경고장을 들고 집에 돌아왔다. 물론 클로이가 다니는 학교는 아이들을 경쟁시키는 철자법 대회 예선전도 열 계획이 없었다.

그러나 지역 신문에서 전년도 우승자의 기사를 본 클로이는 두 엄마를 졸라 개인적으로 예선전을 치를 방법을 찾았고, 결국 열한 살짜리 경쟁자를 모두 물리치고 '발작성 음주벽'이라는 마지막 단어의 철자를 맞췄다.

폴스 비치로 이사 와서는 윌로그로브에 발을 들이자마자 퀴즈볼 팀에 가입했고, 공식 시험이 있다는 걸 확인한 뒤 프랑스어 동아리에도 가입했다. 그러고는 조용히 각 반에서 성적이 제일 높은 아이를 조사하기 시작했고 유일하게 경쟁이 되는 아이는 샤라뿐이라는 걸 알아냈다.

샤라의 최근 편지는 샤라도 클로이를 주목하고 있었다는 사실을 보여주는 결정적 증거였다. 둘은 똑같았다. 클로이는 손끝으로 편지에 난 펜 자국을 따라가며 그렇게 생각했다.

문득 조지아의 아빠가 종탑 서점의 주인이라는 사실을 조사 끝에 알아냈을 샤라의 모습이 그려졌다. 클로이가 방과 후에 자주 종탑 서점에서 책을 읽는다는 사실도 확인했을 것이다. 카드를 숨기기 전 클로이의 주말 일정을 알아낸 뒤 클로이가 구석에서《작은 아씨들》을 읽고 있지 않을 주말을 골라 서점에 들렀을 것이다. 클로이의 차가 있는지 서점 앞을 살펴봤을까? 클로이의 이름을 정확히 쓸 때까지 몇 번이나 연습했을까? 클로이는 샤라의 편지를 읽으면서 자신을 생각하는 샤라를 떠올렸다. 이 순간을 빚어내기 위해 아이보리색 이불 위에 앉아 얼마나 머리를 쥐어짰을까?

클로이는 이번 카드가 셰익스피어 문구가 적힌 피아노 속 카드보다 훨씬 친밀하게 느껴졌다. 윌로그로브는 샤라가 매일 있는, 아니 있었던 곳이지만, 종탑 서점은 클로이의 공간이다. 열쇠도 없다. 그러니 샤라는 지난여름 클로이가 직접 페인트를 새로 칠한 문간을 통과해 클로이와 가장 친한 친구와 예의 바른 잡담을 나눠야 했을 것이다.

클로이는 기초 미적분 수업 때 제 책상을 스쳤던 샤라의 머리카락과 손끝에 느껴지던 샤라의 맥박이 떠올랐다. 그때의 일이 정말 계획적이었다면, 그뿐이었다면, 샤라의 심장은 왜 그렇게 빨리 뛰었을까?

깊이 파고들수록 클로이는 샤라가 이 일에 얼마나 많은 시간을 쏟았을지 상상이 갔다. 스미스와 로리도 카드를 받았지만 클로이는 낱장 속지에 따로 적은 오직 자신에게만 전하는 편지를 받았다. 이 편지는 찾기 위한 단서가 전혀 없었고, 새로운 단서를 제공하지도 않았다. 게다가 샤라는 클로이와의 키스를 위해 립글로스까지 새로 사 발랐다.

지금까지 샤라는 카드를 쓸 때마다 추신에 셋 중 한 명이 해석할 수 있는 단서를 남겼다. 그러나 모든 단서를 나란히 놓고 보면 이상한 점이 있었다. 스미스와 로리에게 주어진 단서들은 보통 특정한 기억과 관련이 있었고, 클로이의 단서는 예술 작품과 관련이 있었다. 샤라는 아무 작품이나 고르지 않고, 군이 종탑 서점에 있는 책과 셰익스피어의 작품, 뮤지컬 〈오페라의 유령〉을 골랐다. 클로이가 제일 좋아하는 작품을 골라 클로이의 언어로 수수께끼를 만들어 클로이가 제일 좋아하는 곳에 숨긴 것이다. 마치 클로이가 특별한 사람이라는 듯.

클로이는 궁금했다.

샤라는 클로이에게 자신의 진짜 모습을 알리고 싶었던 게 아닐까?

승강기에서의 입맞춤이 샤라가 짠 계획의 첫 단계 이상의 의미가 있는 건 아닐까?

샤라는 정말 사악한 인간이기만 할까? 클로이와 사랑에 빠진 악당이지는 않을까?

"클로이, 마침 잘 왔다." 클로이가 비틀거리며 겨우 집 안에 들어서자 제스 엄마가 주방 식탁에 펼쳐진 천 개의 퍼즐 조각 중 한 개를 집어 들며 물었다. "이 색은 벌꿀색이니, 호박색이니?"

"노란색인데요."

"고맙다!" 밸 엄마가 말했다. "글쎄, 노란색 파일에 들어가야 한다니까!"

"노란색 파일도 다섯 가지로 나뉘잖아, 밸."

"왜 쓸데없이 게임을 어렵게 만들어, 제스."

클로이는 엄마들의 관심이 게임에 집중돼 있는 걸 감사히 여기며 슬며시 자기 방으로 갔다. 그러고는 얼른 책상에서 노트북을 집어 든 뒤 한 손으로는 노트북을 들고 다른 손으로 지퍼를 열고 몸을 흔들어 치마를 내렸다. 샤라의 마지막 퍼즐 한 조각을 어서 찾고 싶어 온몸이 근질거렸다. 서둘러 구글 문서를 열자…… 페이지 맨 위에 작은 회색 글씨가 떠 있었다.

"몇 초 전에 마지막으로 수정했습니다."

시선을 휙 내리니 클로이가 입력한 한 단어, '어디야?' 끝에 녹색 커서가 있었고, 커서 위에 마우스를 갖다 대자 문서를 편집 중인 사람의 이름이 떴다. "SW."

샤라였다. 샤라가 지금 문서에 접속해 있다. 졸업 파티 이후 처음으로, 클로이와 샤라가 같은 시간, 같은 장소에 있었다.

클로이는 아직 다 벗지 않은 치마에 한쪽 발이 걸려 꺅 하고 비명을 지르며 카펫에 모로 쓰러졌다.

바닥에 떨어진 노트북을 들어 확인하니 커서가 사라지고 없었다. 클로이가 접속한 걸 눈치채고 샤라가 곧바로 창을 닫은 게 분명했다. 새로 입력된 내용은 없었다. 샤라의 커서가 사라진 곳에 한 줄의 공백이 있을 뿐이었다. 그러나 상단의 타임스태프에는 여전히 "몇 초 전에 마지막으로 수정했다"는 안내가 떠 있었다. 다 와서 놓치다니.

잠깐만. 아무것도 입력하지 않았다면 샤라의 커서가 왜 거기 떠 있었을까.

클로이는 속옷 차림으로 침대 발치에 쭈그리고 앉은 채 엄지로는 커맨드 버튼을, 중지로는 A 버튼을 눌러 페이지 전체를 선택했다.

그러자 샤라가 입력한 흰색 글자가 보였다. 투명 잉크였다.

"어디야?" 바로 아래에 한 줄이 입력돼 있었다.

"겨우 그거야? 더 흥미로운 질문이 수백만 개는 있을 텐데."

"망할 년." 클로이는 숨을 내쉬며 타자를 쳤다.

"왜 떠났어?"

클로이는 동작을 멈추고는 그제야 발목에 걸쳐진 치마를 벗어던지고 숨을 죽였다. 상단의 작은 동그라미에 SW가 다시 나타났다. 문서 편집 알림을 해둔 모양이었다. 아, 나는 왜 그 생각을 못했을까?

다른 문장이 입력됐다. 이번에는 검은색 글자였다.

"이렇게 쉽게 알려주라고? 그건 너도 싫을 텐데. 지금 무슨 생각해?"

"너⋯⋯." 클로이는 저도 모르게 입력하고는 샤라가 보고 있다는 생각에 얼른 덧붙였다. "돌아오려면 빨리 돌아와. AP 시험이랑 최종 시험이 다음 주야."

클로이는 다시 답을 기다렸다.

"알려줘서 고마워. 가장 최근에 찾은 카드는 뭐야?"

"카드라기보다는 편지였어. 네가 종탑 서점에 두고 간, 아무한테도 보여주지 말라고 한 편지."

1초가 흐르고 또 1초가 흘렀다. 샤라의 커서는 화면에서 사라졌다.

클로이 그린이 샤라 휠러에게 쓴 쪽지

《위대한 개츠비》작품 분석표 뒤에 적혀 있었음

로드키 선생님 수업 시간에 바닥에서 주웠어. 간직하고 싶을 거 같아서. 녹색 불빛이 상징하는 바를 분석한 부분, 네 개인적인 경험과 관련 있는 것 같더라.

13

클로이가 그 편지를 읽었다는 걸 안 뒤로 샤라는 남은 주말 동안 구글 문서에 접속하지 않았고, 이로써 클로이는 제 가설이 옳다는 걸 재확인했다. 샤라는 클로이를 사랑한다.

샤라는 지금 얼마나 부끄러울까.

지난 4년 동안 샤라는 자기 방 화장대 거울 앞에 앉아 머리를 빗으며 클로이를 무너뜨릴 방법을 생각했다. 그 유명하신 샤라 휠러가 클로이에게 마음을 빼앗겼다는 뜻이다. 윌로그로브의 완벽한 주님의 딸이 아이라이너를 잔뜩 칠하고 다니는 이상한 퀴어 여자애한테 빠진 것이다.

클로이는 샤라와 같은 마음은 아니더라도 샤라의 그 예쁜 머릿속에 둥지를 틀고 앉아 날카로운 부리로 사방을 쪼아대는 새가 되고 싶었다. 다음 카드도 이번 카드와 비슷하다면 꼭 찾아야 한다. 이런 재미를 놓칠 순 없지.

게다가 클로이는 카드를 찾을 방법을 알고 있었다.

"오늘밤에 학기 말 연극 파티가 열려."

월요일 아침, 사물함 앞에서 기다렸다가 스미스를 만난 클로이가 말했다. 언제부터였는지는 모르지만 클로이는 스미스의 사물함 번호를 기억하고 있었다. 샤라는 몇 주 만에 여러모로 클로이의 일상을 바꿔놓았다. 클로이는 바뀐 점 목록에 스미스의 사물함 번호를 추가했다.

"그렇구나."

"브루클린이 와서 졸업 앨범 사진을 찍을 거야. 올 때 카메라를 가져올 테니 그때 메모리 카드를 뒤져 동아리 사진을 찾으면 돼." 클로이는 계속 말을 이었다. "〈오페라의 유령〉 출연진은 에이스를 포함해 다 파티에 초대받았을 거야. 그러니 잘 설득해서 에이스를 파티에 데려오기만 하면……."

"갈 거야."

"그래, 바로 그거야. 강하게 나가."

"아니, 벌써 나한테 갈 거라고 말했어."

클로이는 당황해 눈을 깜박였다. "뭐?"

"기대하는 눈치던데. 새 셔츠도 사고."

"어…… 그렇구나. 아무튼 그럼 에이스랑 같이 올 핑계만 찾으면 되겠네. 브루클린이 4학년 곡을 부를 때 걔 카메라에 접근하면 되고."

스미스가 한숨을 쉬자 클로이는 다시 한 번 말했다.

"거의 다 왔어, 스미스. 답은 들어야지. 우리 셋 다."

스미스는 엄지손톱을 깨물며 말했다. "알았어. 갈게."

"자, 자, 어서 가자. 7단 딥 소스 다 상하겠다." 트루먼 선생님이 킷캣 클럽*의 사회자처럼 체육관으로 학생들을 몰면서 말했다. "괜찮아, 테일린. 지난번에 내가 말씀드렸는데도 어머님이 아보카도에 라임주스를 뿌리지 않으셨지만 어쩌겠어. 어차피 이미 다 갈변됐어. 어, 안녕, 클로이. 오늘따라 눈빛이 이글거리는구나. 연극 때문이길 바란다."

"이글거릴 이유가 있기는 해요."

"그렇구나. 더는 질문하지 않으마."

클로이는 1학년 때부터 4학년 연극 파티를 손꼽아 기다렸다. 체육관 바닥에 앉아 두 눈을 반짝이며 그해 봄 뮤지컬의 4학년 주연들의 공연을 지켜봤다. 열네 살의 클로이에게는 유명 인사나 마찬가지였다. 이 연극 행사는 윌로그로브에서 상징적이다. 자칭 전통의 수호자인 트루먼 선생님이 이 행사를 시작했다. 1996년 봄 뮤지컬 〈바이 바이 버디〉에서 콘래드 역을 맡았던 선생님은 학기말 연극 파티에서 로지로 분장해 마지막 곡을 완창했다. 해가 갈수록 진화를 거듭했고, 전통에 따라 올해 파티에서는 주연인 클로이와 벤지가 역할을 바꿔 다른 4학년 배우들과 함께 성별이 뒤바뀐 익살

* 뮤지컬 〈카바레〉의 배경.

스러운 공연을 펼칠 예정이다.

공연만 했다 하면 누구보다 진지해지는 벤지가 2리터짜리 탄산음료와 간식이 차려진 접이식 테이블 옆에서 클로이를 불러 세웠다.

"30분 늦었잖아. 내가 보낸 연출 메모 봤어? 가사는 다 외웠어?"

"벤지, 이 곡은 내가 엄마 배 속에 있을 때부터 외운 곡이야."

클로이는 머릿속으로 메일함의 메일들을 획획 넘기며 기억을 되짚었다. 벤지의 연출 계획서를 보긴 한 것 같은데 샤라의 구글 문서에 신경 쓰느라 기억이 희미했다.

클로이도 고등학교 시절 내내 꿈꿔온 연극 파티에 온전히 집중하고 싶었다. 그러나 오늘 이 행사는 샤라를 추적할 다음 장소를 알아낼 절호의 기회였고 그 기회를 놓칠 순 없었다.

클로이는 휴대폰을 열어 구글 문서를 다시 확인하고 싶었지만 꾹 참고 컵케이크로 손을 뻗었다. "네가 구웠어?"

"설마. 내가 무슨 시간이 있다고 난…… 잠깐만. 에이스가 여기 웬일이래?"

벤지의 시선이 클로이의 어깨 너머 체육관 입구로 쏠렸다. 에이스가 특유의 어슬렁거리는 걸음으로 당당히 체육관에 들어서고 있었다.

"유령 역이었잖아. 당연히 초대받았겠지."

"알아. 그래도 쟤는 여기 오면 안 되지. 평소대로 우리 같은 애들은 그냥 무시하지 왜 온 거야." 벤지가 뾰족하고 뚱해진 얼굴로 말했다. "쟤는 당연히 안 올 줄 알고 연출했단 말이야. 뭐야, 그럼 크리스틴이 두 명이야? 무슨 바보 패거리도 아니고! 게다가 쟤한테는 이 모든 게 장난이잖아. 다 망쳐놓을 거라고."

클로이는 진정시키려고 벤지의 어깨에 손을 얹었다. 보통은 친구들이 클로이를 진정시키다보니 맞게 하고 있는지 자신이 없었다. 손을 이렇게 올리면 되나?

"저기, 내가 이런 말 했다는 거 비밀인데, 에이스 토레스가 사실은…… 뮤지컬에 진심이래."

"그게 무슨 소리야?" 벤지가 버럭했다.

"공연 전 주까지 계속 틀렸는데, 무슨. 대본은 둘째 치고 영화라도 보고 연습한 티가 전혀 안 났잖아."

"알아." 클로이는 에이스를 변호하고 있다는 게 스스로도 믿기지 않았다. "긴장해서 그랬을 거야. 오디션 볼 때도 몇 주씩 연습했대."

"걔한테 직접 들었어? 요즘 스미스 파커랑 친하게 지내더니……." 벤지는 누가 봐도 어색한 표정으로 에이스 뒤에서 나타나는 스미스 파커를 보며 인상을 찌푸렸다. "쟤도 왔네."

"말하자면 길어. 근데…… 이렇게 말하면 날 죽이려 들겠지만…… 내 생각에는 에이스도……." 클로이는 거북이처럼 목을 움츠리며 말했다. "역을 맡을 자격이 있었던 거 같아."

벤지는 클로이가 복제 인간으로 뒤바뀌기라도 한 듯한 표정으로 말했다.

"클로이."

"네가 자격이 없었다는 뜻은 아니야!" 클로이는 곧바로 덧붙였다. "걔가 자격이 더 있다는 뜻도 아니고! 그냥…… 우리가 생각만큼 나쁘지는 않다는 얘기야. 제일 좋아하는 손드하임 곡이 뭔지 걔한테 한번 물어봐."

벤지는 여전히 눈알을 부라렸지만 달려들 기세는 아니었다.

"너, 변했어."

"뭘 그렇게까지 말해."

"다른 것도 아니고 연극 파티라고."

"자, 여러분!" 트루먼 선생님이 애처로워 보이는 중고 드레스와 턱시도가 걸린 옷걸이를 굴려 체육관에 들어서면서 외쳤다. "의상 왔어요! 분장들 하세요!"

"물어볼게." 벤지가 말했다. "근데 분명히 말해두지만 틀린 답을 맞았다고 할 순 없어."

"알아." 클로이는 벤지를 옷걸이 쪽으로 밀면서 말했다.

체육관과 연결된 뒤쪽 복도로 가면 탈의실 두 개와 합창실이 마주보고 있었다. 모두 자기 의상을 찾아 탈의실로 흩어졌다. 여자 탈의실에서는 순식간에 〈오페라의 유령〉 마지막 공연날의 현장이 거의 완벽하게 재현됐다. 벤치에는 분장 도구가 넘쳐났고 누군가가 연결한 블루투스 스피커에서는 뮤지컬 사운드트랙이 흘러나왔으며 벌써부터 머리핀이 사방에 널려 있었다. 3학년생 세 명은 싱크대에 올라가 두 발을 거울에 붙인 자세로 자리를 잡고 앉아 윤곽 화장을 했다.

누가 고등학교 연극이 뭐가 그렇게 좋으냐고 물으면, 클로이는 졸업하고는 무대에 설 일이 전혀 없더라도 늘 이 순간 때문이라고 답한다. 클로이는 무대 뒤의 혼돈이 좋았다. 땀내 나는 가발 캡을 쓴 채로 탈의실 바닥에 앉아 누군가의 엄마가 주고 간 맥너겟을 먹을 때, 잘생긴 주연 배우가 무대 옆쪽 공간에서 수건으로 가린 채 급하게 옷을 갈아입다가 속옷이 슬쩍 보일 때, 코러스 단원들의 신발 중 누구 신발이 제일 냄새나는지 순위를 매길 때, 토요일 아침 공연과 저녁 공연 사이에 마음껏 자유 시간을 누릴 때가 좋았다.

윌로그로브의 다른 공간에서는 남과의 차이를 메우려고 완벽히 통제된 삶을 살았지만, 이 눈부신 혼돈의 공간만큼은 예외다.

"넌 무슨 색깔이야?"

클로이가 제 턱시도를 매우 회의적인 시선으로 쳐다보면서 조지아에게 물었다.

조지아는 뮤지컬 영화 〈헤어스프레이〉에서 튀어나온 듯한 연청색 턱시도를 들어 보이며 말했다.

"할아버지의 형제가 졸업 파티 때 입으셨다는 턱시도야. 언젠가 쓸 일이 있을 것 같아 챙겨뒀지."

"똑똑하네. 내 건 꼭 시체한테 입혔던 옷 같아."

그때 브루클린이 야단스럽게 머리를 뒤로 묶으면서 지나갔다. 브루클린의 팔에는 괴롭게도 앨라배마에서는 흔한, 흉물스러운 위장 무늬 턱시도가 걸쳐져 있었다.

"산탄총 결혼식*에서나 입을 저런 턱시도가 아닌 걸 다행으로 알아." 조지아가 말했다.

클로이는 턱시도를 입으러 한쪽 구석으로 갔다. 뭘 보느냐는 질

---

* 속도위반으로 임신한 여자의 아버지가 산탄총으로 위협해 시키는 결혼.

문을 받지 않고 휴대폰을 확인할 기회이기도 했다.

샤라는 여전히 답이 없었다.

"봤어? 에이스가 온 거."

옆에서 코러스 중 한 명인 4학년 여학생이 다른 여학생에게 말하는 소리가 들렸다.

"설마. 진짜 왔어?"

"왔다니까. 스미스 파커까지 데리고."

"말도 안 돼."

의심이 배어 있기는 하지만 적대적인 목소리는 아니었다. 클로이는 왠지 모르게 샘솟는 보호 본능을 애써 억눌렀다. 언제부터 내가 운동부 애들 편을 들기 시작했을까?

클로이는 단추를 다 채우고 나서 전신 거울 앞에 섰다. 몸에 딱 맞지는 않았지만 걱정했던 것과는 달리 장례식장을 연상시킬 만큼 칙칙한 쥐색은 아니었다. 솔직히 〈오페라의 유령〉에 걸맞은 느낌이기는 했다. 엄마가 오래된 핼러윈 의상 중에 발굴해낸 흉측한 자주색 벨벳 망토였다. 클로이는 소매를 걷고 망토를 휘두르며 거울에 비친 모습을 꼼꼼히 살폈다. 썩 나쁘지 않았다.

그때 탈의실 내 화장실 칸막이 문이 끽 하고 열리면서 연청색 턱시도를 입은 조지아가 모습을 드러냈다.

"괜찮아? 애시가 도와줘서 좀 줄였어."

뒤로 돌아 조지아를 본 클로이는 숨이 턱 막혔다.

바지는 반스 운동화가 보이도록 짧은 길이의 시가렛 팬츠 스타일로 딱 맞게 줄이고 재킷의 소매를 팔꿈치까지 접어 올리니 멋스러웠다. 게다가 짧은 머리를 뒤로 넘기고 흐트러뜨려 세 살은 더 성숙해 보였다.

"지오. 진짜 죽여주게 멋지다."

조지아가 얼굴을 붉히며 말했다. "정말?"

"아카데미 시상식에 온 크리스틴 스튜어트 같아."

"크리스틴 스튜어트?"

조지아는 한층 더 붉어진 얼굴로 거울로 다가가 좌우로 돌며 턱선을 살핀 뒤 폼나게 옷깃을 매만졌다.

"저기, 어……." 그러고는 아직 휴대폰을 들고 있는 클로이를 돌아보며 말했다.

"사진 찍어서 나한테 좀 보내줄래?"

클로이는 조지아를 가만히 바라봤다. 평소 셀프카메라를 자주 찍지도 않았고, 개나 책 외에는 물건 사진을 찍어 인스타그램에 올리지도 않는 조지아였다.

"누구한테 보내게?"

"보내긴. 내가 간직하려고."

클로이는 어깨를 으쓱하고는 사진 찍을 준비를 했다. 조지아는 두 손을 주머니에 넣고 한쪽 골반을 옆으로 살짝 민 채 자연스럽고 당당하게 있는 그대로의 매력을 드러냈다.

촬영 버튼을 누르기 직전, 화면 상단에 이메일 알림이 떴다. "*SW가 귀하의 문서를 수정했습니다.*"

샤라가 다시 가까워졌다.

"클로이?"

"미안, 미안해! 자, 이제 보내줄게."

클로이는 얼른 사진을 찍어 조지아에게 사진을 전송하고는 화장실 칸막이 안으로 들어가 구글 문서를 열었다. 탈의실은 통신 서비스 사각지대나 마찬가지여서 신호를 잡으려면 변기 위에 올라가야 했다.

클로이가 마지막으로 입력한 문장 밑에 드디어 새로운 문장이 나타났다.

"그래, 편지는 어땠어?"

클로이는 휴대폰을 가슴에 턱 붙인 채 물 얼룩이 진 천장을 빤히 올려다봤다. 샤라의 대담한 도발에 가슴이 벅차고 귀청이 터질 듯해 아이들의 괴성과 웃음소리, 음악 소리가 점점 희미해질 정도였다.

"네 뜻이 뭔지는 확실히 알겠어." 클로이는 두 엄지로 빠르게 자판을 눌렀다. 샤라의 커서가 클로이의 답을 기다리고 있었다. "네 패를 보여준 게 놀랍기는 하지만."

샤라는 바로 답을 입력했다.

"그럼 다 알았다는 거네. 역시 내가 널 과대평가한 게 아니었어."

클로이는 기막히다는 듯 눈알을 굴렸다. 물론 샤라는 지금 침착하게 대처하고 싶을 것이다. 어떻게 클로이를 사랑하게 됐는지 고백하는 편지 같은 건 쓴 적 없다는 듯, 클로이가 그 편지를 읽자 잠적한 적 따위는 없다는 듯 말이다. 샤라 휠러는 항상 그랬다. 도망쳐놓고는 다 계획의 일부였던 듯 굴었다.

"아직 모르겠는 건 왜 이렇게까지 해야 했느냐는 거야. 그냥 팔리 선생님 수업 시간에 책상에 앉아서도 할 수 있는 일인데 말이야. 내가 어디 다른 데 있었던 것도 아니고."

이번에는 곧바로 답이 뜨지 않았다. 클로이는 샤라의 커서를 뚫어져라 보면서, 긴 머리칼을 귀 뒤에 꽂고 눈살을 찌푸리며 자판을 내려다보고 있을 샤라를 상상했다.

"그게 문제였어." 샤라의 글이 다시 뜨기 시작했다. "너무 가까이에 있어서 네가 특별한지 깨닫지 못했거든. 어쨌든 내가 원하는 곳으로 너를 유인할 방법을 찾기까지 시간이 좀 걸렸어."

"클로이!"

조지아가 부르는 소리에 클로이는 화들짝 놀랐다. 너무 놀라 한쪽 발이 변기 속에 빠질 뻔했다.

"어!" 클로이는 변기에서 뛰어내리면서 외치고는 꽉 잠긴 목청을 가다듬고 칸막이 문을 열었다. "왜?"

문 밖에서 조지아가 립스틱을 한 움큼 든 채 어리둥절한 표정으로 기다리고 있었다.

"잠깐 시간 돼?"

"그럼."

"할 말이……."

"이거 애시한테 갖다 달라고?" 클로이는 조지아의 손에 들린 립스틱을 얼른 제 손으로 옮겼다. "알았어."

"잠깐만!"

"알아." 클로이는 탈의실 문에 이미 도착해 어깨 너머로 조지아를 돌아보며 말했다. "직접 바르지 말고 브러시로 바르라고 할게!"

합창실에는 〈오페라의 유령〉을 공연할 때 애시가 만들었던 분장소와 얼추 비슷한 공간이 마련돼 있었다. 애시는 저렴한 '모피' 브러시로 마법을 부리기로 명성이 자자했다. 액체 고무와 젖은 화장지, 자막 없이 러시아어로만 된 유튜브 동영상만으로 에이스의 얼굴을 완전히 소름끼치는 유령으로 변신시켰다.

"조지아가 이거 갖다주래."

애시의 무릎에 립스틱 한 주먹을 내려놓으며 클로이가 말했다.

"아, 그래? 고맙기도 해라."

대부분 아직도 옷을 갈아입고 있었지만, 에이스는 합창단용 계단에 책상다리를 하고 앉아 벌써 윤곽 화장을 마치고 녹색 아이섀도를 바른 상태였다. 스미스는 근처에서 넋을 놓고 구경했다.

"멋지다, 에이스." 클로이가 말했다.

"고마워." 에이스가 우쭐해하며 말했다. "너도 멋져. 망토가 죽이는데?"

"의욕이 넘치네." 클로이는 정신이 딴 데 팔린 채로 대충 답하고는 휴대폰을 꺼냈다.

"홈커밍 응원전에서 치어리더 옷을 빌려 입을 때 매켄지가 립스틱을 발라준 적은 있는데 이렇게 멋진 분장은 처음 해봐."

"거의 끝났으니까 가만히 있어." 애시가 말했다.

"이런." 에이스는 바로 몸과 턱을 고정한 채 복화술 연기를 하듯 말했다. "미안."

휴대폰으로 다시 구글 문서를 확인했지만 새로 입력된 글은 없었다. 클로이는 샤라가 마지막으로 입력한 글의 주어를 찬찬히 음미했다. "내가 원하는 곳."

그러고는 "그게 어딘데?"라고 조심스럽게 입력한 뒤 스미스에게 들킬세라 얼른 휴대폰을 감췄다.

그러나 스미스는 클로이에게 전혀 관심이 없었다. 아직도 애시가 에이스의 눈 화장을 멋들어지게 마무리하는 모습을 지켜보고 있었다.

"좋아." 애시가 브러시를 내려놓으며 말했다. "이제 옷 갈아입어도 돼."

"고마워, 애시. 너, 진짜 멋지다."

에이스는 자리에서 일어나 느릿느릿 걸어갔고, 애시는 그런 에이스를 올빼미처럼 눈을 깜박이며 바라봤다.

"저기, 어…… 나도 해줄 수 있어?" 스미스가 말했다.

애시는 이번에는 스미스를 돌아보며 눈을 깜박였다.

"너는 봄 뮤지컬에 출연 안 했잖아."

"그렇긴 한데," 스미스는 머리카락을 만졌다가 얼굴 옆을 만지면서 말했다. "그냥 재미있어 보여서."

애시는 잠시 생각해보고는 어깨를 으쓱했다. "좋아."

스미스가 에이스가 앉았던 자리에 앉자, 애시는 스미스의 얼굴을 여러 각도에서 관찰한 뒤 도구함에서 색조 화장품을 몇 개 골라 꺼냈다.

"의상 입을 거야?" 클로이가 애시에게 물었다. "옷걸이에 남은 건 너한테 너무 클 텐데. 몸매가 전혀 안 살 거야."

"나야 좋지. 내가 꿈꾸는 몸은 몸 자체가 존재하지 않는 거니까."

클로이는 코웃음을 쳤다.

"눈에 보이지 않지만 섹시한 몸 위에 머리만 떠다니는 거?"

"그게 딱 내 성 정체성과 일치하지."

애시가 스미스의 광대뼈에 음영을 주기 시작하면서 말했다. 휴대폰에 또다시 진동 알림이 울렸다. 구글 문서가 수정됐다는 알림이었다.

"네가 있는 바로 그곳." 샤라는 잠시 멈췄다가 줄을 바꿔 입력했다. "내 의도가 뭔지 간파했다면 왜 아직 나랑 이러고 있어?"

클로이는 꼬박 1분 동안 어떤 답을 입력할지 고민했다. 스미스와 애시가 작은 목소리로 무언가를 얘기하고 있었지만 클로이의 귀에는 전혀 들리지 않았다. 샤라가 바로 옆에 앉아 다음 답을 기대하며 클로이의 입을 쳐다보는 있는 것만 같았다. 뒷벽의 큰 거울에 그 모습이 비치는 듯했다.

"네가 어디 있는지 아직 모르니까."

클로이가 드디어 답을 입력하자 샤라의 글이 떴다.

"다음 카드가 널 거기로 안내할 거야."

"그다음에는?"

"멍청한 질문을 해서 정말 미안한데." 스미스가 애시에게 말했다. "답하지 않아도 괜찮지만…… 방금 말한 성 정체성 말인데. 제3의 성이 뭔지 설명해줄 수 있어?"

그 말에 샤라에게 팔려 있던 클로이의 정신이 현재로 돌아왔다. 바쁘게 움직이던 애시의 브러시가 글리터 섀도가 반쯤 발린 스미스의 눈꺼풀 위에서 멈췄다.

애시가 커밍아웃을 한 과정은 별로 순조롭지 않았다. 사실 커밍 아웃이라고 부르기도 애매했다. 부모는 여전히 모르고, 학교 측도 공식적으로는 모르는 상태다. 애시가 개명 전 이름을 출석부에서 빼달라고 하면 윌로그로브의 교사들은 단체로 심장 마비에 걸릴 것이다. 그러다 작년에 애시의 특이한 귀걸이를 찍은 틱톡 영상이 화제가 되면서 전교생이 여성 인칭대명사가 아닌 중성 인칭대명사를 쓴 애시의 프로필을 봤다. 애시의 성 정체성은 그렇게 공개됐다.

표정을 보아 하니 클로이가 딕슨의 파티에서 그랬듯 애시도 스미스의 의도를 가늠하고 있었다. 그러나 긴 속눈썹이 돋보이는 스미스의 호기심에 찬 따뜻한 눈동자에서 나쁜 의도를 읽기란 어려웠다. 그때, 스미스가 머리끈과 컨실러를 사물함 뒤쪽으로 쑤셔넣던 장면이 클로이의 기억 속에 어렴풋이 떠올랐다.

"윌로그로브에 처음 왔을 때, 그러니까 중학교 때 말이야. 선생님들한테 널 스미스라고 부르라고 해야 했지?" 애시가 다시 브러시를 움직이면서 물었다. "스미스도 성이었으니까."

"맞아. 정확히는 가운데 이름이지. 결혼하기 전 엄마의 성을 딴 거야."

클로이는 전혀 몰랐던 사실이었다. 스미스보다 늦게 전학 온 클로이는 당연히 스미스가 이름인 줄 알고 있었다.

"그럼 네 이름은 뭔데?"

"윌리엄."

"부모님이 윌리엄 스미스라고 지어주셨어?" 클로이가 대화에 끼어들었다.

애시는 무시하고 계속 물었다. "언제부터 스미스로 살기 시작했어?"

"어릴 때부터."

"윌리엄은 왜 안 썼어?"

스미스는 어깨를 으쓱했다.

"모르겠어. 그냥 나랑 안 맞았어. 스미스가 내 이름 같고 윌리엄은 어색했어."

"네가 윌리엄이 아니라는 건 어떻게 아는데?"

"글쎄. 그냥…… 느낌이 그래."

"알아. 나도 여성성에 대해 그런 느낌을 받거든. 어릴 때 나는 내가 여성스러운 걸 싫어하는 줄로만 알았어. 하지만 자라면서 보니 여성스러운 걸 좋아하긴 하지만 좋아한다는 이유만으로 사람들이 날 여자로 생각하는 게 너무 싫은 거였어. 왜냐면 나는 내가 여자가 아니라는 걸 진작부터 알았거든. 그렇다면 나는 남자인 걸까? 남자도 여성스러울 수 있으니까. 하지만 아무리 봐도 나는 다른 남자애들과는 달랐어. 나는 여자도 아니고 남자도 아니었던 거야. 누가 네 이름을 부르면 답은 하지만 너랑은 안 맞는 느낌이 든다면 그건 그 이름으로 불리는 네가 진짜 네가 아니기 때문이야."

"잠깐만…… 그럼 왜 머리를 잘랐어? 남자가 되는 건 싫다면서."

그 말에 클로이가 움찔했지만 애시는 아무렇지 않게 답했다.

"나는 여자가 아닌데 누가 내 겉모습을 한 번 보고는 반사적으로 여자의 범주에 넣는 게 싫거든. 그럴 때는 이런 머리 스타일이 도움이 돼."

"비슷한 기분이기는 한데 나는 제3의 성은 아닌 거 같아."

스미스의 말에 애시의 표정이 살짝 변했다. "무슨 뜻이야?"

"그게…… 난 내 몸이 좋거든. 빠르고 강하고 풋볼을 잘하니까. 근데 풋볼 선수면 당연히 남자의 몸이어야 하잖아. 가끔 내 몸이 더 작거나 부드럽거나…… 다르길…… 바랄 때가 있지만 어쩌겠어. 선택의 여지가 없는데. 대표 선수용 재킷 같은 걸 입으면 좀 괜찮아. 그런 헐렁한 옷을 입으면 내 몸이 남자답지 않을 때를 상상할 수 있거든. 하지만 이런 건 네가 말한 거랑은 다르지 않아?"

"남자이고 싶지 않을…… 때가 있어?"

스미스는 애시가 섀도를 바르도록 눈 감은 채 눈썹을 찌푸렸다. "그게 중요해? 어차피 나는 남자로 살아야 하잖아."

"있지……. 남자로 사는 게 어쩔 수 없는 의무로 느껴진다면……."

애시가 조심스럽게 말했다.

"생각 좀 해봐야 하지 않을까."

스미스는 묻고 싶은 게 더 있는 표정이었지만, 합창실 문이 벌컥 열리면서 1, 2학년생 십수 명이 우르르 들어왔다. 애시의 글리터 섀도로 분장을 마무리하기 위해서였다.

"줄 좀 서주면 고맙겠어요." 애시가 폭발하는 듯한 소음을 뚫고 외치는 사이, 스미스는 어깨 너머로 거울에 비친 제 얼굴을 힐끗 돌아봤다. 클로이는 스미스의 얼굴에 떠오른 미소를 보고는 자리에서 일어났다.

"네 얼굴 기름 때문에 내 피부 뒤집어지면 죽을 줄 알아."

클로이가 얼굴 한쪽에 붙인 마스크를 떼며 말했다.

"나 피부 엄청 좋아." 에이스가 말했다. "나랑 그렇게 많이 입을 맞췄으니 기억날 텐데."

"기억 안 하려고 애쓰는 중이야."

에이스의 의상은 구슬로 공들여 장식한 꽃무늬 드레스였는데, 가슴 부위는 너무 작아 곧 터질 듯 팽팽하게 늘어난 상태였고 치맛단은 발목 위로 껑충하게 올라가 있었다. 늑대 인간으로 반쯤 변신한 꼴이었지만 에이스는 매우 즐거운 시간을 보내고 있었다. 코러스 단원들에게 둘러싸여 클로이는 상상조차 할 수 없는 농담을 했고, 땀에 조금 젖기는 했지만 활기가 넘쳤다.

"나는 키스하는 거 좋아해. 취미 생활이랄까. 키스 애호가라는 표현을 즐겨 쓰지."

"좋네." 클로이가 휴대폰을 확인하며 말했다.

"친구들이랑도 했어."

클로이는 에이스를 힐끗 쳐다봤다. "스미스도?"

"스미스랑 특히 더 했지." 에이스가 립스틱 바른 입술로 씩 웃으며 말했다. 그러더니 클로이의 어깨 너머로 무언가를 발견했는지 눈이 휘둥그레졌다. "마침 저기 오네. 맙소사."

클로이가 돌아보니 녹초가 돼 컵케이크를 허겁지겁 먹고 있는 연극부 애들 머리 위로 스미스가 보였다.

입술은 가장자리는 짙은 보라색이었고 가운데로 갈수록 연한 보라색으로 흐려졌다. 볼은 섀도로 음영을 줘 꺼져 보이고 광대뼈 위쪽은 은은한 빛이 나는 하이라이터를 발라 선명하고 도드라져 보였다. 눈꺼풀은 윤이 났고 아래 속눈썹 선을 따라 꽤 큰 반짝이 조각들이 점점이 붙여져 있었다. 클로이는 스미스에게서 눈을 떼지 못했다. 이상해서가 아니라…… 자연스러워 보였기 때문이다. 본인이 직접 한 듯 스미스의 얼굴과 잘 맞는 세련된 여장이었다. 왠지 스미스의 어깨도 더 가벼워 보였다.

스미스가 군중 속에서 클로이를 알아보고 긴장한 미소를 지었다. 그러자 눈 밑의 반짝이가 때 묻은 천장 조명의 빛을 받아 황홀하게 빛났다.

4학년생 두 명이 갑자기 덮쳐 스미스를 파티 현장으로 끌고 가는 모습을 보면서 클로이는 문득 궁금해졌다. 샤라는 자신의 계획이 이런 결과를 낳으리라고 상상이나 했을까.

그때 클로이에 손에 들려 있던 휴대폰이 울렸다. 샤라의 답이었다. "그다음에는 네가 날 놀라게 해봐."

곧 누군가가 조명을 낮췄고, 다른 누군가는 음향 기계에 반주곡을 틀 준비를 마쳤다. 4학년 배우들도 다 제자리를 찾아 움직였다. 하급생들은 스프라이트가 담긴 플라스틱 컵을 들고 턱에 립스틱을 묻힌 채 체육관 매트에 겹겹이 앉았고, 트루먼 선생님은 관람석 맨 윗줄 위에 올라가 휴대폰을 가로로 들고 있었다. 졸업생들이 평생 간직하며 자손 대대로 보여줄 영상을 찍기 위해서였다. 클로이는 브루클린이 무대에 합류하기 전에 카메라를 2학년생에게 건네는 모습을 보고는 스미스에게 눈짓을 했고 스미스는 고개를 끄덕였다. 스미스에게 2학년생을 구워삶아 카메라를 빼내는 일쯤은 아무것도 아닐 것이다. 특히 오늘 같은 모습으로는 말이다.

"망치기만 해." 기대에 찬 침묵이 끝나기 직전 벤지가 에이스에게 외쳤다.

클로이는 휴대폰을 정장 재킷 주머니에 넣고는 망토를 한 번 휘둘렀다. 고등학교 시절의 마지막 커튼콜이었다.

무슨 이유에서인지 클로이는 샤라가 객석 맨 앞줄에 다시 앉아 있길 바랐다.

오르간 소리가 울리기 시작하자 클로이는 무대 중앙으로 걸어 나갔다.

"찾았어?" 공연이 끝나자마자 클로이가 스미스에게 물었다.

"어. 근데 무슨 뜻인지는 모르겠어."

스미스는 브루클린의 카메라에서 찾아 제 휴대폰으로 찍은 사진을 보여줬다. 전미 우등생 연합회 사진 중에 샤라의 얼굴을 확대해 찍은 사진이었다. 4학년생은 방과 후 동아리 사진을 찍을 때 재미있는 주제나 개그 요소를 살려 찍어도 된다. 이날도 포즈를 잡고 단체 사진을 찍는 대신, 팔리 선생님의 교실에 있는 보드게임을 연출해놓고 찍었다.

클로이도 이 사진을 찍던 날이 기억났다. 클로이는 조지아와 프레임의 왼쪽에서 '우노' 게임을 하는 척했고, 브루클린은 '커넥트 포' 게임 앞에 단정한 자세로 앉아 있었고, 드루 테일러는 체스판을 찬찬히 살펴보는 연기를 했다. 샤라는 건너편에서 '미안!' 게임판에 한쪽 팔꿈치를 받친 채 혼자 책상에 앉아 있었다.

사진 속에서 샤라는 한 손에 무언가를 들고 있었다. 클로이는 스미스의 휴대폰 화면을 확대해 실눈을 뜨고 샤라의 손에 들린 물건을 들여다봤다.

상대편을 보드판의 처음으로 되돌아가게 하는 '미안해' 카드였다.

"처음으로 돌아가라……." 클로이는 혼잣말로 중얼거렸다.

이 모든 건 세 번의 키스, 즉 클로이, 스미스, 로리와 샤라의 키스에서 시작됐다. 스미스는 딕슨네 집에서 샤라와 마지막 키스를 했고, 로리는 자기 집 지붕에서 입을 맞췄다. 샤라가 사라지고 나서 셋이 다시 한 번 가보지 않은 장소는 클로이와 샤라가 키스한 곳뿐이다.

클로이는 혼란스러운 표정을 짓고 있는 스미스에게 휴대폰을 돌려줬다. "어디로 가야 할지 알겠어."

그러고는 망토를 휘날리며 체육관 뒷문으로 쏜살같이 달려 나갔다. 합창실을 지나 여분의 사물함과 벽장이 가득한 복도를 따라 뛰었다. 모퉁이를 돌아 열려 있는 A동 뒷문을 통과하니 초등 교실이 있는 B동 1층이 나왔다.

즐거운 여름 방학을 고대하며 크레용으로 칠한 비치볼 그림과 판지 작품이 흐릿한 무지갯빛으로 보였다. 클로이는 지나가던 보조 교사가 외치는 소리를 무시하고 달리다 드디어 교사용 승강기 앞에 끼익 하고 멈춰 섰다. 승강기는 버튼을 누르자마자 열렸다.

승강기 내부에 특별히 이상한 점은 없었다. 클로이는 손잡이 난간의 뒤쪽을 확인했다. 그 뒤 정장 바지를 치켜올리고 난간 위로 올라가 천장의 조명을 살폈다. 그것을 발견한 건 승강기 문이 닫히고 나서였다.

샤라와 만났던 위치, 즉 승강기 안쪽 문 가장자리에 분홍색 매니큐어 얼룩이 묻어 있었다.

1학년 때 조지아가 해준 캠퍼스 투어에서 클로이는 처음 이 승강기의 비밀을 알았다. 층과 층 사이에서 승강기를 멈추고 안쪽 문을 강제로 열면 승강기 바깥쪽 문의 내부를 볼 수 있었다. 36년에 걸쳐 윌로그로브생들의 낙서가 쌓이고 쌓인 그곳에 클로이와 조지아는 네임펜으로 각각 자기 이름의 머리글자를 적었다.

클로이는 꼭대기 층 버튼을 누르고 초를 세다 '2'초 때 비상 정지 버튼을 탁 눌렀다.

힘겹게 안쪽 문을 여니 높이와 폭이 각각 1미터에 달하는 메시지가 적혀 있었다. 샤라가 클로이를 끌어당겨 입을 맞췄을 때부터 이곳에 숨겨져 있었을 메시지. 마르지도 않은 매니큐어 상태로 말이다.

수백 개의 서명과 선정적인 낙서 위에 하트 모양이 분홍색 매니큐어로 덧칠해져 있었다. 그 안에는 필기체로 네 단어가 적혀 있었다. "나는 이미 너에게 말했어."

클로이는 맞게 읽었는지 확인하러 세 번 더 읽었다.

추신도, 단서도, 고백도 없었다. 다음에 찾을 곳을 알려주지도 않았다. 샤라의 흔적은 이렇게 끝이 났다. 샤라가 남긴 길의 끝에는, 아무것도 없었다.

로리가 테이프에 녹음한 말을 글로 옮김

'사적인 내용'을 뜻하는 녹색 스티커가 붙어 있었음

나는 그냥 스미스가 되고 싶은지도 모른다.

윌로그로브의 남자애들이 흔히 원하는 방식은 아니다. 쿼터백 같은 게 되고 싶은 건 아니라는 뜻이다. 그저 울타리 너머로 스미스와 샤라를 볼 때, 스미스를 코앞에서 보는 샤라가 부러울 뿐이다. 샤라는 웃을 때 고개를 뒤로 젖히거나 유튜브의 '공부할 때 듣기 좋은 로파이 힙합 음악'을 인간화한 듯한 동작을 하는 스미스를 가까이에서 볼 것이다. 수요일 아침 학교 가기 전에 스티로폼 상자에 팬케이크를 담아 저를 데리러 오는 스미스를 볼 것이다. 스미스를 코앞에서 보는 게 어떤 기분인지는 그럴 수 있었던 시절이 있어 나도 잘 안다.

그냥 스미스처럼 살면 어떤 기분일지 궁금한 건지도 모르겠다. 매일 거울을 볼 때마다 자기가 어울리는 곳을 정확히 알고 샤라 같은 여자애를 원하고 가질 수 있는 사람이 보이는 삶을 살면 어떤 기분일까.

모르겠다. 이 감정을 어떻게 표현해야 할지 나는 정말 모르겠다.

14

샤라의 실종 후 지난 시간: 아직 22일

클로이가 그룹 채팅방에 글을 올린 지 10분 만에 로리의 차가 체육관 앞에 도착했다. 스미스는 립스틱은 지워졌지만 나머지 화장은 그대로인 채로 조수석에 올라탔다. 클로이는 뒷자리에서 로리가 콘솔 박스 너머로 스미스를 뚫어져라 보는 모습을 지켜봤다.

"아무 말도 하지 마." 눈가에 바른 반짝이가 대시보드 빛을 받아 빛나는 얼굴로, 스미스가 말했다.

"아…… 아무 말도 안 하려고 했어. 괜찮은데, 왜."

로리는 더 이상 아무 말도 하지 않고 차를 출발시켰다.

클로이는 승강기에서 매니큐어 메시지를 찾은 과정을 들려준 뒤 조용히 둘의 반응을 기다렸다. 감정이 북받쳐 누구 하나는 울지도 몰랐다. 로리가 차를 세우고 소년의 비애를 담은 곡을 또 하나 작곡할 수도 있었다.

그러나 스미스는 예상과는 달리 고개를 뒤로 젖히며 웃음을 터트렸다.

"기대한 내가 바보지." 로리도 따라 웃었다.

"도대체 어느 부분이 웃긴 건데?"

클로이가 따져 묻자 스미스는 고개를 저었다.

"전부 다. 웃음밖에 안 나오네."

"하지만 샤라가……"

"뭐 좀 먹을래?" 로리가 물었다.

"아, 그러고 보니 배고프다."

"하지만……"

"클로이, 오늘은 우리가 할 수 있는 일이 없잖아."

스미스가 말했다.

로리와 스미스는 클로이가 반박할 새도 없이 주유소에 차를 세우고 내렸다. 헐렁한 정장 차림으로 씩씩대고 있는 클로이를 혼자 남겨두고.

눈을 부라리며 창밖을 보니 스미스와 로리가 서로 팔꿈치를 부딪치며 대문짝만한 99센트짜리 콘도그 그림이 붙어 있는 유리문을 향해 걸어가고 있었다. 샤라가 어디 있는지도 모르는데 콘도그를 먹으러 오다니.

클로이는 한숨을 쉬고는 차문을 열며 외쳤다. "머스터드소스 가져와!"

로리의 차가 마을을 벗어나 언덕길을 오르자 마틴 호수로 향하는 흙길이 나왔다. 호수가 가까워질수록 죽 늘어선 나무들이 어둠 속으로 사라졌고, 땅거미가 내려앉은 호수가 드넓게 펼쳐졌다.

로리는 울창한 나무와 크고 둥근 바위로 둘러싸인 절벽에 차를 세웠다. 로리가 전조등을 끄자 반짝이는 물 위에 수놓인 초록색과 빨간색 선박 항해등이 절벽 끝 너머로 보였다. 오후에 내린 비로 땅은 물컹하고 축축했고 이끼 낀 나무에서는 빗방울이 뚝뚝 떨어졌다. 사방이 초록빛, 초록빛, 초록빛이었다.

셋은 자동차 보닛 위로 올라갔다. 로리는 가운데 자리에, 나머지 둘은 로리 양쪽에 앉았다. 클로이가 은박지로 포장된 따뜻한 콘도그를 건네자, 로리는 포장지를 열어 냄새를 깊이 들이마시고는 말했다. "주유소에서 파는 기름진 음식보다 더 좋은 냄새는 없을걸?"

"난 아니야." 클로이가 말했다. "세상에서 제일 좋은 냄새는 엄마가 식품점에서 막 사 온 신선한 고수 냄새야. 장 가방에 코를 박고 있는 힘껏 숨을 들이마시면 끝내줘."

로리가 코를 찡그렸다. "웩."

"아, 넌 고수 싫어하는구나."

"원래 웬만한 건 다 싫어하는 애라." 스미스는 농담으로 받아들였는지 확인하려는 듯 로리를 힐끗 보며 윙크했다. 클로이는 둘 사이에 오가는 눈빛을 지켜봤다.

"됐거든." 로리가 말했다. "그럼 네가 생각하는 최고의 냄새는 뭔데?"

스미스는 잠시 생각하다 콘도그를 한 입 삼키고는 자신 있게 말했다.

"엄마가 해준 그레이비소스를 곁들인 닭 요리."

"아, 최고지." 로리가 탄식하며 말했다. "우리 아빠가 해준 거 먹고 싶다. 크리스마스에 먹고 한 번도 못 먹었어."

"다음에 우리 엄마 거 먹으러 와."

스미스의 말에 슬러시 빨대를 물려다 놓친 로리가 두 번 만에 겨우 빨대를 물고는 말했다.

"또 무슨 냄새가 죽이는지 알아? 네임펜 냄새. 특히 즙 많은 새 거."

클로이가 웃으며 말했다. "즙이 많다고?"

"오렌지 주스." 스미스가 말했다. "그 냄새도 최고야. 오렌지 껍질을 깐 손에서 나는 냄새도."

"라일락 냄새."

클로이는 무심코 내뱉고는 샤라를 두고 한 말이라는 걸 스미스나 로리가 눈치챘는지 보려고 반응을 기다렸다. 그러나 둘은 아무 말도 하지 않았다. 클로이는 붉어진 뺨을 의식하며 얼른 덧붙였다.

"아니면 아주 오래된 책 냄새."

"타코벨에서 파는 나초 치즈 냄새."

"세이지 냄새."

"밀봉된 표준 문제지를 처음 개봉했을 때 나는 냄새."

"난 그 냄새 맡으면 투쟁 혹은 도피 반응이 일어나던데." 로리가 말했다. "솔파인* 냄새."

* 다목적 세정제.

스미스는 그냥 웃었지만 클로이는 이유를 물었다. "뭐? 왜?"

"어릴 때 텍사스에 있는 고모네 집에서 사촌들이랑 지냈는데 고모가 토요일 아침만 되면 일찍 일어나 온 집 안을 청소하는 거야. 하도 시끄러워서 잠이 깰 수밖에 없었는데 다들 돕기 싫어서 고모가 와서 깨울 때까지 가만히 누워 자는 척했어. 그래서 그 세제 냄새만 맡으면 사촌 방 바닥에 깐 침낭 속에 누워서는 사촌이 가짜로 코 고는 소리를 들으며 웃음을 참던 때가 떠올라. 일어났다간 양말을 정리해야 했거든."

스미스가 계속 웃다가 말했다. "맞다, 하나 더 있어. 10월 말이 되면 금요일 수업이 끝나고 경기 전에 몸을 풀려고 할 때마다 꼭 나는 냄새가 있어. 이래라저래라 하는 사람도 없고 교내에 꼭 우리밖에 없는 것 같을 때 교내 매점에서 그릴을 켜는 냄새랑 낙엽 태우는 냄새가 나. 숯이 타고 햄버거가 익는 냄새랑 연기 냄새, 젖은 풀 냄새가 섞여서 나지. 경기를 앞두고 약간의 긴장감이 감돌 때 나는 그 냄새가 난 세상에서 제일 좋아."

클로이는 한숨을 쉬고는 콘도그를 우적우적 씹으며 말했다.

"와, 운동부 애들의 정신세계란 참 신기하구나."

"백과사전을 1927년 거부터 통째로 읽는 넌 어떻고."

"그래, 알았어. 그럼 세상에서 제일 싫은 냄새는?"

"난 개구리 해부하는 주간 때 생물 실험실에서 나는 냄새." 스미스가 몸서리를 치며 말했다. "내 차례가 됐을 때 실험실에 물난리가 나 얼마나 다행인지 몰라."

"냄새 때문에?" 클로이가 물었다.

"개구리한테 그런 짓을 하는 게 미안해서. 어떤 사연이 있는 놈인지 모르잖아! 가족이 있는 애면 어떡해? 꿈이 있는 애면? 〈브레이킹 배드〉를 다 못 보고 죽은 거면 어쩌냐고!"

"스미스, 그냥 개구리야."

"개구리 얘기는 제발 하지 마……." 로리는 중학생 때부터 애써 덮어둔 판도라의 상자를 클로이가 열려고 한다는 듯 말했다. 그러나 스미스는 이미 발동이 걸린 뒤였다.

"난도질을 하잖아!" 스미스는 눈을 동그랗게 뜬 채 슬러시 컵이 덤불로 날아갈 뻔할 정도로 격렬하게 손을 흔들었다. "개구리는 우리가 싫어하는 곤충을 잡아먹고 자기 할 일을 할 뿐이야. 그런 취급을 받을 이유가 없어. 말 그대로 살아 숨 쉰 죄밖에 없다고."

바로 그때, 큼지막한 황소개구리 한 마리가 묵직한 쿵 소리를 내며 보닛 위에 착지했다.

"세상에, 이것 좀 봐!" 스미스가 외쳤다. 클로이는 비명을 질렀고 로리는 스미스의 새로운 양서류 친구에게서 휙 물러났다. "내가 자기들 얘기하는 걸 알고 무슨 말인지 들으러 왔나봐!" 스미스는 손을 뻗어 한 손가락으로 개구리의 등을 쓰다듬었다. "안녕, 친구?"

"만지지 마!" 클로이가 진저리를 치며 날카롭게 외쳤다. "어디 있다 왔는지 모르잖아."

스미스는 코웃음을 쳤다. "와, 너 진짜 여기 출신은 아니구나?"

황소개구리는 자동차 옆 풀밭에 껑충 뛰어내린 뒤 바위 뒤로 사라졌다.

"잠깐만, 돌아와!"

스미스는 콘도그를 손에 든 채 보닛을 기어 내려가 개구리를 쫓아갔다.

"기어이 개구리와 친구가 되러 가시네."

로리가 기막히다는 듯 웃으며 말했다. 로리는 자동차 앞 유리에 어깨를 기댄 채 스미스의 실루엣이 달빛을 받아 빛나는 나뭇잎 사이로 사라지는 모습을 지켜봤다. 샤라가 남긴 수수께끼는 안중에도 없는 표정이었다. 바람에 이는 물결 소리와 진흙 속의 작은 생물들이 종종거리며 움직이는 소리를 들으며 웃음을 거두고 생각에 잠긴 표정을 지을 뿐이었다.

그러나 클로이는 로리의 옆에서 뒤로 기대 밤하늘의 별을 올려다보면서 여전히 샤라를 생각했다. 체육 수업 때 단체로 거대한 낙하산 밑에 들어가듯, 같은 하늘 아래 어딘가에 샤라가 있을 것만 같았다. 분홍색 메시지가 적힌 승강기도 떠올랐다. 클로이가 샤라와 입을 맞춘 장소에 다시 간 건 오늘이 처음이었다.

누가 물으면 클로이는 승강기를 일부러 피해 다닌 건 아니라고 주장할 것이다. 프랑스어 수업을 들으러 가는 다른 지름길도 있으니 말이다. 이성애자 여자애가 자신에게 잔인한 장난을 치려고 다닌 경로를 똑같이 다니며 사건을 재구성한 적은 절대 없다고, 그날의 키스는 생각조차 안 난다고 할 것이다.

그런 클로이도 다음의 생각마저 안 해봤다고 할 수는 없었다. 클로이가 차에 프랑스어 숙제를 두고 오지 않았다면, 그래서 쉬는 시간에 주차장에 다녀올 필요가 없어 2분 빨리 승강기에 도착했다면, '닫힘' 버튼을 조금이라도 더 빨리 눌러 샤라의 코앞에서 문이 닫혔다면 샤라를 만나지 못했으리라는 생각 말이다. 클로이와 샤라가 같은 승강기를 탄 건 말도 안 되는 엄청난 우연 같았다.

그러나 물론 이 일은 우연이 아니라 철저히 계획된 일이었다. 샤라는 클로이가 평소 5교시에 어떤 길로 다니는지 알았고, 클로이의 손목에 부드러운 제 손가락을 갖다 댔으며, 바닐라와 민트 향이 나는 립글로스를 발랐다. 사실 클로이는 키스를 당하기만 한 게 아니었다. 상황 파악이 전혀 안 된 아주 잠깐 동안이었지만, 민망하게도 키스를 기다렸다는 듯 샤라를 향해 몸을 기울였다. 물론 샤라가 애초에 이런 일을 계획하지 않았다면 몸을 기울이는 상황 자체가 벌어지지 않았을 거다.

이 모든 게 계획적이었다는 걸 알았다면 샤라가 키스를 마치고 유유히 승강기를 떠나게 두지도 않았을 것이다. 샤라를 승강기 안으로 다시 확 잡아당겨 따졌을 것이다. 대가를 치르게 했을 것이다.

클로이는 로리를 돌아봤다.

"뭐 하나 물어봐도 돼?"

로리는 스미스가 들어가 바스락거리는 덤불에 시선을 고정한 채 고개를 끄덕였다.

"샤라한테 화 안 나?"

로리는 질문을 이해하지 못한 듯 눈을 몇 번 깜박이고는 입을 열었다.

"솔직히…… 샤라가 날 놓아줘서 후련해."

"정말?" 클로이는 못 믿겠다는 듯 다시 물었다. "몇 년 동안 샤라만 좋아했다고 하지 않았어?"

"글쎄. 그보다는…… 다른 여자를 마음에 둔 적이 없었다고 해야겠지."

클로이는 다 먹은 콘도그 포장지를 구기고는 망토를 벗어 베개처럼 머리 밑에 받쳤다.

"이해가 안 되네."

오랜 침묵이 흐른 뒤 로리가 말했다.

"실은…… 그거 때문에 요즘 생각이 많아. 나한테 샤라밖에 없었다는 거 말이야. 그게 무슨 뜻일까?"

클로이는 하늘을 보며 미간을 찡그렸다.

"무슨 뜻? 너랑 샤라가 운명의 짝이라는 뜻?"

로리는 고개를 저었다.

"아니. 그보다…… 샤라를 좋아하라고 스스로를 설득했던 게 아닌가 싶어서. 샤라와 스미스가 같이 있는 걸 보면 너무 질투가 나는데 그 질투심을 쏟을 곳은 샤라밖에 없어 보였으니까."

"샤라는 '곳'이 아니야." 클로이가 지적했다. "생각도 아니고. 사람이야."

"맞아. 생각은 내 마음을 받아줄 수 없지. 요즘은 그게 바로 내 문제의 핵심이라는 생각이 들어."

클로이는 어딘가를 힐끗 보는 로리의 시선을 따라갔다. 로리의 시선은 공터를 가로질러 스미스가 아직도 덤불 속을 뒤지고 있는 절벽 가장자리에 닿았다. 문득 많고 많은 우스운 기억 중에 에이스가 파티 때 〈Mr. Brightside〉의 가사를 두고 한 말이 떠올랐다.

"남자가 질투하는 대상이 남자인지 여자인지 끝까지 밝히지 않아."

잡지 속 사진을 갈기갈기 찢고 예배를 하러 가는 길에 아랫입술을 깨무는 조지아가 생각났다. 욕실 수납장에 방치된 채 먼지가 쌓이고 있는 엄마의 염색약과 굿윌 매장에서 신부 들러리용 드레스를 잔뜩 사는 트루먼 선생님도 떠올랐다. 유치원 때부터 윌로그로브의 울타리 안에서 자란 로리가 자기 방 창가에 앉아 데이트를 마치고 헤어지면서 입을 맞추는 스미스와 샤라를 지켜보는 장면도 그려졌다. 로리는 조마조마하고 소름끼치는 질투심을 자신에게 문제가 없음을 입증해줄 감정으로 억지로 바꿨을 것이다.

젠장. 이제야 알겠다.

클로이는 가끔 이해가 안 됐다. 폴스 비치에서는 성경 수업 때 듣는 내용이 현실 그 자체다. 두 엄마와 캘리포니아 출신의 게이 아저씨들에게 둘러싸여 자라지 않았어도 클로이는 지금의 클로이가 됐을까? 윌로그로브가 세상의 전부인 줄 알고 컸다면 어땠을까. 윌로그로브의 선생님들이 친근하게 농담을 하고 따뜻하게 맞아주면서도 부드럽지만 단호하게 '너는 문제가 있다'고 말한다면, 클로이가 아직 이름조차 붙이지 못한 내면의 어떤 감정을 바로잡아야 할 대상이라고 말한다면, 반박할 수 있었을까?

"있지." 클로이는 나직하고 무덤덤한 어조로 말했다. "괜찮아. 샤라를 좋아하지 않아도. 여자를 좋아하지 않아도 괜찮아."

클로이는 폭풍이 불기 전 처음 내린 빗방울이 표면에 매달리듯 반짝반짝 광이 나는 보닛에 꽉 달라붙은 채 방금 한 말이 둘 사이에 스며들기를 기다렸다. 로리는 아무 말도 하지 않았지만 비웃지도, 무시하지도, 비꼬는 농담을 하지도 않았다. 계속 덤불숲을 응시하다 길고 긴 몇 초가 지난 뒤 숨을 내쉬며 말했다.

"엿같네."

"그러게."

이건 공평하지 않았다. 중고 정장을 입고 반짝이 화장을 한 쿼터백과 억눌린 동성애적 욕망으로 불안에 떠는 소년과 함께 절벽 위에 있는 지금, 클로이는 억울했다. 셋 중 누구도 현재의 자신에게서 도망칠 사치를 누리지 못했다. 조지아나 벤지, 클로이의 엄마, 트루먼 선생님, 애시도 마찬가지였다.

물론 완벽한 샤라로 살면서 여자를 사랑하기란 힘들었을 것이다. 그렇다고 꼭 도망쳐야 했을까? 왜 샤라는 우리처럼 이 지옥을 견디려 하지 않았을까?

그리고 샤라가 끝을 냈다고 이 추적을 꼭 끝내야 할까?

개인 에세이 연습: 스미스 파커

주제: 살면서 내 진짜 모습이 그대로 드러났던 순간은 언제인가?

어릴 때 엄마는 성령이 무한하듯 나도 무한하다는 말을 자주 했다. "네 마음에 시작이나 끝은 없어. 너는 뭐든 될 수 있다는 뜻이야." 엄마는 마음에는 신이 존재하고 이 확장성은 신성한 것이라고 했다. 나는 아직도 가끔 내가 무한하다고 느낀다. 엄마가 내 안에 있다고 한 게 다른 방식으로 존재하는 것 같다. 내 안에 다양한 내가 있어서 누구든 될 수 있고 누구나 만질 수 있고 성령처럼 어디에나 존재하며 만인을 사랑할 수 있을 것 같다. 내 친구들은 대부분 자기가 누구고 어떤 존재인지 정확히 아는 양, 마치 답은 하나뿐인 양 군다. 왜 시작과 끝이 없는 것에 시작과 끝을 부여하려 할까.

모르는 사람들과 파티에 갔다가 누가 내 눈가에 별을 붙여준 적이 있었다. 그때 나는 내 얼굴에서 지금까지는 미처 알아보지 못했던 나를 봤다. 열세 살 때부터 내가 사랑했던 존재가 보였고, 내 존재가 무한해지는 느낌이었다. 마치 무한한 성령처럼 말이다. 내 본연의 모습이 드러났던 순간은 바로 그때였다.

15

샤라의 실종 후 지난 시간: 24일

숙취가 이런 느낌일까.

클로이는 깨질 듯한 이마를 사물함 문에 기댄 채 생각했다. 주유소 콘도그 때문일까, 샤라 때문일까? 늦게까지 밖에 있었던 것도 아니다. 10시 전에 로리가 클로이의 차가 있는 데까지 데려다준 덕분에 10시 반에는 잠자리에 들었다. 물론 그러고는 왕좌의 게임에서 복수할 대상의 이름을 되뇌는 아리아 스타크처럼(아리아는 앞머리가 없지만) 새벽까지 침대에 누워 천장을 보며 샤라의 편지를 되뇌기는 했다.

클로이는 비상시에 먹으려고 사물함에 둔 커피 중 마지막 남은 에스프레소 캔을 들이켰다. 그때 조지아의 물병이 근처 사물함에 덜그럭 부딪치는 소리가 들렸다.

"여기 있었구나." 조지아가 약간 숨이 찬 목소리로 말했다. "주차장에 없길래. 1교시 전에 합쳐야 하는데 못 찾을까봐 걱정했잖아."

조지아가 가방의 지퍼를 풀고 무언가를 꺼내 내미는 순간, 클로이는 심장이 쿵 내려앉았다. 프랑스어 에세이의 후반 세 페이지. 최종 성적에 20퍼센트 반영되는 과제. 오늘이 마감이다.

"조지아, 난……."

"알아. 웃기는 색깔은 안 된다는 거." 조지아가 자홍색 파일을 들어 보이며 말했다. "그래도 고등학교 때 제출하는 마지막 파일이잖아. 이 정도는 괜찮지?"

"그게 아니라, 지오." 구역질이 나고 울고 싶었다. 아니, 구역질이 날 만큼 울음이 치밀어 올랐다. "잊어버렸어."

순간 조지아의 몸이 얼어붙었다. "잊어버렸다니, 그게 무슨 뜻이야?"

"숙제한 게 없어. 안 했어." 숙제를 안 한 건 생전 처음이었다. 원래는 연극 파티 후에 늦게까지 안 자고 할 작정이었다. 일정표에도 다 적어놓았는데…… 그런데 샤라가…….

"제발 농담이라고 해줘."

"지금…… 지금 바로 1교시 수업 안 듣고 도서관에 가서 쓸게." 클로이의 머릿속은 이미 효율 모드가 작동하고 있었다. 당황한 와중에도 그 생각이 반은 프랑스어로 떠올랐다. Je suis(나는) 완전히 망했다. "5교시까지 다 해놓을……."

"됐어." 조지아는 파일과 물병을 챙겨 자리를 박차고 떠났다.

"지오!" 클로이는 구경하는 1학년생을 어깨로 밀치며 뛰어가 조지아를 따라잡았다. 잡고 보니 얼굴이 붉게 상기된 채 눈썹이 화난 V자 모양으로 휘어져 있었다. "화내지 마! 내가 다 해결할게!"

"상관없어, 클로이."

"상관이 왜 없어. 내 평점이 깎일 텐데. 네 평점도."

조지아는 탄식을 내뱉으며 클로이를 피해 빈 교실로 들어갔고, 클로이는 그 뒤를 따라갔다.

"그따위 평점, 난 신경 안 써. 네 평점도 졸업하고 나면 아무도 신경 안 쓸 테고. 아니야?"

"나한테는 중요해."

"나도 너한테 중요한 사람이면 좋았을 텐데."

"뭐?" 클로이는 조지아를 빤히 쳐다봤다. "당연히 중요하지! 그게 무슨 소리야!"

"이 과제, 한 달 전부터 내가 몇 번을 도와달라고 했는지 알아? 그때마다 넌 스미스니 로리니 하며 새로 사귄 친구들한테 가버렸 잖아."

뭐야, 화난 게 그거 때문이었나?

"그런 지 4주밖에 안 됐어."

"우리한테는 제일 중요한 4주였어!" 조지아가 잔뜩 흥분한 어조로 말했다. "졸업하기 전에 마지막으로 다 같이 영화 보기로 한 날 네가 스미스랑 파티에 간 거, 내가 모를 줄 알아? 우리랑 점심 안 먹고 네가 어디 갔는지 내가 몰랐을 것 같냐고! 게다가 4학년 출연 진끼리 하는 마지막 뒤풀이 파티를 4년 동안 그렇게 고대해놓고는 파티가 끝나기도 전에 가버렸잖아! 우리 모두가 함께해야 하는 순간에 넌 없었다고!"

수백 가지 말과 기억이 입 밖으로 튀어나오려 했다. 온갖 주장과 반박, 연청색 턱시도 차림의 조지아의 모습. 열네 살짜리 소녀 둘이 거실 양탄자에 앉아 톨킨의 책을 갖가지 억양을 살려 읽던 기억. 하지만 클로이는 아무 말도 하지 않았다.

"어차피 넌 뉴욕으로 떠나면 날 잊어버리겠지만." 조지아가 흥분이 가라앉은 목소리로 말했다.

"무슨 소리야, 늘 같이 있을 건데."

"아니, 없을 거야."

"없긴 왜 없어."

"아니, 없을 거야." 조지아가 다시 말했다.

머리 위에서 수업종이 울렸다. 클로이의 마음 한구석에서 끔찍하게 이기적인 목소리가 들렸다. 과제를 제때 끝내고 싶으면 이 대화를 어서 끝내야 해.

"그게 무슨 말이야?"

조지아가 입술을 깨물며 말했다. "나는 뉴욕대학교에 못 가."

"학자금 융자를 받기로 했잖아. 그러면……."

"난 오번대학교에 갈 거야."

말도 안 돼.

클로이와 조지아의 계획은 늘 뉴욕대학교에 가는 것뿐이었다. 다른 계획은 없었다. 다른 대학교를 가는 계획 따위는 생각해본 적도 없었다.

"오번? 여기서 차로 40분만 가면 있는 오번?"

"서점이 잘 안 돼서 뉴욕대학교 학비는 너무 비싸. 융자를 받아도 부족해." 조지아는 클로이의 시선을 피해 제 옆 책상에 묻은 잉크 얼룩을 빤히 내려다봤다. "서점에 직원을 둘 형편이 안 되는데 두 분이서만 운영하기는 힘들어. 그래서 서점 일을 도우면서 집에서 오번까지 다니려고."

"언제부터 그러기로 했어?"

"지난달에 결정했어."

"나한테는 언제 말할 생각이었는데?"

"몇 주 전부터 계속 말하려고 했어! 근데 그럴 때마다 넌 바쁘거나 딴 데 정신이 팔려 있거나 딴 애들이랑 놀았잖아. 난……."

"조지아, 폴스 비치에서 평생을 살 순 없어."

"제발 좀! 내 말을 듣고 있기는 한 거야? 내가 여길 그렇게 싫어하지만은 않을 거라는 생각은 한 번도 안 해봤어?"

"너도 나랑 매일같이 폴스 비치를 욕했잖아."

"아니, 네가 그랬지. 그래, 짜증나는 점이 많은 건 사실이야. 그래도 내가 나고 자란 곳이야. 솔직히 네가 자기 엄마도 여기 출신이면서 여기 사람들보다 훨씬 잘난 듯 구는 거, 지겨웠어."

"너도 여길 벗어나고 싶잖아. 지난 4년 동안 떠나고 싶다는 말을 네가 얼마나 많이 했는데."

조지아는 클로이를 외면한 채 애꿎은 제 손가락만 쥐어뜯었다.

"나는 그저…… 사랑에 빠지고 싶을 뿐이야. 열정적이고 극적이고 터무니없는 사랑 이야기의 주인공이 되고 싶어. 고급 코르셋을 입고 시얼샤 로넌 같은 여자와 시대물을 찍고 싶다고. 그런 사랑에 관한 책도 쓰고 싶고. 여기서 그런 걸 하나라도 할 수 있을지는 모르겠지만 여길 떠나면 난 잃을 게 너무 많아."

"그래서 여기 남겠다고?"

조지아는 여전히 클로이를 시선을 피한 채 고개를 끄덕였다.

"종탑 서점이 문 닫게 둘 순 없어."

"여기서 네가 정말 행복할 수 있다고 생각해? 우리 엄마가 어떻게 살았는지 알잖아."

"떠나셨다는 거 알아. 많이들 그런다는 것도. 근데 난 아니야! 그래도 괜찮고! 저마다 제 몫을 하며 사는 수밖에 없어. 우리 같은 사람이 다 떠나면 폴스 비치는 영영 바뀌지 않을 거야. 누군가는 남아야 해."

"그게 왜 꼭 너여야 하는데?"

조지아는 드디어 클로이의 눈을 똑바로 바라봤다.

"나는 감당할 수 있으니까."

"그게 말이 돼?" 클로이는 두 손을 절망적으로 들어올리며 말했다. "그럼 나는 어쩌라고! 나 혼자 뉴욕에 가?"

"모르지. 근데 넌 나 없이도 괜찮을 거 같은데."

'안 괜찮아!'라고, 클로이는 소리치고 싶었다. 괜찮을 리가 없잖아.

그러나 그 말은 끝내 입 밖으로 나오지 않았고, 클로이는 눈물을 훔치고는 교실을 박차고 나가며 말했다.

"알았어, 프랑스어 시간에 봐."

클로이는 1교시와 2교시 수업은 아예 안 듣고 3교시와 4교시 수업은 듣는 둥 마는 둥 한 끝에 프랑스어 수업 시간까지 제 몫의 과제를 완성했다. 조지아는 말없이 클로이의 과제를 받아 클라크 선생님에게 제출했다. 둘은 수업 시간 내내 아무 말도 하지 않았다. 점심 종이 울리자 조지아는 보란 듯 애시와 교실을 나갔고 클로이는 씩씩거리며 체육관 쪽으로 향했다.

잘못한 건 맞지만 전적으로 클로이의 잘못은 아니다. 샤라를 찾기만 하면 클로이의 잘못이 아니란 걸 입증할 수 있었다.

로리가 늘 있는 참나무 위에서 제이크와 에이프릴이 대용량 판지 상자에 담긴 나초를 나누고 있었다. 둘 사이의 나뭇가지 위에 위태롭게 올려진 상자를 보며 클로이는 그 밑에 서지 않도록 조심했다.

"안녕."

클로이가 책가방 줄을 붙잡으며 인사하자 제이크가 나초를 한 입 먹으며 말했다.

"안녕. 타코 먹을래?"

"뭐?" 클로이가 답하기도 전에 에이프릴이 나뭇가지에 매달린 타코벨 비닐봉지에서 소프트 타코 하나를 빼 클로이의 머리로 던졌다. 타코는 클로이의 뺨에 살짝 부딪친 뒤 손 위에 떨어졌다.

"어, 고마워. 로리는 어디 있어?"

로리는 제이크가 전자 담배로 가리킨 반대쪽 위 나뭇가지에 앉아 있었다. 그리고 그 옆에는 덩치에 비해 꽤 우아하게 걸터앉은 스미스가 있었다.

"아."

클로이는 제멋대로 뻗은 나무뿌리 위에 책가방을 놓고 옥스퍼드 셔츠 주머니에 타코를 쑤셔넣은 뒤 나무를 타고 오르기 시작했다.

"언제부터 여기서 점심을 먹었어?"

나무를 오르면서 클로이가 스미스를 향해 외쳤다. 돌아보니 매켄지와 딕슨네 무리는 늘 앉는 안뜰 벤치에 앉아 있었다.

스미스는 어깨를 으쓱했다. "곧 졸업이잖아. 에이스도 그렇고."

스미스가 가리키는 곳을 보니 에이스가 늘 있던 곳을 어슬렁거리며 벗어나 3학년 연극부 여학생과 활기찬 대화를 나누고 있었다. 그러고 보니 서머도 어디 있는지 보이지 않았다.

클로이는 고개를 저으며 더 높은 곳까지 올라갔다.

"그건 그렇고 샤라가 승강기에 쓴 '나는 이미 너에게 말했어'라는 메시지 말인데, 샤라의 현재 위치를 알려주는 단서가 이전 카드에 있다는 뜻인 거 같아. 그것만 알아내면 찾을 수 있을 거야."

로리는 부리토를 한 입 삼키고는 천천히 고개를 끄덕였다. "응."

"그동안 찾은 카드들을 다시 살펴봐야겠어." 클로이는 계속 말을 이었다. "지금 할래? 7교시 끝나고 만날까?"

로리와 스미스는 열세 살에 만든 둘만의 몸짓 언어를 되찾은 모양인지 서로 눈빛을 주고받았다. 두 사람에게는 잘된 일이겠지만 클로이는 무슨 뜻인지 알 수 없어 매우 불편했다.

"왜?"

클로이가 따지듯 묻자 로리가 말했다.

"클로이, 샤라가 정말 알려주고 싶었다면 벌써 알지 않았을까?"

"알고 있을지도 몰라. 아직 깨닫지 못했을 뿐이지."

스미스와 로리는 또다시 무언의 눈빛을 주고받았다.

"또 왜? 이대로 포기하려고?"

"저기," 스미스가 말했다.

"내가 샤라를 좋아하는 건 맞아. 그것도 많이. 근데 이제 좀 지쳐. 우리가 자기를 찾아내길 정말 바라는지도 잘 모르겠고. 그냥 이 모든 게 거창한 작별 인사 같은 게 아닐까 싶어."

클로이는 고개를 저으며 로리에게 물었다. "로리, 너도?"

"우리가 더 할 수 있는 게 있기는 할까? 난 뭐랄까, 막다른 길에 부딪친 거 같아."

막다른 길?

"난 이 일로 친구들을 다 잃게 생겼어. 최종 시험은 다음 주고. 그때까지 샤라가 돌아오지 않으면 졸업생 대표 연사가 될 자격을 잃을 테고 그러면 개회사를 맡을 차석 졸업생은 드루 테일러가 될 거야. 그게 얼마나 창피한 일인 줄 알아?" 클로이가 날선 어조로 내뱉었다. "자기 유튜브 채널에서 윌로그로브 여학생들은 피임약을 먹는 난잡한 애들이라는 말 따위를 떠드는 놈이야. 걔는 내 뒤를 이어 차석을 차지할 자격이 없다고."

"그래도 네가 수석이잖아." 스미스가 지적했다. "그거면 되지 않아?"

"아니! 안 돼! 샤라의 기권으로 얻은 수석은 의미 없다고!"

클로이는 나무에서 뛰어내려 비틀거리며 착지하고는 다시 씩씩대며 6교시 수업을 들으러 갔다. 주머니에 쑤셔넣은 타코는 가는 길에 꺼내 제일 먼저 보이는 쓰레기통에 처박았다.

애초에 원해서 뛰어든 일은 아니었다. 그러나 클로이는 혼자서라도 어떻게든 샤라를 찾아내리라 마음먹었다.

집 앞에 서 있는 클로이를 힐끗 보고 조지아가 말했다.

"지금 장난해?"

"잠깐만." 클로이는 조지아가 문을 닫지 못하도록 한쪽 발을 열른 문틈에 들이밀었다. "제발, 잠깐만 내 얘기 좀 들어줘."

"나는 늘 네 얘기를 들었어, 클로이. 그래서 문제였지만."

"그동안 내가 무슨 일을 하고 다녔는지 일단 들어봐. 그럼 다 이해될 거야. 약속해."

수업이 끝나자마자 종탑 서점으로 갔지만 조지아는 거기에 없었다. 클로이는 곧바로 모든 걸 망친 건 자기가 아니라 샤라라는 걸 입증해줄 화장품 가방을 들고 조지아네 집을 찾아갔다.

"좋아." 조지아가 팔짱을 끼며 말했다. "그 가방에 뭐가 들었는데?"

"샤라가 나한테 키스한 일 기억나?"

조지아의 얼굴에 서서히 분노가 번졌다.

"샤라 휠러?" 조지아는 눈을 부릅뜨고 따져 물었다. "지금 샤라 휠러 얘기하자고 온 거야?"

"일단 들어봐. 샤라가 키스하고 사라지면서 나한테 편지를 남겼어. 타코벨 드라이브스루 계산대에 맡겨둔 거 말이야."

"그런데?"

클로이는 가방을 열고 문제의 카드를 조지아에게 건넸다.

"로리와 스미스에게도 편지를 남겼어." 조지아가 분홍색 카드를 하나씩 꺼내는 걸 보면서 클로이는 계속 말을 이었다. "카드마다 단서가 있고 단서는 또 다른 단서로 이어졌어. 게다가 카드가 다 황당한 장소에 숨겨져 있었어. 진짜 이제야 말하는데 그거 찾느라 얼마나 힘들었는지 몰라. 그동안 스미스랑 로리와 그렇게 많은 시간을 보낸 것도 그 때문이야. 딕슨네 파티에 간 것도 샤라가 걔네 집에 카드를 숨겼기 때문이고. 게다가 자기 아빠 파일 보관함에도 카드를 숨겨서 교장실까지 몰래 잠입해야 했어. 진짜 장난 아니었다니까. 카드를 찾을 때마다 또 다른 카드를 찾는 단서가 나왔고 그때마다 내 생각이 옳았다는 게 입증됐어. 샤라는 역시 사악하고⋯⋯."

카드를 하나씩 보던 조지아가 동작을 멈추고 클로이의 말을 가로막았다.

"잠깐만. 교장실에 잠입했다고? 어떻게?"

"열쇠가 있었어." 클로이가 반사적으로 답했다.

"교장실 열쇠?"

"그건 아니고."

조지아의 눈이 가늘어졌다. "그게 언제였는데?"

"몰라, 두 주 전쯤?"

"두 주 전이면," 조지아는 천천히 다음 말을 내뱉었다. "내가 너한테 도서관 열쇠 빌려줬을 때네?"

이런.

"어⋯⋯. 안 들키게 조심했어." 클로이는 자기도 모르게 뒷걸음질 쳤다.

"너 때문에 내가 얼마나 큰일 날 뻔했는지 알기는 해?" 조지아가 점점 울긋불긋해지는 얼굴로 따져 물었다. 조지아는 원래 정말 큰 상처를 받을 때 그런 얼굴이 됐다.

"넌 날 속였어! 너 때문에 나까지 정학당할 뻔 했다고!"

"말도 안 돼! 그렇게 되게 내가 그냥 둘 리 없잖아!"

조지아는 화장품 가방을 클로이에게 내던졌다.

"집에 가, 클로이."

"안 돼, 난……."

"뭐든 다 네가 결정하려고 하지 마! 난 네가 가는 걸로 정했어! 그러니까 가!"

조지아는 클로이의 발을 차서 문밖으로 밀어냈다. 그러면서 양말을 신은 발가락이 클로이의 신발과 부딪치자 작게 욕설을 내뱉고는 문을 쾅 닫았다.

"지오!"

클로이가 나무로 된 현관문에 대고 외치자 문 너머로 조지아의 목소리가 들렸다.

"가! 가라고!"

"조지아!"

"문자도 보내지 마!"

클로이는 조지아의 이름을 한 번 더 불렀지만 아무 답도 들을 수 없었다.

최종 시험을 한 주 앞둔 '죽음의 주간' 내내, 클로이는 두 손이 형광펜으로 물들 정도로 참고서에 코를 박고 지냈다.

친구 같은 건 필요 없었다. 1교시 전 주차장에서 클로이만 빼고 보란 듯 농담을 주고받는 예전 친구들, 로리와 스미스도, 그 누구도 필요 없었다. 어차피 졸업하면 뭘 하든 혼자 힘으로 해야 할 테니 이번 기회에 연습을 해두면 좋을 것이다. 클로이는 도서관에서 혼자 점심을 먹으면서 샤라의 카드뿐 아니라 산더미 같은 시험 자료와 씨름했다. 집중할 대상은 차고 넘쳤다. 윌로그로브는 AP 수업 시험과 최종 시험을 5월 초 한 주에 몰아넣는다. 그러니 다음 주에는 지옥이 펼쳐질 것이다. AP 수업 시험은 진짜 시험 대비용으로 집에서 풀어오는 형식적인 시험이긴 하지만 말이다.

괜찮다. 아니, 차라리 잘됐다. 지난달에 수업을 제대로 따라가지 못한 과목이 몇 개 있어 보충 공부를 할 시간이 필요한 참이었다. 이 정도는 얼마든지 할 수 있다. 게다가 상심할 이유도 전혀 없다. 지금껏 클로이가 해온 일은 모두 피할 수 없는 일이지 않았는가.

클로이를 사랑한다는 이유로 〈나를 찾아줘〉의 주인공처럼 사라진 건 샤라다. 미친 사람은 클로이가 아니란 말이다!

졸업생 대표 연설도, 친구들도, 윌로그로브도, 샤라도, 온 세상도, 클로이는 다 감당할 수 있었다.

"할 수 있어요!"

금요일 밤, 클로이는 주방에서 제스 엄마가 제 손에 들린 고추기름 병을 가져가려 하자 버럭 소리를 질렀다. 병뚜껑이 안 열려 5분 동안 끙끙대던 참이었다. 그저 컵라면을 끓여 월요일까지 방에 처박히고 싶었을 뿐인데 말이다.

"이런, 이런." 제스 엄마가 두 손을 허리에 얹고 말했다. '지금 당장 이 문제에 대해 대화를 나눠야겠다'는 자세였다.

"얘기하기 싫어요."

클로이는 제스 엄마의 자세를 보자마자 말했다.

"그래? 벨!"

"왜?" 벨 엄마가 거실에서 답했다.

"클로이가 무슨 일 때문인지 굉장히 화가 났는데 얘기하기 싫대!"

"제발 그러지……."

클로이는 제스 엄마를 말리려 했지만 곧 벨 엄마가 멜빵바지 앞주머니에 드라이버를 꽂으며 주방으로 들어왔다.

"오, 그래? 재밌겠는데."

"얘기하기 싫다고 했잖아요."

클로이가 고집스럽게 말했지만 제스 엄마는 클로이를 슬쩍 밀어 주방 조리대 앞 의자에 앉혔다. 두 엄마는 팔짱을 끼고 차분하게 기다리는 표정으로 클로이 앞에 섰다. 들어줄 사람이 있다는 게 위로가 될 만도 했지만, 지금은 그저 시야가 흐려질 정도로 분노가 끓어올랐다.

두 엄마 모두 클로이가 입을 열 때까지 절대 포기할 사람이 아니었다. 클로이는 한숨을 쉬고는 멍청하고 짜증나는 인생의 멍청하고 짜증나는 그간의 사연을 털어놓았다. 쌀쌀맞아진 조지아부터 샤라, AP 시험, 최종 시험, 또 샤라, 세상에서 제일 친한 친구와 함께 갈 줄 알았건만 졸지에 뉴욕에 혼자 가서 새 삶을 시작하게 된

일, 그 외 샤라 휠러와 관련된 모든 일을 구구절절 늘어놓았다.

그러다 클로이는 누구보다 자신이 가장 깜짝 놀랄 말을 목쉰 소리로 내뱉었다.

"나한테 무슨 문제가 있나요?"

제스 엄마는 잠시 움찔하고는 고개를 저었다.

"무슨, 그런 거 없어."

"정말요? 하지만 난," 클로이는 이를 악물고 말했다. 혀가 제멋대로 움직였고 구역질나게 싫은 거친 목소리가 튀어나왔다. "문제가 있는 거 같은데요. 내가 나쁜 사람 같단 말이에요."

두 엄마는 서로를 보며 눈빛을 교환했다.

"왜 그게 궁금한데?" 밸 엄마가 물었다.

"그냥…… 알고 싶어요."

"중요한 건 스스로를 챙기고 책임지는 거야. 남에게 상처 주지 않고."

"상처를 주는걸요."

"고의로?"

"아뇨."

"그럼, 됐어. 인간은 누구나 그러니까."

"조지아가 내가 자기를 소중하게 여기지 않는대요. 내가 너무 못되게 굴어서 제일 친한 친구조차 내 진심을 몰라준다면 나한테 문제가 있는 거 아니에요?"

"문제가 있는 건 아니야. 그냥 너일 뿐이지."

"착한 사람은 아닌 거잖아요."

"클로이," 밸 엄마가 말했다. "제스와 나는 네가 태어나기 훨씬 전부터 마음을 정했어. 아이가 태어나면 그 애가 어떤 사람이든 본연의 모습으로 살게 할 거라고."

"네가 눈빛을 이글거리며 으르렁거리는 작은 포메라니안 같아도 그게 너라면 너인 거야, 딸." 제스가 덧붙였다

"제스." 밸 엄마가 하지 말라는 듯 쉿 소리를 냈다. "제스 말은 착한 것과 친절한 건 다르다는 뜻이야. 하나도 착하지 않으면서 친절하게 행동하는 사람은 많아. 중요한 건 그거야."

"가끔," 클로이는 두 손으로 관자놀이를 꾹 누르며 내뱉듯 말했다. "가슴이 터질 것 같을 때가 있어요. 온 우주를 통틀어 누구도 느껴보지 못한 감정이 폭발할 것 같을 때요. 그럴 때는 너무 화가 나요. 나는 이런 기분으로도 멀쩡히 걸어 다니면서 해야 할 일을 다 하고 A 학점을 받고 뉴욕대학교에 입학하고 윌로그로브의 짜증나는 현실을 다 참고 지내는데 그걸 아는 사람은 아무도 없거든요. 문제는…… 이 감정을 어떻게 설명해야 할지 모른다는 거예요. 적절한 단어가 없는데 무작정 입 밖에 내는 건 아닌 것 같아 그냥 입을 다물어요. 그러니 아무도 모를 수밖에요. 근데 또 아무도 모르는 게 화나요. 남이 알아주길 바라는지조차 잘 모르겠으면서요."

"뭘 알아주길 바라는데?" 밸 엄마가 다정한 목소리로 물었다.

"내가……." 클로이는 목에 걸린 말을 간신히 내뱉었다. "힘들다는 거요. 내가 이런 나여야 한다는 게 빌어먹게 힘들다는 거요."

"알아." 제스 엄마가 말했다. "그래도 버티며 살아가고 있잖아. 그거면 충분해."

"아니요." 클로이는 조리대를 힘껏 밀치며 일어났다.

"충분하지 않아요."

엄마들은 어떻게든 클로이를 올리브 가든에 데려가 저녁을 먹이려 했지만, 클로이는 전혀 내키지가 않아 방문 너머로 둘이서만 다녀오라고 소리쳤다. 차가 출발하는 소리가 들리자 클로이는 침대에서 몸을 일으켜 터벅터벅 욕실로 걸어갔다.

예전에 둔 자리에 얌전히 있는 은 목걸이가 보였다. 클로이는 목걸이를 꺼내 손바닥에 올렸다. 목걸이에는 얇고 화려한 장식이 달려 있었다. 다이아몬드가 박힌 십자가 모양의 장식이었다.

십자가 목걸이는 윌로그로브에서 신분을 상징했다. 임시 면허증이 나오기도 전에 부모로부터 우아한 다이아 십자가 목걸이를 선물받는 아이는 있는 집 자식이었다. 클로이의 두 엄마는 클로이가 갖고 싶어해도 사줄 형편이 안 됐다.

클로이를 괴짜 취급하는 인기 많은 여자애들은 하나같이 교복 셔츠의 목 트임 사이로 반짝거리는 다이아 목걸이를 차고 있었다.

샤라도 1학년 중반쯤까지는 그런 목걸이를 하고 다녔다.

1학년 때 방과 후 학교에 남아 성경 구절을 쓰는 벌을 받아야 했던 날이 있었다. 그날 클로이는 벌을 피하려고 텅 빈 도서관의 책장 뒤에 숨어 있었다.

도서관 책상 근처에 있는 쓰레기통을 뚫어져라 보고 있는 샤라를 발견한 건 그때였다.

샤라는 분홍색 매니큐어를 바른 깔끔한 손톱 하나를 하얗게 빛나는 이로 깨물며 머뭇거리고 있었다. 그러다 머리카락을 한쪽 어깨 너머로 넘긴 뒤 목덜미로 손을 뻗어 걸쇠를 풀고는 목걸이를 쓰레기통에 떨어뜨리고 사라졌다.

어쩌다 그 목걸이를 주울 생각을 했는지는 기억나지 않았다. 간밤에 두 엄마가 뒤쪽 베란다에서 클로이가 잠든 줄 알고 클로이의 학비를 두고 작게 실랑이하는 소리를 듣기는 했다. 아마 제스 엄마가 즐겨 보는 텔레비전 프로그램에서 그렇듯 목걸이를 전당포에 잡히면 어떨까 하는 마음이었을 것이다. 그러나 클로이는 지금껏 목걸이를 팔 생각은 한 번도 하지 않았다.

그날 샤라가 목걸이를 찾으러 다시 돌아왔기 때문이다. 샤라는 목걸이를 버리고 간 지 10분 만에 돌아와 다급히 쓰레기통을 뒤지기 시작했다. 종이 쪼가리와 자판기용 간식 포장지 따위를 꺼내면 꺼낼수록 샤라의 얼굴은 점점 하얗게 질렸다. 쓰레기통을 통째로 뒤집어도 목걸이가 없자 샤라는 결국 포기하고 돌아갔다. 클로이가 있는 줄은 꿈에도 모른 채 말이다.

그다음 주, 클로이는 체육관 사물함 앞에서 샤라의 연기를 지켜봤다. 샤라는 체육 시간에 풋볼 경기장을 뛸 때 목걸이를 잃어버린 것 같다며 울먹였다. 반 아이들 모두가 잔디밭을 기어 다니며 목걸이 수색에 나섰고 샤라는 우두커니 서서 그 모습을 지켜봤다. 클로이도 옷에 풀물이 들었지만 억울하지는 않았다. 샤라가 모두가 생각하는 그런 애가 아니라는 사실을 알게 됐기 때문이었다.

클로이는 조지아가 던진 뒤로 침대 밑에 내팽개친, 샤라의 카드가 담긴 화장품 가방을 꺼냈다. 이 재미없는 퍼즐을 맞추기만 하면 모두에게 입증할 수 있었다. 클로이는 나쁜 친구가 아니고 미치지 않았고 지금까지 늘 옳았지만, 샤라는 자기 비밀을 감당하지 못해 남들한테 떠넘긴 못돼먹은 사기꾼이라는 걸 말이다. 그러면 클로이는 이 게임의 승자가 되고 모두가 클로이를 용서할 수밖에 없을 것이다.

클로이는 카드를 몇 번이고 다시 읽으며 샤라의 글씨를 꼼꼼히 살펴봤다. 하도 봐서 이제는 샤라의 글씨가 친밀하게 느껴졌고, 그런 자신이 싫은 나머지 집 뒤 배수로 속에 처박혀 샤라 휠러 같은 여자애가 존재했다는 사실조차 잊어버리고 싶어졌다. 분명 카드에 답이 있었다. 뭘 놓친 걸까?

클로이는 딕슨의 집에서 찾은 카드의 글씨를 손가락으로 따라갔다. 그때 무언가가 만져졌다.

'열쇠는 내가 있는 곳에 있어.'

문장 끝부분의 글씨 자국이 다른 곳과 느낌이 달랐다. 클로이는 카드를 들어 침대 옆 램프 불빛에 비춰봤다. 그러자 미세한 차이가 드러났다. 세 단어 밑에 작은 홈이 파여 있었다. 카드 위에 다른 종이를 깔고 펜으로 눌러 보일락 말락 한 자국을 남긴 게 분명했다. '내가 있는 곳.' 이 세 단어를 강조하기 위해서 말이다.

샤라가 있는 곳은 어디일까?

열쇠는 요트에 탄 샤라의 사진 뒤에 붙어 있었다. 샤라가 있는 곳, 그러니까 샤라의 사진이 있는 물리적 장소는 교장실이었다. 그러나 그게 다가 아닐 수도 있다. 사진 자체가 샤라가 지금 있는 곳을 알려주는 단서일지도 모른다.

클로이는 교장실에서 교장과 마주보는 의자에 수도 없이 앉아봤다. 그 덕분에 사진의 세세한 부분까지 선명히 떠올릴 수 있었다.

요트 계류장 15번 자리. 뒤로 보이는 '앵커 베이 마리나' 표지판. 천사 같은 미소를 짓고 있는 샤라.

"죽이고 말겠어."

클로이는 조용히 내뱉고는 차 키를 집어 들었다.

낱장 속지에 적혀 클로이 그린의
물리 수업 바인더 뒤에 꽂혀 있었음

졸업생 대표 연설: 17번째 초안

안녕하세요, 여러분. 저는 클로이 그린입니다. 여러분은 아마 저를 수업 시간에 발표할 때마다 제일 먼저 나서는 아이로 아실 겁니다. 그러나 자부하건대, 선생님이 숙제 검사를 잊었을 때 굳이 선생님의 기억을 일깨운 적은 한 번도 없습니다. 물론 한두 번쯤 그런 생각을 해보기는 했습니다. 한 시간을 꼬박 들여 답을 작성했으면 참여 점수 만점을 받을 자격이 있으니 말이죠. 그렇지만 그게 중요한가요? 검사를 안 받아도 전 괜찮습니다.

또한 여러분은 저를 샤라 휠러를 제치고 이 자리에 선 아이로 아실 겁니다. 대부분 샤라를 응원하시겠지만, 이제 샤라라고 늘 원하는 걸 얻는 건 아니라는 걸 아셨을 거예요. 그리고 참, 샤라의 머리카락이 그렇게 대단한 건 아닙니다. 그냥 긴 것뿐이죠. 그리고 제 생각에……

클로이의 의견:
개인적인 내용을 조금 덜어내는 게 좋을까???

16

샤라의 실종 후 지난 시간: 27일

앵커 베이 마리나는 고요했다. 구름 한 점 없는 밤하늘 아래, 호 숫가와 고급 요트의 넓은 선체에 푸른 물이 부딪치며 철썩이는 소 리만 났다. 앵커 베이 마리나는 계류장 스무 개가 설치된 나무 부 두가 땅딸막한 보트 창고 주변을 U자 모양으로 감싼 형태였다. 이 보트 창고는 밤에는 문을 닫는다. 주차장을 보니 샤라의 흰색 지프 차가 뒤쪽 구석 자리에 얌전히 주차돼 있었다. 그 모습에 클로이의 심장은 언제라도 폭발할 제트 연료로 채워졌다.

휠러네 요트가 있는 곳이 한눈에 보이지 않자, 클로이는 색이 바 랜 흰색 페인트로 각각 번호가 적혀 있는 계류장 철탑을 하나씩 확 인하기 시작했다.

2번 자리, 3번 자리, 4번 자리.

7번, 8번, 9번.

12번, 13번, 14번, 모퉁이를 돌자…….

실종 후 몇 주 동안 샤라의 머릿속을 맴돈 샤라는 늘 같은 모습이었다. 무도회 드레스를 입고 장밋빛 립스틱을 바르고 햇살 같은 머리카락을 어깨 너머로 늘어뜨린 채 컨트리클럽 샹들리에 아래에 서 있는, 손에 닿지 않는 그 모습 그대로 박제돼 있었다.

달빛 아래 15번 계류장에 있는 샤라는 신기하게도 클로이의 기억 속 모습과 일치했다. 어떤 악독한 의도에서인지 아직도 입고 있는 졸업 파티 드레스 탓이 제일 컸다.

샤라는 항해선 앞에 달린 선수상처럼 갑판과 뱃머리의 양쪽으로 연분홍빛 튤을 풍성하게 늘어뜨린 채 요트 앞쪽에 앉아 있었다.

진짜 샤라였다. 카드 속 한 줄이나 스미스의 사물함에 붙은 사진이나 클로이의 목덜미를 간지럽히는 기억 속 샤라가 아니라, 뾰족한 코와 우아한 어깨, 짜증나게 순진한 표정을 짓고 있는 진짜 샤라.

클로이는 곧 폭발할 것 같은 예감이 평소보다 강하게 들었다.

그때 샤라가 입을 열었다. "왠지 네가 올 것 같더라."

클로이의 심장은 결국 폭발했다. 제트 연료가 최대 화력으로 자연 발화했다. 잔뜩 화가 난 조그만 클로이 오백만 명이 앵커 베이 마리나 위로 쏟아지며 샤라에게 손가락 욕을 하는 기분이었다.

가까이에서 보니 샤라는 졸업 파티 때와 똑같은 모습은 아니었다. 화장을 지워 맨얼굴이었고 입술은 자연스러운 분홍빛이었으며 머리카락은 정수리 위로 둥글게 말아 올려 곱창 밴드로 묶었다.

그 모습에 클로이는 매우 불쾌하게도 샤라의 욕실 선반에 있던 실크 소재의 곱창 밴드를 떠올렸다. 머리를 올려 묶은 샤라를 보는 건 이번이 처음이었다. 이 와중에 멍청하게 이런 생각이나 하고 있다니.

"솔직히." 클로이는 운동화 앞코가 부두 가장자리에 아슬아슬하게 걸쳐질 때까지 샤라를 향해 다가가며 말했다. "김이 좀 빠지는걸."

샤라는 한쪽 눈썹을 치켜올리며 물었다. "뭘 기대했는데?"

"오해는 하지 마. 네가 요트에 탄 따분한 계집애밖에 안 되는 줄은 이미 알고 있었어. 그래도 내심 반전을 기대했거든. 여기 어디 시체 숨긴 아이스박스 같은 건 없어?"

"그 따분한 계집애를 보려고 여기까지 온 건 너야."

"맞아." 클로이는 불쾌할 정도로 바싹 마른 입으로, 상대를 위협하듯 노출된 샤라의 쇄골을 힐끗 보며 말했다. "네가 여태 어디 있었는지 모두에게 알리려면 와봐야지."

샤라는 자리에서 일어나 뒤로 돌며 드레스를 들어올렸다. 그러자 신발은 없이 호박벌 무늬 양말을 신은 샤라의 발이 힐끗 보였다. 클로이는 앞으로 호박벌만 보면 이 장면이 떠오르리라는 생각에 기분이 나빠졌다.

"근데 지금 네가 하고 싶은 건 그게 아니지 않나?"

클로이는 평생 잊지 않으려는 듯 샤라의 뒤통수를 뚫어지게 노려봤다.

"내가 뭘 하고 싶은지 네가 어떻게 알아."

"알아."

샤라는 배 한가운데에 있는 흰색 문을 열고 계단 밑으로 사라졌다.

클로이는 멍하니 선 채 바닥에 끌리던 샤라의 드레스가 휙 사라지는 모습을 지켜보다 캄캄한 허공에 대고 소리쳤다.

"이 망할 배에 내가 탈 거 같아?"

클로이는 샤라의 망할 배에 올라탔다.

선실로 내려가는 계단은 지금의 분위기와 어울리게 매우 가팔랐다. 첫 번째 공간은 갖가지 장비와 밧줄 꾸러미, 작디작은 주방이 들어차 발 디딜 틈이 없었다. 주방에는 밸 엄마가 캠핑을 갈 때 갖고 다니는 것과 비슷한 작은 휴대용 가스레인지가 있었고 그 위에는 임시 조리대 역할을 하는 넓은 나무판자가 올려져 있었다. 판자 위에는 에너지바와 마카로니 앤드 치즈 상자, 견과류 믹스가 담긴 플라스틱 용기, 귤 한 봉지가 클로이가 전학 온 첫날 본 샤라의 형광펜처럼 한 줄로 정리돼 있었다.

샤라는 원래 늘 이렇게 깔끔할까? 아니면 클로이가 곧 올 걸 알고 정리해둔 걸까?

선실 뒤쪽은 바닥에 고정된 탁자와 벤치 두 개가 놓인, 방을 흉내 낸 작은 공간과 연결돼 있었다. 탁자 위에는 로즈골드 색 맥북이 개별 포장된 초콜릿이 담긴 봉지와 깔끔하게 필기될 준비가 된 공책 옆에 놓여 있었다. 클로이가 단서를 쫓느라 정신없는 동안 샤라는 요트에서 무도회 드레스를 입고 초콜릿을 먹고 있었다.

증오해야 마땅한 샤라가 아니었다면, 아마 감탄했을 것이다.

샤라는 한 손으로 치마를 모아 잡은 채 벤치에 무릎을 꿇고 앉아 벤치 뒤에 있는 빌트인 책꽂이에 책을 밀어 넣었다. 치맛단에는 때가 묻어 있었고, 다시 클로이를 향해 돌아설 때 보니 보디스와 치마의 봉합선이 터져 있었다.

"그걸 4주째 입고 있는 거야?"

클로이가 묻자 샤라가 벤치에 앉으며 답했다.

"웩. 더럽게 어떻게 그래. 다른 옷도 싸 왔지."

샤라가 가리키는 선실 입구 쪽을 보니 오른쪽 구석에 작은 수면 공간이 있었고, 그 밑에 샤라의 책가방과 포개진 옷 더미 두 개가 놓여 있었다.

"그럼 그 옷을 입고 있는 건……?"

클로이는 샤라의 서랍장에서 없어진 속옷을 힐끔거리면서도 안 보는 척하며 물었다.

"가끔 입고 싶을 때 입어. 여기서는 심심할 때가 많으니까."

"심심하지 않을 방법이 하나 더 있는데 뭔지 알아?"

클로이는 드디어 샤라를 똑바로 바라보며 물었다. 클로이가 코앞까지 다가갔지만 샤라는 여전히 초연해 보였다. "애초에 여기로 도망치지 않으면 돼."

"그건 너무 재미없잖아. 안 그래도 재미없게 살았는데." 샤라가 반박했다.

"넌 이러는 게 귀여워 보일 거 같아?"

"재미있기는 해. 좀 웃기기도 하고." 샤라는 초콜릿 봉지를 당겨 한 개를 꺼낸 뒤 클로이를 보며 고개를 갸웃했다. 그러고는 아랫입술을 비쭉 내밀며 말했다. "화났나보네."

"당연히 화났지. 너 때문에 내 인생의 한 달을 말도 안 되고 보람도 없는 물건 찾기 게임에 허비했어. 네가 무슨 석유 재벌처럼 요트 타고 느긋하게 즐기는 동안."

"이거 요트 아니야. 10미터도 안 되는데, 뭐."

클로이는 왠지 이 말에 평정심을 잃고 쏘아붙였다.

"와, 너 진짜 역겹다. 자아도취도 정도껏 해야지. 이제는 네가 날 사랑한대도 불쌍한 마음조차 안 들어."

샤라는 초콜릿을 감싼 은박 포장지를 뜯으려다 동작을 멈췄다. 잠시 희열을 만끽하고 있는 클로이에게 샤라가 물었다.

"뭐? 방금 뭐랬어?"

"너, 날 사랑하잖아." 클로이는 다시 말했다. "그래서 이 난리를 친 거고. 날 사랑하게 됐지만 그 결과를 감당하기 싫어 도망친 거잖아. 날 사랑하는 너 자신이 한심했을 테니까."

"맙소사." 샤라는 웃음을 터트렸다. "그렇게 생각했어?"

"네가⋯⋯." 저 반응은 뭐지? 허세를 부리는 거다. 그래야만 한다. "《맨스필드 파크》에 꽂아둔 편지에 그렇게 썼잖아."

"세상에, 클로이. 제대로 읽은 거 맞아? 난 편지에 내 계획을 썼을 뿐이야. 네가 나한테 집착하게 만드는 계획." 샤라는 드디어 포장지를 풀어 초콜릿을 입에 던져 넣고 말했다. "아, 이거 실망스러운걸. 내 의도를 간파한 줄 알았더니 완전히 속았네."

클로이는 기억을 되감아 구글 문서를 떠올렸다. 그럼 그때 나눈 대화는 뭐지? 둘이 전혀 다른 대화를 나눴던 건가?

"아니. 그럴 리 없어. 말이 안 되잖아. 왜 내가⋯⋯ 왜 내가 너한테 집착하길 원했는데?"

샤라는 이제 신나게 조롱을 퍼부을 것이다. 이성애자 여자애들은 재수 없게도 그들의 눈에 띈 동성애자 여자애한테 못된 장난을 치곤 한다. 샤라도 바로 그런 장난을 쳤던 것이다.

그러나 샤라의 입에서는 예상과 전혀 다른 답이 나왔다.

"나, 하버드 떨어졌어."

너무나 갑작스럽고 뻔한 거짓말이라 클로이는 반응조차 할 수 없었다. 샤라의 하버드 조기 입학은 샤라를 둘러싼 신화에서 가장 큰 부분을 차지했다. 샤라가 세상 밖으로 나가 폴스 비치를 빛내줄 존재임을 입증한 최고의 업적이 거짓말일 리 없었다.

"헛소리 마." 클로이는 겨우 대꾸했다.

"진짜야." 샤라는 초콜릿을 삼키고는 분홍색 보디스 위로 팔짱을 꼈다. 위협적이었던 샤라의 쇄골이 이제는 비극적으로 보였다. 샤라는 정말로…… 진실을 말하는 표정이었다. "면접을 망쳐서 떨어졌어. 아무에게도 말 안 했지만. 부모님한테도."

"그렇대도 그게…… 나한테 키스한 일이며 단서며, 그 모든 일과 무슨 관련이 있는데?"

"말했잖아." 샤라는 무표정한 얼굴로 클로이를 똑바로 쳐다봤다. "내 편지가 그렇게나 감동적이었어? 다른 내용은 다 잊어버릴 만큼? 우리 둘 다 간절히 원하는 게 뭐지? 네가 윌로그로브에 나타난 뒤로 너한테 뺏길까 봐 내가 늘 전전긍긍했던 거 말이야."

클로이는 기억 속에서 샤라의 편지를 끄집어내 처음부터 다시 읽기 시작했다. 샤라가 클로이의 마음을 사로잡으려 벌인 일들 말고 또 무슨 내용이 적혀 있더라…… 잠깐만. 설마…….

"수석 졸업 때문이었어……?"

샤라는 미인 대회에서나 지을 법한 미소를 지었다.

"딴 데 신경 쓰느라 전혀 눈치 못 챘구나? 난 이미 9주 전에 과제 다 제출했어. 넌 마감을 놓친 게 몇 개 있겠지만. 그럼 평점 백분율이 1~2퍼센트쯤 낮아지겠네."

"그러니까 이 짓을 벌인 게…… 내 수석 졸업을 방해하기 위해서였다는 거야?"

샤라는 눈알을 굴리며 말했다. "방법을 알았다면 너도 똑같이 했을 거면서 놀란 척하기는."

"왜?" 클로이는 겨우 한마디를 내뱉었다. "그게 왜 그렇게 간절했는데?"

"남은 건 그것뿐이니까."

"설마, 농담이지?" 클로이의 입에서 고함에 가까운 소리가 터져 나왔다. "넌 다 가졌잖아. 넌…… 온 마을 사람들이 너라면 죽고 못 살고, 널 사랑하는 남자친구도 있고, 옆집에 널 위해서라면 뭐든 할 멋진 남자애도 살잖아. 원하는 건 다 해줄 수 있는 돈 많은 부모도 있고, 네가 걷는 길에 입이라도 맞추려고 줄 선 사람이 한둘이 아닌데, 도대체 뭐가 아쉬워서?"

샤라는 클로이의 말을 끝까지 들은 뒤 차분한 목소리로 말했다.

"우리 부모님이 이 망할 부두에 감시 카메라를 설치해놓은 거 알아? 부모님은 내가 모르는 줄 알지만 내 차에 추적 장치도 달아놨어. 내가 여태 어디 있었는지 다 안다는 뜻이야. 솔직히 부모님이 찾으러 오기 전까지 얼마나 오래 버틸 수 있나 두고 볼 생각이었는데, 꿈쩍도 안 하시더라? 우리 부모님은 늘 이래. 내가 일부러 부모님이 싫어하는 행동이나 말이나 생각을 하면 그냥 본인들 할 일 하면서 내버려둬. 문제가 사라질 때까지 아무 일도 없는 척하지."

동정심을 유발하려는 연기가 분명했지만, 클로이는 꼭 쥔 주먹에서 아주 조금 힘을 빼고 물었다.

"그럼 스미스는? 로리는? 개네는 수석 졸업과 무슨 상관인데?"

"클로이. 똑똑한 애가 왜 이러실까."

"장난치지 말고 답이나 해, 샤라."

샤라는 잠시 말을 멈추고 초콜릿을 하나 더 집어 들었다. 이번에는 포장을 풀지 않고 할 말을 생각하는 듯 손바닥에 놓고 굴렸다.

"너도 둘이 서로를 보는 눈빛을 본 적 있지 않아?"

"무슨 뜻이야?"

"스미스는 원래 나한테 별 관심 없었어. 근데 로리가 우리집 옆으로 이사 왔다는 걸 알고 나더니 갑자기 홈커밍 파티에 같이 가자고 하더라? 뭐, 괜찮은 애 같아서 일단 기회를 줘보기로 했어. 그러다 스미스가 날 데리러 왔고 로리와 눈이 마주쳤어. 그때 로리가 어쨌는지 알아? 글쎄, 자기 집 지붕에서 떨어질 뻔하더라고. 그때 알았어. 내가 그 둘에게 어떤 존재인지. 너는 전학 와서 모르겠지만 난 중학교 2학년 때 다 봤거든. 둘이 같이 있을 때 어땠는지." 샤라는 체온 때문에 가장자리가 녹는데도 초콜릿을 계속 손바닥에 놓고 굴렸다. "둘 다 날 사랑하는 줄 착각하고 있지만 그 애들의 사랑이 향하는 곳은 내가 아니야."

클로이는 야외 관람석에서 찾은 샤라의 카드를 떠올렸다. 샤라는 스미스에게 키스한 게 로리의 질투심을 유발하기 위해서라고 했다. 로리의 감정을 알고 있었다면 왜…….

그렇다. 샤라는 로리가 누구를 질투하는지는 밝히지 않았다.

"모두 각자의 목적을 위해 날 이용하고 싶어해, 클로이. 나도 얻는 게 있기는 하지만."

"예를 들면?"

"주로 사회적 자본과 재미를 얻지. 근데 심심하기도 하고 곧 졸업하기도 하니 둘이 서로를 바라보게 하면 어떻게 될지 궁금했어." 샤라는 초콜릿을 봉지에 다시 휙 던져 넣었다. "그리고 내가 사라지면 너희 셋이 날 추적할 게 분명하니 두 문제를 같이 처리하기로 했지. 한 방에 깔끔하게 말이야. 일석이조랄까."

"스미스는 누굴 그렇게 이용할 애가 아니야. 너 때문에 얼마나 상처 받았는데."

샤라는 날카로운 눈빛으로 클로이를 쳐다봤다. 마치 클로이는 자기 앞에서 스미스의 이름을 거론할 자격이 없다는 듯한, 지금까지의 상황을 고려하면 참 어처구니없는 눈빛이었다.

"어차피 받을 상처였어."

"왜?"

"나는 스미스를 사랑할 수 없으니까."

"왜 안 되는데?" 클로이가 따져 물었다.

"그냥 안 돼. 됐어?" 샤라는 드디어 평정심을 잃은 듯 쏘아붙였다. 그러고는 흘러내린 머리카락 한 가닥을 얼굴에서 휙 떼어내며 말했다. "아직도 모르겠어? 난 안 돼. 스미스와 잘될 수 없어. 모두가 원하는 모습은 내 진짜 모습이 아니야. 하버드에 합격하지도 못했고. 이제 내가 할 수 있는 건 졸업 연설 딱 하나야. 그것만 하면 모두가 날 그 모습으로 기억할 거야. 나머지는 알 필요도 없고 알려 하지도 않을 테니까. 근데 네가 나타나 걸림돌이 됐고, 난 걸림돌을 치우려 한 것뿐이야. 내 관심사는 그것뿐이라고.”

클로이는 연극이라면 할 만큼 해본 터라 샤라의 말이 연습한 대사라는 걸 바로 알아차렸다.

“뭐라고 하든 상관없어. 그런다고 네가 고작 마을 사람들의 시선이 두려워 이런 짓을 저질렀다는 사실은 변하지 않으니까.”

클로이는 휙 뒤돌아 쿵쾅거리며 계단을 올라갔다. 선실 밖에서는 밤비가 내리고 있었다. 샤라가 선실 밖으로 뒤쫓아 나와 클로이의 등에 대고 소리쳤다.

“그래, 두려웠는지도 몰라. 그래도 너만큼 두렵지는 않아!”

클로이는 뒤로 돌아 샤라와 마주섰다. 샤라는 마치 우스꽝스러운 그리스 비극의 여주인공처럼 졸업 파티 드레스를 입은 채 증오가 가득 서린 표정으로 클로이를 보고 있었다.

“그게 대체 무슨 뜻이야?”

“두려울 때 내가 어쩌는지 알아? 나는 거울을 보면서 고칠 점을 찾아. 클럽 회관 앞 장미 덤불을 예쁜 모양으로 다듬는 정원사처럼. 얼굴에 보습 크림을 바르고 머리에 에센스를 바르면서 내일 어떤 사람에게 어떤 말을 해서 내가 원하는 대로 날 보게 만들까 생각해. 너는 어때? 넌…… 뭐든 다 알고 네가 제일 잘났다는 듯 씩씩하게 등교해. 하지만 난 알아. 네가 속으로는 얼마나 두려움에 떨고 있는지. 실은 뭐든 다 확실한 척할 수밖에 없는 거 아니야? 불확실한 건 너무 두려워 감당을 못 하겠으니까."

"말하기도 입 아프지만 이 모든 일은 나랑 아무 상관 없어."

"다 내가 사람들의 시선을 두려워해서 벌어진 거라며. 난 그저 나만 그런 건 아니라고 알려주는 것뿐이야."

클로이는 저에 대해 쥐뿔도 모르면서 지껄이는 샤라의 선상 독백을 더는 참을 수 없어 샤라를 향해 한 걸음 다가갔다.

샤라가 지금까지의 연기와 어긋나는 행동을 한 건 바로 그때였다. 움찔 놀라며 뒷걸음질을 치다 드레스의 더러워진 아랫단을 밟고 휘청거렸고, 그 바람에 허리의 잘록한 부분이 배 난간에 부딪쳤다.

샤라는 클로이가 다가오는 걸 두려워하고 있었다. 다가오면 무슨 일이 일어날지, 자신이 어떤 행동을 할지 알기 때문이다.

역시 클로이의 생각이 옳았다. 인정하기 싫을 뿐, 샤라는 분명 클로이를 원하고 있었다.

클로이는 샤라를 향해 한 걸음 더 다가갔다.

"정말 졸업 연설이 이유였다면 더 쉬운 방법이 있었을 텐데. 아빠를 시켜 날 퇴학시킬 수도 있었잖아. 하지만 그러면 네가 정말 원하는 걸 얻을 수 없었겠지. 안 그래?"

샤라는 기막히다는 듯 애써 눈알을 굴렸지만 등 뒤로 뻗은 손은 난간을 찾아 더듬고 있었다.

"무슨 말도 안 되는 소리야."

클로이는 뜨거운 무언가가 심장을 휘감는 느낌이었지만, 입에서 나오는 말은 깃털처럼 가벼웠고 땀을 식혀주는 시원하고 부드러운 산들바람 같았다.

"내가 널 지켜보고 있다는 걸 확인하고 싶었잖아." 이제 클로이는 샤라를 만질 수 있을 만큼 가까워졌다. "그래서 좋았지? 내가 늘 네 생각을 하고 있다는 걸 확인하고 좋았잖아."

"아까 말했지만 재미있기는 했어."

"그렇게 믿고 싶었겠지. 하지만 이 모든 짓거리 뒤에 숨은 진실을 너도 내심 알고 있지 않아? 네가 원해서 나한테 키스했다는 진실 말이야."

"아니, 그건 그냥 의미 없는 키스였어."

클로이는 샤라를 향해 몸을 기울이면서 샤라의 시선이 클로이의 입술에 아주 잠깐 머무는 걸 놓치지 않았다.

"그럼 왜 지금 내가 키스해주길 바라고 있어?"

"그런 적 없어."

"알았어. 그럼 안 할게."

몸을 돌리려는 순간 익숙한 감촉이 느껴졌다. 샤라의 손이 팔을 감싸며 끌어당기는 감촉이었다. 샤라는 분노로 이글거리는 초록빛 눈을 부릅뜬 채 목이 졸리는 듯한 소리를 잇새로 내며 클로이에게 입을 맞췄다.

클로이는 샤라의 두 번째 키스를 기다렸다는 듯 받아들였다.

의도적으로 손가락을 비틀어 샤라의 흘러내린 머리카락을 헤치고는 목덜미를 잡고 같이 강하게 입을 맞췄다. 다른 손으로는 튤 스커트와 보디스가 만나는 샤라의 허리를 잡고는 마치 둘이 얼마나 서로에게 잘 맞는지 보여주려는 듯 샤라의 몸을 제 몸에 밀착시켰다. 전략은 효과가 있었다. 샤라는 한숨을 내쉬며 난간을 붙잡았던 손을 풀어 손바닥으로 클로이의 볼을 감쌌다. 클로이는 볼에 전해지는 철제 난간의 냉기에 몸이 떨렸지만 애써 억눌렀다.

지금은 샤라의 엄지가 광대뼈를 스치는 느낌과 입술의 느낌을 음미할 때가 아니었다. 클로이는 계획대로 갑자기 키스를 멈췄다. 갑작스러운 중단에 샤라는 멍한 표정으로 눈만 깜박거렸다. 아, 민망하게도 몸을 기울인 쪽은 클로이가 아니었다. 클로이는 오히려 당황스러울 만큼 몸이 밀린 쪽이었다. 짜릿한 순간이었다. 클로이의 인생 최고의 순간 5위 안에 드는 큰 사건이었다.

"내 말이 맞지?"

클로이는 마지막 한마디를 날리며, 드레스 차림의 샤라를 난간 너머로 밀어 마틴 호수에 빠트렸다.

일기 숙제의 첫 번째 초안
후에 보다 정확한 어휘를 쓴 초안으로 교체됨
샤라의 다섯 과목 종합 공책의 표지 안쪽 주머니에 숨겨져 있었음

나는 일기를 쓰는 게 그렇게 좋은지 잘 모르겠다. 개인적인 생각을 어딘가에 적어두면 나중에 골칫거리가 될 수도 있다.

그러나 꼭 써야 한다면 오늘은 중학교 1학년 때 외운 성막의 구조에 대해 쓰고 싶다. 다소 과시성 건축물 같긴 하지만 난 지금도 성막의 구조가 생생히 기억난다. 번제단과 금 등잔대, 분향 제단 등을 그리라면 그릴 수 있을 정도다. 그중에서도 '지성소'가 자주 생각난다. 반드시 한 명씩만 들어갈 수 있는 장소라는 게 왠지 마음에 든다.

당시의 유대인들은 비밀 유지의 개념을 제대로 알았던 것 같다. 내 생각에 최악의 기독교도는 시끄러운 기독교도다. 나는 어떤 일을 모두가 보는 앞에서 한다고 그 일에 더 큰 의미가 부여되는 건 아니라고 믿는다. 오히려 떠드는 순간 그 일은 내 일이 아니게 된다.

가끔 교회에 들어서면 집 같기는 하지만 내가 있어야 할 곳 같지는 않을 때가 있다. 사실 나에게 집은 머물기에 늘 좋은 장소는 아니었다.

17

졸업까지 남은 시간: 15일

다음 날 아침 늦게, 클로이는 "어이, 마리오카트 좋아해?"라는 스미스의 문자 소리에 잠에서 깼다.

클로이의 반응은 세 가지였다. 하나, 웬 마리오카트? 둘, 요전 날 소리를 질러 미안하군. 셋, 이런, 자기 여자친구와 또 키스했다고 말해야 하네? 두 배로 미안하군.

클로이는 승자니까 행복해야 마땅했다. 영화 〈쏘우〉의 게임을 어설프게 흉내 낸 샤라의 게임으로 일상이 뒤죽박죽됐지만 드디어 주도권을 잡지 않았는가. 클로이는 샤라의 비밀을 아는 데다 샤라의 마음까지 확인했다. 원하면 하버드대와 관련한 샤라의 엄청난 거짓말을 온 학교에 알릴 수도 있었다. 샤라는 지금쯤 요트 위에서 흠뻑 젖은 채 비극적이리만큼 아름다운 얼굴로 멍을 때리고 있을 것이다. 클로이와 다시 키스할 날이 오기는 할지 고민하며 말이다. 그런 날은 오지 않으리라는 생각을 하면 만족감이 차오르고도 남아야 했다. 그런데 왜 이런 기분일까?

시간이 필요하다. 이 모든 상황을 납득할 시간이.

조용한 집에 버터와 시럽 냄새가 가득했다. 두 엄마가 일찍 아침을 먹고 둘만의 주말 프로젝트를 하러 나갔다는 뜻이었다. 클로이는 제스 엄마의 버켄스탁 슬리퍼를 신고 차고로 향했다.

"잘 잤니, 우리 딸." 제스 엄마가 접이식 의자에 앉아 인사했다. 문을 열어둔 차고 안으로 찌는 듯한 아침 햇볕이 들이쳤다. 제스 엄마는 클로이가 초등학교 4학년 때 샌디에이고 동물원에 체험 학습을 갈 때 입었던 티셔츠와 비키니 하의를 걸친 채 달콤한 홍차를 홀짝이고 있었다. "아침 못 먹어 어쩌니? 팬케이크 만들었는데."

클로이는 파바로티의 곡이 흘러나오는 발치의 블루투스 스피커를 향해 고갯짓을 하며 물었다. "〈리골레토〉 2막인가요?"

"1막." 제스 엄마가 윙크하며 답했다. 클로이는 파바로티의 곡을 들을 때마다 백작 부인의 옷 같은 제스 엄마의 공연용 드레스를 입고 아파트 안을 누비고 다니던 어린 시절이 떠올랐다. "좀 괜찮니? 어젯밤 그러고 나서?"

처음에는 제스 엄마가 샤라 일을 도대체 어떻게 알고 있나 궁금했지만, 간밤에 주방에서 울며불며 다 털어놓았던 기억이 곧 떠올랐다. 어제는 참 긴 하루였다. 아니, 긴 한 달이었다.

"네. 괜찮아요. 지금은 그냥 모든 게…… 다 벅차요."

트럭 밑에서 렌치로 차대를 손보고 있던 밸 엄마가 이동식 작업

침대에 누운 채 굴러 나와 클로이를 올려다봤다.

"알아." 밸 엄마가 땀을 닦자 이마에 기름 자국이 남았다. "윌로그로브가 원래 사람을 좀 힘들게 할 때가 있지."

클로이는 인상을 찌푸렸다. 어깨가 반사적으로 굳었다.

"그래서 그런 게 아니에요."

"그래? 하고 싶은 말 있으면 해. 오전에는 시간 많아." 밸 엄마가 일어나 앉으며 말했다. "나도 다 겪은 일이야. 기억하지?"

"괜찮아요." 클로이가 벗어날 핑계를 찾으며 다시 말했다.

"어…… 공부해야 하기도 하고요. 생물 수업 같이 듣는 애들이랑 만나야 하는데 괜찮죠?"

"그래. 저녁은 집에서 먹어!" 차를 향해 가는 클로이의 뒤에 대고 제스 엄마가 외쳤다. "그린 토마토 튀김 조리법 드디어 알아냈어! 최종 시험 주간 만찬이야!"

"알았어요." 클로이는 질문이 더 쏟아지기 전에 밸 엄마의 시선을 피하며 답했다. 어젯밤에 책가방을 차에 두길 다행이었다. 안 그랬으면 깔끔하게 탈출하지 못했을 것이다.

클로이는 스미스네 집에 가는 내내 안절부절못했다. 가속 페달에 올린 발가락을 계속 꼼지락거렸고 노란 신호등은 그냥 통과했다. 얼른 스미스를 만나 할 말을 하고 혼자 있고 싶었다. 공부를 해야 했지만, 무엇보다 누구에게도 표현하고 싶지 않은 수백 가지 감정이 들끓어 마음을 가라앉힐 시간이 필요했다.

현관문이 열리고 처음 보는 키 큰 여자애가 문 뒤에서 나왔다. 닌텐도 스위치를 들고 있었다. 스매시 브라더스 게임으로 한창 열

띤 대전을 벌이고 있는 것 같았다.

"안녕하세요. 스미스 있나요?"

클로이는 여자애의 어깨 너머로 벽에 십자가가 걸려 있고 꽃무늬 소파 세트가 있는 작은 거실을 들여다봤다. 여자애는 스미스의 누나, 재스인 듯했다.

"누구세요?" 재스가 보지도 않고 물었다.

"클로이예요. 학교 친구요."

재스의 게임 속 캐릭터, 뮤츠가 뻐끔 플라워에게 비장의 무기를 날리고 있었다.

"학교 친구 클로이라. 스미스는 여자가 놀러온다는 말 안 했는데."

"누나 일이나 신경 쓰시지." 그때 스미스의 웃는 목소리가 들렸다. 민소매 셔츠와 부드러워 보이는 회색 반바지 차림의 스미스가 다소 놀란 표정으로 재스 뒤에서 나타났다. 클로이는 스미스의 머리가 조금 길었다는 걸 이제야 알아봤다.

스미스는 한 손바닥으로 재스의 관자놀이를 밀치며 말했다.

"저리 가. 다 하고 충전해놓는 거 잊지 말고. 오늘밤에 로리랑 마리오카트 하기로 했어."

"재수 없어." 재스가 받아쳤다.

"엄마, 누나가 나더러 재수 없대!" 스미스가 외쳤다.

"재스민 파커!"

"너 진짜 짜증나."

재스는 스미스를 노려보며 사라졌고 스미스는 주먹으로 입을 가리며 웃었다.

"그래도 내년에 집 떠나면 보고 싶겠지?"

"마리오카트 문자, 그래서 보낸 거야? 로리 때문에?"

스미스는 어깨를 으쓱했다. "너도 좋아하면 초대하려고."

"이제 주말에 나 끼우지 않고 둘이 놀아도 되잖아."

"알아. 그냥…… 오랜만이라서. 근데 무슨 일 있어? 표정이 이상한데."

맞다. 이럴 때가 아니다.

"얘기 좀 할 수 있어?"

스미스는 고개를 끄덕이고 말했다. "들어와서 할래?"

클로이는 현관에 신발을 벗어두고 스미스를 따라 거실을 지나 짧은 복도로 향했다. 복도에는 사진이 꽂힌 액자가 줄줄이 걸려 있었다. 풋볼 유니폼을 입고 전국 대회 트로피를 들고 있는 스미스, 유람선 위에서 미소 짓고 있는 스미스의 부모님, 부활절 의상을 맞춰 입은 스미스의 두 동생, 마이크를 들고 무대에 선 재스.

스미스의 방은 복도 끝에 있었다. 문패는 없었지만 문틀에 철봉이 달려 있어 누가 봐도 스미스의 방이었다. 스미스의 방은 작고 지저분했다. 그래도 딕슨의 방처럼 더럽기보다는 아늑했다. 벽 색깔은 상큼한 노란색이었고 서랍장 위에는 알로에 화분이 놓여 있었으며 책상 위에는 최종 시험 참고서가 흩어져 있었다. 창턱에는 껍질이 반쯤 벗겨진 오렌지와 흠집 난 풋볼 헬멧 사이에 책이 쌓여 있었고 1인용 침대에는 베개가 가득했다. 협탁 위 블루투스 스피커에서는 프랭크 오션의 곡이 작게 흘러나왔고 은색 매니큐어 병 하나가 스피커 뒤에 반쯤 가려진 채 놓여 있었다.

방에 들어온 지 3초도 안 지나 스미스와 곱슬머리와 눈이 꼭 닮은 예쁜 중년 여인이 문간에 나타났다.

"스미스, 누구니?"

"클로이예요, 엄마. 학교 친구요. 얘도 에이스랑 같이 연극했어요."

"그냥 친구라고?"

"네, 엄마." 스미스가 당황한 목소리로 말했다.

스미스의 엄마는 클로이를 훑어보며 고개를 끄덕였다. "주방에 브리스킷 있으니까 먹으렴." 그러고는 클로이의 어깨 너머로 스미스의 방 문을 가리키며 떠났다. "문은 열어놓고!"

"미안해. 원래는 집에 여자애 데려오면 안 되는데 이제 곧 졸업이라 거의 포기하신 거 같아. 근데 브리스킷은 한번 먹어봐. 아침에 아빠가 구웠는데 진짜 엄청⋯⋯."

"어젯밤에 샤라를 만났어."

스미스는 그대로 얼어붙었다.

처음에는 아무 반응도 하지 않다가 농담인지 아닌지 가늠하려는 듯 클로이를 쳐다봤다. 그러다 농담이 아니라는 걸 확인하자 책상용 의자를 꺼내 아무렇게나 벗어 던져놓은 후드 티 무더기 위에 앉았다.

"샤라가 있는 곳을 알아냈는데 혼자 갔어. 미안해. 정말 미안해. 너한테 먼저 말했어야 하는데. 내가⋯⋯ 샤라한테 너무 화가 나서⋯⋯."

"클로이." 스미스가 한 손을 들어올리며 드디어 입을 열었다. 매니큐어를 발랐다가 벗겨낸 듯 엄지손톱에 반짝이가 하나가 묻어 있었다. "괜찮아. 왜 사라졌는지는 들었어?"

"하버드에 합격했다는 건 거짓말이었고 내 관심을 딴 데로 돌려 수석 졸업을 따내려고 그랬대." 클로이는 참았던 말을 줄줄 쏟아냈다. "그리고 네가 자기랑 사귄 건 로리 때문이었고, 그래서 너랑 로리를 대면시키고 싶었대."

스미스는 몸을 구부려 이마를 무릎에 댔다. 충격이 심해 그런 줄 알았지만, 잠시 후 웃음소리가 들렸다.

"아, 감사합니다, 하느님."

"뭐?"

스미스는 계속 웃으면서 몸을 일으켰다. 그러고는 한 손으로 이마의 땀을 닦는 흉내를 내며 말했다.

"내가 직접 말해야 할 줄 알았는데 다행이네. 휴."

"그게…… 무슨 소리야? 샤라 말이 맞다는 거야?"

"그게 좀 복잡해." 스미스는 움찔하고는 다시 진지한 표정을 지었다.

"난 네 편을 들어줬다고!"

"시작만 그랬어! 처음에…… 그러니까, 1학년 때 딕슨네 파티에 갔다가 로리가 샤라 옆집에 이사 왔다는 걸 알게 됐어. 학교에서 마주쳐도 말도 안 하는 사이지만 그냥 잘 지내는지 알고 싶었어. 걱정이 됐어. 친하게 지낼 때, 특히 멀어지기 전 몇 달 동안 로리와 얘기를 많이 해서 알고 있었거든. 아빠가 이사를 가야 하는 데다 우리 둘을 차에 태우고 다니면서 음악을 가르쳐줬던 형이 곧 대학에 간다는 거 말이야. 얼마나 힘들지 상상이 됐어. 그래서…… 샤라한테 홈커밍 파티에 같이 가자고 했어. 샤라를 데리러 갈 때 로리를 보려고."

"그러려고 카네이션에 20달러를 썼어?"

"샤라가 승낙할 거라는 확신이 없었어. 그리고 맹세하는데 홈커밍 파티만 같이 갈 생각이었어. 그런데 그러다 샤라가 좋아졌어. 인간으로서. 멋진 애고 그 애한테는 내 본모습을 보여줄 수 있었어. 다들 우리가 사귀는 걸 좋아하기도 했고. 샤라도 나도 그 관계가 나쁘지 않았어. 불순한 의도로 시작된 관계라 샤라한테 너무 미안했지만 진실을 털어놓기에는 이미 늦은 뒤였어. 그리고 사랑한다는 말도 매번 진심이었어. 다들 생각하는 그런 사랑은 아니었지만. 로리는 잊고 좋은 남자친구가 되려고 노력했어. 그런데 로리가…… 늘 내 눈에 아른거렸고 머릿속이 로리로 가득 차 샤라를 생각할 겨를이 없……."

"맙소사." 클로이가 숨을 헉 들이켰다.

"너, 로리를 사랑하는구나."

스미스의 눈이 휘둥그레졌다.

"샤라가 그래? 내가…… 로리가……?"

"워워." 클로이는 스미스를 말리려는 듯 두 손을 들었다. "나는 이 삼각관계에 휘말릴 생각 없어. 하던 얘기나 계속해."

"알았어." 스미스는 고개를 젓고는 다시 말을 이었다. 사실 클로이는 오늘밤 둘의 감정이 팽팽히 부딪칠 스미스와 로리의 마리오 카트 대전에 낄 생각도 전혀 없었다.

"어쨌든 그러다 보니 어느새 2년 반이 지났고 샤라는 에이스를 빼고는 나랑 제일 친한 친구가 됐어. 그때쯤 깨달았어. 졸업 후 샤라를 계속 만날지 정하기 전에 사실대로 말해야 한다는 걸. 졸업 파티가 끝나면 다 털어놓기로 했어. 근데 샤라가 사라진 거야. 비겁하지만 솔직히 마음이 놓였어. 샤라와 나눠야 할 대화를 조금이라도 미룰 수 있게 됐으니까. 그래서 딕슨네 집에서 편지를 찾았을 때 아무 말도 안 한 거야."

클로이는 스미스의 말을 바로 알아듣지 못했다. "그 편지가 왜?"

"사실 샤라는 그 편지에 자기가 있는 곳을 밝혔어." 스미스가 목 뒤를 문지르며 말했다. "'졸업'의 첫 글자가 대문자였거든."

잠시 후 흐릿한 기억에 초점이 맞춰지면서 샤라의 요트 뒤에 적힌 이름이 선명히 떠올랐다. '졸업.'

클로이는 스미스와 샤라가 2학년 홈커밍 파티 때부터 윌로그로브 버전의 위장 결혼을 유지했다는 사실만으로도 충격이 컸지만, 비명을 지르고 싶은 걸 간신히 참으며 물었다.

"딕슨네 파티 때부터 샤라가 어디 있는지 알았던 거야?"

"알아! 나도 알아! 내가 개자식이라는 거! 나라고 마음이 편했겠어? 나도 내가 역겨워! 근데 샤라가 없는 시간이 길어질수록 한편으로는 좋았어. 샤라가 없으면 진실을 말할 필요도 없으니까."

"하지만……." 클로이는 손가락으로 관자놀이를 누르며 말했.

"네가 편지를 보고 눈치 채리라는 걸 알았다는 거잖아. 왜 그렇게 일찍 답을 알려줬을까?"

"아마 이 모든 걸 끝낼 선택권을 내게 주고 싶었던 거 같아. 동시에 나라면 자기 계획을 방해하지 않으리라는 믿음이 있었을 거야. 우리 사이에는 늘 그런 유대감이 있었어. 샤라에 대해 새로 알게 된 게 많긴 하지만 그 유대감은 진짜였다고 생각해."

"그럼 너는…… 나랑 로리가 몇 주 동안 바보처럼 뛰어다니게 내버려둔 거네. 우리가 무슨 짓까지 했는지 알잖아. 통풍관이야, 스미스. 통풍관 속까지 들어갔다고."

"말했잖아. 내가 잘했다는 거 아니야. 다 후회해. 근데 왜 그랬냐고? 나도 잘…… 모르겠어, 클로이. 그냥 왠지 샤라가 계획한 일을 하게 내버려두고 싶었어. 진실을 말하기 싫어서, 죄책감이 들어서, 샤라의 본모습이 궁금해서만은 아니었어. 열네 살 이후로 로리가 처음으로 다시 말을 걸어줬기 때문만도 아니고. 물론 그것도…… 이유기는 하지만."

클로이는 고개를 저으며 물었다. "진짜 이유가 뭔데?"

스미스는 접은 손으로 턱을 받치고 잠시 생각하다 말했다.

"연극 파티 끝나고 호숫가에 갔던 날 기억나? 집에 오니 다 잠들어 있길래 아빠 정원에서 꽃을 몇 송이 꺾어다가 거울 앞에 앉아 머리에 꽃을 꽂았어. 그냥 어떤지 보려고. 진짜 끝내줬어. 그때 이런저런 생각이 들었어. 애시가 한 말과 내가 서머에게 한 말, 풋볼 선수에게 기대되는 모습과 행동, 내가 진짜 나일 때의 느낌, 샤라가 가끔 나를 볼 때 지었던 표정……. 그래, 맞아. 샤라는 못된 짓을 저질렀어. 그건 부인 못 해. 하지만 윌로그로브가 원하는 모습과 네 진짜 모습이 다르다면, 네 가족의 어떤 믿음이 널 미치게 만든다면, 너도 무슨 짓이든 저지르지 않았을까? 내 말 무슨 뜻인지 알겠어?"

'윌로그로브가 원하는 모습과 네 진짜 모습이 다르다면.' 그 말에 조지아가 물병을 C동 계단 밑으로 떨어뜨렸을 때처럼 클로이의 머릿속이 시끄럽게 덜거덕거렸다. 귓속이 웅웅거렸다.

왜 다들 자꾸 저 말을 할까?

"난…… 어…… 알았어. 이만 가봐야 해서." 클로이는 방문을 향해 몸을 돌리려다 멈추고 말했다.

"음. 너 때문에 가는 거 아니야. 넌 잘하고 있어. 그, 어, 정체성 문제 말이야. 인칭 대명사는 바꿨어?"

스미스는 입술을 깨물면서 미소를 지을 것 같은 표정을 지었다.

"아직은 그대로야."

"그렇구나. 음. 나중에 더 얘기하자. 괜찮지?"

샤라와의 키스 얘기는 하지도 않았지만 일단 이 자리를 벗어나고 싶었다. 그래야만 했다.

샤라가 도망칠 때도 이런 기분이었을까.

클로이는 목적지도 없이 차를 몰았다. 조지아에게 전화를 걸 수는 없었다. 집에 가기에는 마음이 너무 들썩거렸고 머릿속이 스미스의 말로 가득찼다. 운전을 멈추는 순간 클로이를 뒤쫓던 온갖 잡념에 따라잡힐 것만 같았다.

도로 경계석 옆에 차를 세운 뒤에야 클로이는 자기도 모르는 사이에 모퉁이를 돌고 시골길을 달려 익숙한 공터에 도착했다는 걸 깨달았다.

폴스 비치에 이사 올 때 할머니는 밸 엄마가 나고 자란 집에 아직 살고 있었다. 마을 변두리 근처 도로에 마틴 호수를 바라보도록 트레일러 두 대를 연결해 지은 이동식 주택이었다. 클로이는 담배와 계피향 방향제, 녹색과 주황색 실로 손수 뜬 안락의자 담요의 냄새가 아직도 기억났다. 몇 번 안 되지만 어릴 때 그 집에 놀러 가면 할머니는 안락의자에 앉아 클로이가 《레드월》을 읽는 모습을 지켜봤다. 대체로 보수적이었던 할머니는 남부 특유의 환대 문화를 고집해 이웃이나 손님에게 늘 친절했다. 벨 엄마가 커밍아웃을 했을 때는 3년 동안 연락을 끊었지만, 제스 엄마와 약혼했다는 소식을 듣자 화해의 뜻으로 맥주 한 상자와 자신의 오래된 웨딩드레스를 휴대용 가방에 넣어 LA에 나타났다.

할머니는 암으로 세상을 떠났다. 클로이는 3학년을 앞둔 여름 방학 중 일주일 동안 제스 엄마와 할머니의 트레일러에서 뒷정리를 했다. 벨 엄마가 텅 빈 집을 마주하지 않도록 오래된 사진을 상자에 정리해 넣고 중고 거래 사이트에 가구를 올린 뒤 트레일러를 팔아 없앴다. 그러자 무성한 잡초 사이에 빛바랜 '팝니다' 표지판이 덩그러니 꽂힌 공터만 남았다.

클로이는 시동을 끄고 키 큰 풀숲 속으로 걸어 들어갔다. 호수와 가까워 원래도 습하긴 하지만 최근에 비가 내려서 땅이 유난히 축축했다. 샌들을 벗고 시원한 땅에 발가락을 디디자 클로이의 체중을 이기지 못하고 흙이 살짝 짓눌리는 게 느껴졌다.

클로이 그린은 캘리포니아 출신이다. 벨 엄마의 난자와 제스 엄마의 몸, 캘리포니아의 땅에서 태어났다. 클로이는 오바마의 사진이 새겨진 커피잔과 티베트 싱잉볼*, 디너 파티 후에 거실에서 첼로를 연주하는 비혈연 이모들이 가득한 집에서 자랐다. 폴스 비치로 이사 오기 전까지 클로이는 앨라배마에 대해 아무 생각이 없었고 앨라배마 때문에 정체성을 고민하게 될 줄은 당연히 상상도 하지 못했다.

그러나 아무리 아닌 척해도 클로이의 내면에는 앨라배마가 존재했다.

전학 온 첫날 조지아가 해준 윌로그로브 입문 강연에 따르면, 개교 이래 36년 동안 학생 신분으로 커밍아웃을 한 사람은 단 한 명뿐이었다.

윌로그로브의 졸업생은 상당수가 뒷담화의 마력에서 완전히 벗어나지 못해 그 애와 관련해 다양한 이야기가 전해졌다. 조지아에게 처음 그 이야기를 들었을 때만 해도 클로이는 그 애의 이름도 몰랐다. 1990년대 말에 졸업했고 한 명씩 간증을 해야 하는 4학년 수련회에서 전 동급생 앞에서 레즈비언이라고 커밍아웃을 했다는 것밖에는 몰랐다. 다른 버전의 이야기에 따르면, 이 전설적인 레즈비언은 머리를 파란색으로 염색하고 등교해 악마적인 성 문화를 추종하는 모임에 아이들을 가입시키려 했다가 정학을 당했다고 했다. 사물함에 〈플레이보이〉 잡지를 숨겨두다가 들켰고 지금은 플로리다주의 상원 의원과 결혼했다는 소문도 전해졌다.

그러나 이제 클로이는 소문이 아닌 실제 이야기를 안다. 그 여자애는 밸러리 그린, 즉 밸 엄마이기 때문이다.

밸 엄마는 표백제와 쿨에이드 분말주스로 머리 한 가닥을 파랗게 염색했고, 목공 수업을 같이 듣는 친구 세 명에게 자기는 여자

---

* 노래하는 그릇이라 불리는 명상 도구.

를 좋아한다고 고백했다. 비밀이 알려지자 윌로그로브 소문 공장은 초코바를 찍어내듯 소문을 찍어 퍼트렸다. 지도 교사와 교장, 목사가 모인 자리에서 밸러리는 졸업이 얼마 안 남았는데도 전학을 가라는 권유를 받았다. 다 소문일 뿐이라고 안심시킨 끝에 전학은 피했지만 졸업할 때까지 몇 달 동안 뒷담화는 계속됐다. 밸 엄마가 준비가 되자마자 서부로 도망쳐 할머니가 아프기 전까지는 돌아올 생각도 하지 않았던 건 바로 그 때문이었다.

밸 엄마는 폴스 비치로 이사 오기 전에 이 모든 이야기를 클로이에게 들려줬다.

"어디든 네가 원하는 곳으로 가도 돼." 가득 쌓인 이삿짐 상자 위에 앉아 클로이의 머리카락을 쓰다듬으며 밸 엄마는 말했다. "지금이라도 말해. 돈은 어떻게든 구하면 돼. 엄마는 널 지켜주고 싶어."

"괜찮을 거예요, 엄마." 클로이는 자신 있게 말했다. "그리고 20년이나 지났는데 그때랑 똑같을 리가 없잖아요."

클로이는 윌로그로브가 어떻든 상처받지 않을 자신이 있다고, 밸 엄마에게 말했다. 정체성이 확고했기 때문이다. 클로이는 두 엄마와 친구들의 사랑을 듬뿍 받고 있었고, 자신의 진짜 모습을 잘 알았다. 자기 같은 퀴어는 잘못 만들어진 거라는 헛소리는 단 한순간도 믿은 적 없었다. 그래서 성경 구절을 이용해 두 엄마의 사랑이 옳다는 걸 입증하려 하지 말라고 선생님에게 핀잔을 들었을 때는 기분이 나빴다. 분명 성경에는 신은 사랑이고 모든 사랑은 신에게 속한 것이라고 나와 있기 때문이다. 선생님의 말은 틀렸다. 집에 돌아와 자신을 키운 두 여자가 주방 식탁에 다정히 앉아 있는 모습을 볼 때마다, 클로이는 그렇게 확신했다.

그러나 그렇다고 학교에서 벌어지는 부당한 일들을 막을 수는 없었다.

클로이가 있는 탈의실에서는 옷을 갈아입지 않겠다고 한 매켄지 해리스나 클로이에게 A 학점을 주기는 하지만 클로이의 과제물을 반 애들 앞에서 모범 사례로 쓰는 일은 절대 없는 선생님, 클로이의 두 엄마를 두고 하는 더러운 농담들이 사라지지는 않았다. 클로이가 교실에 들어설 때마다 클로이를 험담하고 있었는지 갑자기 행동을 멈추는 아이들이나 교장의 복수가 없어지지도 않았다. 현관문을 열고 집에 들어서면 따끔했던 마음이 풀어졌지만, 학교에서는 악착같이 높은 평점을 유지하고 당당하게 복도를 오가며 사소한 규칙을 일부러 어겨야 했다. 그렇게 사람들이 쳐다볼 이유를 제 손으로 직접 만들어야 버틸 수 있었다.

클로이는 믿지 않으면 상처받을 일도 없다는 확신이 있었다.

그러나 샤라의 말이 그 확신을 흔들었다. 샤라의 말대로 클로이는 지금껏 늘 두려웠던 게 아닐까? 갈비뼈 사이로, 심장의 근육을 뚫고 나오는 분노가 사실은 골수 깊이 숨어 있다가 1학년 첫날 터져 나온 두려움이었던 걸까?

윌로그로브가 결국 클로이에게 상처를 입힌 건 아닐까?

일요일 오후 2시, 협탁에 놓인 클로이의 휴대폰에서 알림이 깜박거렸다. 클로이는 AP 생물 과목 참고서를 읽다가 읽던 부분을 손가락을 짚어둔 뒤 휴대폰을 확인했다.

'샤라 휠러님이 라이브 방송을 시작했습니다.'

안 돼. 절대 안 볼 거야. 내가 이겼잖아. 이제 볼 일 없어.

1초가 지나고 또 1초가 지났다.

클로이는 침대 발치에 참고서를 던지고 휴대폰을 집어 들었다.

카메라는 샤라 부모님의 텅 빈 요트 선실을 비추고 있었다. 침대와 계단, 작은 싱크대 옆에 놓인 컵과 그 안에 든 분홍색 칫솔까지 클로이가 기억하는 그대로였다. 클로이는 화면의 모서리 부분에 뜬 숫자가 점점 커지는 걸 지켜봤다. 37명, 61명, 112명, 249명, 시청자 수는 계속 늘어났다. 익숙한 이름이 메시지와 함께 화면에 뜨기 시작했다. 서머 콜린스는 물음표만 여러 개 입력했고, 타일러 밀러는 벌써 다 끝난 거냐고 물었고, 에이프릴 부처는 외알 안경을 쓴, 의심하는 표정의 이모티콘을 줄줄이 띄웠다.

시청 자수가 윌로그로브 고등학교 전교생의 4분의 3에 달하는 300명을 찍자, 샤라가 화면 안으로 들어와 말했다. "안녕."

머리는 위로 올려 묶었고 얼굴은 민낯이었다. 옷깃에 구멍이 난 헐렁하고 오래된 티셔츠를 입고 있었는데 한쪽으로 당겨져 쇄골이 드러났다. 또 쇄골이다.

"할 말이 있어." 샤라는 의자에 앉아 턱을 든 채 작정한 듯한 눈빛으로 카메라를 똑바로 응시했다. 클로이의 기억에 따르면, 샤라는 시험 보기 전 자신이 있을 때 이런 표정을 지었다.

"실은 내가 거짓말을 했어."

클로이는 자기도 모르게 화면 가까이 몸을 기울였다.

"속인 게…… 한두 개가 아니야. 거의 다 속였다고 봐야지. 우선

대학 문제부터 말할게. 사실 난 하버드에 합격하지 못했어. 할 뻔하긴 했는데 면접을 완전히 망쳤어." 샤라는 하버드 대학교의 직인이 찍힌 종이를 들어 보였다. "불합격 통보 편지야. 그런데 이게 다가 아니야. 사실 난 면접을 일부러 망쳤어."

"뭐?" 클로이는 휴대폰에 대고 중얼거렸다.

샤라는 신발 상자 하나를 화면에 보이도록 끌어당겨(클로이가 갔을 때는 저걸 어디에 숨겼을까?) 테이블 위에 뒤집었다. 서류와 개봉한 봉투, 고무도장이 쏟아져 나왔다.

"생각하면 할수록 자신이 없었어. 수업 첫날 나만큼 똑똑한 애들과 나보다 더 똑똑한 애들이 절반씩 있을 교실에 들어서는 상상을 하니 도저히 용기가 안 났어. 그냥 마음이 전혀 안 내켰어. 문제는 내가 하버드에 지원한다는 걸 주변에 다 알린 뒤였다는 거야. 그래서 합격증을 위조하기로 했어. 물론 아빠는 한 군데만 지원하게 하지 않았어. 식탁에 앉아 아빠가 보는 앞에서 아빠가 고른 열일곱 개 대학에 지원서를 쓰게 했지. 듀크, 밴더빌트, 예일, 노트르담, 라이스…… 상상이 가지? 어쨌든 시간이 흘러 합격 여부가 결정될 때쯤 합격 통지서를 위조하기 시작했어. 통지서를 받았다며 일부러 매일 야단법석을 떨었어. 이베이 중고 거래 사이트에서 입학 환영 선물 꾸러미도 몇 개 샀어." 샤라는 어깨를 으쓱하며 카메라를 향해 쓴웃음을 지어 보였다. "내가 한번 마음먹은 일은 얼마나 집요하게 해내는지 알겠지? 목표가 하버드대 입학이 아닌 게 문제였지만. 아무튼 그렇게 위조 활동에 전념하느라 다음에 닥칠 일을 예상할 겨를이 없었어."

샤라는 상자를 화면 밖으로 치우면서 끊임없이 올라오는 댓글을 힐끗 내려다봤고, 클로이는 그런 샤라의 시선을 놓치지 않았다. 샤라는 살짝 고개를 젓고는 말을 이었다.

"솔직히 어렵지는 않았어. 지금껏 늘 거짓말을 하며 살아왔으니까. 물론 난 거짓말이라기보다는 적응이라고 생각해. 일종의 노력이지. 나는 아주 어릴 때부터 예쁘다, 완벽하다, 집안의 자랑이라는 말을 들으며 자랐어. 그래서 정말 그런 사람이 되기로 했지. 그러면 부모님이 날 더 좋아하고 안심이 됐거든. 그렇게 가족과 친구들, 남자친구, 잘 모르는 사람들까지 속였어. 진짜 나와는 다른, 모두에게 사랑받는 나를 연기했어. 아직도 난 그게 왜 나쁜지 잘 모르겠어. 나는 졸업 파티 여왕이 되는 게 좋았어. 그건 내가 택한 거야. 여왕이 되면 모든 게 쉬워졌거든. 인생을 더 쉽게 살게 해주는 일을 한게 잘못이야? 사랑받고 인정받고 특별해지고 싶은 게 나빠? 너희들도 학교가 세상의 전부인 줄 알고 그 세상이 자신을 중심으로 돌아가길 바라지 않아? 부모님들도 우리가 그렇게 되길 바라고 말이야. 경험자로서 말하는데 선망의 대상으로 살면 아주 편해. 적어도 그 위치에서는 누구도 나한테 상처를 입힐 수 없거든."

샤라는 얼굴에 흘러내린 머리카락을 치우며 잠시 말을 멈췄다.

"어쨌든 그렇게 살다가 졸업이 얼마 안 남은 두 달 전쯤 도망치기로 결심했어. 이대로 있으면 하버드 일이 들통나는 건 시간문제였으니까. 모두가 날 그리워할 때쯤 돌아와 졸업생 대표 연설을 해낼 생각이었어. 모두가 날 그 모습으로 기억하게 말이지. 상상할수록 마음에 드는 그림이었어. 중요한 볼일이 많아 학교를 잠시 떠났다가 돌아와 멋진 모습으로 퇴장하는 그림 말이야. 드레스가 중요하지, 드레스를 고정하는 핀까지 볼 필요는 없잖아. 무슨 뜻인지 알지? 아무튼 그게 내 계획이었어. 이건 계획에 전혀 없던 일이고. 계획을 세울 때만 해도 난 내가 뭘 속이고 있고 그 많은 거짓말을 왜 해야 하는지 잘 안다고 생각했어. 나 자신조차 속이고 있을 줄은 꿈에도 몰랐지. 그걸 이틀 전 밤에야 깨달았고 그래서 오늘 다 말하기로 한 거야. 이것만 털어놓으면 이걸 감추기 위한 수많은 다른 거짓말은 할 필요가 없겠더라고."

샤라는 두 손바닥을 테이블 위에 올리고 카메라를 빤히 바라봤다. 그 시선이 너무 강렬해 고개를 돌리고 싶었지만 클로이는 그러지 못했다.

"내가 도망친 진짜 이유는 애초에 이유라고 할 수도 없어. 사람이거든. 내가 이 모든 짓을 벌인 건 그 여자애의 관심을 얻기 위해서였어. 그 애를 이기고 싶어서라고 스스로 합리화했지만, 실은 그 애가 날 지켜보고 있는지 확인하고 싶었어. 그 애는 지금 이 영상이 놀랍지 않을 거야. 내 의도를 진작에 알아챘거든. 이건 그 애가 이긴 거겠지? 자, 이게 내 진실이야. 다 말했어. 이제 거짓말은 안 해. 내가 싫어졌대도 괜찮아. 2주 뒤면 졸업이니 견딜 수 있어. 월요일에 보자."

비밀 파일

샤라와 스미스가 주고받은 쪽지

스미스의 자유 기업 과목 공책에서 발견됨

내일 밖에서 저녁 먹을래? 내일은 내가 차 쏠 차례거든.
올리브 가든에서 평일에는 수프랑 샐러드,
막대 빵을 무제한 제공한대.

안 돼. 공부해야 해.

집에서?

도서관에 갈까 싶어.

그래, 알았어.

근데 집에서 해도 돼. 올래?

그래!

318

18

졸업까지 남은 시간: 13일

샤라가 돌아오고 지난 시간: 1일

클로이는 그 가증스러운 광고판에서 처음 본 뒤로 샤라를 떠올릴 때마다 매번 그랬듯, 화가 나 미칠 것 같았다.

어제까지는 분명 클로이가 주도권을 쥐고 있었다. 샤라의 비밀을 모두 알았으니 말이다. 그러나 정확히 서른여섯 시간 만에 샤라는 클로이를 앞섰다. 또다시.

샤라가 돌아왔으니 이제 클로이는 세 과목에서 샤라보다 뒤쳐질 게 뻔했다. 그동안 모든 시간과 에너지를 샤라가 조작한 게임에서 이기는 데 쏟았으니 당연했다.

월요일 아침, 클로이는 샤라를 기다린 게 아니었다. 학생 전용 주차장에서 혼자 제 차 보닛 위에 앉아 있었을 뿐이다. 조지아는 여전히 클로이를 못 본 척했고 다른 친구들도 마찬가지였다. 다 샤라 때문이었지만, 어쨌든 클로이는 AP 문학 참고서를 혼자 공부하고 있었다. 절대 샤라의 흰색 지프차가 한 달 만에 처음으로 주차장에 들어서는 걸 보려고 기다리는 게 아니었다.

그러나 주차장에 부르릉거리며 나타난 건 샤라의 흰색 지프차가 아니라 로리의 빨간 BMW였다.

로리의 차는 지붕이 열려 있었고 스피커에서 지미 헨드릭스의 노래가 시끄럽게 울렸으며 조수석에 샤라가 앉아 있었다.

클로이는 들고 있던 암기 카드를 콘크리트 바닥에 떨어뜨렸다.

괘씸한 배신자 로리는 레이벤 선글라스를 쓴 채 핸들을 돌리고 있었다. 로리가 클로이의 옆자리에 차를 세우고 변속 레버를 주차 모드로 바꾸는 동안 클로이는 그저 입을 떡 벌리고 바라보기만 했다. 다른 애들도 마찬가지였다. 안뜰 가장자리에서 신고 있던 아디다스 슈퍼스타 운동화에 바닐라빈 프라푸치노를 떨어뜨린 엠마 그레이스 베이커를 시작으로 충격의 파문이 퍼져나갔다.

그때 샤라가 문을 열고 차에서 내렸다.

치마는 규정보다 최소 8센티미터는 더 짧았고 얼굴은 민낯이었다. 샤라 휠러의 트레이드마크였던 물결 모양으로 흘러내리는 금발은 어깨 위까지 뭉텅 잘려 있었다. 욕실 싱크대 위에서 주방 가위로 직접 자른 듯했고, 윌로그로브 복장 규정에 따르면 명백히 금지된 핫핑크 색으로 염색돼 있었다. 머리를 넘길 때 염색약에 물든 손가락이 보였다.

"안녕."

샤라는 스피커에서 나오는 기타 연주를 배경으로 클로이에게 인사를 건넸다.

"안녕."

둘은 그 자리에 멈춰 서로를 바라봤다. 클로이의 뇌는 샤라의 라이브 방송 마지막 1분을 재생하느라 여념이 없었다. 도전적으로 기울어진 샤라의 턱과 뜨거운 눈빛이 떠올랐다. "그 애가 날 지켜보고 있는지 확인하고 싶었어"라는 말도 기억났다. 바로 지금, 클로이는 샤라를 보고 있었다.

샤라는 드디어 경직된 목소리로 입을 열었다.

"시험을 놓치기 싫어서."

그러고는 뒤로 돌아 걸어갔다. 늘 그랬듯 다시 온 세상이 샤라 휠러를 중심으로 움직였다. 주변의 모든 게 슬로우 모션처럼 느려졌다. 시끄러운 1학년생들은 입을 다물었고, 행군 악대의 커플은 서로의 몸을 더듬던 손길을 멈췄다. 제이크는 멍하니 보다 에이프릴한테 한 대 세게 언어맞는 바람에 몰래 피던 전자 담배 연기를 훅 내뱉었다. 셔먼 선생님은 입을 하도 크게 벌려 두껍게 선을 그린 입술이 얇아지다 못해 사라질 지경이었다. 에이스는 풋볼 공이 관자놀이에 정통으로 맞았다가 튕겨 나갔지만 샤라를 보느라 신경도 쓰지 않았다.

클로이도 걸어가는 샤라의 뒷모습을 지켜봤다. 로리의 차에서 여전히 울려 퍼지고 있는 음악의 장단에 맞춰 샤라의 치마가 휙휙 움직이자 클로이는 돌아버릴 것만 같았다.

"장난해? 〈퍼플 헤이즈〉?"

클로이가 버럭 화를 내자 로리가 어깨를 으쓱했다.

"좋은 곡이라 틀었을 뿐이야."

"왜 쟤 운전기사 노릇을 하는 건데?"

"부모님한테 차를 압수당했대. 우리 집이 옆집이잖아. 와서 태워 달라고 하더라. 그때 이런저런 얘기를 했어. 이제 괜찮아."

"괜찮다고? 쟤한테 그렇게 당하고도 괜찮아? 이젠 샤라를 사랑하는 것도 아니잖아. 아니야?"

"맞아." 로리는 선글라스를 콧잔등 아래로 살짝 내리고는 눈썹을 치켜올렸다. "사실 우리는 둘 다 동성애자인 거 같아."

그 순간 클로이는 저 자신을 비롯해 학교 전체를 우주 밖으로 날려버릴 크고 빨간 핵폭탄 버튼을 누르는 장면을 떠올렸다. 아무리 상상력을 발휘해도 그것밖에는 떠올릴 수 없었다.

"쓸모없는 자식." 클로이는 참고서를 챙겨 쿵쾅대며 첫 번째 시험장으로 향했다. "쓸모없는 자식!"

"샤라가 돌아왔다는 소식 들었어?"

"그 많은 대학에 붙은 거, 다 위조한 거라던데."

"딴 데서 들은 게 아니라 샤라한테 직접 들었잖아."

클로이는 아이들을 헤치고 시험장으로 가면서 중얼거렸다. 샤라가 사라지고 처음 맞은 월요일에 그랬듯, 어디를 가나 샤라의 이름이 들렸다.

"혼자 배를 훔쳐서 멕시코에 갔다 왔대."

"스미스한테 차였대."

"정말? 샤라가 스미스를 찼대. 레즈비언이라서."

그때 등교 시간의 웅성거림을 뚫고 사이렌 소리가 요란하게 울렸다. 모두 두 손으로 귀를 막고 몸을 수그렸다. 복도 한가운데에서 휠러 교장이 숨차 보이는 얼굴로 확성기를 들고 서 있었다. 교장은 곧 확성기에 대고 외쳤다.

"월로그로브 학생 여러분! 4학년이 아니라면 당장 1교시 교실로 가서 자리에 앉아 아침 기도를 올리고 공지 사항을 들을 준비를 하세요! 4학년이라면 첫 번째 시험을 보러 가고요! 여긴 디스코텍이 아닙니다! 아직 여름 방학이 아니라고요! 홈룸 종이 울리는 2분 뒤에도 복도에 있는 학생은 방과 후에 남기 벌을 주겠어요! 다시 말하지만 벌 받기 싫으면 어서 움직이세요!"

휠러 교장은 아이들이 흩어지자 확성기를 내리고 돌아섰고, 그러다 클로이를 마주봤다.

끔찍한 몰골이었다. 머리카락은 뻗치고 셔츠의 단추는 잘못 잠겨 있고 눈 밑은 다크서클이 내려앉아 있었다. 끔찍한 주말을 보내고 끔찍한 월요일을 맞은 남자의 몰골이었다. 클로이는 아침부터 교장이 얼마나 화가 났을지 잠시 상상의 나래를 펼쳤다. 분명 샤라의 방에 갔다가 그리스도적 기쁨의 집합체인 딸은 또다시 사라진 데다 회전초처럼 뒤엉킨 잘린 금발 뭉치만 덩그러니 남아 있는 걸 목격했을 것이다. 지금 교장이 할 수 있는 일이라고는 휠러 가문의 주가가 더 이상 떨어지지 않도록 확성기를 들고 복도를 뛰어다니는 것뿐이었다.

교장은 다시 확성기를 들고는 삑 하는 피드백 소리를 뚫고 말했다. "그런 양은 안 가나요?"

클로이는 입 밖에 내지는 않았지만, '따님하고 키스했어요. 두 번이나'라고 속으로 생각했다. 아주 또박또박.

그러고는 미소를 지으며 거수경례를 한 뒤 AP 문학 시험을 보러 씩씩하게 걸어갔다.

샤라는 이미 팔리 선생님의 교실에 도착해 자리에 앉아 있었다. 다른 아이들은 하나같이 암기 카드로 입을 가린 채 책상 너머로 수군대면서 분홍색 머리를 하고 맨 앞줄에 앉은 샤라를 뚫어져라 보고 있었다.

예전의 샤라였다면 아이들의 시선을 받을수록 햇빛을 받아 빛나는 달처럼 더 의기양양해졌을 것이다.

그러나 지금은 누가 보든 말든 신경 쓰지 않았다. 깔끔하게 배열한 펜과 연필에 시선을 고정하고 있을 뿐이었다.

클로이가 뒷자리에 앉자 샤라는 고개를 들지는 않았지만 허리를 살짝 세워 앉았다.

팔리 선생님은 시험지를 나눠줄 때 샤라에게 아무 말도 하지 않았다. 복장 규정 위반을 지적하지도, 한 달 간의 결석을 설명해줄 의사의 진단서를 요구하지도 않았고, 못마땅한 표정조차 짓지 않았다. 교장의 딸이라는 건 이럴 때 참 편리했다. 클로이가 인스타그램 라이브 방송에서 동성애 관련 얘기를 잔뜩 한 뒤 머리를 분홍색으로 염색하고 지나치게 짧은 치마를 입은 채 학교에 나타났다면, 아마 당장 건물 밖으로 끌려가 식당 뒤 쓰레기장으로 쫓겨났을 것이다.

그나마 클로이는 샤라보다 먼저 답안을 작성했고, 답안지를 보란 듯 팔리 선생님의 책상 위에 내려놓았다. 그렇게 고등학교 시절의 마지막 영어 시험이 끝났다.

뒤돌아 앞줄을 보니 샤라가 고개를 숙인 채 열심히 에세이를 쓰고 있었다. 문득 샤라의 편지가 떠올랐다. 수업 첫날, 샤라는 세 손가락으로 클로이의 책상을 스쳤다고 했다. 그날 클로이는 신경이 바짝 곤두선 채 샤라가 책가방에서 필통을 꺼내고 필통에서 깎은 연필을 꺼내는 모습을 지켜봤다. 까면 깔수록 늘 새로운 게 나오는 샤라처럼 그 모습도 몹시 거슬렸다.

자기 자리로 가면서 클로이는 몸을 기울여 일부러 세 손가락으로 샤라의 책상 모서리를 슬쩍 건드렸다. 평범한 사람들 눈에는 우연으로 보일 만큼 가볍고 짧은 접촉이었다.

그러나 샤라는 평범한 사람이 아니었다. 종이 위에서 바삐 움직이던 펜을 멈추고 분홍색 머리 한 가닥을 콧잔등 위로 흘러내린 채, 샤라는 턱을 획 들어 클로이의 손과 얼굴을 차례로 쳐다봤다.

클로이를 보는 샤라의 눈동자가 반짝였다. 그건…… 놀란 눈빛이 아니었다. 혼란스러운 눈빛도 아니었다. 흥분과 희망, 기대의 눈빛이었다. 당연히 이렇게 될 줄 알았다는 듯, 자리에 앉은 순간부터 클로이가 다가와 입을 맞추길 기다렸다는 듯한 눈빛이었다.

바로 그때 클로이는 깨달았다. 샤라는 여전히 자신이 마음먹은 건 무엇이든 다 가질 수 있다고 믿고 있었다. 외모를 180도 바꿨고 좋아하는 마음을 인정했으니 클로이가 제 것이 되는 건 시간문제라고, 클로이도 샤라가 그동안 만난 다른 사람들처럼 쉽게 넘어오리라 믿는 게 분명했다.

클로이에게는 아직 샤라를 이길 패가 하나 남아 있었다. 바로 자기 자신이었다. 클로이는 샤라가 자신을 쫓아다니게 할 수 있었다. 머리를 잘만 쓴다면, 잘해주는 척하다 완벽한 삶을 살던 샤라가 한번도 겪어보지 못했을 충격적인 거절을 선사할 수도 있었다.

지난 4년 동안 샤라가 손에 쥔 것 중 단 하나라도 빼앗으려 갖은 애를 썼던 클로이였다. 이제 자기 자신이 그 박탈의 대상이 될 기회가 생긴 것이다.

사실, 클로이는 제 마음을 찢어놓으려 했던 샤라의 처음 계획이 그리 싫지 않았다. 폐기 처분하기에는 아까운 계획이었다.

클로이는 샤라에게 굳은 미소를 살짝 지어 보이고는 미끄러지듯 자리에 앉았다.

남은 주 동안 클로이가 실행할 계획은 간단했다. 첫째, 샤라 앞에 자꾸 나타난다. 둘째, 샤라의 과거 행동을 바탕으로 샤라가 관심을 보일 만한 일을 한다. 본격적으로 무언가를 하기보다는 샤라를 매혹할 작은 덫을 놓는 게 낫다. 셋째, 샤라가 먼저 행동을 취할 수밖에 없도록 과장된 칭찬을 한다. 넷째, 샤라에게 퇴짜를 놓고 희열과 영광을 누린다.

첫 번째 계획은 샤라가 먼저 알아서 실행해줬다. 어느 순간부터 샤라는 클로이가 가는 곳마다 습관처럼 나타났다. 클로이가 미적분 선생님에게 모르는 문제를 물어보러 가면 샤라가 교실 밖에서 기다리고 있었다. 클로이가 차를 타려고 하면 샤라가 두 자리 건너에서 에이스 차의 타이어 공기압에 관심 있는 척하고 있었다. 클로이가 안뜰 가장자리를 서성거리면서 소닉의 동그란 감자튀김을 먹는 친구들을 보다가 애시가 포트폴리오를 완성했을까 궁금해하고 있으면, 어느샌가 샤라가 색깔별로 구분된 참고 자료 바인더를 들고 제일 가까운 간이 화단에 걸터앉아 있었다.

클로이는 샤라의 전략도 비슷하리라 짐작할 뿐이었다. 클로이가 자기 품에 안기지 않는 건 그럴 기회가 없었기 때문이라는 착각을 하고는 클로이의 앞에 자주 나타나기로 한 게 분명했다.

클로이는 이를 역이용하기로 했다.

클로이가 비상용 커피를 꺼내려고 사물함에 들렀을 때도 샤라는 바로 옆 사물함에 기대선 채 그래놀라 바의 포장지를 뜯으려 하고 있었다.

싹둑 자른 분홍색 머리는 불공평하게도 샤라에게 꽤 잘 어울렸다. 선명한 이목구비와 긴 속눈썹이 만나니 마치 만화책 주인공 같았다.

"미적분 시험 잘 봤어?" 샤라가 물었다.

"아, 그거." 클로이는 커피를 한 모금 삼키고는 샤라를 똑바로 응시하면서 조지아가 즐겨 보는 섭정 시대 소설 속 여자처럼, 아무것도 모르는 척 엄지손가락으로 아랫입술을 닦았다. 순간 포장지를 뜯던 샤라의 손가락이 뻣뻣해졌다. "잘 본 거 같아. 음함수 미분이 이해만 하면 꽤 쉽더라고."

"아니." 샤라는 클로이의 입을 빤히 바라보며 반박했다.

"안 쉽던데."

"흠. 그럼 나만 쉬운가보네. 넌 어때?"

"뭐가?"

"시험 말이야. 잘 본 거 같아?"

"어. 잘 봤어."

"나보다 더?"

샤라는 한쪽 입술 꼬리를 올리며 말했다. "아마도."

"내기할까?"

"뭘 걸 건데?"

"글쎄. 네가 생각해봐. 내가 가진 것 중에 네가 원하는 게 있으면."

샤라는 그래놀라 부스러기가 사방으로 튀도록 포장지를 거칠게 뜯으며 말했다.

"그래. 그러든가."

그러고는 자리를 박차고 떠나버렸다.

의외였다. 도망치는 거야 샤라의 주특기니 놀랍지도 않았지만, 떠나기 전 클로이를 쏘아보는 눈빛은 새로웠다. 마치 클로이가 자기를 배신하기라도 한 듯, 자신의 '윗도리를 벗기지 않은' 범죄라도 저지른 듯한 눈빛이었다.

"하. 재미있네." 클로이는 저도 모르게 속내를 내뱉었다.

다음 날, 클로이가 자동판매기에서 삼총사 초코바를 사려고 해당 번호를 누르고 있을 때였다. 자판기 유리에 샤라의 형상이 클로이와 나란히 비췄다.

"앞머리 기르는 중이야? 달라 보여서." 샤라가 말했다.

클로이는 숨을 들이켠 뒤 뒤로 돌아 샤라를 마주봤다. 그러고는 입술의 힘을 빼고 살짝 능글맞은 미소를 지었다.

"그럴까 생각 중이야. 실은 올려 묶을 수 있게 아예 다 기르고 싶기도 해. 왜, 가끔 올려 묶는 게 편할 때가 있잖아. 안 그래?"

"그렇지."

"머리 기르면 괜찮을 거 같아?"

"난……." 샤라의 입술이 들썩이는 걸 보며 클로이는 터져 나오려는 웃음을 간신히 참았다. "안 될 거 없지. 마음대로 해."

샤라는 씩씩거리며 또 떠나버렸다.

그날 오후, 클로이가 여자 화장실에서 세면대에 기댄 채 거울을 보며 아이라인 꼬리를 수정할 때도 샤라는 옆 싱크대 위에 걸터앉아 있었다.

"그 아이라이너, 어디 거야?" 샤라가 물었다.

"왜?" 클로이는 샤라를 돌아보며 물었다. "써보고 싶어?"

"아, 그건……."

"내가 그려줄게. 이리 와봐."

"아니, 괜찮아." 샤라는 세면대에서 뛰어 내려오며 말하고는 거만하게 퇴장하려 했다. 그러나 타일 바닥이 젖어 걸어나가는 내내 신발에서 찍찍 소리가 났고, 그래서 더 화가 난 듯 보였다.

샤라의 등 뒤로 화장실 문이 닫히자 클로이는 거울에 비친 제 모습을 보며 회심의 미소를 지었다.

클로이는 항상 자신이 전형적인 미인과는 거리가 멀다고 생각했다. 예쁜 축에는 들지만 치아 사이가 벌어지고 눈이 너무 큰 구찌 광고 속 모델에 더 가깝다고 할까. 그러나 대부분이 실물로는 평생 한 번도 보지 못할 미인이자 보기만 해도 눈이 부신 샤라와 사랑의 신경전을 벌이다보니, 새로 태어난 기분이었다. 마치 온몸이 통째로 우주로 쏘아 올려지고 세포 하나하나가 재구성돼 외모는 같지만 한 단계 업그레이드된 인간이 된 것 같았다. 클로이가 은하계의 허접스러운 반항아고 샤라가 별이라면, 지금 클로이는 어마어마하게 큰 플라스마 대포를 장전해 샤라의 심장에 정조준하고 있었다.

이보다 더 흥미진진한 일이 세상에 또 있을까?

목요일 오후, AP 생물 시험을 마치고 교실에서 나오던 클로이는 스미스의 사물함 앞에서 스미스와 함께 있는 샤라를 발견했다.

샤라가 돌아온 뒤 둘이 같이 있는 모습을 본 건 처음이었다. 클로이는 기분이 왠지 이상했다. 딱히 어떤 모습을 기대한 건 아니지만, 지금 두 사람 사이에 감도는 평화롭고 편안한 분위기를 기대한 건 절대 아니었다. 스미스가 사자 조련사처럼 의자로 샤라를 막아서는 모습을 기대했는지도 모른다. 샤라와 스미스는 그 많은 일을 겪고도 늘 그랬듯 컴퍼스 같은 각을 이루며 다정히 붙어 있었다. 샤라가 뭔지 모를 말을 하자 스미스가 특유의 햇살 같은 웃음을 터트렸다.

로리로도 모자라 스미스까지 구워삶은 건가? 도대체 어떻게 아무 일도 없었던 듯 둘의 인생에 다시 스며들었을까? 스미스가 다른 의도를 숨기고 샤라와 사귄 건 잘못이지만, 그렇다고 샤라가 저지른 죄가 사라지지는 않는데 말이다.

그때 십여 칸 너머에서 폴리머 클레이와 인형 눈이 든 미술 도구함을 사물함에 쑤셔넣고 있는 애시가 보였다. 클로이는 저를 흘낏 보는 애시를 향해 손을 흔들려 했지만, 애시는 곧 슬픈 표정으로 시선을 돌려버렸다.

그렇다. 대가를 치르고 있는 사람은 클로이뿐이었다. 아직까지는 말이다.

클로이는 눈을 부릅뜬 브루클린 베넷이 고무줄로 묶은 암기 카드 꾸러미를 샅샅이 살펴보고 있는, 스미스의 칸과 두 칸 떨어진 사물함을 향해 당당히 걸어갔다. 그러고는 브루클린에게 극성스럽게 느껴질 정도로 친절하게 인사를 건넸다.

"안녕, 브루클린. 뭐 해?"

"지금 미치기 일보 직전이야." 브루클린은 각 과목의 예상 오답을 항목별로 구분해 조목조목 읊기 시작했다. 클로이는 정말 안타깝다는 듯한 표정으로 브루클린의 말 대신 샤라와 스미스의 대화에 귀를 기울였다.

"······ 이제 막 말을 붙이기 시작했는데 내가 다 망치면? 다시 또 전처럼 날 대놓고 무시할 수도 있잖아."

스미스가 작게 말하자 샤라는 무표정한 얼굴로 말했다.

"참도 그러겠다. 그럴 애였으면 그동안 자기 방 창문으로 수없이 널 곁눈질하지도 않았겠지."

"농담 아니야, 샤라. 난 이번이 마지막 기회 같다고."

"나도 농담 아니야. 장담하는데 너한테 기회가 바닥날 일은 절대 없을 거야."

두 사람의 어깨 너머로 스미스의 사물함 문에 아직 붙어 있는 홈 커밍 파티 사진이 보였다. 온 세상을 떠들썩하게 했던, 젖꼭지가 비치는 샤라의 파란색 드레스가 보였다.

"난 도서관에서 공부할 거야."

클로이가 들으라는 듯 큰 목소리로 말하자 브루클린이 깜짝 놀라며 답했다.

"아. 그렇구나."

"그래. 오후 내내 거기 있으려고."

클로이의 말에 샤라의 어깨가 살짝 움직이는 게 보였다.

"그렇구나." 브루클린이 다시 말했다. "아무튼 고마워."

클로이는 자기를 빤히 보는 브루클린을 내버려둔 채 얼른 자기 사물함으로 시선을 돌렸다. 그런 뒤 샤라의 카드가 가득 든 화장품 가방을 열고 이번 주 초에 학교에 가져와 넣어뒀던 물건을 꺼냈다. 이제 분위기를 고조시킬 때가 됐다. '비상시 유리를 깨시오'와 맞먹는 강력한 조치를 취할 순간이다.

물론 얼굴을 붉히고 인상을 쓰며 반짝거리는 큰 눈으로 노려보는 샤라를 구경하는 재미가 쏠쏠한 건 사실이었다. 샤라와의 신경전은 날카로운 조각으로 깨져 입 안을 찔러도 계속 빨아먹게 되는 박하사탕처럼 너무나 달콤했다. 클로이는 내심 우주가 열적 죽음을 맞을 때까지 샤라를 제 마음대로 조종하고 싶었다. 그러나 이제 때가 됐다. 누군가는 샤라에게 책임을 물어야 했고, 그 역할을 맡을 사람은 클로이뿐이었다. 자, 이제 우주 대포를 예열해볼까나.

클로이는 사물함 문에 달린 플라스틱 거울을 보며 마지막으로 한 번 더 앞머리 상태를 점검했다. 거울 양쪽에 엄마의 편지와 극장에서 조지아와 찍은 즉석 사진이 붙어 있었다. 아, 조지아는 이

사태를 알면 머리에 쥐가 날 것 같다며 손사래를 칠 것이다. 벤지는 계략을 꾸미는 걸 좋아하니 투지를 불태울 테고, 애시는…….

클로이는 사물함을 닫고 도서관을 향해 걸음을 옮겼다.

시창 과제물 여백에 휘갈겨져 있었음

졸업생 대표 연설문: 29번째 초안

우선 휠러 교장 선생님께 한 말씀 드리고 싶습니다.

교장 선생님, 외람된 말씀이지만 저는 무슨 수를 써서라도 당신의

인생을 박살낼 방법을 꼭 찾고 말 겁니다.

19

졸업까지 남은 시간: 9일

유럽 역사에 관한 암기 카드를 성적 요소를 내포한 항목 위주로 편집하는 데는 꼬박 30분이 걸렸다. 반도 전쟁? 아니다. 곡물법? 절대 아니다. 계몽 전제 군주? 샤라가 자기 자신을 그렇게 볼지도 모르지만 이것도 아니다. 유럽 역사가 좀 덜 섬뜩했다면 도움이 됐을까? 결국 클로이는 종교 관련 역사 쪽을 뒤지기로 했다.

프랜시스 베이컨이 섹시할 수 있는지 한창 골똘히 생각하고 있을 때였다. 샤라가 도서관 옆문으로 들어오는 소리가 생각에 잠긴 클로이의 귀에 겨우 들어갔다.

클로이가 앉은 책상은 주된 학습 공간에서 떨어진 구석 자리에 있어서 샤라에게 발견되기 전까지 1.5초쯤 여유가 있었다. 클로이는 순식간에 옆 의자에 올려둔 책가방을 발로 차고 책상 위의 암기 카드를 치워 옆자리를 싹 비운 뒤 머리카락을 넘기고 어깨를 폈다. 그러고는 마지막 마무리로 제 쪽으로 옆자리의 빈 의자를 발목으로 감아 30센티미터쯤 끌어당겼다.

샤라의 시선이 느껴질 때쯤, 클로이는 천장의 형광등 불빛을 가장 예쁘게 받는 각도로 고개를 튼 채 평온한 얼굴로 공책을 들여다보고 있었다.

운동화를 신은 샤라의 발이 잠시 멈췄다가 카펫을 부드럽게 탁탁 탁 밟으며 다가왔다. 곧이어 책상 옆에서 샤라의 목소리가 들렸다.

"여기서 날 만나고 싶으면 그냥 직접 말하지 그랬어."

"어, 안녕, 샤라."

클로이는 고개를 들어 샤라를 보고는 짐짓 놀란 척하며 눈을 깜박거렸다.

"브루클린까지 끌어들일 필요는 없었잖아. 시험 한 번만 더 잘못 보면 돌아버릴지도 모르는 애한테 왜 그랬어."

"무슨 말을 하는지 모르겠네. 근데 뭔가 따지고 싶다면 다른 장소가 낫지 않을까?"

샤라는 입술을 깨물며 말했다. "마지막 시험은 뭐야?"

"알고 있지 않나?"

깨물었다가 놓은 샤라의 입술이 크림색에서 딸기색으로 변했다. 샤라는 클로이의 옆에 있는 빈 의자에 앉아 자기 책가방의 지퍼를 열었다. 라일락 향기를 맡을 수 있을 만큼 가까운 거리였다. 둘의 거리가 이렇게 가까워진 건 요트에서의 대면 이후로 처음이었다. 클로이는 샤라가 흠뻑 젖은 분홍색 튤 드레스 차림으로 비명을 지르며 첨벙거렸던 기억이 떠올랐지만 집중한 상태를 유지하기 위해 애써 밀어냈다. 역시 클로이의 인생 최고의 순간 5위 안에 드는 명장면이었다.

"유럽 역사겠지." 샤라가 결국 인정하며 말했다.

"넌 화학 2고." 클로이의 말에 샤라는 놀란 듯 눈을 깜박였다. 설마 클로이가 샤라의 일정도 못 외우는 바보라고 생각한 걸까.

"너, 2학년 때 한계 반응물 문제 잘 못 풀었잖아. 이제 괜찮아? 아니면 내가 좀 도와줄까?"

샤라는 답하는 대신 책상에 바인더를 놓고 말했다.

"넌 프로이센과 독일의 차이점, 제대로 숙지했어? 네 암기 카드로 복습하는 거 도와줄까?"

"솔직히," 클로이는 순진한 척 미소를 지으며 말했다. 계획이 순조롭게 진행돼 짜릿했다. 샤라가 왜 그렇게 계획을 좋아하는지 알 것도 같았다. "그래주면 나야 진짜 고맙지."

샤라는 순순히 클로이의 암기 카드 꾸러미를 받아 들었다. 제 감정에 대한 의도적이고 의미 있는 대화를 나누느니 클로이의 공부를 돕는 게 낫다고 판단했을 것이다.

물론 카드의 내용은 이미 다 외웠다. 클로이는 한 손으로 턱을 받친 채 샤라의 붉어진 얼굴을 빤히 보며 질문에 척척 답했다.

"기독교 강요."

"1537년에 장 칼뱅이 썼어. 성경이 기독교 교리의 유일한 원천이며 성례는 세례와 성찬식, 둘 뿐이라는 내용이 실린 책이야."

"프라하 창밖 투척 사건."

"1618년에 보헤미아에서 신교도들이 가톨릭교도 공무원들을 성 창문 밖으로 던진 사건이야. 30년 전쟁의 도화선이 됐어."

샤라는 암기 카드에서 눈을 떼고 클로이를 힐끗 보며 물었다.

"공무원들의 이름은 알아?"

뻔한 술책이다.

"야로슬라프 보르지타 마르티니체 백작, 빌렘 슬라바타 홀룸 백 작, 아담 2세 폰 스턴버그, 매슈 레오폴트 포펠 로브코비츠."

클로이가 답을 줄줄 내뱉자 샤라는 분한 표정으로 다음 질문으 로 넘어갔다.

"시해."

"왕을 죽이는 행위. 여왕도 되고."

"루크레치아 보르자."

"1480년에 태어나 1519년에 사망한, 르네상스 시대에 가장 유명 한 여인 중 하나야. 금발에 머릿결은 비단 같고 똑똑하고 많이 배 웠고 재주가 많았으며 정략결혼을 많이 했고 독살을 즐겼다는 소 문이 있어. 아버지인 교황 알렉산데르 6세의 권력 게임에 자주 이 용됐어."

샤라는 카드 너머로 클로이의 얼굴을 찬찬히 살폈다. 그 모습에 클로이는 또다시 순진한 미소를 지어 보이며 말했다.

"계속해. 아주 잘하고 있어."

샤라는 이를 악물고는 다시 카드를 넘겼다.

"보티첼리."

"1444년에 태어나 1510년에 사망했고 피렌체에서 꽃핀 르네상스를 대표하는 화가야. 메디치 가문의 후원을 받았고 1482년 작품, 〈프리마베라〉와 1480년대 중반 작품, 〈비너스의 탄생〉으로 유명해. 스타일이 매우 독특해."

"어떻게?"

드디어 걸려들었다. 샤라가 바닥에 난 함정용 문 위에 섰다. 클로이는 레버를 당겨 문을 열었다.

"아름다움에 대한 인식이 독특하달까. 특히 여성을 공간 속을 흐르는 존재로 표현했어. 무게가 없으면서 동시에 형체가 있는, 애쓰지 않아도 그 자체로 우아한 존재로 말이야. 무슨 뜻인지 알겠어?"

샤라는 침을 삼키고 고개를 끄덕였다.

"이 선도 그래." 드디어 때가 됐다. 클로이는 손가락 끝으로 닿을락 말락한 거리에서 샤라의 턱관절에서 턱에 이르는 선을 훑었다. 샤라는 꼼짝도 하지 않았다. "이 선을 강하게 표현했어. 극적이고 선명한 윤곽선을 좋아했거든."

그러고는 샤라가 정신을 차리기도 전에 뒤로 물러나 고개를 옆으로 기울인 뒤 우연인 듯 무심히 옷깃을 옆으로 밀었다.

솔직히 좀 웃기기는 했다. 마치 촛불로 밝힌 드라큘라의 저택을 목을 드러낸 채 보란 듯 돌아다니는 부랑아가 된 기분이었다. 한숨을 쉬며 이렇게 말하는 부랑아 말이다. "아아아 안 돼, 불쌍하고 연약하기 그지없는, 훤히 드러난 이 동맥 좀 보세요. 누가 와서 이 동맥 속 피를 후루룩 마시면 얼마나 비극적일까요!"

성공이었다. 샤라의 시선이 클로이가 원하는 바로 그곳, 옥스퍼드 셔츠의 앞섶에 꽂혔다. 클로이의 쇄골 사이 움푹 들어간 곳에는 비밀의 무기가 숨겨져 있었다. 바로 샤라의 십자가 은목걸이였다.

"그거……. 그거 어디서 났어?"

샤라가 속삭이는 목소리로 질문하자, 클로이는 아래를 힐끗 보고는 눈썹을 치켜올리며 물었다.

"뭐, 이거? 쓰레기통에서 찾았어. 안 믿기지? 왜, 너한테 의미 있는 물건이야?"

'네 거잖아. 샤라. 네 거라고 말해. 단 한 번만이라도 진실을 털어놓으라고.'

"어떻게 답해야 할지 모르겠네."

샤라는 조용히 말했다. 말하는 대상이 클로이인지 자기 자신인지 하느님인지 모를 말투였다.

"그래?"

그때 클로이의 손에 뭔지 모를 온기가 희미하게 느껴졌다.

샤라가 책상의 암기 카드 위에 얹은 제 왼손의 새끼손가락을 클로이의 오른손 엄지과 검지 사이로 조심스럽게, 천천히, 부드럽게 밀어 넣고 있었다.

지금이었다. 샤라는 이제 곧 클로이를 보며 이렇게 말할 것이다.

"아, 그거 내 목걸이야. 네 생각이 다 맞았어. 네가 나보다 나를 더 잘 아네. 네가 나타나기 전까지 내가 한 거라고는 거짓말뿐이야." 클로이가 "그걸 이제 알았어?"라고 하면 샤라는 "이제 나 좀 안 아줘, 이 섹시한 천재야"라고 할 테고, 클로이는 샤라의 키스를 유도하러 샤라와 함께 서고의 조용한 구석 자리로 숨을 것이다. 샤라가 소설 코너 M~R 책장 앞에서 클로이에게 입을 맞추려 하면 클로이는 샤라의 머리카락 밑으로 드러난 목 옆을 어루만지면서…….

잠깐만. 이건 계획과 다르다.

샤라가 입을 맞추려고 몸을 기울이면, 클로이는 입술이 닿기 직전 기대에 찬 눈빛으로 숨을 참고 있는 샤라에게 움찔하며 이렇게 말할 것이다. "이런, 이거 참 난감하네. 난 그 정도로 너한테 빠지지는 않았거든."

클로이는 자신의 손과 샤라의 손에서 몇 초 전보다 더 가까워진 샤라의 초조하고 아름다운 얼굴로 시선을 돌렸다. 샤라는 클로이의 목과 입을 바라봤고, 클로이는 샤라와 입 높이를 맞추려고 얼굴을 기울였다.

'어서 말해. 네 거라고 말해. 뭐라도 하란 말이야.'

마침내 샤라가 입을 열었다.

"난…….''

샤라는 클로이의 암기 카드를 내려놓고 의자를 뒤로 밀어 빼고는 바인더와 가방을 한 번에 휩쓸어 품에 안았다.

"그만 가볼게. 로리가 집까지 태워준대서. 지금 가야 해…….''

그 말을 끝으로 휙 뒤돌아 선 샤라는 〈한여름 밤의 꿈〉의 대사를 연습했던 그날 오후처럼 빠르게 도서관을 떠났다.

그날 밤, 밸 엄마가 물었다. "그건 어디서 났어?"

엄마의 시선을 따라가니 클로이의 셔츠 앞섶을 보고 있었다. 젠장. 샤라의 목걸이를 벗는 걸 깜빡했다.

"어, 음. 주웠어요."

밸 엄마는 의심스러운 표정으로 말했다.

"2천 달러는 돼 보이는데 주웠다고? 왜 그걸 차고 있니?"

"아, 그게…… 실은……." 이건 속일 방법이 없었다. "어떤 여자애…… 때문이에요. 그 여자애 목걸인데 괴롭히려고, 어, 그러니까…… 걔 앞에서 일부러 차고 있었어요."

제스 엄마가 주방 식탁에서 달콤한 말투로 속삭였다.

"나도 기분이 안 내킬 때는 집에서 네 엄마의 용접용 앞치마를 입고 돌아다니는데."

"하느님 맙소사." 클로이는 한숨을 내쉬었다.

"아, 그런 거였어? 우리 딸이 하느님을 믿는 여자애한테 마음이 있구나?" 밸 엄마가 말했다.

"그게 아니라……."

"너한테 뭐라는 거 아니야. 그 학교 애들은 원래 하나같이 가슴 위에 예수님을 달고 다니잖니. 내 눈에는 족쇄로 보였지만." 밸 엄마는 클로이의 머리를 쓰다듬었다. "착실한 딸내미랑 사귀려고 교회 다니는 척하는 거니?"

"그런 거 아니에요." 제스 엄마는 어느새 마돈나의 〈Papa Don't Preach〉(아빠, 설교하지 마세요)를 작게 흥얼거리고 있었다. 클로이는 목걸이를 풀어 손에 든 채 말했다. "됐죠? 엄마의 비종교인 딸, 어디 안 갔어요."

"그러든 말든 넌 언제나 완벽한 딸이야." 밸 엄마가 클로이의 머리에 입을 맞췄다. "걔 이름은 나중에 말해주렴. 저녁 먹을래?"

"괜찮아요." 냉동실에서 잼 샌드위치를 꺼내며 클로이가 말했다.

"공부하면서 먹을게요."

방에 들어온 클로이가 침대 위에 공책을 펼쳐놓고 더 외워야 할 부분이 있나 살펴보고 있을 때였다. 볼셰비키 부분을 복습하려는 순간, 갑자기 창밖에서 동작을 감지하는 투광 조명등이 켜졌다.

클로이는 티타니아가 지구상 마지막 남은 귀뚜라미 한 마리를 몰아내다 우연히 켜졌기를 빌며 닫힌 블라인드 쪽을 힐끗 봤다. 소리가 들린 건 그때였다. 창유리가 긁히는 금속성 소리가 희미하게 들렸다. 누군가가 방충망을 열려고 하는 게 분명했다.

어떻게 아는지는 모르지만 그냥 알 수 있었다.

클로이는 침대에서 뛰어 내려와 블라인드를 휙 올렸다. 그러자 침실 창에 코가 닿을 듯 말 듯 한 거리에서 샤라가 무릎을 꿇고 있었다.

도서관에서는 입고 있었던 교복 상의는 언제 벗었는지 흰색 면 속셔츠와 치마만 입은 샤라의 자태가 눈부신 조명등 아래로 훤히 드러났다. 터무니없이 아름다운 1초가 흐르는 동안 클로이는 샤라가 도서관에서 미처 하지 못한 일을 하려 왔다고 생각했다. 샤라가 마침내 클로이의 인생에 뛰어들어 상상 속 장면을 현실로 만들려 하는 줄 알았다.

그러나 다음 순간, 클로이는 샤라의 손에 들린 분홍색 카드를 발견했다.

두 사람은 잠시 정지 화면에 갇힌 듯 동작을 멈췄다. 클로이는 영화 촬영용 카메라가 두 사람의 주위를 빙빙 도는 장면을 떠올렸다. 카메라는 샤라의 어깨 뒤에서 시작해 망연자실한 샤라의 옆얼굴과 달콤하고 화려한 서체로 카드에 각인된 샤라의 이니셜을 비춘 뒤, 클로이의 침실 안으로 들어가 윙윙 돌아가는 천장 선풍기와 클로이가 이 사이로 헉 하고 들이마신 뜨거운 숨에 이어 두 뺨을 벌겋게 물들이며 "안 돼"라고 내뱉는 클로이를 비췄다.

클로이는 창문을 휙 열고 몸이 닿을 새도 없이 재빠른 동작으로 창턱을 뛰어넘었다. 방 안에 있다가 한순간에 집밖으로 나온 클로이는 온 엉덩이와 머리와 사지를 샤라에게 날렸다. 마치 내셔널 지오그래픽 채널에 나오는 광분한 여우원숭이처럼 으르렁거리며 샤라를 덮쳤다. 그 바람에 방충망이 창틀에서 빠져 어둠 속으로 굴러가버렸고, 샤라는 클로이와 뒤엉켜 비명을 지르며 잔디밭을 굴렀다. 둘 다 발길질을 하고 몸부림을 치며 구르다 집 옆에 설치된 거대한 에어컨 실외기에 옆구리를 세게 부딪쳤다. 앨라배마의 여름은 밤에도 기온이 30도까지 올라 실외기가 요란하게 윙윙거렸다. 클로이의 팔꿈치가 샤라의 코로 짐작되는 무언가에 부딪치자 샤라의 손톱이 팔꿈치를 아프게 파고들었다. 샤라는 어깨로 클로이의 가슴을 힘껏 밀어 클로이를 바닥에 눕혔다.

"그만해!" 샤라가 날카롭게 외쳤다.

"내가 또 이딴 짓을 할 거 같아?" 클로이는 앙칼지게 내뱉고는 풀한 줌을 뜯어 샤라의 얼굴에 던졌다. 샤라가 풀을 뱉어내며 퉤퉤거리는 사이 클로이는 몸싸움을 벌여 샤라를 다시 바닥에 눕혔다.

"그냥 좀 받아!" 샤라는 클로이의 두 팔 사이에 갇힌 팔을 비틀어 뺀 뒤 주먹 쥔 손에 들린 구겨진 카드를 들어 보였다.

"싫어!"

"받아!"

"네가 뭔데 억지로……."

샤라는 카드를 클로이의 입에 쑤셔넣었다. 다른 방법은 생각나지 않은 듯했다.

클로이는 움찔하고는 캑캑거리며 카드를 잔디밭에 뱉었다. 카드 종이가 입꼬리 안쪽을 스치고 지나갔다. 베이지는 않았지만 마치 샤라가 클로이의 존재 깊숙이 들어온 것만 같아 클로이는 야생 고양이처럼 울부짖으며 샤라의 손가락을 꽉 물었다.

"아야!"

"넌 도대체 뭐가 문제야?" 클로이는 고함을 치며 샤라의 연약한 허벅지 안쪽을 엄지손가락으로 찔렀다. 샤라가 또다시 "아야!" 하며 방심하는 사이, 클로이는 샤라의 무릎 위로 올라갔다. 그러고는 샤라의 한쪽 손목을 잡아 샤라의 배 위에 놓고 고정한 뒤 샤라의 허리 위에 다리를 벌리고 올라앉았다. 클로이도 다른 방법이 생각나지 않았다.

샤라는 드디어 움직임을 멈췄다.

"또 도망치게?"

클로이는 가쁜 숨을 몰아쉬며 따져 물었다. 심장이 가슴을 뚫고 튀어나올 것 같았다.

"나는……." 샤라는 잡히지 않은 다른 쪽 손을 손바닥을 내보인 채 힘없이 머리 위 잔디밭에 떨어뜨렸다. "나는…… 너한테 쓴 카드를 주려고 왔을 뿐이야."

"맙소사, 넌 왜 평범한 사람들처럼 못 해? 수천 킬로미터 떨어진 곳에서 남의 마음을 조정하는 빌어먹을 술수를 쓰지 않고는 아무 것도 못하겠어? 이제 더는 너랑 이 짓거리 안 할 거야! 네가 대체 어떤 인간인지 알아내려고 한 달 내내 별의별 짓을 다 했지만 이젠 안 해! 너 자신도 널 모르잖아!"

"클로이."

"넌 사랑이 뭐라고 생각해? 좋아하는 사람이 원하는 대로 뭐든 싹 다 바꾸기만 하면 사랑인 거 같아?" 클로이는 얼굴이 머리색만 큼 분홍빛으로 물든 샤라를 무시하고 계속 말을 이었다. "'너를 원 한다'는 말이 무슨 뜻인지는 알아? 아니, 넌 죽었다 깨도 몰라. 알 면, 그 말이 너한테 티끌만큼이라도 의미가 있다면, 누가 너한테 집착하는 걸 보며 흥분을 느끼기 위해서가 정말 아니라면, 네 진 짜 모습을 직면하거나 너한테 정말 중요한 걸 희생할 의지가 조금 이라도 있다면, 내가 안 볼 때 내 방 창문에 편지를 끼우는 짓 같은 건 절대 안 해! 오늘 도서관에서 기회가 있었을 때 나한테 키스했 을 거라고!"

조명등이 자동으로 꺼지는 걸 본 뒤에야 클로이는 그 자세로 한 참을 꼼짝도 하지 않았다는 걸 깨달았다. 연보라색 달빛을 흠뻑 받 으며 제 몸 밑에 깔려 있는 샤라를 내려다보니, 허벅지 사이로 샤 라의 배가 호흡을 따라 오르내리는 게 새삼 의식됐다.

잡히지 않은 샤라의 손은 아직도 샤라의 머리 위에 항복이라도 한 듯 무방비로 늘어져 있었다. 클로이는 샤라가 그 손을 쓰길 기 다렸지만 이제 죽을 만큼 넌더리가 났다.

"애들한테 다 말했잖아." 샤라가 말했다.

"나한테 직접 말해."

"클로이. 카드 읽어봐."

"싫어!" 클로이는 날카롭게 쏘아붙였다. "내 얼굴 보고 말해! 우주 역사를 통틀어 인간은 누구나 좋아하는 사람이 생기면 데이트 신청을 해. 너도 그렇게 하라고!"

답할 시간을 10초를 꽉 채워 줬지만 샤라는 아무 말도 하지 않았다. 입술을 벌린 채 휘둥그런 눈으로 클로이를 빤히 올려다보기만 할 뿐이었다.

클로이는 샤라의 손목을 놓고 벌떡 일어섰다.

방금 전까지 클로이는 샤라를 파스텔 색조의 비단 드레스를 입은 마리 앙투아네트, 독약을 떨어뜨리는 루크레치아 보르자, 뱀파이어 여왕, 우주 소녀 등 온갖 치명적 미인에 대입해 상상했다. 그러나 일어나서 보니 샤라는 그중 누구도 아니었다. 주방 가위로 싹둑 자른 머리를 하고 교외의 어느 집 마당에 누워 있는 소녀일 뿐이었다.

한 달 전에도 클로이는 샤라의 집 앞에 이렇게 서 있었다. 샤라가 마치 특별한 사람인 양 하루아침에 사라졌다는 게 도저히 믿기지 않았다. 샤라를 둘러싼 신화는 거짓이며 샤라 휠러에게 특별한 건 아무것도 없기 때문이었다.

진짜 비극은 거기에 있었다. 샤라의 진정한 특별함은 그 신화 뒤에 갇혀 있었다.

"나 공부해야 해. 집에 가, 샤라."

클로이는 마지막 시험을 보고 나오는 길에 새로운 소문을 들었다.

어느 3학년생이 다른 3학년생에게 말하는 걸 들으니, 여학생 둘이 B동 화장실에서 키스하는 걸 본 2학년생이 그 사실을 학교에 밀고한 모양이었다. 사물함 다섯 칸 너머에서 수군거리는 두 야구부원에 따르면 휠러 교장이 발각된 여학생들을 정학시킬 거라고도 했다.

클로이는 새로운 철천지원수로 삼아 마땅한 밀고자의 이름을 주워듣기 위해 건물 출입구 근처에 있는 식수대 주변을 맴돌았다. 그때 출입구의 쌍여닫이문 중 한쪽이 휙 열렸다.

"여기 있었구나."

문 뒤에서 나타난 샤라가 클로이를 보자마자 말했다. 몇 달 동안 클로이의 행방을 정확히 파악하고 있었던 사람이 할 말은 아니었다. 샤라는 오후 햇빛을 역광으로 받으며 문간에 서 있었다. 더운 바람이 불자 로즈골드 색으로 빛나는 얼굴 주위로 분홍색 머리카락이 날렸다.

클로이는 낮은 탄식을 내뱉었다. 아, 빌어먹을 샤라 휠러. 또 영화 찍고 있네.

"내가 뭐랬어. 이제 더는……."

샤라가 클로이의 말을 끊고 끼어들었다. "조지아였어."

배 속이 뒤틀렸다. 샤라의 입에서 조지아의 이름이 나오다니, 나쁜 일이 분명했다.

"뭐? 뭐가 조지아였는데?"

"B동 화장실에 있던 여자애들 중 한 명이 조지아였다고. 네가 알아야 할 거 같아서."

"조지아가? 누구랑?"

"서머. 근데 목격자가 조지아만 봐서 조지아만 일러바쳤대."

"서머 콜린스? 둘이…… 언제부터?"

"몰라. 나도 들은 거 없어. 서머가 요즘 나랑은 말을 거의 안 하니까."

대꾸할 시간이 없었다.

"조지아는 지금 어디 있어?"

"행정실. 아빠가 곧 조지아의 부모님한테 연락할 거야."

샤라는 뒤로 물러나 클로이가 나가도록 문을 잡아줬다. 눈은 휘둥그레지고 눈썹은 긴박한 호선을 그리고 있었다. 아직도 숨이 가쁜 걸 보니 교정을 가로질러 전력 질주한 모양이었다.

"뛰어가면 아직 시간 있어."

샤라의 말에 클로이는 곧바로 뛰기 시작했다.

조지아와 서머가 주고받은 글
함께한 기하학 과제(100점 만점에 95점 받음)의
설명이 적힌 종이의 뒷면에서 발견됨

수업 끝나고 과제 하러 어디에서 만날까?
존슨 선생님의 교실이 비는데 허락해주실 거 같아.

내일은 방과 후에 일해야 해.

나도 소프트볼 연습 있어. :(
너 일하는 데로 내가 갈까? 어디에서 일해?

그럼 되겠다! 종탑 서점에서 일해.

거기에서 일한다고? 멋지다.

별거 아닌데, 하하. 부모님이 운영하시는 서점이야!

그럼 더 멋진 거 알지? 좋아, 거기서 보자.

20

졸업까지 남은 시간: 8일

클로이는 급강하하는 비둘기처럼 행정실 유리문으로 돌진했다.

너무 세게 미는 바람에 문이 벽에 부딪쳐 접수 담당자가 비명을 질렀지만 아무 소리도 들리지 않았다. 카펫을 씌운 듯한 흉물스러운 의자에 앉아 이름이 호명되길 기다리는 조지아 외에는 아무것도 보이지 않았다.

클로이와 눈이 마주친 조지아는, 충격에 이어 혼란과 분노가 차례로 떠오르는 표정을 짓다가 절친한 친구끼리 통하는 텔레파시가 작동한 듯 입모양으로 말했다. "아이센가드."

아직 늦지 않았다.

클로이는 교장실로 직행했다. 휠러 교장은 수화기를 귀와 어깨 사이에 고정한 채 책상 위 전화기의 번호판을 누르려던 손을 멈추고 클로이를 바라봤다.

"그런 양. 날 만나고 싶으면 접수부터……"

"B동 화장실에서 여자애랑 키스한 애는 조지아가 아니에요. 저예요."

교장은 클로이를 한참 동안 빤히 바라보다 수화기를 내려놓았다.

"그래요?"

"네. 교장 선생님."

클로이는 얼른 존칭을 덧붙였지만 웩, 진짜 싫었다.

교장은 클로이의 표정을 찬찬히 살폈고, 클로이는 애써 참회의 표정을 지어 보였다.

"그럼 그 학생이 왜 나한테 조지아 널을 봤다고 제보했을까요?"

"늘 있는 일이에요." 클로이는 곧바로 답했다. "둘이 많이 닮은 데다 늘 같은 친구들이랑 다니면서 같은 일을 하거든요. 지난 가을부터는 머리도 거의 똑같이 잘라서 더 헷갈렸을 거예요. 하급생들이 좀 멍청하기도 하고요. 어쨌든 맹세하는데 진짜 저였어요. 조지아는 살면서 규칙을 어겨본 적이 한 번도 없는 애예요. 규칙을 어기는 건 저죠. 그러니까 제…… 제 부모님한테 전화해서 말씀드리세요. 제가 한 일로 조지아를 벌주지 마시라고요."

휠러 교장은 잠시 생각하다 긴 가죽 의자에 등을 기대며 말했다.

"윌로그로브 학생 행동 수칙에 따르면 성적으로 부적절한 행동은 교내에서 엄격하게 금지돼 있어요. 보통 이런 경우 해당 학생은 정학을 당하지만 시기상 지금 정학을 당하면 여름 방학을 일찍 맞는 것밖에 안 될 거예요, 그렇죠?"

급강하 지점까지 서서히 올라가는 롤러코스터를 탄 듯 두려움이 점점 커졌다. 배 속이 뒤틀렸다. 클로이는 다음에 어떤 말이 나올지 잘 알고 있었다.

"하지만 늑대가 양떼를 노리는데 양치기가 아무것도 안 할 수는 없어요. 경고를 하고 본보기를 보여야 하죠. 그럼…… 졸업식에 참석하지 못하는 벌은 어때요?"

"좋아요." 클로이는 귓전을 울리는 제 목소리가 낯설게 느껴졌다.

"졸업장도, 상도, 가운과 사각모도 못 받고 친구들과 사진도 못 찍을 겁니다." 교장은 책상 위에서 두 손을 맞잡으며 잠시 말을 멈췄다. "그리고 성적이 잘 나오더라도 졸업생 대표 연설도 못 할 거예요. 부디…… 연설문에 너무 많은 시간을 허비하지 않았길 빌어요."

아팠다. 아픈 게 당연했다.

그러나 조지아는 아직 비밀을 드러낼 준비가 안 됐고, 지금은 그게 더 중요했다. 온갖 위반 행동을 저질러 휠러 교장을 적으로 만든 덕을 드디어 볼 차례였다.

클로이는 목구멍에서 뜨거운 게 치밀어올랐지만 꾹 삼키고 고개를 끄덕였다.

여자와 여자가 입을 맞추는 용서할 수 없는 범죄가 자행됐다는 바로 그 화장실에서 잠시 눈물을 훔친 클로이는 30분 뒤 차를 세워둔 곳으로 걸어갔다. 주차장에 도착하니 조지아가 운전석 쪽 타이어에 기대 앉아 있었다.

클로이는 지난달 조지아가 미처 하지 못한 말들이 떠올랐다. 조지아는 오번에 가기로 한 일을 말하려 했다. 어쩌면 서머에 대해서도 말하려 했는지 모른다.

"괜찮아?" 클로이가 물었다.

조지아는 훌쩍이며 고개를 끄덕였다. "너는?"

클로이는 어깨를 으쓱하고는 손을 내밀었다. "타코벨에 갈래?"

조지아는 순순히 클로이의 손을 잡고 일어나며 다시 고개를 끄덕였다. "가자."

부리토가 담긴 묵직한 봉지 두 개를 들고 종탑 서점에 들어선 두 사람은 저녁 근무 당번인 딸에게 뒤를 맡기고 가는 조지아의 아빠에게 손을 흔들어 인사했다. 클로이가 좀 더 주의를 기울였다면 조지아의 상황을 진작 알아챘을 것이다. 지난 6개월 동안 조지아는 서점 운영을 부모님과 거의 동등하게 나눠 하고 있었다. 집을 떠나지 못하는 게 당연했다.

둘은 사다리를 타고 다락으로 올라가 희귀본 책더미 사이에 자리를 잡았다. 바닥에는 조지아네 집 거실에 깔았다가 부모님이 새 걸 사면서 서점으로 옮긴 낡은 양탄자가 깔려 있었다.

"나 운전면허증 땄을 때 기억나?" 클로이가 빨대의 포장을 풀어 음료수 컵에 꽂으며 말했다. "너희 집에 들러 너 태워서 타코벨에서 먹을 걸 사서는 월마트에 가서 한 시간을 돌아다녔잖아. 그때 네가 산 거, 열다섯 가지 맛 래피태피 젤리였나?"

"에어헤즈였어."

"맞다. 난 물총 샀고."

"자유에 취했지."

"아, 진짜 최고였어." 클로이는 한숨을 쉬며 말했다. "어른 없이 월마트에서 마음껏 쇼핑하는 게 왜 그렇게 흥분됐을까?"

"그러게 말이야." 조지아가 웃으며 말했다.

클로이도 같이 웃으며 말했다. "미안해."

클로이와 거의 동시에 조지아도 말했다. "고마워."

클로이는 음료를 내려놓고 말했다. "너 먼저 말해."

"넌…… 넌 오늘 날 위해 몸을 던져 게이 수류탄이 터지는 걸 막아줬어. 고마워."

"별말씀을. 난…… 그동안 네 곁에 있어주지 못했어. 미안해. 열쇠를 얻으려고 널 속인 것도 미안해. 내 문제에 너무 정신이 팔려 있었어. 난 그동안 정말 형편없는 친구였어. 프랑스어 과제도 망쳐서 미안해." 클로이는 잠시 호흡을 가다듬었다. 미안한 게 참 많기도 했다. "그리고 너한테 제대로 사과하지 않아서 정말, 정말 미안해. 난 널 위해서라면 언제라도 게이 수류탄에 뛰어들 거야. 그런데 짜증나게도 그동안 그 마음과는 완전 동떨어진 짓만 저질렀어."

"네 마음 알아." 조지아가 나초를 쿡쿡 찌르며 말했다. "나도 너한테 그렇게 분통을 터트리기 전에 진작 내 마음을 털어놨어야 했어."

"터트릴 만했잖아."

조지아는 진지하게 말했다. "그래도."

"뭐, 이제 장거리 우정을 유지해야 하니까 앞으로 더 잘 소통하기로 약속하자. 알았지?"

"내가 오번에 가기로 해서 아직 화난 거 아니었어?"

"그 일로 화가 난 적 한 번도 없어. 내가 화났다고 생각했어?"

조지아는 어깨를 으쓱했다. "조금."

"화난 거 아니야. 그냥…… 너 없이 지낼 생각을 하니 겁이 났어. 나 없이 지낼 너도 걱정됐고. 그러고 보니까 난 가끔 두려움을 분노로 표현하는 거 같아."

"맞아. 그럴 때가 있긴 하지."

클로이는 움찔하며 말했다. "미안해. 고쳐볼게."

"괜찮아. 나도 겁이 나는걸. 그래도 난 널 사랑해. 우리 둘 다 잘 헤쳐나갈 거야."

"나도 사랑해."

클로이에게는 쉽지 않은 말이었지만, 조지아와 함께라면 뭐든 쉬웠다.

클로이는 다시 음료수를 집어 들고 물었다.

"자, 이제 뭐 하나 물어봐도 돼?"

조지아가 고개를 끄덕였다.

"서머 콜린스랑은 언제, 어떻게 사귀기 시작했어?"

조지아는 두 손으로 얼굴을 가리며 말했다.

"아, 몰라."

"얼굴 빨개졌다!" 클로이가 과장되게 숨을 헉 들이키며 말했다. "재판장님, 피고는 게이가 맞습니다!"

"아, 진짜 창피하게 왜 이래. 2학년 때 내가 서머랑 기하학 과제 했던 거 기억나? 그때부터 좋아했어. 뭐랄까, 내가 여자를 좋아한다는 사실을 깨닫게 해준 애야."

"왜 나한테 말 안 했어!"

"서머가 예쁘다고 한 적은 있어. 근데 그 말을 하면 꼭 걔가 샤라랑 친하다는 둥 샤라보다 나쁜 애는 없다는 둥 하는 대화로 이어지니까 말하기가 좀 그랬어."

클로이는 다시 움찔했다. "알았어. 인정. 계속해."

조지아는 다시 나초를 쿡쿡 찌르며 애써 미소를 지었다.

"과제가 끝난 뒤에도 서머의 번호를 지우지 않았어. 서머의 연락처를 계속 쳐다보면 왠지 걔가 그걸 느끼고 나한테 갑자기 문자를 보낼 마음이 생길 것 같았어. 그렇게 대화를 나누게 되고 그러다 사랑에 빠져 같이 산속으로 들어가 양이나 뭐 그런 걸 키우며 사는 상상을 했지."

"그래서 그렇게 됐어?"

"아니. 네가 스미스랑 어울리기 시작하면서 서머한테 어떻게 된 일인지 아느냐는 문자가 왔고, 그때부터 얘기를 나누기 시작했어. 좋았어. 정말 좋았어. 가족 얘기도 하고, 하고 싶은 게 많긴 하지만 가족을 두고 대학에 가기는 싫다는 얘기도 하다가 둘 다 오번대학교에 간다는 걸 알게 됐어. 그러다 서머가 소닉에 같이 가자고 했고 나한테 동그란 감자튀김을 사줬어. 그러고 나서…… 내가 키스했어."

클로이는 숨이 턱 막혔다. "네가 서머한테?"

조지아의 얼굴에 드디어 환한 미소가 번졌다. "내가 먼저 했어."

"세상에!" 클로이는 허공에 주먹질을 했다. "서머의 반응은?"

"'베이컨 치즈버거 사주면 뭘 할 건데?'라고 하더라."

"하느님 맙소사!"

조지아에 따르면, 서머는 의대 예과 과정을 밟을 계획이고 바나나 밀크셰이크와 판타지 소설을 좋아하며 에이스와는 화해했다고 했다. 파라모어 밴드를 좋아해 행아웃 음악 축제 입장권을 살 생각이며 조지아처럼 해변 캠핑과 헤일리 윌리엄스를 좋아한다고도 했다. 또한 서머에게 입을 맞춘 여자는 조지아가 처음이며 언니가 레즈비언이고 작년부터 자기가 양성애자라는 걸 알았다고 했다. 클로이는 두 사람이 어떻게 통했는지 알 것 같았다. 둘 다 실용적인 신발을 신고 사춘기 고등학생들의 유치한 신경전에 별 관심이 없는 똑똑한 아이들이었다. 아마 행아웃 음악 축제에 적정량의 물을 챙겨가는 사람은 이 둘뿐일 것이다.

"근데 하나 궁금한 게 있어. 서머는 뭐랄까…… 좀 독실하지 않나?"

조지아는 어깨를 으쓱했다. "가족이랑 교회에 다니긴 하지만 윌로그로브 방식은 아니야. 나름의 방식이 있어." 그리고는 클로이를 힐끗 보며 말했다. "함부로 판단하지 마."

"그런 거 아니야! 근데…… 좀 불편하지 않아?"

"별로? 나도 자라면서 교회에 다녔어. 마지막 몇 년은 확신이 없었지만……. 어쨌든 서머네 교회는 예수님을 영원한 저주의 구원자니 뭐니 하는 존재라기보다는 갈색 피부의 사회주의자로 봐. 부모님은 언니의 동성애를 인정해주시고. 그러니까 괜찮아."

클로이는 눈썹이 저절로 올라가는 걸 느끼며 말했다. "앨라배마에 그런 교회가 있는 줄은 처음 알았네."

"네가 여기 출신이 아니라서 그래. 네가 겪은 앨라배마는 윌로그로브뿐이잖아."

"그래도……."

뭐, 그렇긴 하다. 클로이는 윌로그로브에서 처음 기독교를 접했다. 그런 탓에 클로이에게 신앙이란 남을 함부로 판단하고, 성경 구절 뒤에 증오를 숨긴 채 독실한 척 위선을 떨고, 순금으로 된 십자가 목걸이를 차고, 온갖 끔찍한 비밀을 돈으로 덮는 카리스마 있는 백인 목사를 따르는 행위일 뿐이었다.

클로이는 교회 야외 요리 파티에 가본 적도 없었고, 기독교의 가치를 실천하는 동성애자를 만나본 적도 없었다. 교회에 발을 들였을 때 안심이 됐던 적도 없었다. 그런 경험이 있다면, 다시 말해 벨 엄마가 너무 큰 상처를 받아 피할 수 없을 때까지 버티면서 기독교와 완전히 동떨어진 환경에서 클로이를 키우지 않았다면, 신앙을 다르게 받아들였을지도 모른다. 클로이는 그런 날이 오기는 할지 여전히 확신이 없다.

그러나 한 가지는 확실했다. 윌로그로브는 앨라배마의 일부분일 뿐이고, 그렇다면 윌로그로브의 신앙도 신앙의 전부가 아닐 것이다.

아래층에서 출입문에 달린 종이 딸랑거리는 소리가 들렸다.

"조지아?"

서머가 미처 갈아입지 못했는지 카키색 교복 반바지와 소프트볼 티셔츠 차림으로 오후 햇살을 받으며 서 있었다.

"여기야." 조지아는 바로 자리에서 일어나 다락 난간 너머로 몸을 기울였다. "안녕, 서머."

"맙소사, 너 괜찮아? 너 찾느라 사방을 뒤지고 있는데 샤라가 클로이를 너한테 보냈다면서."

"샤라가 보낸 거였어?"

조지아가 획 돌아서며 묻자 클로이는 이를 악문 채 답했다.

"엄밀히 말하면 그렇지."

"그 얘기는 나중에 하자."

"어떻게 된 거야?"

서머의 질문에 조지아는 다시 서머를 향해 돌아섰다.

"클로이가 나 대신 뒤집어썼는데 교장이 벌로 졸업식에 참석하지 말라고 했대."

"진짜?" 서머의 반응에 클로이는 어깨를 으쓱했다. "진짜 형편없는 인간이네."

출입문이 또 열렸다. 이번에는 소닉 매장의 유니폼과 챙 모자를 착용한 벤지가 뛰어 들어왔다. 벤지는 급하게 들어오다 테이블에 부딪쳐 그 위에 전시돼 있던 추리 소설을 와르르 쓰러트리고는 다락을 향해 외쳤다. "어떻게 된 거야?"

서머가 벤지를 돌아보며 말했다.

"클로이가 조지아 대신 뒤집어썼는데 교장이 클로이를 졸업식에 참석하지 못하게 했대."

"뭐?" 벤지는 숨을 헉 들이켰다. "안녕, 서머. 너한테도 물어볼 게 많지만 그건 나중에 듣기로 하고, 뭐? 교장이 무슨 권리로 그런 짓을 해?"

"교장이니 하고 싶은 대로 다 할 수 있지." 서머가 말했다.

"하지만…… 교회 이사회의 지시를 받지 않나? 누가 교회 이사회에 알리기는 했대?"

"월로그로브 교회 이사회는 교장한테 뭐라고 안 할 걸." 서머가 심각한 표정으로 말했다. "오히려 반기겠지."

출입문이 다시 휙 열리면서 애시가 뛰어 들어왔다.

"어떻게 된 거야?"

이번에는 벤지가 답했다.

"교장이 클로이가 화장실에서 여자애랑 키스한 줄 알고 벌로 졸업식에 참석하지 못하게 했대."

"뭐?"

쾅. 애시가 들어오기 무섭게 다시 문이 휙 열렸다. 작년에 조지아의 아빠가 문틀을 교체한 게 천만다행이었다. 스미스 파커의 힘에 문이 통째로 떨어져 나갔다면 극적 등장의 퍼레이드에 완벽한 마침표를 찍었겠지만 말이다. 스미스를 뒤따라온 로리는 평소보다 더 험악한 표정을 짓고 있었다. 클로이는 한숨을 쉬고는 상황을 설명하러 나섰다. "내가……."

"무슨 일인지 알아." 로리가 끼어들었다.

클로이는 로리를 빤히 바라보며 물었다. "어떻게?"

"내가 스미스한테 문자 보냈어." 서머가 말했다. "이렇게 바로 나타날 줄은 몰랐지만."

"내가 원래 화가 나면 좀 빨라지거든. 넌 괜찮아, 서머?"

"괜찮아. 너는?"

"난 그냥 말도 안 된다고 생각해. 클로이가 하는 짓은 풋볼팀 애들이 하는 짓에 비하면 아무것도 아니야. 행군 악대 애들이 하는 짓에 비해서도 그렇고." 스미스는 잠시 말을 멈췄다. "기분 나쁘게 들지 마, 클로이."

클로이는 생각에 잠긴 표정으로 인상을 찌푸렸다. "냉정하지만 맞는 말이야."

"그리고 말인데, 그 애가 서머를 봤다면 서머도 졸업식에 참석하지 못했을 거야. 평생 규칙이라고는 어겨본 적 없는 서머가 말이야. 나도 어겨본 적 없기 때문에 잘 알아. 우린 어길 수가 없거든. 나랑 서머는 완벽해야 해. 누구에게도 미움을 사면 안 되니 다른 나는 끼어들 여지가 없어. 윌로그로브가 원하는 완벽한 나 말고는 다른 어떤 나도 될 수 없는 거지. 이건…… 진짜 말도 안 돼. 전부 다 틀려먹었어. 더 열받는 건 교장이 변명하려 애쓰지도 않는다는 거야. 아무도 자기한테 맞서지 않으리란 걸 알거든."

스미스는 벤지가 쓰러트린 책더미를 성큼 넘어 계산대 주위를 오가면서 봇물이 터진 듯 계속 말을 이었다.

"남동생도 풋볼을 좋아하는데 내가 그랬듯 SEC*에 들어가려면 윌로그로브를 졸업하는 수밖에 없어. 근데 걔가 이 학교에 와서 남자애를 좋아하거나 자기가 남자가 아니라는 걸 깨닫기라도 하면 어떻게 되겠어. 동생이 같은 일을 당하게 둘 수 없어. 이건 빌어먹게 부당해. 왜 우리의 진짜 모습을 숨겨야 해? 다들 달리 어쩌지 못해 이 모든 걸 참고 있어. 너무 오래 참아서 진짜 자기 자신은 잊어버리고 저들이 원하는 자신밖에 모른다고. 난 이제 더는 참고 싶지

---

* 미국 대학 체육 협회인 NCAA 소속 컨퍼런스 중 하나. 동남부 지역 대학 스포츠팀으로 구성된다.

않아."

이렇게 흥분한 스미스를 보는 건 처음이었다. 클로이는 연장전에서 경기장을 환히 밝히는 스미스의 모습이 상상됐다. 그만큼 스미스의 열정은 눈이 부셨다.

"언니가 대학에 가서," 서머가 말했다. "윌로그로브 얘기를 했더니 다들 못 믿더래. 사실 내가 다니는 교회의 친구들도 가끔 못 믿어. 다 윌로그로브 같은 건 아니야. 꼭 이래야 할 필요는 없어."

클로이도 다락에서 사다리 쪽으로 고개를 숙이며 동의했다. "그럼, 절대 없지."

"바꿀 수만 있다면 뭐든 하고 싶어. 하지만 난……."

스미스가 무슨 말을 하려다 말았는지 모르는 아이는 한 명도 없었다. 스미스 파커는 반항이라는 사치를 부릴 여유가 없었다.

"난 찬성이야." 로리가 단호한 표정으로 말했다. "광장에서 수사슴 버키 동상을 훔쳐서 교장 차에 떨어뜨리는 건 어때?"

"그건 내가 생각한 반항이랑은 거리가 좀 있는데." 스미스가 말했다.

"왜? 동상 끌어내리는 거, 그렇게 안 어려워. 트럭이랑 쇠사슬 몇 개만 있으면 돼."

"그걸 어떻게 알아?" 벤지가 물었다.

"제퍼슨 데이비스 동상을 마틴 호수에 던진 게 누구일 거 같아?"

애시가 벤지 뒤에서 고개를 쑥 내밀며 물었다. "그게 너였어?"

"법적인 문제가 있으니 농담이라고 해둘게."

"타지 사람들에게 윌로그로브의 현실을 알리는 건 어때?" 서머가 말했다. "전부 다 공개해 교장한테 시선이 쏠리게 만드는 거야. 교회 이사회도 지금은 신경 안 쓸지 몰라도 관심이 집중되면 부담을 느낄 거야. 평판을 지키려고 무언가를 바꿀지도 몰라. 윌로그로브의 평판이 나빠지는 것만큼 두려운 건 없을 테니까."

"교회 이사회를 압박하려면 크게 터트려야 해." 조지아는 잠시 곰곰이 생각하다 말했다. "우리 다 졸업식에 참석 안 하는 건 어때?"

"보이콧을 하자고?" 벤지가 물었다.

"좋은 생각이긴 한데." 서머가 말했다. "우리가 다 안 가면 교장이 좋아 죽지 않을까? 교장한테는 꿈의 졸업식일걸."

"그럼," 클로이가 머리를 굴리며 말했다. "보이콧 대신 항의성 졸업식을 열면 어때? 졸업장을 받거나 하지는 못하겠지만 우리끼리 졸업식을 열 수는 있잖아."

"그거 괜찮다." 서머가 말했다. "아빠 대리점에서 하면 돼. 진짜 졸업식이랑 똑같은 시간에. 학교 바로 건너편이니까 다들 볼 거야."

"표지판도 만들자." 애시가 제안했다.

"기자들을 불러 텔레비전 뉴스에도 나오게 하자."

벤지가 덧붙였다.

"애들을 더 모아야 해." 조지아가 지적했다. "제대로 목소리를 내려면."

"맞아." 스미스는 바로 휴대폰을 꺼냈다.

클로이가 보고 들은 바에 따르면, 윌로그로브가 지금껏 작동할 수 있었던 건 현재의 방식에 불만이 없는 학생이 많다는 착각을 일으켰기 때문이다. 반기를 드는 학생은 혼자만 겉돈다고 느낄 수밖에 없게끔 말이다. 주어진 규칙이 모두 타당하고 도덕적이고 신성하다고 믿는 분위기에서 혼자 반기를 들다보면 자신에게 어딘가 문제가 있을지 모른다는 자기 비하에 빠지기 쉽다. 자기 비하에서 벗어나더라도 좁은 동네에서 소문과 험담의 직격탄을 맞으면 아무리 굳건한 신념도 멀쩡히 유지되기 어렵다.

그러나 월로그로브에서 제일 인기 있는 애들이 직접 전화를 걸어 너만 그런 게 아니라고 하면 이야기는 달라진다.

제일 먼저 호응한 사람은 에이스였다. 스미스가 어떤 대의를 따르든 무조건 동참하겠다는 기세로 선글라스를 쓰고 나타났다. 졸업식에는 별 관심이 없지만 학교 운영진을 열 받게 하는 일에는 지대한 관심이 있는 에이프릴과 제이크도 합류했다.

그 뒤로도 애시의 미술 동아리 친구들과 에이프릴의 동료 드럼 연주자들, 누드 사진을 보냈다가 강제로 전학을 간 여자애의 친구들, 〈오페라의 유령〉의 코러스 단원들, 서머의 소프트볼 팀원들, 아직도 클로이를 조금 무서워하는 퀴즈 볼 팀원들이 나타났다. 규칙을 사랑하기로는 둘째가라면 서러울 브루클린 베넷도 화난 치와와처럼 씩씩거리면서 서점에 도착했다.

"난 학생회장이야." 브루클린이 제일 먼저 시선이 마주친 에이프릴에게 말했다. 에이프릴은 입가에 막대 사탕을 문 채 태연한 표정으로 브루클린을 바라봤다. "시위를 벌이려면 날 끼우는 게 좋을걸."

에이프릴은 뽁 소리를 내며 뺀 막대 사탕을 브루클린에게 겨누고 말했다. "왜? 다 일러바치려고?"

"아니, 시위를 조직하려고."

그때부터 각양각색의 아이들이 기병대처럼 줄줄이 서점의 문턱을 넘었다. 야구부원, 약쟁이, 거짓 소문의 피해자, 일본 문화 덕후, 클라리넷 연주자들을 비롯해 행군 악대 부원들을 양쪽으로 거느린 타일러 밀러 등 다양했다. 클라리넷 연주자들은 악대 버스 뒤에서 그렇고 그런 짓을 벌인다는 소문이 자주 돌았다. 레즈비언일 가능성이 컸다. 한 시간도 안 돼 예비 졸업생의 3분의 1에 달하는 4학년생 50명이 즉석 집회라도 벌일 기세로 종탑 서점 안에 모였다. 몇몇은 친한 하급생과 형제자매까지 대동했다.

모두 오늘 벌어진 사건은 물론이고 성교육 시간에 섹스 이야기를 하거나 성경 공부 시간에 언쟁을 벌이거나 사물함에 좌파 정치인 버니 샌더스의 스티커를 붙였다는 이유로 방과 후 남기 벌을 받은 경험을 공유하며 앞다퉈 이야기를 쏟아냈다.

클로이는 계산대 옆 조지아와 애시 사이에 서서 도대체 무슨 일이 벌어지고 있는지 가늠하려 애썼다. 클로이는 지금껏 윌로그로브에 혁명을 일으키는 게 그렇게 소원이었다. 그 변화가 클로이의 졸업식 참석을 금하는 벌 때문에 일어나고 있었다.

서머가 조지아를 돌아보며 말했다.

"계산대 위에 올라서도 괜찮아?"

조지아는 사랑에 빠져 하트로 변한 만화 주인공의 눈을 하고는 고개를 끄덕였다.

"내가 올려줄게."

"어이, 얘들아!" 서머는 조지아가 올려주자마자 아이들에게 소리쳤다. "이제 계획 짜자!"

***

서머는 아빠와 통화한 뒤 광장 건너편의 정육점 주인을 설득해 두루마리 종이를 받아왔고, 조지아는 서점의 보관 창고를 뒤져서 연필과 물감을 꺼내왔다. 애시는 바닥 한가운데에 재료를 펼쳐놓고 자기들만의 졸업식에 걸 현수막을 2차선 고속도로 건너에서도 보일 만큼 크게 만들었다. "윌로그로브의 규칙을 바꿔라." 두 번째 종이에는 서머와 클로이가 요구 사항을 말하고 애시가 받아 적었다. 첫 번째 요구 사항은 클로이가 골랐다. "휠러 교장을 해임하라."

알고 보니 브루클린의 휴대폰에는 지난여름에 인턴으로 일하면서 알게 된 터스컬루사 뉴스 편집장의 연락처가 단축 번호로 저장돼 있었다. 브루클린은 편집장에게 폴스 비치 텔레비전 뉴스 기자의 연락처를 알아낸 지 5분도 안 돼 앨라배마 중부의 모든 지역 뉴스 담당자에게 연락을 돌려 기삿거리를 제공했다. 윌로그로브 기독교 학교의 학생 대표단이 학교의 행동 수칙에 항의하는 의미로 졸업식을 보이콧할 예정임을 알렸고 본인이 학생회장의 신분임을 밝힌 뒤 감사 인사로 마무리했다.

한쪽 구석에서는 벤지가 에이프릴과 로리를 데리고 행진 음악을 구상했고, 다른 구석에서는 제이크와 애시가 서로의 얼굴에 그림을 그리고 있었다. 그러는 틈틈이 아이들은 옆 가게인 웹스터스 매장에 가서 아이스크림을 샀고, 에이스는 자기 차례 때 클로이에게 스프링클을 뿌리고 마시멜로를 추가한 더블 딸기 아이스크림을 사주겠다고 끝까지 고집을 부렸다. 몇 달 전 〈오페라의 유령〉에서 연기이긴 하지만 입을 맞춘 상대이니 남부 신사로서 당연히 대접해야 한다는 게 이유였다. 에이스는 클로이에게 아이스크림을 건네고는 신사답지 않게 스미스의 버터 피칸 아이스크림을 한 입 핥아먹었다.

제이크가 블루투스 스피커를 꺼내 의외로 괜찮은 음악들을 재생하자 분위기는 무계획적 집회 겸 파티로 바뀌었다. 서점 곳곳에서 클로이가 처음 보는 광경이 펼쳐졌다. 소프트볼 팀원 여자애는 클라리넷 연주자 여자애와 죽이 맞았고, 벤지는 에이스에게 이두박근이 얼마나 큰지 보여 달라고 했다. 브루클린은 탁자 위에 앉은 에이프릴에게 어색하게 말을 걸었고, 에이프릴은 매우 흥미롭다는 표정으로 발을 흔들면서 운동화 앞코로 브루클린의 무릎을 슬쩍 찔렀다.

클로이는 애시에게 스펀지를 건네며 말했다. "진짜 장난 아니다, 그렇지?"

애시는 목 옆에는 물감이 튀고 연한 적갈색 머리카락은 여기저기 물감으로 엉겨 붙은 채 고개를 끄덕였다. "최고야."

"어쩌다 이렇게 됐을까? 다들 교장을 타도할 기회를 은근히 기다리고 있었나? 난 우리만 그런 줄 알았거든."

"맞아. 그렇게 느껴질 때가 있지. 이게 뭐랑 비슷한지 알아?"

"뭔데?"

"MMORPG."

아. 애시답게 또 옆길로 새려는 모양이었다. 클로이는 그 길의 도착지가 어딜지 너무 궁금했다. "계속 말해봐."

"MMORPG는 모두 같은 세계를 뛰어다니며 같은 퀘스트를 수행하지만 이야기의 시점이 다 제각기야. 게임의 맵에서 정확히 같은 시간, 같은 위치에서 친구를 만나도 친구한테는 보이지 않는 캐릭터가 너에게는 보일 수도 있어. 친구가 게임을 하고 있는 시점에서 그 캐릭터는 이미 죽고 없거든."

"아하."

"이런 경우도 있어. 마을 외곽 숲에서 거대한 다람쥐 떼로부터 마을 사람을 구하는 임무를 맡았지만 그 임무를 맡지 않은 다른 게이머들의 눈에는 그 마을 사람이 보이지 않아." 애시는 작업을 멈추고 클로이를 돌아보며 미소를 지었다. "그렇다고 다른 게이머들이 의도적으로 그 마을 사람이 다람쥐들에게 공격당하게 내버려둔 건 아니야. 그냥 전혀 다른 임무를 수행하고 있을 뿐이지."

"그러니까 말하자면, 거대한 다람쥐는 고등학교 때 입는 정신적 외상이구나?"

"맞아." 애시는 아무렇지 않게 답했다. "이제 이 반짝이 좀 조지아한테 갖다줄래?"

클로이는 애시가 쥐어준 반짝이 통을 들고 자리에서 일어났다.

서점 안을 둘러봤지만 조지아 대신 스미스가 보였다. 스미스는 셔츠에 묻은 아이스크림 자국을 닦아내려 애쓰는 3학년생 여자애를 돕고 있었다. 이 일을 부모에게 어떻게 설명할지 작전을 짜고 있는 두 행군 악대원도 보였다. 서머는 응원전에서 보여주는 환한 미소를 짓고 있었다. 모두 교실에서는 절대 말을 섞지 않는 사이였다.

클로이는 눈에 보이지 않는 거대한 다람쥐가 한두 마리가 아님을 불현듯 깨달았다.

폴스 비치에서 수치심은 삶의 일부분이었다. 자동판매기의 음료처럼 일상적이고 책상 밑의 껌처럼 들러붙어 있으며 아침 기도에도 늘 등장했다. 이제야 깨달았지만 클로이에게도 수치심이 없지는 않았다. 물론 타지에서 온 클로이는 어떤 압박 속에서도 커밍아웃 이전으로 돌아가지 않겠다는 선택을 쉽게 할 수 있었다. 그러나 폴스 비치에서 나고 자랐다면 영영 커밍아웃을 하지 않았을지도 모른다. 지금과는 완전히 다른 사람이 됐을 테고, 폴스 비치에서 커밍아웃은 너무 두려워 감히 입에 올리지도 못하는 단어이니 말이다.

클로이가 2022년 졸업생 중 벽장에서 나온 유일한 존재라면, 그 존재가 졸업생 중 절반에 달하는 아이들에게 보호막이 돼줄 수 있다면, 그래서 그들이 아직은 밝힐 수 없는 본모습을 드러내지 않고도 목소리를 낼 수 있다면, 그걸로 충분했다. 아니, 충분하고도 남았다.

"그러니까," 클로이가 벤지 옆에 있는 조지아를 보고 다가가자 벤지가 말했다. "별의별 일이 다 있었지만 이 말은 꼭 해야겠어. 맙소사, 샤라 휠러가 널 사랑한다니. 그리고 조지아가 홈커밍 왕족 중 한 명과 몰래 사귀고 있었다니. 진짜, 뭐가 어떻게 돌아가는 거야? 아니, 그보다 난 도대체 언제 멋진 사람을 만날까?"

"에이스한테 작업 거는 거 봤거든?"

"하, 걘 닷지 트럭 광고에 나오는 남자들과 다를 바 없는 확실한 이성애자라고." 벤지가 클로이의 반박을 일축하며 말했다. "시간 낭비할 생각 없어."

"벤지, 여기 누워봐. 네 몸을 따라 그리게." 애시가 불렀다.

"왜?"

"예술 하려고."

벤지는 한숨을 내쉬면서도 총총 걸어갔다.

"어, 근데," 조지아가 그림에서 눈을 떼고 클로이를 보며 작은 목소리로 말했다. "우리, 샤라에 대한 이야기는 언제쯤 할 거야?"

클로이는 붓을 물감에 담그는 데 집중하며 되물었다.

"무슨 이야기?"

"네가 왜 지금은 샤라와 키스하지 않느냐에 대한 이야기랄까?"

"왜?" 클로이는 당황한 나머지 물감 통을 쓰러뜨려 현수막을 통째로 망칠 뻔했다. "내가 왜 그래야 하는데?"

"뭐야, 나 지금 걔가 라이브 방송에서 말한 애가 너인 걸 모르는 척해야 하는 거야? 이해 속도가 상당히 느린 벤지까지 다 알아챘다고."

"그래, 그거 나 맞기는 해." 클로이는 마지못해 인정했다. "하지만 걔가 날 좋아한다고 선언했다고 내가 걔랑 꼭 사귀어야 하는 건 아니잖아."

"그럼 넌 샤라를 좋아하지 않는다는 거네?"

"내가 샤라를 왜 좋아해? 걔가 얼마나 나쁜 사람인데!"

"샤라가 섹시하다고 네 입으로 고백한 건 그새 다 잊어버렸나봐? 아니면 계산대 뒤에 쌓아둔 '클로이의 망할 괴물 컬렉션'을 가져와 볼까? 네가 꿈에 그리던 쌍년이 딱 샤라잖아, 아니야?"

조지아는 클로이를 너무 잘 알았다. 클로이는 그게 가끔 정말 짜증났다.

"그래, 맞아. 샤라한테 끌리는 건 사실이야. 그렇다고 사귈 생각은 없어. 아니, 주도권을 갖기 위해서라도 사귀는 걸 거부할 거야."

"클로이, 난 널 사랑하지만 그렇게 멍청한 말이 어디 있어. 거부하는 건 네가 정말 원하는 게 아니라 샤라가 원하는 걸 의식해서 하는 행동이잖아. 그건 주도권을 갖는 게 아니라 넘겨주는 거 아니야?"

"지금 우리는 자꾸 핵심에서 벗어나고 있어." 클로이는 조지아의 말을 못 들은척하며 말했다. "요는 샤라가 좋은 사람이 아니라는 거라고!"

클로이는 손을 뻗어 지나가는 로리의 발목을 붙잡았다.

"왜?" 로리는 인상을 쓰며 클로이를 내려다봤다.

"조지아한테 샤라는 나쁜 사람이라는 내 말이 틀리지 않다고 좀 해줘."

로리는 잠시 생각하다 조지아와 클로이 사이에 앉아 모카 칩 아이스크림을 작은 분홍색 플라스틱 숟가락으로 떠먹었다. 가까이에서 보니 숨겨져 있던 코 피어싱 장식이 내려와 있었다.

"뭘 해달라고?"

"샤라가 너랑 스미스한테 한 짓들을 조지아한테 말 좀 해줘."

"구체적으로 어떤 짓?"

"이거 봐, 한두 개가 아니라니까." 클로이는 조지아를 향해 그거 보라는 듯 손을 휘둘렀다. "우선 스미스의 대학 풋볼 계약일에 아픈 척했어, 맞지?"

"스미스와 헤어질 건데 그날 같이 방송에 나오면 나중에 스미스가 샤라가 나온 부분을 편집해야 하니까."

"뭐?"클로이는 로리가 한 말을 머릿속에서 되감았다. "샤라한테 들었어? 언제?"

"머리 염색하는 거 도와줄 때."

"네가…… 뭘 했다고? 왜?"

"집에 돌아온 후에 우리집에 몰래 왔었어. 부모님한테 들키지 않고 갈 수 있는 데가 우리집밖에 없었거든. 학교에서 애들이 쳐다볼까봐 두렵다고 하더라. 그래서 집에 오래된 염색약이 있길래 어차피 쳐다볼 테니 쳐다볼 이유를 만들자고 했어. 복장 규정 위반에 대한 네 생각에서 아이디어를 얻었지."

"그건 알겠어. 그럼 너랑 스미스한테 질투심을 유발해 서로를 더 싫어하게 만든 건?"

"그건, 어…… 실제 결과랑은 좀 다른데?"

"딕슨을 협박한 건?"

"딕슨은 당해도 싸."

"에이스도 협박했잖아."

로리는 말을 멈췄다. 아이스크림에서 클로이로 시선을 옮겼다.

"맞아. 그건 좀 그랬어. 자기가 진짜 좋아하는 걸 남들이 아는 게 왜 그렇게 싫은지 모르겠어."

"평범한 사람들처럼 헤어지면 될 걸 2년 동안 스미스에게 유령 여자친구 노릇한 건?"

로리는 건너편에서 연극부 여자애와 이야기꽃을 피우고 있는 스미스를 아이스크림 숟가락으로 가리키며 말했다.

"이젠 받아들이기로 했어. 스미스와 샤라의 관계는 내가 관여할 바가 아니란 걸."

"못됐잖아."

"가끔은." 로이가 클로이를 돌아보며 말했다. "너도 못될 때가 있어. 그래도 멋진 애라고 생각하지만."

클로이는 잠시 말문이 막혔다. 로리를 어깨를 으쓱하고는 클로이의 어깨를 한 번 두드린 뒤 일어났다.

"하나 더 있어." 로리가 사라지자 클로이는 그제야 말하는 법이 기억난 듯 입을 열었다. "서머는 분명 아직 샤라를 싫어할 거야. 서머랑 에이스를 아무 이유 없이 헤어지게 만들었거든."

"에이스가 그렇게 말했어?"

수다 떠는 소리와 음악 소리에 묻혀 인기척을 못 느꼈지만 어느새 뒤에 와 있었던 서머가 로리가 앉았던 자리에 앉으며 말했다. 서머는 조지아와 무릎이 서로 닿도록 책상다리를 하고 앉았다.

"에이스는 샤라가 자기 집에서 나오는 걸 보고 네가 펄펄 뛰었다고 하던데?"

"맙소사." 클로이의 말에 서머는 기막히다는 듯 눈알을 굴렸다.

"그런 거 아니야. 그 일로 에이스한테 화가 나긴 했어. 상황이 진짜 이상했거든. 하지만 그때 난 이미 일주일 전부터 헤어지자는 말을 할 기회를 엿보고 있었어. 에이스는 그런 날 계속 피했고." 서머는 그림책 코너에서 우람한 어깨로 전시된 장식용 양말을 넘어뜨리고 있는 에이스를 힐끗 보며 말했다. "에이스는 뭐랄까……. 내가 감당하기에는 너무 무질서해. 정말 다정하지만 너무 덜렁거린다고."

374

조지아는 고개를 끄덕였다. 이 모든 일을 이미 들어 알고 있다는 뜻이었다. 샤라에 대한 이야기를 조지아에게 더 일찍 털어놓았다면 훨씬 더 전에 훨씬 더 많은 걸 이해할 수 있었을 것이다.

"그럼 샤라랑은 왜 멀어졌어?"

"커밍아웃을 하려고 했는데 내가 말을 마치기도 전에 기겁하면서 차에서 뛰어내리더라고. 차가 움직이고 있었는데 말이야. 난 샤라가 걔 아빠처럼 동성애 혐오자인 줄 알았어. 물론 지금은 왜 그랬는지 알지만. 이거 하나는 확실해. 샤라는 누가 제대로 직시하게 만들지 않는 한 동성애 문제를 계속 회피할 거야."

클로이는 서머가 한 말에 반박할 수 없었다.

"너는 샤라가 너한테도 아무 말 없이 사라진 게 화나지 않아?"

"아니, 화나." 서머는 땋은 머리를 어깨 너머로 넘기며 말했다.

"그래도 오늘은 내 여자친구를 구하는 데 도움을 줬으니까, 뭐."

서머는 대리점에서 졸업식을 여는 문제로 아빠와 통화한 내용을 조지아와 이야기하며 일어났지만 클로이는 계속 그 자리에 앉아 있었다.

주변을 둘러싼 앨라배마의 아이들이 보였다. 모두 시끄럽고 서툴지만 전력을 다해 윌로그로브가 심어준 직관에 반하는 시위를 계획하고 있었다. 몇 시간 전, 너무 늦기 전에 클로이를 찾겠다고 죽어라 뛰며 교정을 가로지른 샤라가 떠올랐다. 샤라는 왜 그랬을까? 만약…… 아니다. 샤라가 정말 자기 자신이 아닌 다른 누군가를 아꼈다면 지금 이 자리에 나타났을 것이다. 클로이에게 시키지 않고 직접 아빠를 말렸을 것이다. 어쩌면 경쟁자인 클로이를 제거

하려는 마지막 시도였을지도 모른다. 그랬다면 결과는 성공이다.

클로이는 여전히 샤라에 대한 제 생각이 옳다고 믿었다. 그럴 수밖에 없었다. 클로이에게 중요한 사람은 모두 이 자리에 있었지만 샤라는 없었다.

'내가 있을 곳은 여기야.'

클로이는 캘리포니아를 떠난 후 처음으로 소속감을 느꼈다.

해가 넘어가기 시작하자 아이들은 하나둘씩 서점을 떠났다. 어차피 평일에는 밤 9시에 문을 닫아야 했다. 조지아가 금전 등록기의 전원을 끄는 동안 서머는 계산대 뒤 책장의 책을 뒤졌고 벤지와 애시는 보쟁글스에 들를 계획을 의논했다.

"내 차 열쇠 본 사람 있어?" 클로이가 물었다.

"아니." 벤지가 답했다.

"다락 찾아봤어? 아까 거기서 뭐 먹을 때 떨어트렸을 거야." 조지아가 말했다.

클로이는 서점 뒤쪽의 사다리를 타고 다락으로 올라갔다. 역시 오래된 조류 도감 뒤에 열쇠가 있었다.

차 열쇠를 집으려고 손을 뻗을 때 아래에서 익숙한 목소리가 들렸다.

"말했잖아." 로리였다.

"영상이 있는데 뭐하러 굳이 만화책을 보냐고."

난간 너머를 슬쩍 보니 스미스와 로리가 만화 소설이 꽂힌 책장 옆에 서 있었다. 30분 전부터 안 보이길래 집에 간 줄 알았더니 이

곳에 있었던 모양이었다.

"나 참, 재밌는 만화책이 얼마나 많은데."

보이지는 않았지만 클로이는 로리가 눈알을 굴리는 소리가 들리는 듯했다.

"그러든가 말든가."

스미스는 로리를 친근하게 밀쳤고, 둘은 다락 밑 공간으로 자리를 옮겼다. 클로이가 사다리를 타고 내려가려는 순간, 스미스가 물었다.

"뭐 하나 물어봐도 돼?"

로리가 살짝 흔들리는 목소리로 답했다. "물어봐."

"개구리 해부 주간에 생물 실험실을 물바다로 만든 게, 정말 너였어?"

잠시 침묵이 흘렀다. "언제 알았어?"

"지난주, 호숫가에서."

"멍청한 짓이었어." 로리는 진심으로 당황한 목소리로 말했다. "넌 내 생각 같은 거 하지 않을 거라는 거 알면서도…… 모르겠어. 그냥 네가 개구리 해부, 진짜 하기 싫어하는 거 아니까."

스미스는 진지하게 말했다. "네 생각, 한순간도 안 한 적 없어."

이런, 젠장.

드디어 그 순간이 왔나?

빨리 여기서 벗어나야 했다. 하지만 사다리 밑을 흘깃 내려다보니 두 사람의 눈에 띄지 않고 이 자리를 벗어나는 건 불가능했다.

친구들이 기다리고 있기도 했고, 구경꾼이 되기도 싫었다. 그러나 스미스와 로리가 길고 긴 시간 끝에 맞이한 순간이다. 클로이는 자신 때문에 분위기가 깨져 이 순간이 영영 사라지게 할 수 없었다.

"이게 뭔지 알아?" 서점 뒤쪽의 어두운 조명 속에서 스미스의 목소리가 달빛처럼 빛났다. 슬쩍 보니 스미스가 커버가 가죽인 작은 몰스킨 노트를 꺼내고 있었다.

이 모든 일이 처음 시작됐던 그날, 로리의 방 책상에서 언뜻 본 작곡 노트와 똑같이 생긴 노트였다.

이 자리에서 스미스가 로리에게 사랑의 시를 읊어주기라도 한다면, 다시는 두 사람의 눈을 똑바로 보지 못할지도 모른다.

클로이는 차 열쇠가 딸랑거리지 않도록 손에 꼭 쥔 채 눈을 감았다. 오늘 이 자리에서 보고 들은 건 무덤까지 가져가겠다고 맹세하면서.

"그건……." 로리가 말문을 열었다.

"네가 나한테 준 거랑 똑같네."

"이걸 어떻게 고르게 됐는지는 말한 적 없지?" 스미스가 말하면서 책장에 기댔는지 희미하게 삐걱거리는 소리가 났다. "엄마가 네 생일 선물로 셔츠를 사주고 싶어하길래 내가 그랬어. 넌 작곡을 좋아하는데 떠오르는 대로 가사를 빨리 적을 수가 없다고. 그랬더니 엄마가 네가 불러주는 가사를 나더러 대신 적어주라는 거야. 그러면서 가죽 노트 두 권을 사주시길래 하나는 널 주고 다른 하나는 내가 간직했어. 한 번도 안 썼지만 버릴 수가 없더라고."

"난 아직 써."

"알아. 네 방에서 봤어."

"노트 디자인에 애착이 생긴 거 같아." 로리가 히죽 웃는 소리가 들렸다.

"고집 센 놈."

"너 없이는 가사 쓰는 데 훨씬 오래 걸리긴 하지만."

잠시 침묵이 흘렀다. 책장이 삐걱대는 소리가 또 들렸다.

"언제 한 번 들려줄래?" 스미스가 말했다. "네가 새로 쓴 곡."

"네가 기분 안 나쁘면."

"내가 왜 기분이 나빠?"

로리는 빗자루 같은 몸에서 한껏 용기를 끌어내 말했다.

"다 너에 대한 곡이거든."

클로이는 영화 〈조찬 클럽〉의 마지막 장면처럼 허공에 주먹을 날리고 싶은 걸 간신히 참았다.

사다리 밑은 조용했다. 서머가 서점 앞 테라리엄의 이구아나에게 말을 거는 소리와 애시가 미술 도구함을 정리하는 소리뿐이었다. 몇 초 뒤, 긴장 가득한 첫 키스를 하기에 충분한 시간이 지나자 스미스의 웃음소리가 들렸다.

"클로이!" 조지아가 서점 앞에서 부르는 소리였다. "가자! 이제 문 잠가야 해!"

"으, 망했다." 로리의 속삭임에 이어 둘이 조용히 킥킥거리면서, 팔꿈치로 장난스레 서로를 밀치고 투덜거리면서, 책장 사이를 빠져나가는 소리가 들렸다. 클로이는 스미스와 로리가 함께 있는 모습을 상상했다. 노래 가사로 가득한 노트를 든 외로운 두 중학생과 성년의 문턱에서 몇 년 만에 처음으로 함께 웃는 두 고등학생이 겹쳐 보였다.

"갈게!" 클로이는 저도 모르게 미소를 짓고 있었다.

개인 에세이 연습: 스미스 파커

주제: 살면서 내 진짜 모습이 그대로 드러난 순간은?

도망치기를 멈췄을 때.

같은 종이의 뒷면에, 같은 필체로 쓴 글

너는 달빛 속 태양
너무 빨라 쫓아갈 수 없어
5년 전의 너는 나에게 틀리고도 맞는
불가능한 존재였어

나는 늘 여기서 널 기다렸어
이제야 깨달았어
5년이 더 흘러도 똑같아
내게는 언제나 네가 최고야
R. H.

21

졸업까지 남은 시간: 6일

최종 시험이 끝나면 졸업까지 5일의 수업일이 남는다. 다른 학년
은 시험공부를 하는 이 시기에 윌로그로브의 예비 졸업생들은 할
일이 없는데도 매일 학교에 와야 했다. 일설에 따르면, 2000년대에
어느 4학년 반 학생들이 이 기간에 졸업반이 장난을 하도 공들여
치는 바람에 체육관 바닥을 통째로 교체해야 했고, 그 뒤로 출석의
의무가 생겼다고 했다. 졸업반 학생들이 졸지에 감독과 감시의 대
상이 된 것이다.

'죽음의 주간'처럼 이 이상한 기간에 별명을 붙인 사람들도 예전
4학년생들이라고 전해졌다. 클로이는 그 별명이 너무 싫었다.

"난 그렇게 안 부를 거야." 월요일 아침, C동 옥외 통로에서 클로
이가 말했다. "역겨워."

"근데 뜻이 딱 통하긴 해." 벤지가 말했다. "두 중요 부위 사이에 있는 무의미한 공간이잖아."

애시가 두 손을 펼쳐 얼굴에 꽃받침을 하며 말했다.

"회음부 주간."

클로이는 한숨을 내쉬었다. "에이스한테 옮았네, 옮았어."

클로이가 계단실의 문을 열고 다음 문을 열려는 순간, 딕슨 웰스가 문을 박차고 나왔다. 그 바람에 보호 본능이 발동한 조지아가 클로이의 가슴 앞으로 팔을 뻗다가 균형을 잃고 클로이와 부딪쳤다.

딕슨은 벌게진 얼굴로 욕을 하고 로건 폴 같은 머리카락을 사방으로 휘날리면서 쏜살같이 계단을 내려가 사라져버렸다.

"졸업이 코앞인데 이제 재수없는 짓 좀 그만하지, 딕슨!"

조지아가 딕슨의 뒤통수에 대고 외쳤다.

"지오. 방금 너, 좀 멋졌어."

조지아는 어깨를 으쓱하고는 문을 잡아주며 말했다. "누군가는 알려줘야지."

그때 제일 먼저 복도에 들어선 벤지가 우뚝 걸음을 멈췄다. 너무 갑자기 멈춰 뒤따르던 애시와 클로이가 차례로 머리를 박았다.

"세상에, 이게 웬일이래." 벤지가 말했다.

학생들로 가득 찬 복도가 눈보라가 내린 듯 온통 흰색으로 물들어 있었다. 사물함과 게시판, 교실 문마다 흰 종이가 도배돼 있었다. 전교생의 절반이 복도에 나와 있었다. 여기저기서 종이를 돌려 보거나, 사물함 통풍 구멍에 접힌 채 꽂혀 있는 종이를 빼서 읽거나, 바닥에 떨어진 종이를 밟고 있었다. 종이마다 작고 까만 활자로 제각기 다른 내용이 적혀 있는 듯 보였다.

머리 위 스피커에서 아침 조회 시간을 알리는 종이 울렸지만 아무도 신경 쓰지 않았다.

클로이는 제일 가까운 게시판에서 종이를 획 뜯어내 읽었다.

"물론 아드님을 위해 원하시는 일을 처리해드릴 수 있습니다. 액수에 관해 말씀드리자면 1,500달러는 다소 부족합니다. 이 일은 복잡한 계획과 세심한 실행이 필수입니다. 깔끔하게 일을 처리하고 시험 장소로 배정된 우리 학교가 현재의 자격을 잃지 않으려면……."

"맙소사." 밀려드는 아이들에게 어깨가 계속 부딪치면서 조지아가 말했다. "말도 안 돼. 설마. 이건……."

"휠러 교장이 쓴 건가?" 클로이가 물었다. "이거 설마……."

"부정 입학?"

"이거 그거 아니야?"

"연방 범죄? 맞아. 그럴 거야."

클로이는 현관까지 정신없이 뛰어가면서 종이가 보일 때마다 다 낚아챘다.

모두 휠러 교장과 학부모가 주고받은 수백 건의 이메일 복사본이었다. 윌로그로브에서 ACT*를 치른 자녀의 점수를 올려주는 대가로 비밀리에 뇌물을 받는 내용이었다.

어쩐지 매켄지의 점수가 29점이나 되는 게 이상하더라니.

클로이는 교장이 밤늦게까지 교장실에 남아 있었던 이유를 이제

---

* 미국 대학 입학 학력 고사.

야 알 것 같았다. 샤라가 사라졌을 때 경찰의 개입을 원하지 않았던 이유도, 자기 가족의 일을 파헤치려는 학생들에게 유난히 예민하게 굴었던 이유도…… 잠깐만.

샤라도 이 일에 연루됐을까?

클로이는 종이를 한 장씩 넘기며 최대한 빨리 내용을 훑었다.

"……나머지 금액도……."

"……답안지는……."

"……제 딸도……."

찾았다.

"신중하게 접근할 필요가 있습니다. 아드님이 꼭 관여해야 하는 상황이 아닐 때는 모르게 하시는 게 낫습니다. 제 딸도 작년에 제가 캐럴 선생님을 시켜 기말 성적을 높여준 사실을 아직 모르고 있고, 그러는 게 더 좋습니다. 자기 실력으로 얻은 성적이라고 생각하면 동기 부여가 돼 계속 열심히 공부하고 말썽도 부리지 않을 겁니다."

클로이는 제대로 읽은 게 맞는지 확인하려고 맨 위에 있는 발신자를 다시 한 번 확인했다.

발신자는 휠러 교장이다. 작년에 로드키 선생님의 수업에서 샤라가 받은 성적을 두고 말하는 게 틀림없었다. 샤라는 그 수업에서 클로이를 1퍼센트 차이로 제치고 1등을 차지했다.

"이럴 수가." 클로이는 나직하게 혼잣말을 했다.

이 메일은 교장이 샤라의 성적을 조작했다는 명백한 증거다.

다시 말해 샤라의 자격이 박탈됐다는 뜻이다…….

"아무래도." 클로이는 시야가 흐려질 정도로 종이를 뚫어져라 바라보며 말했다. "졸업생 대표 연설은 내가 할 것 같은데."

점심시간이 되자 전교생이 교장의 이메일 복사본을 최소 한 장씩은 다 갖고 있었다. 모두 교장이 부유한 학부모들과 공모해 거액의 뇌물을 대가로 그들의 자녀를 대학에 부정 입학시켰으며 학교의 ACT 점수 평균을 높여 신입생을 유인했음을 명백히 밝히는 증거였다.

딕슨은 아빠가 최소 3만 달러를 지불한 대가로 시험 감독관의 묵인 하에 가짜 신분증을 소지한 오번 대학교 학생이 대신 시험을 치렀다. 소문에 따르면, 매켄지는 화장실에서 울고 불며 주변 아이들에게 부모님이 돈을 주고 자기 답안지를 남의 답안지로 바꾼 줄은 꿈에도 몰랐다고 해명했다. 그러자 엠마 그레이스는 자기 생일 파티에서 제일 친한 친구가 좋아하는 남자애의 성기를 실컷 만져 줘놓고 아닌 척한 주제에 애들이 네 말을 믿어줄 것 같으냐고 응수했다.

샤라는⋯⋯ 학교에 나타나지 않았다. 클로이는 샤라가 휠러 교장의 저택에서 가족 변호사와 상담 중인 엄마에게 오이 물과 신경안정제를 건네는 모습을 상상했다.

샤라가 이 일을 몰랐을 가능성도 있을까?

점심을 먹으며 애시가 물었다. "누가 그랬을까?"

합창실은 평소보다 훨씬 붐볐다. 조지아는 서머를, 벤지는 에이스를 초대했고 애시는 어쩐 일인지 제이크와 에이프릴을 불러 둘이 학교에 몰래 가져온 닌텐도 스위치로 '젤다의 전설 브레스 오브 더 와일드' 게임을 하는 모습을 구경했다. 로리와 스미스도 합창단용 계단 맨 윗줄에 앉아 시와 '드래곤볼 Z'인가 뭔가에 대해 활기찬 대화를 나누고 있었다.

"난 브루클린 베넷이 했다에 걸겠어." 벤지가 말했다. "걔가 하고도 남을 짓이잖아. 그럴 능력뿐 아니라 동기도 있고."

"아니, 튜브 양말 신고 다니는 애야." 서머가 말했다.

"걸어다니는 유튜브 알고리즘 말이야. ACT 점수에 목매고 음모론을 좋아하거든."

"드루 테일러?" 애시가 말했다. "걘 능력이 안 돼."

"이제 어떻게 될까?" 조지아가 서머의 도리토스를 하나 슬쩍하려고 손을 뻗으며 물었다.

5분째 벽 스쿼트 운동을 하고 있던 에이스가 스쿼트 자세를 취한 채로 말했다.

"딕슨은 자기 아빠가 변호사라 다 알아서 할 거라던데. 자기 자신을 변호할 수도 있는 거야? 원래 그래?"

"어, 원래 그래, 에이스." 조지아가 인내심을 발휘해 답했다.

윌로그로브의 뒷담화 우물은 깊이를 알 수 없을 만큼 거대했다. 듣자 하니 교장은 교장실에 틀어박혀 학교의 운영과 행정을 관장하는 교회 이사회를 무시한 채 변호사와만 소통하고 있는 모양이었다. 교장이 체포될지, 해고될지는 알 길이 없었다. 휠러 제국에 드디어 금이 가고 있었다. 게다가 놀랍게도 금을 낸 사람이 누군지는 아무도 몰랐다.

점심시간이 끝나 다들 6교시 수업을 들으러 흩어질 때였다. 유일하게 이 사건이 하나도 놀랍지 않다는 표정을 짓고 있는 아이가 클로이의 눈에 포착됐다.

클로이는 7교시가 채 끝나기도 전에 교실을 빠져나왔다. 회음부 주간, 아니, 중간 주간, 아니, 뭐가 됐든 이 기간에 로리가 끝까지 수업을 들을 리는 절대 없었다.

주차장에 도착하니 예상대로 로리의 차가 막 떠나려 하고 있었다. 클로이가 후진하는 차를 막아서자 로리는 뒤 범퍼가 클로이의 무릎에 부딪치기 직전에 간신히 급브레이크를 밟아 차를 세웠다.

"무슨 짓이야!"

클로이는 차창으로 고개를 내밀고 외치는 로리에게 곧장 다가가 물었다.

"너야? 교장의 이메일을 뿌린 사람이?"

"뭐? 아니야."

클로이는 로리를 빤히 쳐다봤다. 로리는 한쪽 팔꿈치를 콘솔 박스에 부자연스럽게 올린 채 운전석을 잡은 손을 꼼지락거렸다.

"거짓말 마. 왜 나한테까지 숨겨?"

로리는 한숨을 쉬며 등받이에 머리를 툭 기대고는 드디어 입을 열었다.

"이 차가 어디서 났는지 알아?"

또 아리송한 질문이다. 로리는 마치 수수께끼 같은 수학 문제가 가득 든 주머니 같았다.

"전에도 말했을 텐데. 수사적 질문은 그 질문을 하는 이유를 설명할 필요가 없을 때만 먹힌다고."

"내가 뭘 아는지 궁금하지 않아?"

"알았어." 클로이는 끙 앓는 소리를 냈다.

"새아빠가 준 거야. 선물이라고는 한 번도 준 적 없는 사람이 작년에 갑자기 이 끝내주는 클래식 컨버터블을 줬어. 의심스러운 게 당연했지. 그래서 새아빠가 집에 없을 때 사무실을 뒤졌는데 알고 보니 자기 형한테 산 거더라고. 자기 애 학교 교장한테 뇌물을 주고 ACT 답을 빼돌린 게 들켜서 재산이 몽땅 압류되게 생긴 형이 동생한테 차를 현금으로 판 거야."

"그래서……?"

"그때 너랑 교장실에서 샤라의 카드를 찾을 때 새아빠 사무실에서 본 서류랑 비슷한 게 책상에 있었어. 그래서 사진을 찍어뒀는데, 샤라가 돌아왔길래 어…… 내가 맞게 본 건지 확인할 겸 사진을 보여줬어."

"왜 하필 샤라야? 뭔가 조치를 취할 사람한테 보여줬어야지 왜 샤라냐고."

로리는 당연한 걸 왜 묻느냐는 듯한 몸짓을 하며 말했다.

"샤라가 조치를 취했잖아."

"샤라가……." 말도 안 돼. 그럴 리가 없다. "샤라가 자기랑 자기 아빠를 작정하고 까발렸단 말이야?"

"그 사진을 본 사람은 샤라뿐이야." 로리는 어깨를 으쓱했다.

"내가 사진을 전송해준 건 아니니 원본은 샤라가 직접 구했을 거야. 뭐, 난 교장이나 메일에 등장하는 사람들이 어떻게 되든 관심 없어. ACT는 더더욱 관심 없고. 그래도 샤라는 진실을 알아야 할 거 같았어."

클로이는 로리 같은 사람들보다는 자기가 낫다고 생각하던 때가 있었다. 관심이 없는 척하면 체제에 반항할 수 있다고 믿는 사람들 말이다. 그러나 지금 로리의 표정은 관심 없는 사람의 표정이 아니었다. 대상과 방식이 다를 뿐 로리는 분명 관심이 있었다. 어쩌면 관심이 없는 척하는 행위는 고등학생들이 관심을 표현하는 나름의 전략인지도 몰랐다.

"하지만 샤라가 도대체 왜?"

"우리는 왜 졸업식을 보이콧하는데? 방식이 다를 뿐 같은 거야."

로리는 다시 어깨를 으쓱하고는 카스테레오의 볼륨을 높였다.

"어쨌든," 주차에서 주행으로 기어를 바꾸며 로리가 말했다. "난 일이 있어서 간다."

로리의 차는 말문이 막힌 채 멍하니 서 있는 클로이를 두고 주차장을 빠져나갔다.

클로이가 할 수 있는 일이라고는 차에 올라타 집으로 가는 것뿐이었다.

빨간 신호등에서 클로이는 생각에 잠겼다. 샤라는 왜 로리가 알려준 진실을 무덤까지 가져가는, 지극히 쉬운 길을 선택하지 않았을까.

샤라는 아빠가 은퇴할 때까지 계속 윌로그로브의 왕좌를 지키며 아이들을 공포에 떨게 하도록 내버려둘 수도 있었다. 부모에게 등록금을 받아 대학을 다니고, 위장 무늬 턱시도를 입은 남자와 값비싼 결혼식을 올리고, 폴스 비치의 여왕이자 완벽한 휠러 가문의 상속녀로 오래도록 편안한 삶을 살 수도 있었다.

모두가 샤라는 마땅히 그렇게 살 거라 기대했고, 클로이도 마찬가지였다.

그러나 샤라는 모두의 기대와 달리, 아빠의 이메일 계정에 접속해 뇌물을 받은 증거를 모조리 출력했다. 그러고는 아빠가 감출 수 없도록 학교 곳곳에 증거를 도배했다. 교장의 편협한 사고방식은 문제 삼지 않았던 교회 이사회도 이 사건까지 외면할 수는 없을 것이다.

게다가 샤라는 저도 아빠와 함께 침몰하리라는 걸 알면서 계획을 실행했다.

집에 도착한 클로이는 곧장 자기 방으로 가 교복을 갈아입고는, 구겨지고 풀물로 얼룩진 채 협탁에 놓여 있는 분홍색 카드를 집어 들었다. 열어보지는 않았지만 화단에 굴러다니게 내버려둘 수는 없었다.

클로이에게

그 목걸이를 버린 건 나한테 너무 많은 의미가 있는 물건이었기 때문이야. 이해해줬으면 좋겠어.

샤라가

추신. 졸업 선물로 하나 약속할게. 나한테 받는 카드는 이게 마지막일 거야. 이제 귀찮게 안 할게. 가슴에 손을 얹고 맹세해.

클로이는 침대에 털썩 주저앉았다.

도서관의 쓰레기통을 뒤지는 샤라가 아른거렸다. 클로이의 상상 속에서 샤라는 체육 시간에 걸쇠가 고장 나 목걸이를 잃어버렸다고 부모님에게 거짓말을 하고 있었다. 텅 빈 교내 예배당에서 혼자 기도하고 있었고, 스미스가 텔레비전에 나오는 동안 아프다고 거짓말한 게 들통나지 않도록 자기 방의 블라인드를 내리고 있었다. 에이스에게 읽어준 악보를 갈기갈기 찢고는 가지도 않은 선교 여행 관련 사진을 인터넷에서 찾아 인스타그램에 올리고 있었다. 그리고 클로이의 집까지 먼 길을 찾아와 마지막 카드를 클로이의 방창문에 붙이고는 테이프를 문지르고 있었다. 클로이를 놓아주려고 말이다.

샤라는 의미 없는 걸 버리지 않았다. 의미가 너무 많아 감당이 안 되는 걸 버릴 뿐이었다.

이건 전형적인 논리적 추론 문제였다. 샤라가 편지에 쓴 대로 정말 끔찍한 짓을 저질렀고 지금껏 모두를 속인 것도 사실이라면, 샤라가 저지른 끔찍한 짓들은 진실의 한 단면일 뿐이다. 무관심의 가면 뒤에 은폐되고 왜곡된 또 다른 면을 들여다보면 샤라는 사실 관심이 많은 인간이었다. 관심을 보이는 사람이나 사물이 엄선한 소수에 불과하고 그 방식이 매우 독특할 뿐 관심의 크기는 결코 작지 않았다.

클로이가 아는 한 폴스 비치에서, 특히 윌로그로브에서 본모습을 드러내는 건 매우 위험했다. 클로이의 진짜 모습은 본인이 아무리 떳떳하게 여겨도 윌로그로브에서는 단점이 됐다. 비방하거나 공격할 거리로 악용되지 않으려면 가장 중요한 모습조차 숨겨야 했다.

샤라도 그랬다. 클로이와 똑같았다.

마침내, 마침내, 클로이는 깨달았다.

샤라는 아름다운 소녀의 모습을 한 괴물도, 괴물의 모습을 한 아름다운 소녀도 아니었다. 미소녀 안에 괴물이 있고, 괴물 안에 미소녀가 있고, 미소녀 안에 또 괴물이 있는. 미소녀인 동시에 괴물이었다.

샤라의 본모습이 완전히 드러나고 나니 클로이는 더 이상 가식을 떨 수 없었다. 클로이와 샤라 둘 다 진짜 목적은 1등이 아니었다. 클로이는 친구들이 눈치챌까봐 두려워했던 진실과 드디어 마주했다. 샤라의 흔적을 쫓는 여정은 끝났다. 클로이는 여정의 끝에서 마주한 진실을 더는 외면할 수 없었다.

"맙소사." 클로이는 저도 모르게 큰 소리로 내뱉었다. 뇌가 과열돼 오작동을 일으킨 모양이었다.

"내가 괴물 털더큰을 사랑하다니."

샤라의 중학교 3학년 영어 교사가 성적표에 작성한 의견
작게 접힌 채 오래된 바인더 속에서 발견됨

샤라는 수업 시간에 누구보다 예쁜 학생입니다. 인기가 많고 시간을
엄수하고 지시를 잘 따르며 자발적으로 반 아이들을 대표해 기도할
때가 많습니다. 읽은 내용에 대해 통찰력 있고 확실한 의견을 낼 줄
아는 매우 똑똑한 학생이기도 합니다. 그 의견을 친구들 앞에서 발
표하는 건 꺼리지만 말입니다. 또한 머릿결이 너무 좋아 조언을 구
하니 자기가 쓰는 샴푸 브랜드를 기꺼이 알려주기도 했습니다. 한마
디로 샤라는 윌로그로브의 모든 여학생이 본받아야 할 완벽한 숙녀
의 전형입니다.

22

졸업까지 남은 시간: 상관없음

컨트리클럽의 흉측한 돌고래 분수대가 지난번과 달라 보였다. 모습은 여전히 흉측했지만 라일락 향이 나는 거품이 가득 흘러넘치고 있었다. 누군가가 세탁용 세제를 넣은 게 분명했다. 돈 많은 애들도 심심할 때가 있는 모양이었다.

클로이는 집으로 곧장 가는 대신 로리네 집 진입로에 차를 세웠다. 그러고는 눈에 띄지 않게 로리의 BMW 뒤에 숨어 고개를 숙인 채 이동했다. 현관문에 도착한 클로이는 초인종을 누르고 30초 기다린 뒤 다시 두 번 더 눌렀다.

"갑니다, 가요." 문 너머로 로리의 목소리가 들렸다. 문을 연 로리가 클로이를 보고는 또 너냐는 듯 눈알을 굴렸다.

"어…….." 클로이는 핑계를 미처 준비하지 못해 당황한 목소리로 말했다. "사다리 좀 빌리러 왔어. 어, 홈통 때문에."

"홈통?"

"어. 홈통. 그게……. 위치를 좀 바꿔야 해서."

로리는 이 사이로 혀를 빼면서 천천히 고개를 끄덕인 뒤 집 안을 향해 몸을 기울이며 외쳤다. "스미스!"

스미스가 다소 헝클어진 머리와 행복감에 빛나는 얼굴을 하고 로리의 어깨 옆으로 모습을 드러냈다.

"어, 안녕, 클로이."

클로이는 스미스를, 스미스는 로리를 빤히 바라봤다. 셋은 그 자리에 서서 서로를 쳐다봤다. '일'이 있다더니 180센티미터짜리 쿼터백과의 일이었던 모양이다.

"사다리를 빌리러 왔대." 로리가 말했다.

"어, 그래, 알았어. 네 차에 실어줄까?"

"아니. 실은 지금……. 어, 바로 쓰고 돌려줄 거야. 저기, 음……. 옆집으로 가져갈 거거든."

"옆집?" 스미스가 물었다.

"그래."

"옆집이면……. 아. 알았어."

"근데 울타리 너머로 사다리를 넘겨줄 사람이 필요해."

"홈통 때문이래." 로리가 덧붙였다.

"응."

잠시 후 스미스와 로리가 웃기 시작했다. 클로이의 입에서는 발작적인 웃음이 터져나왔다. 클로이는 스미스의 사물함 앞에서 셋이 같은 여자애를 쫓고 있다는 사실을 애써 외면했던, 샤라가 사라지고 처음 맞은 월요일 아침이 떠올랐다. 자신만 아직도 샤라를 쫓고 있다는 게, 클로이는 비현실적으로 느껴졌다.

"알았어." 스미스가 말했다.

스미스는 고맙게도 아무것도 묻지 않았다. 로리의 뒤를 따라 간식과 널브러진 소형 쿠션들로 엉망인 거실을 지나갈 때도, 사다리를 울타리 너머로 옮겨줄 때도 아무 말 하지 않았다. 그러다 클로이가 울타리 위에 올라서자 드디어 입을 열었다. "어이, 클로이!"

클로이는 동작을 멈추고 뒤를 돌아봤다. 스미스가 잔디밭에 서서 햇살 같은 미소를 꾹 참고 있었다. 로리는 3미터 뒤에서 안 보는 척하며 테라스 가구 근처를 서성거리고 있었다.

"행운을 빌어." 스미스가 말했다.

클로이는 또다시 터져 나오려는 발작적 웃음을 삼키고는 멍청하게도 거수경례를 날렸다. 아, 시작부터 참 잘하는 짓이다. 클로이는 더 멍청한 꼴을 보이기 전에 얼른 샤라네 집 마당으로 뛰어내렸다.

사다리를 타고 올라가 열린 창문으로 방 안을 보니 샤라가 돌아온 게 실감이 났다. 세심하게 꾸민 영화 세트장 같던 방이 이제야 평범한 사춘기 소녀가 사는 방으로 보였다. 최종 시험 암기 카드와 문고판 책이 책상 위에 어지럽게 널려 있었고 침대에는 뭘 입을지 고르려는 듯 원피스 세 벌이 펼쳐져 있었다. 꽉 찬 책장에는 기도문 책과 종탑 서점에서 산 《엠마》 사이에 문제의 분홍색 카드가 담긴 상자가 꽂혀 있었다. 없는 건 샤라뿐이었다.

그때 샤라가 귀걸이를 달면서 침실로 들어왔다. 흰색 선드레스를 반쯤 걸치고 있어 클로이가 전에 샤라의 속옷 서랍에서 봤던 레이스 브라렛이 슬쩍 보였다. 그러다 샤라와 눈이 마주쳤고, 그 순간 사다리를 디디고 있던 발이 미끄러졌다.

누가 내뱉었는지 분간이 안 되는 희미한 "안 돼!" 소리와 함께 사다리에서 떨어지려는 찰나, 누군가의 손이 클로이를 잡아챘다.

위를 보니 샤라가 눈을 휘둥그렇게 뜨고는 벌게진 얼굴 주위로 머리카락이 가득 흘러내린 채 클로이의 손목을 틀어잡고 있었다. 하얗게 질린 샤라의 손가락 관절을 보며 클로이는 또다시 발작적 웃음을 삼켜야 했다.

"괜찮아!" 운동화 앞코로 간신히 사다리의 가로대를 다시 디디며 클로이가 말했다. 그러자 샤라의 얼굴이 안도와 분노가 뒤섞인 표정으로 일그러졌다. 팔이 부러지든 말든 내버려뒀어야 한다는 듯한 표정이었다. "정말이야! 고맙지만 나 혼자 할 수 있어!"

클로이는 결국 샤라의 손을 잡고 힘겹게 창문을 타고 넘었다. 클로이가 카펫에 뛰어 내리자마자 샤라는 대형 벽장으로 들어가 털이 보송보송한 분홍색 목욕 가운을 걸치고 나왔다.

클로이가 입을 떼려는 순간 샤라가 열린 문을 가리키며 쉿 소리를 냈다. 그냥 열린 게 아니었다. 통째로 뜯어냈는지 문짝이 사라지고 없었다.

"네가 여긴 웬일이야?" 샤라가 속삭였다.

클로이는 끙 소리를 내며 일어나 작게 말했다. "할 말이 있어서."

"아니, 왜 내 방 창문으로 들어왔냐고."

"뒷길로 왔어." 클로이는 서두르느라 꾀죄죄한 방과 후 활동복을 갈아입지 않은 게 갑자기 후회됐다. 인생에서 가장 중요한 대화를 하려는 참인데 〈가스펠〉 출연진 티셔츠와 벤지의 체육복 반바지 차림이라니. "어…… . 네 부모님을 만나면 안 될 거 같아서."

"현명했네." 샤라가 무심한 말투로 인정했다. "할 말이 뭔지는 모르지만 10분 뒤에 엄마랑 성경 공부하러 가야 해."

"네 아빠 일이 터지고 났는데도?"

"다들 너무 점잖은 분들이라 우리 앞에서 대놓고 말하지는 못할 거라고 믿으시는 거지." 샤라가 어깨를 으쓱하며 말했다. "하고 싶은 말이 뭔데?"

클로이는 숨을 깊이 들이쉬었다.

"로리한테 들었는데 정말 너였어? 진짜 네가 아빠 이메일을 공개한 거야?"

샤라의 얼굴에 실망에 가까운 감정이 스쳤다가 곧 관심 없다는 듯 냉담한 표정이 떠올랐다. 마치 수업 중에 너무나 뻔한 답을 하려고 악착같이 손을 드는 아이를 볼 때의 표정이었다.

"죄를 지었으면 대가를 치러야지. 너도 그렇게 생각하지 않아?"

샤라는 말을 마치고는 목욕 가운을 당겨 몸을 가렸다.

"나야 그렇게 생각하지만…… . 그래도 너한테는 아빠잖아."

"클로이, 아빠가 너한테만 심한 거 같지? 언제 우리집 저녁 식사 시간에 한번 와봐. 생각이 달라질걸."

클로이가 샤라의 말을 이해하는 데는 잠시 시간이 걸렸다. 농담처럼 말했지만 심각한 상황인 게 분명했다. 가까이에서 보니 샤라는 잠을 설친 듯 피곤해 보였고, 분홍빛이었던 머리카락 색이 생각보다 빨리 옅어지고 있었다. 클로이는 문득 궁금해졌다. 샤라는 부모의 강요로 얼마나 자주 머리를 감아야 했을까.

"그래서 그런 거야? 아빠한테 복수하려고? 아니면 다른 이유가 있었어?"

"이유야 많지." 문짝이 사라진 문틀을 노려보며 샤라가 말했다. "굳이 물으니 답하자면 솔직히 로리가 찍은 사진을 보고 처음부터 뭔가를 해야겠다고 마음먹은 건 아니었어. 그러다 아빠가 조지아한테 하려던 짓과 너한테 한 짓을 알게 됐고, 마음을 굳혔어."

샤라는 말을 마치고 클로이를 돌아봤다.

"궁금한 건 그게 다야?"

"그래." 물론 아니었다. "아니, 그보다, 금요일에 종탑 서점에는 왜 안 왔어?"

"돌아온 뒤로 부모님한테 휴대폰을 뺏겼어. 그런 모임이 있는지도 몰랐어."

"아." 듣고 보니 모르는 게 당연했다.

"그리고 들었다 해도," 샤라는 말을 이었다. "약속했잖아. 이제는 널 귀찮게 하지 않겠다고."

"아," 클로이는 같은 말을 반복했다. "그랬구나."

샤라는 그제야 깨닫고 고개를 갸웃했다. "너, 카드 안 읽었구나?"

"아니, 읽었어. 20분 전에."

샤라는 입을 삐죽거리며 말했다. "그럼 여기 온 건……."

"그 카드의 의미를 이제야 알았기 때문이야. 물론 그때 내가 하라고 했을 때 키스했으면 진작 알아차렸을 거란 말을 덧붙이고 싶지만."

"미안하지만 하나 묻자. 너라면 가슴 위에 올라타 고래고래 소리 치는 애한테 키스할 수 있겠어?"

"그건 그렇지만, 지난주 학교에 왔을 때 말할 수도…….."

"키스했잖아. 두 번이나."

"그건 빼야지. 진심이 아니었으니까."

"진심이었어. 그때는 몰랐지만."

"그럼 지난주에 날 따라다닌 건…….."

"진심을 말할 용기를 내려고 노력했을 뿐이야. 너는 아직도 내가 계략을 꾸미고 있는 것처럼 굴었지만." 샤라는 구겨진 카드 속 추 신의 필체처럼 지친 목소리로 말했다. "그러니까 거절하러 온 거면 얼른 해. 성경 공부 시간에 딴생각할 거리나 생기게."

"그래서 온 거 아니야."

샤라는 눈을 깜박거렸다. "아니야?"

"솔직히 그럴 계획이 없었던 건 아니지만." 클로이는 서둘러 자 백하고는 말을 이었다. "널 오해했을 때…… 아무튼 이젠 아니야. 내가 여기 온 건…… 내가 할 말은…….."

급하게 오느라 미리 준비한 말 같은 건 없었다. 책등이 갈라져 안에 담긴 사랑 이야기가 마구 쏟아져 나올 것 같은 책이 된 기분 이었다.

이 마음을 어떻게 표현해야 할까?

"지난 4년 동안 나한테 제일 짜릿했던 아침은 학교 주차장에서 우연히 너 바로 다음에 차를 세웠을 때였어. 그러면 얼른 차에서 내려 너 보란 듯 네 차를 지나쳐 걸을 수 있었으니까.”

뭐라고.

“뭐?”

“아니다. 그보다 AP 언어 수업 때 네 에세이를 내가 평가한 적 있는데 기억나?” 클로이는 속살을 다 내보이려니 미칠 것 같았지만 진심을 전하려면 달리 방법이 없었다. “나는 그때 네가 쓴 글, 아직도 생생히 기억나. 문장 하나하나 전부 다. 네 글보다 더 있어 보이는 평을 적으려고 엄청 애썼거든. 네가 집에 가서도 내 생각을 하게 말이야. 매년 첫째 주에는 네 사물함 번호를 외웠어. 하루에 내가 몇 번이나 네 사물함 앞을 지나는지 세보려고.”

“클로이……”

“입 다물고 들어. 아직 안 끝났어.” 클로이의 말에 샤라의 예쁜 입이 다물어졌다. “2학년 화학 수업에서 너랑 실험 짝꿍이 됐을 때는 매일 수업 시작하기 전에 화장실에 가서 머리를 매만졌어. 너랑 제일 가까이 붙어 있을 수 있는 시간이었으니까. 네가 나한테 그런 것처럼…… 나도 네가 딴 일에 집중하지 못하게 하고 싶었어. 알겠어? 네가 나만 보게 하고 싶었다고.”

샤라는 아무 말 없이 고개를 끄덕였다. 클로이는 새어나오는 미소를 삼켜야 했다. 미치광이 같은 본모습을 드러냈는데도 상대가 '그러는 게 당연하지'라고 반응하니 감정이 북받쳤다.

“그러다 네 카드를 봤고, 깨달았어. 네가 정말 날 보고 있었다는 걸. 수없이 내 생각을 하고 끊임없이 날 의식했다는 걸. 아, 난 내가 이긴 줄 알았어. 그런데 기분이 하나도 좋지 않았어. 그래서 화가 났어. 도대체 뭐가 부족한 걸까, 머리를 쥐어뜯다 네가 준 마지막 카드를 읽고서야 깨달았어. 난 단순히 네가 날 봐주길 바란 게 아니었어. 나를 보는 누군가가 반드시 너이길 원했어. 내 안의 나는 늘 알았던 거야. 내게는 오직 너뿐이라는 걸."

오랜 침묵 끝에 샤라가 입을 열었다. "이제 말해도 돼?"

"해도 돼."

"그럼. 요약하자면. 날 거절하러 온 게 아니네."

"맞아. 솔직히 네가 지금 키스하면 난 심장이 멈출지도 몰라."

"이번에는 진짜야?"

"진짜야."

"계략 같은 것도 그만 꾸미고?"

"약속해. 너도 안 하겠다고 약속하면."

"약속해."

샤라는 클로이를 향해 몸을 움직였다. 클로이가 샤라의 체온을 느낄 수 있을 정도로 가까이 다가갔다. 클로이는 샤라도 클로이의 체온을 느끼고 있는지 궁금했다.

"좋아, 그럼. 우와."

샤라가 입은 목욕 가운의 솜털이 클로이의 피부에 스쳤다.

"우와." 클로이도 같은 마음이었다.

샤라가 손을 들자, 클로이는 그날 밤 잔디밭에 늘어져 있던 샤라의 손을 떠올렸다. 샤라가 천천히, 조심스럽게 클로이의 얼굴 옆을 만지자, 클로이는 요트 난간을 잡아 차가웠던 샤라의 손길을 떠올렸다. 눈을 감으면 승강기의 형광등에서 나는 웅웅 소리가 들릴 것만 같았다. 샤라는 수업 시간에 영어 교과서에서 심장을 강하게 두드리는 시를 우연히 만났을 때처럼 경계심과 경건한 관심이 뒤섞인 표정으로 클로이의 얼굴을 관찰했다. 클로이는 그게 어떤 느낌인지 알았고, 샤라가 그 느낌을 안다는 것도 알았다.

샤라는 저를 향해 고개를 기울이는 클로이에게 입을 맞췄다. 클로이도 두 팔을 샤라의 목에 두르고 함께 입을 맞췄다.

두 사람이 서 있는 공간은 샤라의 방인 동시에 두 블럭 떨어진 클럽 회관이었다. 벤지의 티셔츠를 입은 클로이는 어느새 머리를 물결치게 세팅한 채 검은색 시폰 레이스 드레스를 입고 있었다. 목욕 가운을 걸친 샤라는 어느새 티아라를 쓰고 무도장의 샹들리에 아래에 서 있었다. 멀리서 느릿한 전자 기타 소리가 꿈결처럼 메아리쳤다. 둘은 마지막 곡에 맞춰 춤을 췄다. 샤라가 탄성을 내뱉자 풍선이 와르르 떨어졌다.

두 사람의 처음이자 마지막 졸업 파티였다. 둘은 세상의 전부나 마찬가지인 작은 마을에서 유일하게 자신과 꼭 닮은 서로를 만났고, 조용한 방에서 단둘이, 아니, 하느님과 모두가 보는 앞에서 입을 맞췄다.

그때 아래층에서 누군가가 샤라의 이름을 불렀다.

"가자!" 샤라의 엄마였다. "교회 가는 길에 가게에 들러 쿠키 사가야 해!"

샤라는 놀라서 휘둥그레진 눈으로 입을 뗐다.

"모퉁이에 내 차 세워뒀어."

클로이가 속삭이자 샤라는 잠시 생각에 잠겼다. 1초가 지나고 2초가 지난 뒤 샤라가 외쳤다. "머리 거의 다 끝났어요! 잠시만요!"

샤라는 가운을 벗어던지고 운동화를 집어 들고는 뒤로 돌아서는 드레스의 미처 못 올린 등 지퍼를 클로이에게 내보였다.

"올려줘."

지퍼를 잡다가 손가락 끝이 샤라의 따뜻한 피부에 스치자 심장 박동이 느껴졌다. 샤라의 심장은 공연 직전 무대 위 스포트라이트 속에서 소용돌이치는 수천, 수백만 개의 반짝이 가루처럼 두근댔다. 샤라는 다급히 운동화를 신고는 창턱을 넘어 사다리에 올라탔다. 사다리 꼭대기에서 잠시 멈춘 샤라가 클로이를 돌아보며 말했다.

"안 갈 거야?"

"사다리, 내가 가져온 거거든!" 클로이가 투덜거렸지만 샤라는 이미 사라지고 없었다.

샤라가 클로이에게 쓴 마지막 카드의 초안
화학 2 시험 대비용 공책의 여백에 휘갈겨져 있었음

클로이에게
네가 이겼어. 네가 바라는 게 그거였길 빌어.

클로이에게
베개 밑에 감추려 그렇게 애를 썼건만 너만은 도저히 감출 수 없었어.

클로이에게
너무 오래 돼 언제인지도 기억 안 나는 아주 오래 전 여름, 주말에 호숫가에서 얼린 라임에이드를 마시면서 깨달았어. 내 눈에 들어오는 건 햇빛에 반짝이는 호수에서 수영하는 여자애들뿐이란 걸.
문제는 이거야. 나는 널 볼 때마다 라임 맛이 느껴지고 반짝이는 물결이 보여.

23

클로이가 (두 번째로) 샤라의 창문을
타고 넘은 뒤 지난 시간: 0일

두 사람은 울타리를 뛰어넘어 달리기 시작했다.

클로이는 미처 몰랐지만 샤라는 작정하고 달리면 매우 빠른 아이였다. 둘은 로리네 집 마당을 순식간에 가로질렀다. 모퉁이를 돌면서 샤라가 클로이의 손을 잡자 클로이는 샤라의 손가락이 제 손가락 사이에 닿는 느낌에 놀라 웃음을 터트릴 뻔했다. 클로이에게는 이 모든 게 너무 비현실적이었다.

돌고래 분수대에서 뿜어 나온 세제 거품이 완벽하게 관리된 잔디밭에 흘러넘쳐 클로이 차의 타이어 주위에 웅덩이가 고이고 있었다.

"어디로 가?" 샤라가 물었다.

"우리집!" 클로이가 가쁜 숨을 몰아쉬며 말했다. "엄마들은 월요일 밤마다 버밍햄에 도자기 수업 들으러 가거든."

"좋아." 샤라가 클로이의 손을 놓고 운전석 쪽으로 내달리며 말했다. "차 열쇠 던져."

"내 차야."

샤라는 상관없다는 듯 어깨 너머로 머리카락을 획 넘기고 말했다. "내가 빨라."

'도주 운전'이 샤라의 특기인 줄은 몰랐지만, 샤라가 마음먹은 일은 뭐든 다 잘한다는 사실을 부인할 수는 없었다. 클로이는 조수석 쪽으로 가서 보닛 너머로 차 키를 던졌다.

"망가뜨리지 마. 그럼 나 죽으니까."

샤라는 한 손으로 차 키를 잡고는 눈알을 굴렸다.

"나, 운전 잘해."

그러고는 미끄러지듯 운전석에 올라탄 뒤 허락을 구하지도 않고 컵 거치대에 있던 클로이의 선글라스를 썼다.

샤라가 클로이의 낡은 캠리로 뮤직 비디오의 한 장면을 연출하는 데는 1분도 채 걸리지 않았다. 샤라는 여유롭게 창문을 내리고는 길을 묻지도 않고 곧바로 컨트리클럽에서 우회전해 클로이의 집으로 향했다. 본인 말대로 샤라는 운전을 잘했다. 차선을 절대 넘지 않았고, 분홍색 머리카락을 휘날리고 예배용 원피스 아래로 보이는 무릎을 벌린 채 한 손으로 핸들을 움직였다. 전조등이 한 개 꺼진 차가 지나갈 때는 천장을 치며 화를 내기도 했다.

한 달간의 가출이 샤라를 이렇게 바꿔놓은 걸까. 그러나 선글라스 너머로 힐끗 보는 샤라와 시선이 마주친 순간 클로이는 깨달았다. 샤라는 늘 이런 사람이었다. '이게 내가 그동안 너희에게 하고 싶었던 말이야'라고 예배당 의자 아래에 붙여놓은 카드에 적지 않았는가. 샤라는 착한 아이가 아니었다. 대신 그보다 중요한 면이 무수히 많았다.

어느새 집에 도착한 샤라는 주방에 들어가 제스 엄마의 가슴 그림 아래에 섰다. 티타니아는 샤라의 발목을 휘감다가 슬그머니 주방을 떠났다.

클로이와 샤라, 오직 둘뿐이었다. 꿈이 아니었다.

클로이는 자기가 먼저 샤라에게 키스한 적은 한 번도 없다는 게 새삼 의식됐다. 사실 키스하는 법 자체를 몰랐다.

"저기……." 수정으로 만들어진 풍경이 창가에서 딸랑거렸다. 전등 불빛이 보티첼리의 그림처럼 샤라의 턱선을 부각시켰다. "어, 뭐 마실래?"

"달콤한 홍차 있어?" 샤라가 물었다.

클로이는 밸 엄마에게 감사의 텔레파시를 보내며 말했다. "있어."

그러고는 달콤한 홍차 두 잔을 따르고 샤라를 위해 잡동사니 서랍에서 빨대와 작은 칵테일 냅킨을 꺼냈다.

"와, 남부식 접대를 제대로 배웠는걸?"

잔에 얼음 조각을 넣는 클로이를 보며 샤라가 말했다. 클로이는 히죽 웃는 샤라를 흘낏 쳐다봤다.

장난기 어린 샤라를 보니 제스 엄마가 처음 사온 아이스박스 파이가 떠올랐다. 딸기와 크림으로 만든, 밸 엄마가 제일 좋아하는 이 파이는 그야말로 기계공학적 걸작이었다. 파이를 잘라도 딸기의 모양이 전혀 흐트러지지 않고 머랭이 구름처럼 딸기 위에 가볍게 얹혀 있는 게 클로이는 무척 신기했다. 파이의 단면을 관찰하면서 클로이는 '샤라 휠러처럼 아름답네'라는 불가해한 생각을 했다.

'널 아이스박스 파이에 비유해도 될까?' 아, 이 말은 아무리 게이 라도 도저히 못 하겠다.

"난 진짜 멍청해." 클로이는 저도 모르게 속마음을 입 밖에 냈다.

"아니, 안 멍청해. 아주 똑똑해. 그래서 여기까지 온 거고."

"하지만 내…… 마음이…… 어, 이렇게 확실한데. 왜 더 빨리 깨 닫지 못했을까?"

"나도 깨닫는 데 꽤 오래 걸렸어." 샤라가 또 히죽거렸다. 클로이 는 홍차 잔을 치우고는 히죽거리는 샤라의 입술에 입을 맞췄다.

둘은 홍차 잔에 맺힌 물방울이 조리대로 흘러내리게 두고는 클 로이의 방으로 자리를 옮겼다. 샤라는 10분에 걸쳐 방 안의 물건을 하나씩 만져봤다. 서랍장 위에 놓인 액자 속 사진과 책상은 물론 욕실 선반의 피부 관리용 화장품까지 꼼꼼히 살펴봤고 뉴욕대 책 자도 넘겨봤다.

"《빨간 머리 앤》은 왜 이렇게 판본이 많은지 모르겠더라."

샤라는 클로이가 제스 엄마에게 물려받은 1990년대 판 《빨간 머 리 앤》의 초록색 책등을 엄지로 만졌다. 클로이는 눈알을 굴리며 침대에 앉아 괜히 기분 나쁜 척 말했다.

"참견이 심한 거 아냐?"

"그래도 난 누구처럼 남의 집에 몰래 들어가지는 않았잖아."

샤라가 장난기 어린 표정을 지었다. 클로이는 끙 앓는 소리를 냈다.

"로리가 말했구나."

"아니, 스미스가."

"상관없어. 여기 안 앉을래?"

샤라는 사뭇 진지한 표정으로 침대에 앉은 클로이를 바라봤다.

"어, 난…… 서두르고 싶지 않아."

"알았어."

"오해할까봐 말하는데 결혼할 때까지 아끼겠다거나 뭐 그런 건 아니야." 샤라가 방어적인 말투로 덧붙였다. "그냥 다른 건 아직 준비가 안 돼서 그래."

클로이는 이맛살을 찌푸렸다. "다른 거 할 생각 없었는데?"

"기대한 거 아니었어?"

"내가 기대하는 거 같았어?"

샤라는 어깨를 으쓱하며 눈길을 돌렸다. "조금."

샤라의 답에 클로이는 웃음을 터트렸다. 얼른 입을 가렸지만 샤라의 도끼눈을 피할 수는 없었다.

"미안, 미안해! 근데 넌 4년 동안 지켜봤으면서 날 그렇게 모르겠어? 내가 막 아무하고나 자고 다니는 애 같아? 여태 데이트 한 번 안 해본 몸이라고."

샤라는 여전히 불만스러운 표정으로 팔짱을 꼈다.

"그래도 넌 LA 출신이고 엄마들이 이런저런 정보를 알려주셨을 거 아니야. 늘 자신감이…… 넘치기도 하고."

"좋아, 잘 들어." 클로이는 손가락을 하나 폈다. "첫째, 이건 비밀인데 LA에서 왔다고 내가 멋진 애라거나 뭔가를 잘 알 거라는 건 착각이야." 이어서 두 번째 손가락을 폈다. "둘째, 엄마들이 다양한 성행위를 설명해주긴 했지만 너무 민망한 대화라 거의 다 잊어버렸어. 그리고 셋째……." 마지막으로 세 번째 손가락을 폈다. "내가 자신감이 넘쳐 보인다면 그건 그래야 하기 때문이야. 딴 사람은 몰라도 너는 그게 뭔지 알 거 아냐."

샤라는 잠시 생각한 뒤 침대를 향해 천천히 다가갔다.

"알았어."

샤라의 무릎이 클로이의 무릎에 살짝 닿으면서 샤라의 흰색 아일렛 레이스 치마가 클로이의 피부를 스쳤다.

클로이는 샤라의 손을 잡아 제 목 옆에 얹었다. 샤라의 손바닥 감촉이 고스란히 피부에 전해졌다.

"긴장하지 마." 클로이가 말했다. "그냥 나를 AP 미적분 시험이라고 생각해봐."

샤라가 다시 도끼눈을 뜨며 말했다. "그냥 창문 밖으로 떨어지게 둘 걸 그랬어."

"연습장 있으니까 풀어보든가. 저기 내 책상에……."

그때 샤라의 손이 클로이의 목에서 어깨로 내려왔다. 샤라는 클로이를 침대에 눕힌 뒤 한 손으로는 클로이를 침대에 고정하고 다른 손으로는 클로이의 허리를 잡은 채 입을 맞췄다. 이토록 샤라의 의지와 확신이 온전히 담긴 키스는 처음이었다. 누구한테도 지기 싫어하는 완벽주의자 샤라가 할 수 있는 가장 완전하고 흥분되는 키스였다.

클로이는 침대에서 키스를 받아본 적이 한 번도 없었다. 머리 밑에 낀 쿠션의 모서리가 얼굴에 닿는 느낌과 매트리스의 스프링이 클로이를 타인의 몸에 밀착시키는 느낌이 낯설었다. 이런 키스는 난생 처음이었다.

그 상대가 샤라라서 다행이었다. 다른 누구도 샤라만큼 소중하게 느껴지지 않았을 것이다.

"있지. 우리, 아직 할 얘기가 많아."

클로이의 말에 샤라는 베개에 머리를 기대고 물었다.

"무슨 얘기?"

클로이는 시간 가는 줄 모르고 나눈 방금 전의 키스가 영원처럼 느껴졌다. 샤라의 목에 희미한 붉은 자국이 꽃을 피우고 있었다. 클로이의 눈에는 세상에서 제일 멋진 자국이었다.

"내 성적을 떨어뜨리려고 자기 자신의 실종을 연출한 일부터 얘기할까? 아니면 어쩌다 아빠를 연방 교도소로 보내게 됐는지부터 얘기할래?"

"아주 비싼 변호사를 고용했으니 괜찮으실 거야."

"좋아. 그럼 첫 번째 일부터."

샤라는 한숨을 쉬며 고개를 돌렸고 머리카락이 얼굴에 쏟아지도록 한쪽 어깨에 머리를 파묻었다.

"여기서 더 무슨 말이 듣고 싶어? 사과라도 할까?"

"그냥 지금은 기분이 어떤지 궁금해."

"덜…… 혼란스럽기는 해." 샤라가 천천히 입을 열었다. "그동안 많은 걸 알게 됐으니까."

"후회는 안 돼?"

"잘 모르겠어. 한편으로는 인생을 통째로 망친 것 같고, 다른 한편으로는 그래서 차라리 잘됐다는 생각이 들어." 이거 하나는 인정해야 했다. 클로이는 생각에 잠긴 샤라를 지켜보는 게 정말 좋았다. "스미스나 로리한테는 그러면 안 됐어. 그건 후회돼. 근데 처음부터 든 생각이지만 둘 다 나보다 좋은 사람을 만나야 했어."

"너는 나쁜……."

"위로 받으려고 한 말이 아니라 진심이야. 내가 나쁘다는 게 아니야. 그 둘한테 나쁘다는 거지."

클로이는 입술을 깨물며 물었다. "나한테는?"

샤라는 고개를 돌려 서로 코가 맞닿고 눈썹이 스칠 만큼 클로이와 밀착한 채 말했다.

"네가 한 말 그대로야. 내게는 오직 너뿐이었어."

가슴 깊숙한 곳에서 뜨거운 무언가가 치밀어 올랐다. 클로이는 입을 뗐지만 아무 말도 할 수 없었다.

"뭘 그렇게 놀란 표정을 지어? 절대 소녀께서." 샤라가 볼멘 목소리로 말했다.

"무슨 소녀?"

"다들 클로이 그린을 무서워하는 건 알지?"

"알지. 나쁜 년이니까."

"그것도 그렇고," 샤라는 얼굴을 찌푸리는 클로이를 보며 미소를 지었다. "어느 날 갑자기 캘리포니아에서 나타나 하고 싶은 건 뭐든 다 했잖아. 윌로그로브에서 널 감당할 애는 아무도 없었어. 나도 그랬고."

내가 절대 소녀라고? 설마. 절대 소녀는 샤라다. 절대 소녀가 나더러 절대 소녀라니. 이럴 때는 뭐라고 해야 할까?

답을 고민할 시간이 날아갔다. 현관문이 덜커덕 열리는 소리가 들렸다.

"클로이?" 밸 엄마였다. "집에 있니?"

샤라는 깜짝 놀라 벌떡 일어나 앉았다.

"도자기 수업 들으러 가셨다면서!"

"그랬어!"

집이 작으니 두 엄마 모두 신발을 벗고 가방을 내려두느라 현관에 잠시 멈췄다 해도 지금쯤이면 최소 한 명은 거실에 도달했을 터였다. 샤라가 침대에서 뛰어내리는 동안 클로이는 얼른 선수를 쳤다. "저 여기 있어요! 빨리 오셨네요!"

"그래." 제스 엄마가 말했다. "글쎄, 마지막 순서로 초벌구이를 가르치더라고. 우리가 무슨 생초보인 줄 아나. 그냥 빨리 집에 와 저녁이나 먹으려고. 어머!"

제스 엄마는 클로이의 방 앞에서 그대로 얼어붙었다.

장면: 클로이는 화장이 번진 얼굴로 미소를 지으며 몸으로 문간을 막아서고 있었다. 샤라는 클로이와 버지니아 울프에 관해 토론하러 왔을 뿐 다른 목적은 없다는 듯 책상 근처에서 《댈러웨이 부인》을 거꾸로 들고 있었다. 제스 엄마는 점토가 사방에 튄 샴브레이 셔츠 차림으로 멀거니 서서 상황을 파악 중이었다.

그때 밸 엄마가 제스 엄마의 어깨 너머로 나타나 조금의 망설임도 없이 인사했다.

"안녕! 휠러 교장님의 딸 맞지?"

"공부하고 있었어요."

"최종 시험은 지난주였잖니, 클로이."

클로이의 말에 밸 엄마가 지적했다.

"그만 가야겠다."

"너 차 없잖아."

샤라의 말에 클로이가 지적했다.

"이렇게 하자." 밸이 혼란스러운 상황을 정리할 때 나오는 특유의 강한 어조로 선언하듯 말했다. "스파게티 만들 재료도 있고 냉동실에 웹스터스에서 사 온 딸기 아이스크림도 반 통 있어. 우리랑 같이 저녁 먹고 클로이가 데려다주면 어떠니?"

"엄마." 클로이는 쉿 소리를 내며 밸 엄마를 말렸다. 제스 엄마의 괴상한 대마 차나 밸 엄마가 이탈리아 요리를 할 때 내는 형편없는 로버트 드니로 흉내는 아직 샤라에게는 너무 일렀다.

그러나 놀랍고 끔찍하게도 샤라는 순순히 답했다. "좋아요."

결국 밸 엄마가 붉은 소스를 뚝딱 만들고 클로이가 파스타를 삶는 동안 샤라도 동참해 곁들일 음식을 준비했다. 모두 별다를 것 없는 저녁인 양 굴었지만 클로이의 인생을 통틀어 가장 기이한 시간이었다.

"샤라랑 뒹굴다가 딱 걸렸는데 엄마들이 저녁 먹고 가라고 설득해서 지금 샤라가 마늘빵 만들고 있어. 밸 엄마는 내가 다섯 살 때 쇼핑몰 산타한테 주먹을 날린 얘기를 해주고 있고." 클로이는 조지아에게 문자를 보냈다.

"클로이의 인생 최고의 순간 5위 안에 드는 사건이었지." 밸 엄마가 이야기를 마무리했다.

조지아는 곧바로 답 문자를 보내왔다. "니얾ㄴ임ㄹ마ㅣㄴㅁ누ㅐ"와 "샤라랑? 드디어? 어쩌다?"가 연속으로 떴고 바로 또 다음 문자가 왔다. "서머도 지금 흥분하고 난리 났어."

다음에 벌어진 일은 순전히 클로이의 잘못이었다. 조지아와 채팅하느라 정신이 팔려 샤라의 다음 질문을 막지 못한 게 사달이었다.

"두 분은 어떻게 만나셨어요?"

"안 돼, 샤라. 그건……."

클로이가 뒤늦게 말리려 했지만, 밸 엄마는 이미 과장된 손짓으로 나무 숟가락을 탁 내려놓고 있었다.

"때는 1997년이었지."

"아, 못살아."

"난 앨라배마를 갓 탈출한 반짝이는 눈의 열아홉 살 처녀였어. 바텐더로 학비를 벌면서 직업 학교를 다니고 있었지. 그러다 웨이트리스로 일하는 제스를 만났는데 그렇게 예쁜 여자애는 처음이었어. 앙증맞고 둥근 코와 살인 미소, 한밤중에 거닐고 싶은 숲처럼 깊은 눈동자에……."

"엄마, 제발."

"그때까지 한 번도 사랑에 빠져본 적 없었지만 앞치마를 두른 제스를 보고 확신했어. 이 감정이 내가 그토록 기다리던 사랑이라는 걸. 그 뒤로 6개월 만에 용기를 내 데이트 신청을 했어."

"벨이 그날 밤 헤어지면서 나한테 입을 맞추려 했는데 나는 그제야 그게 데이트였다는 걸 알았어. 벨도 내가 몰랐다는 걸 그때 알았고." 제스 엄마가 끼어들었다.

"그래서 두 번째로 첫 데이트를 했고, 그 뒤로 매일 첫 번째 데이트를 하듯 살고 있지."

클로이가 샤라를 돌아보며 입모양으로 사과하자 샤라는 옅은 미소를 짓고는 살짝 붉어진 얼굴로 먹던 빵을 계속 먹었다. 클로이는 문득 샤라의 첫 번째 카드가 떠올랐다. 샤라는 클로이를 처음 만나기 전부터 두 엄마의 이야기를 들었다고 했다.

조지아에 이어 샤라까지 두 엄마의 삶을 엿봤다. 폴스 비치의 십 대 퀴어들이여, 그런네 집으로 오라. 난생 처음 우울하지 않은 퀴어의 미래를 엿보게 될 테니.

저녁을 먹고 아이스크림 그릇을 하나씩 앞에 두고 제스 엄마가 물었다.

"그래, 샤라는 가을에 어디로 가니?"

"실은 1년 쉴까 고민 중이에요." 샤라의 말에 클로이는 깜짝 놀랐다. "얼마 전까지는 여기에 머물러야 할 것 같았는데 이제는 떠나는 게 좋을 수도 있겠다는 생각이 들어서요. 어디로 갈지는 모르겠지만요. 저한테는 이곳이 세상의 전부거든요."

벨 엄마는 생각에 잠긴 얼굴로 고개를 끄덕이면서 숟가락을 내려놓았다.

"진짜 웃긴 게 뭔지 아니? 폴스 비치에서 나고 자라면 웹스터스 딸기 아이스크림에 길들여진다는 거야. LA나 뉴욕의 최고급 아이스크림 가게에서 장인이 만들었다는 세계에서 제일 맛있는 신선한 딸기 아이스크림을 먹어도 만족이 안 돼. 태어나서 18년 동안, 그러니까 아이스크림 맛을 처음 배우는 시기에 유일하게 경험한 딸기 아이스크림 맛과 다르거든."

샤라는 점점 녹아가는 아이스크림 덩어리를 숟가락으로 계속 저으며 천천히 고개를 끄덕였다.

"하지만 나는 폴스 비치를 떠나고 바로 깨달았어. 여기가 세상의 전부가 아니라는 걸. 내가 누군지 다 알고 소문이 순식간에 퍼지는 마을에서 나고 자랐다고 진짜 나로 사는 게 불가능한 건 아니야. 바깥세상에는 난 아직 생각도 못해봤고 생각하는 법조차 모르는 것들이 널리고 널렸어. 폴스 비치의 나와 바깥세상의 내가 똑같을 필요는 없어. 이 마을에서 남들에게 보여야 하는 모습이 내 진짜 모습이 아닌 것 같으면 떠나도 돼. 진짜 내 모습 그대로 존재해도 돼. 그러려면 여기를 떠나야 한다 해도."

잠시 침묵이 흐르는 사이 제스 엄마가 손을 뻗어 밸 엄마의 손을 잡았다.

"자, 그럼," 밸 엄마가 다시 말문을 열었다. "드니로 성대모사 하는 거 들어볼래?"

"엄마."

클로이는 집을 나서기 전 샤라의 목걸이를 챙겨 주머니에 넣었다. 빨간 신호등에서 차가 멈췄을 때 샤라에게 목걸이를 건넸다.

"그동안 몰래 갖고 있어서 미안해. 근데 넌 더 이상한 짓 했으니까 비긴 걸로 하자."

신호등이 녹색으로 바뀌는 사이 샤라는 목걸이를 빤히 내려다봤다. "내 거라는 건 어떻게 알았어?"

"아, 그게," 클로이는 도로에 시선을 고정한 채 말했다. "그날 널 봤어. 넌 날 못 봤겠지만 도서관에 있었거든."

"아. 이거 참 민망하네."

"뭐 하나 물어봐도 돼?" 클로이는 샤라가 고개를 끄덕이는 걸 보고 말을 이었다. "왜 버렸어?"

아무 말이 없어 옆을 흘깃 보니 샤라가 목걸이를 다시 목에 걸고 있었다.

"딱히 무슨 일이 있었던 건 아니야. 열세 살 생일에 부모님이 신앙심 깊은 여인이 되라는 뜻으로 주셨는데 이걸 차고 다니면 부모의 기대를 늘 짊어지고 다니는 기분이었어. 게다가 사람들이 보고 이 목걸이의 의미를 마음대로 해석하는 게 싫었어. 내가 신을 사랑하는 방식은 윌로그로브 사람들이 사랑하는 방식과 달라. 하지만 그들은 같다고 생각할 테니까. 그냥 그런 게 다⋯⋯ 너무 부담스러웠어. 안 차고 다니면 부모님이 눈치챌 테고, 그래서 버릴 수밖에 없었어."

"근데 도로 찾으러 왔잖아." 클로이가 다정한 목소리로 지적했다.

"그랬지. 어떤 건 되찾게 되더라고."

샤라의 집 앞에 차를 세우고 보니, 샤라의 아빠가 윌로그로브 폴로셔츠 차림으로 현관의 그네에 앉아 기다리고 있었다. 회심하려는 신도를 불러내는 제단 초청이라도 할 듯 진지한 표정이었다. 벌써 보석금을 내고 풀려난 모양이었다.

"또 도망친 게 들켰나보네."

"범인이 너라는 걸 아시는 거 같아?"

"알 수도 있지. 하지만 지금은 더 시급한 문제가 있으니 나한테 신경 쓸 겨를이 없을걸. 나랑 대면할 여유가 생겼을 때는 난 이미 폴스 비치를 떠난 뒤일 테고."

샤라는 원피스 목둘레 밑으로 목걸이를 감춘 뒤 어깨를 폈다. 아무도 안 볼 때 샤라는 이런 모습이었을 것이다. 매일 지옥 같은 일상으로 걸어 들어가 상처를 받고 그 상처 위에 분홍색 매니큐어를 발랐을 것이다.

"이거 완전 나쁜 여자네." 괜히 핀잔을 주며 감탄한 기색을 감추려 했지만 소용없었다. 샤라의 입가에는 이미 의기양양할 때 짓는 히죽거리는 미소가 번지고 있었다.

"와. 너 나한테 푹 빠졌구나?"

클로이는 시선을 피하며 말했다. "잘 가."

샤라는 미소 띤 얼굴로 클로이의 볼에 강하게 입을 맞추고는 집으로 향했다.

합창단 지도 교사 잭 트루먼의 교사 자기 평가
폐기됐다가 실수로 악보 꾸러미와 섞여 있는 걸
벤지가 발견하고 없앴음

나는 케빈 베이컨이 출연한 영화 〈불가사리〉를 자주 떠올린다. 남부 촌사람들이 사막의 거대한 모래지렁이 괴물과 싸우는 내용이다. 영화가 시작한 지 20분 내로 케빈 베이컨은 땅에서 뇌수가 가득 든 안전모를 발견한다. 관객에게 끔찍한 뇌수를 보여주려면 주인공이 뇌수를 꼭 봐야 하기 때문이다. 그러나 현실에서 그런 장면을 목격한 사람은 충격으로 엉망진창이 된다. 현실을 바탕으로 하면 누군가의 머리에서 쏟아져 나온 뇌수를 본 것만으로 영화 한 편이 만들어질 것이다.

평범한 윌로그로브 학생이 내 나이가 되면, 끔찍하게 나쁜 일을 보거나 들을 때 느끼는 감정을 대수롭지 않게 여기게 된다. 그냥 뇌를 본 것뿐이라고, 이야기가 진행되려면 발생해야 하는 나쁜 일을 봤을 뿐이라고 생각한다. 코끼리 사냥용 총으로 모래지렁이를 쏘느라 너무 바빠 밖으로 터져 나온 뇌수 따위는 생각할 겨를이 없다. 애초에 코끼리 총을 챙길 정도로 겁을 먹은 게 바로 그 뇌수 때문이었는데도 말이다. 그러나 고등학생(영화를 20분까지밖에 안 본 사람)에게는 뇌수를 본 경험이 전부다.

나는 신이 계획한 내 소명은 아이들이 뇌수를 보지 않도록 보호하는 것이라고 믿는다. 그게 안 되면 최소한 뇌수가 아닌, 사막의 다른 걸 보여주고 싶다. 시원한 선인장 같은 것 말이다. 모르겠다. 비유를 하려니 어렵다. 문학 교사가 아니라 어쩔 수 없나보다.

24

(공식적으로) 샤라와 함께한 시간: 5일

(정신적으로) 샤라와 함께한 시간: 1,363일

졸업까지 남은 시간: 0일

"졸업식에 플란넬 셔츠를 입고 갈 순 없잖아." 클로이가 말했다.

로리는 잔뜩 찡그린 얼굴로 클로이와 클로이가 로리의 옷장 깊숙한 데서 캐낸 검은색 와이셔츠를 차례로 쳐다봤다.

"시위용 졸업식이잖아. 뭘 입든 무슨 상관이야."

"스미스는 너랑 사진을 찍고 싶어할 테고, 우스운 꼴로 찍히면 너도 화가 날 테니까."

로리는 한숨을 쉬고는 클로이의 손에서 셔츠를 잡아챘다. "알았어."

"네가 좋아하는 그 목걸이랑 하면 어울리겠네." 샤라의 목소리가 들렸다.

샤라는 꽃이 활짝 핀 층층나무와 배롱나무 사이로 비치는 아침 햇살을 받으며 로리의 창문 밖에 서 있었다. 진홍색 졸업 가운 밑으로 클로이의 침대에서 입고 있었던 흰색 선드레스가 보였다. 클로이는 영화 주인공처럼 눈부시게 등장하는 애와 사귀고 있다는 게 믿기지가 않았다.

(그런데 사귀는 게 맞긴 할까? 정식으로 사귀자는 대화를 나눈 건 아니다. 하긴, 서로의 인생을 망칠 정도로 끌리는 사이인데 더 무슨 말이 필요할까.)

"안녕."

"안녕."

샤라는 진지한 눈빛으로 진홍색 립스틱을 바른 클로이의 입술과 클로이가 버밍햄의 중고 가게에서 신중하게 골라 입은 초록색 드레스를 찬찬히 살폈다. 그러고는 두 볼을 분홍빛으로 물들였다.

"나 참, 감상 다 끝났어?"

로리의 말에 클로이는 입을 떡 벌렸다. "뭐야, 그런 거였어?"

"시끄러워, 로리."

샤라는 짐짓 화난 표정을 지으며 제 옆으로 끌어당기는 클로이의 손길을 못 이기는 척 받아들였다.

그 시각, 다른 친구들은 제각기 흩어져 있었다. 벤지는 집에서 부모님에게 왜 졸업식에 참석할 수 없는지 설명하고 있었고, 애시는 여름 방학에 가끔 일하는 도예 체험 공방에서 마지막 교대 근무를 하는 중이었다. 조지아와 서머는 벌써 대리점에 가서 서머의 부모님을 돕고 있었다. 그리고 클로이는 '자녀의 성 정체성을 대충 눈치챘지만 정확히는 모르는 부모와의 대면'을 앞두고 긴장한 아이들의 문자를 오늘 아침에만 열일곱 개 받아 답해야 했다. 에이프릴과 제이크, 에이스는 아직 자고 있을 테니까.

"와, 이제 파티 시작인가?"

스미스가 로리의 방 문간에서 말했다.

이상할 법도 했지만 클로이는 넷이 한 공간에 있는 게 그리 나쁘지 않았다. 그냥…… 웃었다. 샤라가 한 달 동안 요트에 살았고, 로리와 스미스가 지금껏 서로가 아니라 샤라의 관심을 끌려고 경쟁하는 줄 착각한 게 웃긴 것처럼 말이다. 졸업을 앞두니 모든 게 우습게 느껴졌다.

로리가 스미스에게 흰색 층층나무 꽃을 건넸다.

"너 주려고 땄어. 꽃을 달고 싶어할 거 같아서."

"그래서 아침에 지붕에 있었던 거야? 뭐 하나 싶었네."

"땅에 떨어진 꽃보다 나무에서 직접 딴 꽃이 싱싱하니까. 됐어?" 로리가 중얼거렸다.

"예쁘다." 스미스는 씩 웃으며 꽃을 받았다. "고마워."

그러고는 로리의 옷장 문에 달린 거울을 보고 꽃과 모자를 이리저리 달고 써보면서 법석을 떨었다. 한 달 전부터 기른 스미스의 머리는 어느새 짧고 풍성한 곱슬머리로 자라 있었다.

"잠깐만. 좋은 생각이 났어." 샤라가 말했다.

샤라는 스미스의 모자를 벗기고 원피스 주머니에서 머리핀을 몇 개 꺼내 스미스에게 건네면서 핀을 꽂을 가장 적절한 위치를 가리켰다.

"됐다." 그러고는 책상에 놓인 꽃 중 하나를 뽑아 스미스의 귀 뒤에 꽂았다.

스미스는 다시 거울을 보며 제 모습을 살폈다. 고개를 좌우로 기울여보다가 어깨 너머로 거울에 비친 샤라와 눈이 마주치자 씩 웃었다. 샤라도 함께 미소를 지었다.

"꽃이 더 필요해." 스미스가 말했다.

"더 가져올게." 로리는 고개를 끄덕이고는 순순히 창문을 넘어 지붕으로 올라갔다.

로리가 흰색 층층나무 꽃과 연분홍색 배롱나무 꽃 두 주먹을 바로 따오자, 스미스는 마치 두피에서 꽃나무가 자라난 것처럼 보일 때까지 꽃과 머리카락을 세심한 손길로 꼬아 붙였다. 클로이는 스미스의 요청대로 금색 아이라이너를 스미스의 눈꼬리 주위에 살짝 칠했다. 치장을 끝낸 스미스는 흰색 에어포스 운동화를 신은 숲의 신 같았다.

로리는 생전 처음 보는 존재라는 듯 휘둥그레진 눈으로 스미스를 응시했다. 모두 마찬가지였다. 오늘의 스미스 파커는 세상에서 유일무이한 존재였다.

**

고속도로를 사이에 두고 윌로그로브와 마주보는 서머네 자동차 대리점에 도착하자, 클로이가 로리의 차에서 내려 문을 채 닫기도 전에 브루클린이 클립보드를 들고 달려들었다.

"다들 모자와 가운 준비했어? 다시 물을게. 다들 모자와 가운 준비했어? 로리도?"

"진짜 졸업식도 아니잖아, 브루클린." 로리가 투덜거렸다.

"모자와 가운이 있으면 진짜야."

막을 수 없는 힘(뭐든 다 완벽히 통제하겠다는 브루클린의 굳은 의지)과 요지부동의 고집(뭐든 다 안 하겠다는 로리의 굳은 의지)이 대치하려는 순간, 스미스가 로리의 어깨 너머로 나타났다.

"로리도 있어." 스미스는 발랄한 동작으로 가운과 사각모를 로리의 가슴에 턱 안겼다. "차에 두고 내렸더라."

"안 입을 거야."

"입어야 해."

로리의 말에 브루클린이 반박했다.

"잘 어울리던데 왜."

"웩." 스미스의 말에 고개가 원을 그리며 돌아갈 정도로 눈알을 세게 굴리며 로리가 말했다. "알았어."

"좋아." 브루클린은 뒤로 휙 돌아 두 손을 컵 모양으로 만들어 입에 대고 외쳤다. "가져왔어!"

공터 가운데에 놓인 아이스박스 위에서 서머가 지직거리는 확성기에 대고 말했다.

"고마워, 브루클린. 근데 너무 목숨 걸 거 없어."

"내 생각은 다르지만 참고할게!" 브루클린이 외쳤다.

조지아는 아이스박스 옆에 헬륨 탱크와 나란히 서 있었다. 서머가 몸을 숙여 확성기를 입에 대주자 조지아가 인사를 건넸다. "왔어, 클로이?"

브루클린의 지휘로 준비 작업이 시작됐다. 마이크 스탠드가 한 개뿐인 작은 무대이긴 하지만 공간이 필요해 차는 대부분 뒤쪽 공터로 옮겨졌다. 무대는 서머의 부모님이 다니는 교회에서, 마이크 스탠드는 시청각 장비 컬렉션을 보유한 로리에게 빌렸다. 에이스와 스미스를 비롯한 운동부 애들이 의자와 탁자를 설치하는 동안 애시와 미술부 애들은 현수막을 걸었고 벤지는 합창단 애들과 풍선 아치를 설치했다.

2차선 고속도로 건너편에는 학생용 주차장이 있다. 2022년 졸업생들이 그곳에 속속 도착해 사각모와 가운을 입고 강당 밖에서 사진을 찍고 있었다. 몇 명은 하던 일을 멈추고 샤라가 스미스의 어깨에 올라타 현수막을 걸고 있는 대리점 쪽을 빤히 바라봤다. 현수막에는 '잉태의 축복이 있기를'이라고 적혀 있었고 '잉태'가 반짝이 풀로 강조돼 있었다. 벤지의 작품이 분명했다.

그러나 이들은 일부에 불과하다. 현상 유지를 원하는 윌로그로브생은 늘 존재한다. 매켄지와 엠마 그레이스, 딕슨, 드루 테일러 같은 애들뿐 아니라 윌로그로브가 안전하다고 느끼는 조용한 애들은 지금도 있고 앞으로도 있을 것이다. 그중 일부는 너무 오랜 시간 길들여져 평생 지금 이 상태로 사는 게 더 행복하다고 느낄 것이다. 변화가 두렵거나 부모와 솔직한 대화를 나누기 싫거나 세월이 지나 고속도로 양쪽으로 갈라진 두 가치의 접점을 찾는 애들도 있을 것이다.

클로이는 이제 알 것 같았다. 대리점 주차장의 가설무대 위에 올라 변화를 꾀할 수는 있지만, 누군가를 위해 대신 결정을 내려줄 수는 없다는 사실을 말이다.

브루클린이 배치하고 집합시키는 일과 단호한 손가락질을 도맡아 하는 동안, 서머는 지역 텔레비전 뉴스팀이 도착하자마자 그 앞에 자리를 잡았다. 서머의 아빠는 서머가 보조개가 들어가는 예쁜 미소를 지으며 멋지게 인터뷰를 하는 내내 서머의 곁을 지켰다. 기자에게 질문을 받았을 때는 자기주장을 펼치고 싶은 사람에게는 그게 누구든 기꺼이 장소를 제공하겠다고 답했다.

"정치인의 아내가 되는 건 어때?" 클로이가 조지아와 함께 풍선을 묶으면서 속삭였다. "서머 말이야. 보통이 아닌데?"

"싫어. 그러고 싶었으면 브루클린이랑 사귀었지."

클로이는 행군 악대 애들한테 소리치고 있는 브루클린을 흘깃 봤다.

"하긴. 쟤는 맥주 마실 나이가 되기도 전에 백악관 인턴이 될 거야."

조지아는 킥킥 웃으며 장식용 리본의 길이를 쟀다.

"근데 엄마들은 어디 계셔? 오신다고 하지 않았어?"

"그러게." 클로이가 휴대폰을 힐끗 보며 말했다. "올 때가 됐는데. 무슨 일이라도……."

말을 마치기도 전에 밸 엄마의 작업용 트럭이 행사장 쪽으로 덜컹거리며 굴러왔다.

짐칸의 판지 상자들이 이리저리 미끄러질 정도로 거칠게 다가오는 트럭을 보니 운전석에 세 사람이 타고 있었다. 밸 엄마는 텔레비전 뉴스팀 밴 옆에 트럭을 세운 뒤 제일 좋은 작업복 차림으로 운전석에서 내렸다. 다음으로 제스 엄마가 내렸고 그다음은…….

"트루먼 선생님이잖아?"

클로이는 얼른 풍선을 조지아에게 건네고 달려갔다.

"늦어서 미안!" 밸 엄마가 트럭 뒤로 돌아가 뒷문을 열면서 말했다. "막판에 어디 좀 들러서 가져올 게 있어서."

"엄마. 또 무슨 짓을 하신 거예요?"

트루먼 선생님이 짐칸에 손을 뻗어 상자 한 개를 탁 때리며 말했다. "네 엄마가 주말에 학교에 드나들 수 있는 어떤 남자랑 아는 사이더라고. 그 남자가 나라는 건 아니지만. 뭐, 어쨌든 그런 인맥은 언제나 쓸모가 있단다." 트루먼 선생님은 끙끙대며 상자를 들어올렸다. "하느님 맙소사, 엄청 무겁네."

트루먼 선생님이 요추 염좌의 위험을 감수하며 상자를 옮기러 간 사이 제스 엄마가 트럭 옆으로 합류했다.

"아주 멋진 일을 했으니 두고 보렴." 제스 엄마가 흐트러진 앞머리 한 가닥을 부드럽게 정리해주자 클로이는 코를 한 번 찡그렸다가 폈다. "네 엄마는 진짜 멋지고 겁 없는 여자야. 너도 그걸 알았으면 해서."

밸 엄마가 마지막 상자를 끌어당겨 연 순간, 클로이는 숨이 턱 막혔다.

"엄마."

상자 안에는 20여 개의 두꺼운 진홍색 가죽 커버가 들어 있었고, 각각의 커버에는 흰색 윌로그로브 문장이 양각으로 새겨져 있었다. 밸 엄마는 제일 위에 있는 커버를 꺼내 열었다.

클로이가 제 이름과 중간 이름, 성을 눈으로 보는 건 이번이 처음이었다. 두 엄마가 지은 터무니없지만 아름다운 클로이의 이름이 금색 직인과 함께 화려한 고딕체로 새겨져 있었다.

"클로이 안드로메다 그린은 앨라배마 주 교육 위원회가 규정한 공인 고등학교 과정을 훌륭히 마쳤으므로……."

"오늘 오는 애들 이름을 다 물어본 게 이거 때문이었어요? 나는 제스 엄마가 또 맞춤 쿠키를 만들어주려고 그러는 줄 알았어요."

"아, 쿠키도 만들었어." 제스 엄마가 설탕 옷을 입힌 쿠키가 담긴 플라스틱 용기를 꺼내며 말했다. "졸업장은 잭이 제안한 거야. 명단은 우리가 뽑았지만."

클로이는 샤라와 함께 헉헉거리며 졸업장이 담긴 상자를 무대에 옮기고 있는 트루먼 선생님을 돌아본 뒤 다시 두 엄마를 봤다.

"사랑해요, 아주 많이." 두 엄마의 품에 안기며 클로이가 말했다.

"나도 사랑해, 우리 딸." 밸 엄마가 클로이의 귀에 대고 잠긴 목소리로 말했다. "네가 얼마나 자랑스러운지 몰라."

"울리지 마세요. 눈 화장에 얼마나 공들였는데."

클로이의 말에 밸 엄마가 코를 훌쩍이며 대꾸했다.

"나 참, 네 엄마 딸 맞네."

"그 자세로 잠깐만 더 있어." 제스 엄마가 말했다. "사진 아직 못 찍었어."

"엄마, 그만요."

로리가 '플라잉 브이' 전자 기타로 '위풍당당 행진곡'의 록 버전을 멋지게 연주하고 나자 트루먼 선생님이 졸업장을 수기 전에 마이크에 대고 말했다.

"이제." 마이크에게 피드백 소리가 요란하게 났다. "아, 이런. 이제 무대 위로 한 분을 모셔보겠습니다. 윌로그로브 기독교 학교 2022년 졸업생 대표, 클로이 그린."

귀청을 때리는 박수 소리에 클로이는 어안이 벙벙해졌다. 이 순간을 꿈꾸며 온갖 상상을 다 했지만 이런 분위기를 상상한 적은 없었다. 당연히 지루한 연설을 참고 견디는 분위기일 줄 알았다. 그러나 주위를 둘러보니 조지아는 손을 모아 입에 대고 함성을 질렀고, 스미스는 두 발을 쿵쿵 굴렸고, 두 엄마는 뒤쪽 어디에선가 휴대용 경적을 불고 있었다.

클로이는 왼쪽에 앉은 샤라를 돌아봤다. 샤라는 그날 밤 요트의 뱃머리에서 그랬듯 뜨거운 눈빛으로 클로이를 보고 있었다. 오늘 무대에 오를 사람은 다른 누구도 아닌 클로이뿐이라는 확신에 찬 눈빛이었다.

"잘해." 샤라가 클로이를 일으켜 세우며 말했다.

가설무대에 서니 모두가 보였다. 에이프릴과 제이크는 앞줄의 의자에 발을 올리고 있었고, 브루클린은 사각모의 술을 정리하느라 바빴고, 반짝이 풀로 장식한 애시의 사각모는 햇빛을 받아 빛났고, 서머는 종이 접시로 부채질을 하고 있었고, 스미스와 로리는 서로 어깨를 붙인 채 맨 앞줄에 앉아 있었다. 그리고 두 엄마는 카메라맨들이 촬영하고 있는 뉴스팀의 밴 옆에 서머의 부모님과 옹기종기 모여 있었다.

클로이는 가운 속으로 손을 넣어 땀에 젖은 채 브래지어에 꽂힌 종이 한 장을 꺼냈다. 어젯밤 자정쯤 드디어 주제를 정해 손에 잡히는 아무 공책에 휘갈겨 쓴 연설문이었다.

"안녕하세요, 여러분." 클로이는 마이크에 대고 연설을 시작했다.

"다 아시겠지만 전 클로이예요. 음…… 저는 이 순간을 아주 많이 상상했어요. 사실 거의 매일 상상했죠. 연설문 초안을 몇 번이나 고쳐 썼는지 몰라요. 근데 다 폐기했어요. 전부 다른 장소에 모일 다른 사람들을 대상으로 쓴 거라 오늘 이 자리에는 맞지 않더라고요. 예전에 쓴 연설문은 화가 가득하고 욕설이나 못된 말이 많이 담겼지만 별로 미안하지는 않아요. 윌로그로브도 그만큼 못된 짓을 많이 했으니 당해도 싸다고 생각해요. 하지만 지난 4년보다 지난 한 달 동안 윌로그로브에 대해 더 많은 걸 배웠고, 그래서 새로운 연설문이 필요했어요. 처음 폴스 비치에 이사 왔을 때 저는 제가 앨라배마의 누구보다 똑똑하고 나은 사람인 줄 알았어요. 그러다 친구들이 생겼고 윌로그로브에서는 그 애들하고만 시간을 보내기로 했어요. 그때는 시간을 보낼 가치가 있는 사람과 없는 사람이 누군지 구별할 수 있다고 확신했거든요. 그러다 한 달 전쯤 누군가가 제게 키스를 했답니다."

클로이는 객석에서 앨라배마의 햇빛을 받으며 부드러운 미소를 짓고 있는 샤라를 바라봤다. 어젯밤에 샤라에게 첨삭을 받은 터라 샤라는 클로이가 할 말을 이미 거의 다 알고 있었다. 한두 줄은 샤라가 직접 써넣기도 했다.

"자세히 이야기하자면 길지만, 아니, 아주 길지만, 짧게 이야기하겠습니다. 그날의 키스는 그때까지 말 한 번 섞어본 적 없는 아이들을 제 인생에 끌어들였습니다. 그 아이들은 예상과는 전혀 달리

저와 공통점이 꽤 많았습니다. 연극을 좋아하는 운동부원도 있고 저보다 세상을 더 잘 아는 약쟁이도 있었죠. 생각보다 훨씬 많은 아이들이 자신을 배척하는 곳에서 살아남기 위해 나름의 방식으로 애쓰고 있었습니다. 생존의 무게에 짓눌려 있었죠. 저도 그 무게에 익숙해져 내가 그 무게를 감당하기 위해 얼마나 많은 나를 희생시켰는지 어느새 잊어버리고 있었더군요. 고교 시절은 나에게 무엇이 중요하고 중요하지 않은지 알아가는 시기입니다. 인기가 중요한 사람도 있을 테고, 성적이나 연애, 방과 후 활동, 부모님의 의견이 중요한 사람도 있을 테고, 이 모든 게 다 중요한 사람도 있을 겁니다. 때로는 4년 동안 일어나는 일이 중요하기는 한지 의문이 들 때도 있을 테고요. 으레 생각하는 이유 때문은 아니지만 이 시기는 분명 중요합니다. 고교 시절이 중요한 건 세상에 첫 걸음을 디딜 때 세상을 바라보는 방식에 영향을 미치기 때문입니다. 세상에 나갈 때 우리는 마음의 상처와 이유 있는 두려움, 남에게 공격당할 거리가 됐던 열등감을 여전히 안고 갑니다. 또한 누군가가 굳이 그럴 필요가 없는데도 우리에게 기회를 줬던 순간의 기억도 안고 갑니다."

클로이는 조지아를 흘낏 보며 말을 이었다.

"처음에는 이해가 안 됐지만 나와는 다른 방식으로 용감했기에 할 수 있었던 선택을 친구가 하는 걸 본 순간."

이번에는 와이셔츠 겨드랑이에 땀자국이 생긴 트루먼 선생님을 보며 말했다.

"선생님이 나를 믿는다고 말해준 순간."

클로이가 벤지와 애시를 보고 미소를 짓자 둘도 함께 미소를 지었다.

"누군가가 내 본모습을 보고도 두말없이 나를 받아들여준 순간."

스미스와 로리는 앞줄에 앉아 찾기 쉬웠다.

"처음으로 사랑에 빠진 순간."

클로이는 연설문이 적힌 종이로 다시 시선을 돌렸다.

"지금 우리가 느끼는 감정은 대부분 생전 처음 경험하는 감정입니다. 우리는 그 감정이 무엇을 의미하고, 우리가 서로에게 어떤 의미인지 아직 배우고 있습니다. 이 배움은 당연히 중요합니다. 사실 지금의 우리는 우리의 존재를 알리고 우리 같은 사람이 우리뿐이 아니라는 걸 확인하는 것밖에 할 수 있는 게 없습니다. 게다가 아무것도 바뀌지 않을지도 모릅니다. 그럼에도 오늘 이 자리는 빌어먹게 중요합니다."

클로이는 종이를 뒤집었다. 이제 얼마 남지 않았다.

마지막으로 한 번 더 객석을 바라보며 클로이는 깨달았다. 객석에 앉은 사람들과 이 자리는 앨라배마의 일부에 불과하지만 앨라배마 출신이라는 게 무엇을 의미하는지 알려줬다.

클로이의 친구가 오면 그게 누구든 조금의 망설임도 없이 반갑게 맞는 밸 엄마. 종탑 서점의 책을 절벽까지 가져가서 읽는 조지아. 머리에 꽃을 다는 스미스와 도로의 표지판을 뜯어내는 로리. 호수 위에 뜬 별과 한밤중의 드라이브. 손수 그린 현수막과 주차장에 즉석으로 만든 공간. 폴스 비치를 대표하고 폴스 비치에서 이루어지는 모든 일들.

클로이가 사랑하는 사람들은 이 모든 것과 연결돼 있었다. 벤지는 돌리 파튼의 노래를 들으며 자랐고 애시의 이름은 앨라배마의 애시 트리(물푸레나무)에서 따 지었다.

샤라 역시 머리를 무슨 색으로 염색하든 앨라배마 소녀라는 건 변하지 않았다. 클로이의 뒤를 바짝 쫓으며 괴롭힌 모든 순간에도 샤라는 늘 앨라배마 소녀였다. 셰익스피어의 작품으로 클로이의 의표를 찌르고, 키스 한 번으로 클로이의 인생을 혼돈에 빠트린 앨라배마 소녀.

클로이는 원래 뉴욕대학교에 가 동급생을 만나면 캘리포니아를 떠난 적이 한 번도 없다고 거짓말을 할 생각이었다. 그러나 이제는 진실을 말할 수 있을 것 같았다.

"이상이 제가 꼭 하고 싶은 말이었습니다. 마지막으로 고맙다는 말을 전하고 싶습니다. 조지아, 벤지, 애시, 오갈 데 없던 내가 발붙일 곳이 되어줘 고마워. 스미스와 로리, 나는 너희를 알게 된 행운을 평생 감사하며 살 거야."

종이의 마지막 줄에는 '샤라에게'라고만 쓰여 있었다. 샤라에게는 무슨 말을 어떻게 해야 할지 몰랐다.

"그리고 제게 입을 맞춘 소녀에게 전합니다. 나는 너 때문에 내 인생 최고의 노력을 쏟았어. 너도 나 때문에 그랬다는 거 알아. 우리 같은 사람들에게 사랑은 곧 노력이 아닐까?"

졸업장 수여식이 끝나고 삼삼오오 모여 사진을 찍거나 두 엄마가 클로이의 친구들을 설득해 단체 사진을 찍느라 바쁜 와중이었다. 뉴스팀이 촬영을 마치고 카메라와 거대한 붐 마이크를 막 챙기려 할 때 스미스가 옆걸음질로 클로이와 샤라 사이로 쓱 들어왔다.

"물어볼 게 있어."

"꽃이 아직도 근사하네." 클로이가 망설임 없이 말했다.

"고마워. 교회 이사회가 네 아빠 일을 정확히 어떻게 처리할지 알아, 샤라?"

샤라는 한숨을 쉬며 어깨를 으쓱했다.

"돈으로 덮으려고 하는 거 같아. 그 일을 어디에든 게시하려는 사람이 있으면 입을 막으려고 법무팀을 고용한 모양이야. 우리집에 얼굴을 비친 경찰은 매켄지 해리스의 아빠뿐이니 말 다 했지."

"다시 말하면." 스미스가 금빛으로 반짝이는 눈을 가늘게 뜨고 태양을 보며 말했다. "무슨 일이든 일어나려면 이 이야기가 폴스비치 밖으로 퍼져야 한다는 거네."

"그렇지."

"좋아." 스미스는 자리를 떠나며 말했다. "조만간 누구 하나는 언론상을 받게 해주겠어."

스미스 파커는 언제나처럼 쿼터백다웠다. 다섯 수 앞을 내다보는 전략가라는 뜻이다. 스미스는 태연하게 거들먹거리며 카메라맨에게 다가가 오랜 친구끼리 하듯 손바닥을 마주쳤다. 그러고는 몸을 기울여 클로이에게는 들리지 않는 무언가를 말하고는 미소로 마무리했다. 스미스가 한 짓은 누구도 모를 것이다. ESPN 웹사이트에 스미스의 프로필을 업데이트하는 담당자가 알 일은 더더욱 없을 것이다.

카메라맨은 잠시 생각하다 획 돌아서더니 기자를 붙잡아 밴에 태웠다. 대리점을 떠나 고속도로 중앙에서 유턴을 한 뉴스팀 밴은 월로그로브 주차장으로 끼익 소리를 내며 들어선 뒤 강당으로 직행했다.

버밍햄에서 온 기자가 팀원들을 돌아보며 말했다.

"얼른 장비 챙겨."

강당 문이 열리고 졸업생들이 건물에서 줄지어 나왔다. 뒤이어 휠러 교장이 나오자 그 앞으로 마이크를 든 기자들이 떼 지어 모여들었다.

샤라는 클로이의 옆에 서서 한 손으로 햇빛을 가린 채 그 모습을 지켜봤다.

"안됐네." 샤라가 하얀 이를 번득이며 말했다.

"신의 가호가 있기를."

밸 엄마가 전학 첫 날 클로이에게 준 편지

클로이에게

약속할게. 엄마는 네가 행복해질 수 있는 곳이라면 그게 어디든 널 보내줄 거야. 널 주눅 들게 하는 사람이 있으면 그게 누구든 널 위해 맞서 싸울 거고. 물론 네가 그래 달라고 부탁한다면 말이야. 알아. 너는 뭐든 스스로 해결할 거라는 거. 그럴 능력이 있다는 것도.

네가 절대 만만한 애가 아니란 걸 모두에게 보여주렴.

내 모든 사랑을 담아,

엄마가

25

뉴욕 대학교의 가을 학기가
시작될 때까지 남은 시간: 100일

모닥불은 한참 뒤에 타올랐다.

월로그로브에서 가장 오래된 4학년생의 통과 의례는 졸업식 다음날 학생회장과 4-H 클럽의 회원 몇 명이 학교 근처의 젖소 목장에서 모닥불을 피우면서 시작된다. 불이 붙으면 다들 가져온 공책과 남은 시험지, 과제물 꾸러미, 참고서, C 마이너스를 받은 에세이 등 다시는 보기 싫은 고교 시절의 잔해를 태운다.

물론 월로그로브 역사상 가장 훌륭한 2022년 졸업생은 이마저도 늘 하던 대로 하지 않았다. 최근 들어 브루클린이 스케이트 공원에서 햇볕에 까매지도록 누군가를 구경하느라 바쁘기 때문이기도 했다. 어쨌든 졸업식이 끝나고 4주가 지난 뒤에야 드디어 모닥불이 타올랐다.

4주 동안 클로이는 샤라의 부모님이 변호사를 만나는 동안 샤라네 집 울타리를 몰래 넘어 샤라와 수영장에 뛰어들곤 했다. 같은 컨트리클럽에 사는 스미스가 나타나면 손바닥을 마주쳤다.

종탑 서점에서 일하는 조지아를 만나러 가거나 애시와 덩굴 옻나무를 채집하러 다니거나 벤지의 침실 바닥에 누워 잠이 들기도 했지만, 그 사이사이는 샤라 휠러의 하이라이트 장면으로 채워졌다. 클로이의 침대 창가 자리에 파고들어 누운 샤라. 무작위로 배정된 클로이의 뉴욕대학교 룸메이트를 흉보는 샤라. 호수에 둥둥 뜬 채 하늘을 보는 샤라. 제 방 창문에서 로리에게 손을 흔드는 샤라. 머뭇거리며 조지아와 서머 커플과 더블데이트를 제안하는 샤라. "뭐, 걔들이 하겠다고 하면. 대단한 데 갈 필요는 없고. 근데 조지아가 날 좋아할까? 아니다, 됐다." 조지아와 서머와의 미니골프 더블데이트에서 꼴찌를 했을 때 화나지 않은 척하려고 애쓰는 샤라.

마틴 호수 절벽에 세운 클로이의 차 보닛 위에 앉아 둘을 감싼 푸른 하늘 아래에서 '여자친구'라는 단어를 처음 쓴 샤라.

모닥불 피우기는 샤라와 클로이가 공식 커플로 참석하는 첫 번째 행사였다. 클로이는 '도망친 졸업 파티 여왕의 뜻밖의 여자친구'에게 적합한 의상을 찾기 위해 이틀 내내 조지아와 영상 통화를 하며 고민했다. 결국 줄무늬 민소매에 검은색 멜빵 치마를 걸치고 집에 있는 중에 제일 멋진 선글라스를 썼다.

차로 데리러 가니 샤라는 밑단을 묶은 흰색 티셔츠와 밑단이 뜯어진 청반바지를 입고 있었다. '멘붕에 빠진 모습이 찍힌 지역 뉴스 영상이 퍼진 뒤 불명예스럽게 해고당한 교장의 딸'에게 딱 어울리는 복장이었다. 아니, 그런 상황이 아니더라도 그 자체로 완벽한 차림이었다.

"왜?" 빨간 신호등에서 샤라가 저를 너무 오래 쳐다보자 클로이가 물었다.

"이러려고." 샤라는 콘솔 박스 너머로 클로이의 목덜미를 잡고 끌어당겨 진하게 입을 맞췄다.

신호등이 녹색으로 바뀌자마자 샤라는 몸을 떼고 다시 조수석에 등을 기댔다. 클로이는 아무렇지 않은 척하며 도로를 주시하고 가속 페달을 밟았지만 손마디로 입술을 있는 힘껏 눌러야 할 정도로 입가에 자꾸 미소가 번졌다.

젖소 목장에 모인 아이들은 다른 해보다 수가 적었다. 시위용 DIY 졸업식에 동참한 아이들이 모닥불 행사를 기획하는 아이들과 일치하기 때문인 듯했다. 윌로그로브의 정식 졸업식에서 졸업장을 받았지만 친구를 따라온 새로운 얼굴도 몇 명 보이긴 했으나 대부분은 시위용 졸업식에 왔던 애들이었다. 서머가 트럭을 후진해 공터에 세운 뒤 카스테레오로 재생목록을 틀자 누군가가 마시멜로와 꼬챙이를 나눠주기 시작했다.

가운데에 클로이의 키보다 큰 통나무가 쌓였고, 해가 기울자 첫 번째 성냥이 통나무 더미로 떨어졌다.

저마다 콜라나 소닉 슬러시, 화이트클로를 마시면서 자기 차례가 되면 모닥불에 가져온 물건을 던졌다. 단추를 거의 푼 셔츠와 반바지 차림으로 로리와 함께 나타난 스미스는 윈딕시 마트 봉지에 담아온 예전 시험지 뭉치를 던졌다. 조지아는 공책을 태웠고 제이크는 책가방을 통째로 던졌다. 브루클린은 맨 위에 빨간색으로 C에 동그라미가 쳐진 과제물 한 개만 태웠다.

"너도 뭐 태울 거야?" 로리가 클로이의 옆으로 다가와 물었다.

"응. 가져왔어."

로리는 머리카락을 흔들며 가까운 거리에 있는 스미스와 샤라를 바라봤다. 샤라는 풋볼 시즌이 시작되면 가려고 스미스가 뛸 경기의 입장권을 벌써 사놓았다고 했다.

"행복해 보이네." 로리가 클로이를 보며 말했다. "네 기준으로는 말이야. 누굴 죽일 계획을 세우고 있는 것 같지는 않으니까."

"고맙다." 이런 농담은 클로이에게 칭찬이라는 걸 이제는 로리도 안다. "너도 행복해 보여."

"맞아." 로리의 코 피어싱 장식이 모닥불 불빛을 받아 반짝거렸다. "떠날 준비가 다 됐거든."

어제 클로이는 샤라네 집 마당에 몰래 들어가다 로리와 스미스가 BMW에 짐을 싣는 걸 봤다. 둘은 스미스가 시즌 전 훈련을 하러 칼리지 스테이션으로 떠나기 전에 해안을 따라 장거리 자동차 여행을 하기로 했다. 로리의 형도 만나고, 텍사스에 사는 아빠네 집으로 이사하기 전에 먼저 들러 짐 몇 개를 두기 위해서였다. 로리는 스미스의 설득으로 난독증 작업 치료를 받기 시작하면서 댈러스의 전문대에 지원할 계획을 세웠다. 하지만 그전에 먼저 1년간 DIY 공연에 참가하면서 음악 작업을 하기로 했다.

클로이는 소름 돋게 낭만적인 둘의 미래를 상상했다. 진홍색과 흰색으로 된 풋볼 유니폼을 입은 스미스 파커가 손가락에 테이핑을 하고 그 손가락을 입술에 댔다가 하늘을 향해 들어올리는 모습이 텔레비전으로 중계되고, 로리가 지저분한 공연장 화장실에서 휴대폰으로 경기를 지켜보며 달리고 달리고 또 달리는 누군가를 주제로 가사를 쓰는 장면이 그려졌다.

벤지는 원래 계획대로 가을에 터스칼루사로 가기로 했다. 애시도 로드아일랜드로 떠날 짐을 싸고 있었다. 지난주에 드디어 중고거래 사이트에서 값싼 자동차를 건진 조지아는 클로이의 도움으로 오번까지 갔다가 돌아오는 주행 연습을 했다. 에이스는 미시시피대에, 브루클린은 예일대에, 제이크는 앨라배마대학교 버밍햄 캠퍼스에, 에이프릴은 네브라스카대학교 오마하 캠퍼스로 떠난다.

클로이는 모닥불 주위를 천천히 돌며 아이들을 한 명씩 눈에 담았다. 어떤 애는 다시는 보지 못할 테고 어떤 애는 두 엄마가 굿윌에 클로이의 교복을 모두 기부한 뒤에도 오래도록 클로이의 인생에 머무르리라 생각하니 기분이 묘했다. 드넓은 가슴팍으로 꼭 끌어안는 에이스에게는 뉴욕에 가서 본 첫 번째 브로드웨이 공연 영상을 몰래 보내주겠다고 약속했다. 에이스는 좋아하는 곡이 흘러나오자 스미스와 목청껏 노래를 따라 불렀다. 클로이는 조지아와 팔짱을 끼고 춤을 추며 지난 4년 동안 유일하게 했던 기도를 또 한 번 올렸다. 이 아이들이 언제나 서로에게 돌아오게 해주소서.

마지막으로 클로이는 샤라에게 돌아왔다. 샤라는 모닥불 근처 풀밭에 앉아 애시와 에이스가 마시멜로를 얼마나 익혀야 이상적인지를 두고 다투는 모습을 구경하며 자기 마시멜로를 굽고 있었다.

클로이의 상상이 다시 나래를 펼치기 시작했다. 샤라가 장거리

항해를 방해하는 사이렌, 또는 슈미즈 슬립 속에 비밀 편지를 꽂아둔 공주로 나오는 세계가 익숙하긴 했다. 그러나 오늘의 상상 속에서는 지금의 모습을 간식한 2년 후의 샤라가 등장했다.

조금 길어졌지만 여전히 분홍빛으로 빛나는 머리를 한 샤라가 클로이를 태우고 사막을 가로질러 캘리포니아를 향해 달리고 있다. 샤라는 차를 몰면서 싸구려 모텔 샤워기의 수압이 너무 낮았다며 불평을 늘어놓는다. 샤라와 클로이는 책을 주제로 열띤 토론을 하고, 누가 누구의 스웨터를 훔쳤는지를 두고 죽어라 싸우고, 차 뒷좌석에서 격렬한 화해를 한다. 샤라의 매끄러운 다리가 얽혀들고 샤라의 완벽하게 손질된 손톱이 클로이의 어깨를 긁는다. 조지아는 한참을 봐야 이해가 되는, 샤라에 관한 농담을 문자로 보내고, 벨 엄마는 샤라에게 엔진 오일을 점검하는 법을 알려준다. 클로이의 인생은 세상 모든 게 바닐라 민트 맛이 날 때까지 샤라의 인생과 뒤죽박죽 섞인다.

클로이는 샤라가 보는 제 모습도 상상했다. 대학교 강당의 책상 위에 올린 손가락, 주머니에 든 메트로카드, 워싱턴 스퀘어 파크의 분수대 가장자리에 올려둔 신발이 보인다. 클로이의 웃는 옆얼굴과 주말에 놀러온 샤라의 손을 잡고 뉴욕대학교 기숙사로 끌고 가면서 휘날리는 검은 머리카락이 보인다. 1인용 침대에 누워 함께 자고 바닥에서 프렌치프라이를 먹고 둘만이 이해하는 어떤 일에 깊이 몰두하는 장면도 보인다.

아침에 일어나니 까다롭고 극도로 예민하면서도 깃털처럼 부드러운 샤라가 누웠던 베개에서 라일락 향기가 난다.

물론 이 모든 상상이 현실이 되리라는 확신은 없었다. 샤라는 아직 다음 행보를 정하지 않았다. 지금이라도 등록하면 앨라배마대학교를 봄 학기부터 다닐 수 있기는 했다. 앨라배마대학교는 부모님이 등록금을 대줄 유일한 학교지만, 조건이 붙을 게 뻔했다. 샤라는 조건이라면 질색인데 말이다.

샤라는 클로이와 둘만 있을 때면 학자금 대출을 받아 프랑스나 이탈리아, 중국으로 몰래 유학을 가거나, 시베리아 횡단 철도를 타거나, 리얼리티 쇼 〈배첼러〉에 출연해 유명해진 뒤 인스타그램 후원 콘텐츠로 먹고 살면 어떨지 고민했다. 뉴욕에서 종업원 일자리를 아무거나 구해 밥벌이를 하고 잠은 클로이네 소파에서 자야겠다고 한 적도 있었다. 샤라는 결국 길을 찾을 것이다. 클로이가 아는 사람 중에 가장 똑똑한 데다 아직 시간은 충분하다.

게다가 여름이 끝날 때까지는 샤라의 곁에 클로이가 있다. 그것만큼은 확실했다.

클로이는 샤라의 옆에 앉아 둘 사이에 가방을 내려놓았다. 샤라는 서서히 타들어 가는 마시멜로에 정신이 팔려 있었다.

"물어볼 게 하나 있는데." 클로이가 말했다.

"태울 생각은 없었어. 나도 실수할 때가 있다고."

클로이는 웃으며 지갑에 손을 넣었다. "실은 이걸 태워도 될지 물어보려던 거였어."

샤라는 클로이의 손에 들린 카드 뭉치를 힐끗 쳐다봤다. 몇 장은 이리저리 갖고 다녀 테두리가 닳았고 한 장에는 말차 얼룩이 묻어 있었다. 진실을 말하느니 차라리 제 인생을 갈가리 찢으려 했던, 본

인조차도 속였던 지난날의 샤라가 남긴 분홍빛 유산이었다.

솔직히 클로이는 샤라의 카드에 정이 들었지만, 더 이상 계략 같은 건 꾸미지 않기로 해놓고 계약의 잔재를 간직하는 건 아무래도 이상했다.

"태워."

클로이는 샤라의 말대로 했다.

샤라는 구불구불 피어나는 연기 아래로 손을 뻗어 녹은 마시멜로를 손가락에 묻혀서는 클로이의 콧등에 문질렀다.

"으악!" 클로이가 헉 하고 숨을 들이쉬자 샤라가 웃음을 터트렸다. "왜!"

샤라는 매우 만족스럽다는 듯 씩 웃었다. 클로이에게는 여전히 낯선 표정이었다. 샤라는 전보다 표정이 훨씬 다양해졌다. 마치 '프리미엄 샤라'가 해제되기라도 한 것 같았다.

"재밌으니까!"

"너 진짜 싫어!"

"대놓고 그 말을 하는 데 4년이나 걸리다니, 너도 참."

샤라가 다시 두 팔꿈치로 바닥을 짚고 누우며 말했다.

"이제는 진심이 아니니까 말할 수 있는 거지."

클로이는 옆으로 돌아누워서는 샤라 쪽으로 몸을 기울여 마시멜로가 묻은 제 코를 샤라의 셔츠 소매에 문질렀다.

"글쎄, 조금은…… 으, 더럽게…… 진심인 거 같은데."

저를 꼼짝 못 하게 틀어잡으려는 클로이의 손길에서 벗어나려 꿈틀거리면서 샤라가 말했다. "그래서 더 재미있는 거 아냐?"

샤라는 이내 포기하고 머리를 잔디밭에 털썩 떨어뜨렸다. 지평선의 저녁노을이 연청색에서 산홋빛 분홍색으로 변하면서, 샤라의 볼과 입술, 머리카락은 물론이고 샤라의 머리 위 잔디밭에 널브러진 채 마시멜로로 끈적이는 손바닥마저 같은 색으로 물들었다.

사실 두 사람은 서로를 죽도록 싫어한 적이 한 번도 없었다. 서로의 존재를 알아봤을 뿐이다. 샤라는 하늘을 향해 턱을 살짝 올리고는 눈을 가늘게 뜬 채 미소를 지었다. 클로이의 눈앞에서 클로이만큼 고집 세고 열정적이고 이상한 존재가 온전히 제 모습을 드러냈다. 클로이가 다른 무엇보다 좋아하는, '정답'이었다.

황홀한 여름 한 번은 이 정답을 즐기기에 턱없이 부족했다.

사실 열여덟 해도 그리 긴 시간은 아니었다.

클로이는 샤라의 손을 제 손으로 덮었다. 그러고는 샤라의 손가락 사이로 깍지를 끼고 꼭 잡은 채, 샤라가 누운 잔디밭이 꺼지도록 강하게 입을 맞췄다.

월로그로브 고등학교 졸업 파티 날, 졸업 파티의 여왕으로 선발된 샤라 휠러가 사라집니다. 공부 라이벌 클로이, 자신을 짝사랑하는 옆집 소년 로리, 쿼터백 남자친구 스미스에게 입을 맞추고는 자취를 감춥니다. 샤라를 제치고 졸업식 때 고별사를 하는 수석 졸업생이 되겠다는 목표를 향해 달려온 클로이는 샤라의 키스와 뒤이은 실종이 당황스럽기만 합니다. 샤라가 없어지면 수석 졸업은 따 놓은 당상이지만 그렇게 얻은 일등은 무의미합니다. 게다가 샤라에게 키스를 당한 애가 둘이나 더 있다니 자존심마저 상합니다. 결국 클로이는 평소에는 말도 섞지 않았던 로리와 스미스와 손잡고 샤라를 찾아 나섭니다.

클로이는 월로그로브 기독교 학교의 아웃사이더입니다. 캘리포니아에서 태어나 두 레즈비언 엄마 밑에서 자랐고 본인이 양성애자임을 깨닫고 커밍아웃한 클로이에게 윌로그로브 학교는 도통 이해안 되는 일투성이입니다. 동성애를 금기시하며 흡연과 음주, 춤, 성교를 죄악시하는 건 물론이고 교과서의 유성 생식 단원을 테이프로붙여놓습니다. 심지어 교사들은 음주와 정치적 표현, 동성애를 하지않겠다는 서약서에 무조건 서명해야 합니다. 윌로그로브는 단순히허구로 치부할 수 없는 현실입니다. 최근 미국 플로리다에서는 초등학교 저학년 교실에서 성적 지향이나 성 정체성에 관한 수업과 토론을 금지하는 일명 '게이 언급 금지법'이 통과됐습니다. 한국은 말할 것도 없지만, 연방 대법원이 동성 결혼을 합헌으로 판결한 미국에서도 성소수자 학생들이 견뎌야 하는 현실은 여전히 무겁습니다. 루이지애나 토박이로 기독교 학교에서 학창 시절을 보내고 퀴어로살아오면서 이 같은 현실을 온몸으로 겪은 작가는 밸 엄마의 입을빌려 어린 퀴어들에게 말합니다. "진짜 자기 모습 그대로 존재해도괜찮다"고.

물론 진짜 자기 모습을 찾는 여정이 청소년과 퀴어의 전유물은 아닙니다. 어른이 되어도, 퀴어가 아니어도, 맞지 않는 옷을 벗어던지고진짜 나를 찾고 싶은 순간은 누구에게나 올 수 있습니다. 클로이와친구들은 사랑과 증오, 자존심과 수치심이 뒤엉킨 감정의 소용돌이한복판에서 용감하고 치열하게 '진짜 나'를 응시했습니다. 이들의 자아 찾기 여정은 나이와 성 정체성을 막론하고 모든 독자에게 설레는경험을 선사하기에 충분합니다. 부디 독자 여러분도 제가 그랬듯 이사랑스러운 아이들의 가슴 뛰는 여정에 동참하셨길 빕니다.

작가의 말

친애하는 독자에게

남부 출신이거나 남부 침례교도거나 복음주의를 믿는 독자라면 이 책에 묘사된 일부 문화가 낯설지 않을 겁니다. 웃음이 절실한 시대이니만큼 대부분 익살스럽게 묘사됐음을 밝혀둡니다. 클로이 그린은 믿지 않겠지만, 독자들은 클로이뿐 아니라 여러 인물의 시점을 접할 겁니다. 인생은 좋은 면과 나쁜 면, 재미있는 면, 고통스러운 면, 그 외 다양한 면으로 구성되지요. 십 대 아이들, 특히 클로이가 사는 세상에서는 더욱 그렇습니다. 인생의 이 모든 단면을 탐험하기 위해, 《나는 샤라 휠러와 키스했다》는 종교적 트라우마와 동성애 혐오증을 다룹니다. 더 자세한 정보를 얻고 싶다면 caseymcquistion.com을 방문해주세요.

나는
샤라 휠러와
키스했다

초판 1쇄 인쇄일 2023년 3월 10일
초판 1쇄 발행일 2023년 3월 21일

지은이 케이시 매퀴스턴
옮긴이 백지선

발행인 윤호권
사업총괄 정유한

편집 구민준 **디자인** 곰곰사무소 **마케팅** 정재영 윤아림
발행처 ㈜시공사 **주소** 서울시 성동구 상원1길 22, 6-8층(우편번호 04779)
대표전화 02-3486-6877 **팩스(주문)** 02-585-1755
홈페이지 www.sigongsa.com / www.sigongjunior.com

글 ⓒ 케이시 매퀴스턴

ISBN 979-11-6925-615-5 03840

*시공사는 시공간을 넘는 무한한 콘텐츠 세상을 만듭니다
*시공사는 더 나은 내일을 함께 만들 여러분의 소중한 의견을 기다립니다.
*잘못 만들어진 책은 구입하신 곳에서 바꾸어 드립니다.